# Mia & Kalisson

CB072573

André Tressoldi

# Mia & Kalisson

## Um amor à prova de tudo

Talentos da Literatura Brasileira
ns grupo novo século
São Paulo, 2019

*Mia & Kalisson*
Copyright © 2019 by André Tressoldi
Copyright © 2019 by Novo Século Editora Ltda.

**COORDENAÇÃO EDITORIAL:** SSegovia Editorial
**PREPARAÇÃO:** Thiago Fraga
**DIAGRAMAÇÃO:** Rebeca Lacerda
**REVISÃO:** Adriana Bernardino
Fabrícia Carpinelli
**CAPA:** Lumiar Design

**AQUISIÇÕES**
Cleber Vasconcelos

Texto de acordo com as normas do Novo Acordo Ortográfico da Língua Portuguesa (1990), em vigor desde 1º de janeiro de 2009.

**Dados Internacionais de Catalogação na Publicação (CIP)**
**Angélica Ilacqua CRB-8/7057**

Tressoldi, André
Mia e Kalisson : um amor à prova de tudo / André Tressoldi.
-- Barueri, SP : Novo Século Editora, 2019.
(Coleção Talentos da Literatura Brasileira)

1. Ficção brasileira I. Título

19-1852 CDD 869.3

**Índice para catálogo sistemático:**
1. Ficção : Literatura brasileira 869.3

Alameda Araguaia, 2190 – Bloco A – 11º andar – Conjunto 1111
CEP 06455-000 – Alphaville Industrial, Barueri – SP – Brasil
Tel.: (11) 3699-7107 | Fax: (11) 3699-7323
www.gruponovoseculo.com.br | atendimento@novoseculo.com.br

# Parte um

# Encontro e desencontro

# Um dia de lazer

Aquela tarde de verão fez todos se sentirem vivos!

O sol eletrizante sentido pelas jovens peles. A sombra das árvores projetadas no verdíssimo gramado. Os respingos de água caindo dos corpos dos que saíam da piscina, aguando a grama. As bocas cheias de dentes, sorrindo. A mesa de pedra com muitas latas vazias de cerveja sobrepostas. O churrasco e seu cheiro arrebatador, na brasa, quase apagando, por desleixo do encarregado pelo *assamento* da carne, por ter havido se descuidado um pouco entre um gole e outro.

Realmente, aquele sítio turístico tinha vindo a calhar para uma festa de fim de ano, promovida pelo monitor de duas turmas de História. Quase todos os alunos vieram e quase todos estavam alegres...

Kalisson era um dos mais radiantes.

– Puxa, cara, que dia lindo! Que lugar maravilhoso!

– Passa uma latinha pra mim, Kalisson!

– Vê se vai mais devagar aí, Jaimão! Já tá vermelho que só!

– O que não mata engorda! – disse e gargalhou.

– Engorda mesmo, a pancinha que o diga. Quantos meses?

– Vai se catar! – disse Jaimão, com um jeito visivelmente atordoado e idiotamente alegre.

– Isso que é debate histórico de verdade! Estudar sobre o Império Romano nunca foi tão interessante.

Enquanto isso, outro grupinho de rapazes conversava e se distraía. Era bom passar o domingo naquele lugar! Os rapazes, naturalmente, começaram a observar as meninas. Algumas delas estavam bem saidinhas, mas parece que alunos de mesma turma dificilmente se ajeitam. Então, era só reparar e comentar nos bastidores, no mundo imaginário do dever ser ou quase isso.

O evento tinha sido programado algumas semanas antes, por ideia de alguém da turma, que logo foi aderida pelo grupo. O monitor também concordou; afinal de contas, já que era visto como o cara mais inteligente da vez – havia controvérsias, mas ele se comunicava muito bem e era seguro de si –, atrairia a atenção de uma boa parte das garotas ao seu redor. Queria um evento social para atrair ainda mais admiradoras para o seu "harém platônico." Muitos alunos não gostavam da popularidade do professor com as garotas – aliás, nem professor ele era, ainda era um mestrando. Jovem e charmoso!

Kalisson saiu empunhando uma latinha e resolveu dar uma volta pelas trilhas do sítio, em um bosque. Mais adiante viu, de relance, uma menina séria que não se enturmava com ninguém. *Como é mesmo o nome dela? Estranho esta garota ter vindo. Dizem que não conversa com ninguém e vive cabisbaixa. Por que veio para esta festa se é para ficar isolada?*

Ficou observando a garota de longe. Ela ainda não o tinha visto, eis que passeava entre o bosque devagar e soturnamente, como quem quer repartir um segredo com as árvores.

Kalisson nunca havia conversado com ela. O modo arredio de ser e as roupas pouco atraentes que vestia eram uma espécie de redoma a repelir qualquer proximidade amigável.

O vento farfalhou um galho de árvore. Ela virou-se para trás e seus olhos encontraram os de Kalisson, de baixo para cima, como se ele fosse hierarquicamente superior. Aqueles olhos guardavam um pedido de ajuda, uma ajuda da alma. *Me tire daqui, me dê um sentido para minha vida!* Porém, o motivo por trás do pedido de ajuda nem sempre é detectável de imediato.

Súbito como o acender de um palito de fósforo, Kalisson sentiu uma necessidade irresistível de proteger aquela moça de seus medos, de ajudá-la, independentemente do problema que a corroía por dentro. Não sabia de nada pelo que ela estava passando, mas acreditava que algo estava acontecendo. Ninguém tem um semblante tão triste assim porque quer. *Algum fato a atormenta em sua alma, mas qual?*

Sentiu o que nunca havia sentido por ninguém. Não era luxúria, desejo de conquista fácil ou de algo proibido, nem anseio de descoberta. Era vontade de cuidar, amparar, de tentar trazer aquela garota à vida. Nunca havia experimentado esse sentimento. Estava tão contagiado que sequer se lembrou de que havia deixado os colegas esperando com mais algumas latinhas de cerveja.

No impulso do novo sentimento, Kalisson resolveu se aproximar da moça. Andou até o lado dela e começou a observar o mesmo que ela: troncos de árvores com plaquetas informando a espécie e o tipo.

– Esta que é a tal de peroba – disse Kalisson, tentando puxar conversa.

Ela apenas assinalou afirmativamente com a cabeça, olhando por um instante com seus olhos tristes, castanhos e expressivos, mas logo retornou o olhar ao tronco. Kalisson continuou:

– Peroba foi uma madeira muito explorada na região e é uma madeira excelente, o cupim não a corrói. Casas de peroba duram décadas e mais décadas. Antes, havia muitas por esta região, mas agora são raras, muito difíceis de achar.

– Hãrã! – Foi o que ela disse.

– Então, Tatiana, está gostando do passeio?

Ela não respondeu e foi à frente, querendo caminhar pelo bosque.

– O que foi? Disse alguma coisa que a incomodou?

Ela abanou a cabeça, negando.

– Olhe, não quis te incomodar... Notei que você é bem reservada, não me importo com isso, até aprecio a sua discrição. Confesso que, quando vi você aqui, estranhei; nunca imaginei que viria. Mas, já que veio, por que não se enturma?

Ela deu de ombros e começou a andar. *O que será que eu disse? Menina estranha?* Fez outra pergunta e ela começou a sair do lugar; então, num relance ele percebeu: a moça não gostava de ser interrogada.

– Tatiana, não quero te importunar, mas posso pelo menos te acompanhar no passeio? Prometo não te fazer perguntas indiscretas.

Ela chacoalhou os ombros e fez uma cara de poucos amigos, mas não repeliu expressamente o rapaz. *Esta pequena mosca logo vai embora*, talvez tenha pensado. Entretanto, Kalisson não foi, continuou lado a lado com a soturna garota e fazia comentários da paisagem do sítio. Convidou-a para andar a cavalo, ela fez um não com a cabeça.

Havia se passado mais de uma hora, e a moça só tinha se comunicado com uma única interjeição e com acenos de cabeça. Fosse em uma situação normal, Kalisson já teria se retirado, praguejando tal ser infeliz, mas cada vez mais queria ficar na companhia dela. Ela inspirava um sentimento de cuidado, como se tivesse uma missão ao lado dela. Por que esse pressentimento?

Kalisson tinha vinte anos, há quase três havia entrado na faculdade de História, estava no final do terceiro ano. Teve alguns lances amorosos, mas *sabemelá* nunca se enlaçou por ninguém. Tinha uns amigos, saía um pouco, mas não tinha nenhum objetivo muito sólido na vida. Cursava História porque nutria alguma simpatia pelo termo "história", apesar de ele lhe atrair mais antes de ingressar na faculdade. Esse vocábulo, em sua mente imaginária pré-ingressa à faculdade, associava-o com História Antiga, como Egiptologia, grandes impérios e costumes dos povos sumérios. Mas, quando começou a estudar História em um contexto político-filosófico, o encanto se perdeu um pouco. O contato com a realidade costuma decepcionar, pelo menos esse tipo de realidade criada por seres humanos.

Kalisson não sabia ao certo se eram as cervejas que o estavam fazendo sentir aquelas coisas e suportar o silêncio absoluto da garota, mas estava lá firme e forte. Por nenhum momento pensou em se afastar ou retornar ao quartel-general dos beberrões. Simplesmente estava ali, como se a garota fosse um imã. Será que estava sendo inconveniente? Pelo menos ela não tinha sido, em nenhum momento, enfática em falar que ele a estava incomodando.

Insistiu então nessa história de se aproximar e andou com ela por todo o sítio, percorrendo trilhas, observando pequenas cascatas de córregos límpidos com pedras triscadas e trabalhadas pela água. Ela permanecia sem falar, respondia com os olhos ou com um balançar de cabeça. Depois que Kalisson parou de fazer perguntas, pareceu fluir mais a companhia dos dois e, em alguns momentos, Kalisson pensou estar agradando aquela pessoa incógnita.

Durante a tarde, aproximando-se das 16h30, quando o sol ficava suportável e até prazeroso, sentaram-se em um banco branco – modelo daqueles que se tem em praças públicas – olhando o gramado à frente.

– Esta tarde está ótima, não está? – disse ele. – Puxa, é bom estar aqui. Faz tempo que não tenho um domingo tão agradável. Se bem que domingo dentro de casa é trágico, pelo menos do período em que se acorda até as sete da noite. Um dia estranho, não é mesmo, Tatiana?

Ela ainda não respondia, mas quando era questionada, mirava profundamente os olhos castanho-esverdeados de Kalisson.

De repente, Kalisson sentiu um impulso: estendeu os braços e deu um abraço e um beijo no rosto dela. A reação foi inesperada. A garota começou a tremer e saiu correndo aos prantos:

– Sai de perto de mim! Sai de perto de mim! Me deixe em paz! – dizia desesperada.

Kalisson ficou sem saber o que fazer. Seu coração se apertou como se tivesse feito uma grande besteira. *Que tem essa garota de errado, meu Deus?*

– Me desculpe, Tatiana! Não queria te incomodar. Por favor, me perdoe! Eu só achei que poderia te dar um abraço e um beijo no rosto, já que fazia tanto tempo que estávamos conversando. Eu fiz alguma coisa que não gostou? Posso ajoelhar se quiser, posso implorar o seu perdão.

Ele se ajoelhou e começou a pedir perdão. Inesperadamente, ela voltou-se para ele e disse:

– Pare com isso! Não faça isso! O problema não é com você. Não suporto ver alguém ajoelhado com essa cara de cachorro sem dono. Levanta!

Kalisson se levantou na mesma hora, espantado, admirando-se por ela ter soltado algumas palavras. No entanto, ela estava ofegante e com os olhos rasos d'água. Com isso, Kalisson quis saber mais sobre a garota, e o sentimento de proteção aumentou. Agora tinha certeza de que ela necessitava de ajuda. Mas por que ela se portava daquele jeito? O que teria acontecido para ela ser tão quieta e, pior, ter se afastado desesperadamente de um simples abraço? Não precisou de muito para Kalisson presumir um possível trauma psicológico; no entanto, não tinha ideia do que poderia ser.

– O que aconteceu? Por que ficou desse jeito? – Kalisson falou.

Ela se irritou com a pergunta e pôs-se a caminhar, querendo deixar o inquiridor para trás.

Kalisson percebeu e concluiu que perguntas não eram a melhor coisa a se fazer quando se tratava dela. Corrigiu-se:

– Tudo bem, tudo bem. Você venceu. Não faço mais perguntas. Vou ter paciência. Quando você quiser falar alguma coisa para mim, fale. Se não quiser, não fale. Eu não quero que fuja de mim. Gostei de passar esses momentos com você e não gostaria que a gente fosse embora e ficasse um climão entre nós. Entende? Por favor, só quero te pedir uma coisa. Posso?

A garota ficou olhando com longínqua tristeza, mas também um tipo de admiração por aquele ser que teve a paciência de passar o dia falando monólogos e recebendo silêncio em troca. *Por que será que ele está aqui?* Essa pergunta não saía de sua mente. Achava que não possuía nada de interessante para oferecer e não tinha se esforçado para ser simpática, nem mesmo para conversar ou responder ao pobre rapaz, mas ele estava ali, resignado. O olhar dele era diferente. Não o flagrou olhando para as partes erógenas de seu corpo, apenas olhava mirando em seus olhos. *Pensando bem, esse rapaz é esquisito. É diferente dos outros. Se não fosse esquisito, não teria passado a tarde toda na minha ruim companhia. Por que ele está aqui. Por quê?*

Kalisson insistiu:

– Posso te pedir uma coisa?

Vagamente e relutante, fez um "sim" com a cabeça. Não sabia por que estava concordando. Era estranho, jamais falara "sim" para um homem, mas Kalisson tinha uma coisa, algo que a prendia. Algo que era bom.

Kalisson prosseguiu:

– Tatiana, posso ser seu amigo? Continuar a ser teu amigo? Quero dizer, depois, nos outros dias, na escola. Diga que sim!

– Só se você parar de me chamar de Tatiana! – Ela esforçou-se para falar aquilo, mas saiu muito baixo, pela timidez, foi quase como um sussurro.

– O que você disse?

Ela relutou por alguns segundos, até que respirou fundo e repetiu a frase com um pouco mais de força:

– Eu disse que podemos ser amigos se você parar de me chamar de Tatiana.

– Tudo bem, te chamo de Tati, se isso te agrada.

– Eu não me chamo Tatiana, me chamo Mia.

Essa informação o pegou com impacto. Uma espécie de acusação, revelando a sua ignorância quanto ao nome certo da garota com que havia passado a tarde inteira. *Raios, por que se tem de dar nomes às pessoas?*, pensou. Chegou a queimar o rosto de vergonha. Agora era ele quem havia ficado mudo por uns sessenta segundos, até se recompor em seus pensamentos. *Poxa vida, que mancada a minha. E eu querendo agradá-la, desse jeito? Chamando-a pelo nome errado. Sou mesmo um besta!*

– Meu Deus, que furada! Me desculpe, por favor! Jurava que fosse Ta...

– Pare de me chamar por esse nome. Só isso já basta, não precisa de desculpa.

– Tem certeza?

– Sim, claro. Se estou dizendo é porque tenho certeza.

– Certo, mas eu sint...

– Já disse para parar com isso.

Naquele momento, um de seus amigos o chamou:

– Kalisson, Kalisson, estamos arrumando as coisas para ir.

Ouvindo isso, Mia adiantou-se e foi para a sua imersão de sempre. Pegou sua sacola de lixo, contendo um pouco de latas de refrigerante que havia consumido, e jogou-a em um cesto. Sequer se despediu de Kalisson. Ele a olhou de viés e voltou sua atenção ao amigo.

– Ficou a tarde toda sumido. Por onde andou?

– Estava por aí.

– Ah é? Vi que aquela esquisitinha estava aqui, perto de você. Por acaso você não…

– Pare de ser bobo, cara. Eu só estava andando, já falei. Que horas vamos partir?

– O professor disse que daqui meia hora. Falou para recolhermos o nosso lixo, fazermos uma limpeza ao redor da churrasqueira, pegar as nossas coisas e nos dirigirmos ao ônibus.

– Mas por que vamos embora tão cedo?

– Cedo? Está quase escurecendo. Você está no mundo da lua, meu?

– Ah, é que, como já estamos aqui, poderíamos ficar mais um pouco.

– Nem pensar.

– Por quê?

– Acabaram as geladas.

– Você só pensa em beber, seu alcoólatra.

– Ei, vocês dois! Vamos logo com isso, tenho horário para voltar – disse o professor.

Então, foram os dois catando latinhas, o resto do carvão, os plásticos e as embalagens que dispuseram. O pessoal produziu muito lixo, porém eles eram conscientes e recolheram tudo.

# Na volta para casa

Kalisson adentrou o ônibus e sentou-se no meio, perto de seus amigos. Ao entrar, viu que Mia jazia sentada e quieta, bem na primeira poltrona. Talvez Mia havia se sentado ali porque os primeiros lugares costumavam ser ocupados por alunos mais comportadinhos.

Ela acomodou-se no assento número dois e ali permaneceu sem olhar para nenhum lugar. Antes de ela entrar no ônibus, o professor perguntou se estava tudo bem. A partir daquele momento, Mia simularia uma soneca para evitar eventuais brincadeiras e gracinhas.

Dentro do ônibus, do meio para trás, havia muita algazarra, risadas, conversas ruidosas e cantoria. Em contrapartida, a parte da frente permanecia com conversas mais comedidas, algumas colegas proseavam entre si e olhavam para a bagunça dos meninos do meio para trás; por vezes, achavam engraçadas algumas piadas e gracinhas.

Mia continuava fingindo dormir. Permaneceria assim até que o pessoal se acalmasse. Após dez minutos de viagem, a bagunça foi se acalmando. Muitos pegaram no sono, estavam bêbados. Mia, agora que estava escuro, ficou atenta às conversas, mas nada a interessava e sequer olhava ao redor. Ninguém se sentou ao lado dela. Na escola, o pessoal só conversava com ela para tirar alguma dúvida de estudos, posto que ela era uma aluna exemplar; entretanto, na festa, ninguém perderia tempo com ela, exceto Kalisson. E isso a encucava.

Aquele grupo de estudos de Ensino Superior até que respeitava seu território inóspito, foi por isso que veio. Não foi assim no Ensino Fundamental, nem no Médio – foram tempos de prova de fogo. Foi tachada de várias coisas, entre esquisita, retardada, anormal, sociopata, entre outras. Cada dia de sua vida na escola era uma batalha. Quando tinha sorte de estar em uma sala onde não havia nenhum(a) mala sem alça, até que ficava bem. Quando do contrário, era um martírio: era obrigada a conviver com imbecis que gostavam de se aparecer à custa dos outros e de ridicularizar os menos favorecidos. Mas Mia tinha seus métodos de fuga. Chegava só cinco minutos antes de bater o sinal e já entrava na sala de aula. No horário do intervalo, saía rapidamente, ia ao banheiro e retornava para a sala de aula, ou, então, ficava escondida, lendo na biblioteca, até dar o horário e ter de entrar novamente na sala. Sentava-se na carteira da frente.

Graças aos céus, na faculdade, na Universidade de Londrina, a UEL, a vida foi um pouco diferente. Apesar de se sentir distante do pessoal, ninguém a reprimia. Aliás, pensando bem, havia muitas pessoas esquisitas, fora dos padrões convencionais, principalmente no curso de História. Talvez por isso respeitassem seu espaço. Ou seria por que não a notavam? Ninguém a notava. Ainda bem, ela não queria que ninguém a notasse. Mas hoje havia acontecido algo diferente.

Aquele carinha com jeito de ingênuo ficou a tarde inteira em sua companhia. Não tinha ideia do motivo. Estava malvestida como sempre, com roupas que não valorizavam a silhueta e, mesmo assim, aquela *mosca* insistiu em segui-la a tarde toda. Mosca. Ou seria abelha ou beija-flor? Por que ele estava perdendo o seu tempo? Qual é o interesse dele? Devia estar querendo alguma coisa ou armando alguma pegadinha para depois expô-la ao ridículo, ou então havia apostado com aqueles amigos toscos dele. Se ele pensava que era fácil enrolar a moça, estava muito enganado. Teria de se esforçar muito para conseguir. *Imagine se ia me encantar por tipo assim...* Tipo assim, sei lá. O rapaz tinha alguma coisa, mas que coisa?

O pescoço dela ficou um pouco enrijecido para não olhar para trás. Mesmo assim, não perdeu a vontade de olhar para o meio do ônibus e, mais de uma vez, quis olhar para ele, ver o que fazia, escutar suas conversas e, principalmente, analisar se de alguma forma falava mal dela para os amigos. Pensava que todos a enxergavam pela ótica de seus defeitos. Não seria diferente com aquele sem-sal, não, até parece! Por que seria ele diferente de todos esses porcos?

Kalisson havia ficado em pé no início da viagem. Seus olhos insistiam em correr para parte da frente do ônibus. Sentiu forte impulso em ir até o banco em que ela estava e se sentar na poltrona dois. Imaginou várias vezes, pensou bem, melhor não. Os amigos estavam presentes, teria de justificar o motivo. Não estava a fim de dar explicações e imaginou como ela ficaria se aquele pessoal atordoado de cerveja o visse sentar-se ao lado dela e de repente emitisse um "hummm" coletivo e muito malicioso. Seria o fim para ela! Não saberia como reagiria. Também como explicar para os amigos que aquela idiota daquela esquisita CDF tinha algo de especial, algo que jamais poderia imaginar que pudesse existir, algo que o tocara? Mas por que o tocara? O que fizera desenvolver a certeza de que ela era especial e desde quando? Por que queria protegê-la? Por quê? *Mia realmente precisa de proteção? Ou é ilusão minha? É uma falsa fraca? Talvez o fraco seja eu... eu mesmo.*

Ela tinha o seu jeito, talvez realmente não quisesse se misturar. E daí? Ou talvez sozinha se sentisse melhor. Não era portadora de problemas mentais, afinal, suas médias eram as melhores do curso de História. Não havia nota dela menor que nove e meio. *Pensando bem, quem necessitaria de ajuda com as provas seria eu.* Mia era a mais inteligente, diziam, mas a mais fechada, a mais esquisita. *E eu aqui pensando, pensando nela. O que meus amigos estão dizendo mesmo?*

O rapaz ria sem graça para os amigos e tentava se esforçar para ouvi-los ou achar graça nas brincadeiras. Tentou dissimular e fazer umas gracinhas, porém seus pensamentos não estavam com eles...

– Você está muito esquisito, Kalisson! Bebeu demais! Nem está conseguindo prestar atenção na gente; está com cara de bobão – disse Jaimão.

Muitos riram.

– Vá se catar, Jaimão, seu corno!

– Uuhhhhh! – urraram os demais, com a provocação. Felizmente, esses xingamentos não passavam de zoeira, uma brincadeira entre eles.

– Pelo menos não sou corno moeda, como você!

– Corno moeda?

– Isso, quando o chifre não está na cara, está na coroa!

Explodiram em gargalhadas e continuaram a conversa, mas, logo depois, Kalisson havia voltado a perscrutar os pensamentos e se inquirir daquela tarde pra lá de diferente e marcante. Acreditava que era marcante.

Nos quilômetros que ainda restavam para terminarem a viagem, logo o facho da turma se apagou; estavam cansados. A luz do corredor se apagou, por ordem do professor. Todos ficaram em silêncio. A maioria deles dormia.

De repente, Kalisson levantou-se e dirigiu-se para a frente. Pretendia sentar-se ao lado de Mia, mas, ao se aproximar, percebeu que ela estava dormindo e desistiu. *Não quero incomodá-la. Fica tão linda quando dorme*, pensou ele. Mal sabia que a garota começou a fingir que dormia logo após ter ouvido alguns passos no corredor – apesar de não saber que eles pertenciam a Kalisson.

A viagem chegou ao fim. Alguns desembarcariam perto do terminal central de ônibus de Londrina e os demais desceriam em outros lugares. Mia não se despediu de ninguém, desceu no terminal, e Kalisson ficou observando-a. Depois de ela ter desembarcado, Kalisson ouviu alguém dizer o quanto ela era quieta e esquisita. Uma pessoa dizia que era esquisita demais, outra afirmava se tratar apenas de timidez. Kalisson, ao contrário, pensava que Mia era intrigante. Intrigante como aquela tarde. Intrigante como aquele sentimento inédito de proteção.

Observou pela janela Mia entrando no terminal e desaparecendo entre as amuradas. Quinze minutos depois, foi ele quem desembarcou; estava a cerca de duzentos metros de sua casa. Despediu-se dos amigos e saiu com uma pequena mochila nos ombros. Andou tranquilamente até a sua casa.

# Durante o dia

O despertador quadradinho vermelho, com um barulhinho leve e agudo, tangeu seus acordes às 6h45 da manhã. Não sabia por que insistia em manter tal artefato obsoleto, uma vez que a maioria dos seres normais deste século maluco usa o despertador do aparelho celular. Poderia ser pelo fato de ter ganhado de um tio querido. Enfim, já havia se acostumado com o despertadorzinho e, depois do costume, vem a rotina, e a rotina passa despercebida para o sujeito.

Olhou ao redor, para as paredes brancas do quarto, as quais estavam levemente escurecidas pelas cortinas amarronzadas. Na escrivaninha, alguns bonecos de super-heróis; na parede, um quadro de paisagem típica de vegetação paranaense, com Mata Atlântica, algumas araucárias salpicadas, um rio azulzinho e um gramado. Tinha achado a moldura bonita em uma feira de Curitiba, comprou de um tal João Carlos na feirinha do Largo da Ordem. Quer dizer, a mãe quem comprou. Na época, tinha só treze anos.

Enfiou os chinelos nos pés e foi ao lavabo fora de seu quarto, que ficava entre o seu e o da pirralha da sua irmã. A única suíte da casa era dos coroas. Coroas? *Olhe o respeito com seus pais, moleque.* Lembrou-se das inúmeras vezes que foi repreendido por esse, digamos, termo pejorativo carinhoso. No entanto, os pais se acostumaram com o tachar, pior que a malinha da irmã caçula agora os chamava de "meus velhos". "Aiaiaiaiai", a repreensão não funcionava contra os costumes incessantes. Era a constatação dos velhos, coroas? Lavado o rosto e postas as roupas – calça jeans, camiseta preta e tênis –, dirigiu-se à mesa do café. O pai, Raul, já estava sentado à cabeceira. Ele estava cerca de vinte quilos acima do peso, com a calvície despontando no pico da cabeça e com os tufinhos castanhos nas laterais. A mãe, Aureliana, terminava de colocar os utensílios na mesa.

– *Bença*, coroas! – falou Kalisson, aproximando-se.

– Olha o respeito, moleque! – advertiu o pai. Kalisson sorriu.

– Isso são modos de falar com seus pais? – falou a mãe.

Logo entrou apressada, com uma camisa preta dos Ramones por cima do uniforme da escola, a pentelha da irmã mais nova, Kátia, e agitou ainda mais a situação:

– E aí, velhos? Sua bênção?

Raul desferiu um murro de leve na mesa. Kátia sorriu, foi até o pai e o beijou no rosto. Ele se amoleceu e logo se esqueceu da bronca. Faz anos que essa cena se repete; foram tantos "coroas" para cá e "velhos" para lá que haviam perdido a conta. No fim, era só uma pilhéria. Os filhos respeitavam os pais; caso contrário, sequer pediriam *bença*, coisa meio rara hoje. A tradição da bênção foi obra de dona Aureliana; católica que *só*, fazia essa exigência desde muito cedo. O hábito faz o monge, e o costume prevaleceu.

– E aí, filho, como foi o passeio de ontem?

– Foi bom, mãe. O lugar é ótimo. Foi bem legal mesmo.

– Legal? Duvido, passar o domingo em um sítio chamado Escandolo é legal? No mínimo deve ser esquisito.

– Cala a boca, Kátia. Sua chata!

– Ei, ei, ei! Vamos tomar café sossegados, né? E ande logo, Kalisson, pois você tem de levar sua irmã à escola – disse o pai.

– Ah, velho! Esse negócio do Kalisson me levar todo dia é um saco. Todo mundo repara.

– Mentira! – discordou Kalisson. – Eu estaciono o carro antes da esquina, para não perceberem que eu levo você.

– Kátia, enquanto você for minha filha, vai ser assim, pelo menos até terminar o colegial. Os tempos são difíceis, é preciso ter cuidado, ainda mais com você, que é uma tchutchuquinha.

– Para, pai! Odeio quando me chama assim.

– Agora que dá uma de roqueira não quer mais receber esse elogio, acha careta. Seus amigos acham que é careta, Kátia? Você agora segue as ordens deles? – perguntou Kalisson.

– Fique quieto, seu tonto veio.

– Quer saber, eu quero que esses roqueiros e seus amigos se fodam. Pra puta que os pariu! Você é minha tchutchuquinha e pronto – disse o bocudo do Raul.

– Pare com esses palavrões, Raul Otávio. Você disse que ia maneirar – repreendeu Aurelina.

Era sempre assim, Raul com seus palavrões e Aurelina com seu catolicismo, tentando aplicar ao marido os modos da sã doutrina, mas era difícil manter o homem no freio. Eles moravam em uma esquina de rua, em um sobrado, na parte de cima; embaixo, era o escritório de contabilidade do pai, que tinha um número razoável de funcionários. Pertenciam à classe média, na garagem havia dois veículos do ano, e levavam a vida com certas mordomias.

A mãe era dona de casa, por isso não trabalhava fora. Cuidava de todos os afazeres domésticos, exceto da lavagem das roupas, pois uma diarista contratada dois dias por semana encarregava-se disso. Boa parte de seu tempo era de dedicada à comunidade de seu bairro. Sempre ajudava nas festas religiosas e nas arrecadações, nas gincanas, nos bingos, recém-batizados de *shows de prêmios* para não afrontar a legalidade. Tudo isso desempenhava com prazer, e sua batalha mais constante era levar a família à missa. Uma vez por mês, no mínimo, conseguia o milagre de ter a companhia de todos na celebração. Esse era o combinado: uma vez por mês, pelo menos, e nas principais missas do ano.

O pai trabalhava na parte de baixo do sobrado o dia todo. Subia só para o almoço e para o café da tarde. Quando encerrava o expediente, subia, sentava-se na varanda e, até a horário do jantar, bebia três doses de cachaça envelhecida e duas cervejas. A bebida alcoólica era uma das poucas coisas que fazia o casal se desentender. No geral, era uma família que se amava muito, apesar da rotina.

Então, já havia sido instituído o costume de Kalisson levar Kátia para a escola todas as manhãs. Ele a levava em um Citroën C3 que havia ganhado depois dos dezoito, mas que todos eles usavam: mãe, pai e, quando se descuidavam, até a filha o pegava escondido. A tampinha não tinha juízo!

Kalisson percorria cerca de oito quilômetros até a escola e, como havia confirmado, parava longe da vista dos alunos a pedido da irmã. Sempre ficava à espreita para se certificar de que Kátia realmente entrava para a aula.

Os irmãos se davam bem, eram muito amigos.

– Tchau, seu chato!

– Até mais, pentelha!

Kátia estalava um beijo no rosto do irmão e seguia para a aula. Essa do beijo entre irmãos era uma das façanhas de dona Aureliana – um de seus zelos para manter a união da família; podia se dizer que tinha feito um excelente trabalho até o momento.

Em seguida, Kalisson retornava para a casa. Sua faculdade era no período da tarde. De manhã, estudava um pouco. Não trabalhava com o pai, mas diversas vezes Raul discutia com o filho:

– Por que escolheu cursar História? Por acaso vai querer ser professor e ter de fazer pelo menos três greves por ano para ter aumento? Ou vai querer apanhar de aluno na escola?

– Ai, pai, o senhor é muito pessimista.

– Que pessimista que nada. Eu leio os jornais, assisto aos noticiários. Essa classe não é valorizada neste país.

– Qual classe é valorizada neste país? Pelo que sei, só jogadores de futebol de primeira divisão e apresentadores de TV é que ganham fortunas.

– Não precisa exagerar. Gostaria que tivesse feito Contabilidade, que me sucedesse nos negócios e tocasse o escritório. Quem vai tocar esse barco quando eu me aposentar?

– Não gosto de números.

– Seu ingrato! O nosso sustento vem desses números e é por meio deles que pago o seu carro, sua mesada, seus livros e tudo mais.

– Eu sei, pai.

– Sabe o caralho! Se soubesse, não estaria fazendo essa merda de curso.

– Pera aí! Desse jeito o senhor está me ofendendo. O curso é bom, sim.

– Pra mim, curso que não dá futuro não é bom.

– O que o senhor quer dizer por *futuro* é dinheiro?

– O que mais seria? Todos os homens amam dinheiro e vivem para conquistá-lo.

– Isso é besteira. Dinheiro não é tudo. A gente tem que fazer o que gosta.

– Besteira? É o escambau! Vai ver se depois dos trinta não gostaria de estar rico. A maioria das pessoas quer ficar rica para não precisar mais correr atrás de dinheiro. Fique sabendo que eu não aprovo o curso que está fazendo.

– Tá bom, pai. Vamos parar de discutir. O senhor não perde nunca mesmo. Vamos fazer o seguinte: me deixa terminar o curso de História. Depois eu faço o de Contabilidade que o senhor quer me empurrar goela abaixo. Ainda sou jovem, antes dos trinta termino os dois cursos.

– Quero ver se vai aguentar fazer dois cursos seguidos. No seu lugar, eu já largaria História.

– Pai, a gente já conversou, tá? Fim de papo, ponto-final. Termino História, depois faço Contabilidade.

O coroa continuava com ares de carranca, mas sorriu por dentro quando Kalisson disse que faria Contabilidade. Afinal, o negócio não era ruim. Estressante, sim, mas que trabalho não é? *O importante é que é bom, dá para manter a família com dignidade. Se aqueles dois cabeças-duras de meus filhos fossem mais realistas, poderiam viver os dois com a renda do escritório*, pensava o pai.

A família era arrebanhada debaixo das asas de Aureliana. Ela exigia que fizessem todas as refeições juntos. Apenas com o café das três não era rigorosa. Por causa dos estudos de Kalisson e de Kátia, não conseguiam reunir toda a família no almoço. Não admitia que levassem celular à mesa e obrigava todos eles a desligarem na hora da refeição.

– Mas alguém pode ligar, mãe – argumentou Kátia.

– Se a pessoa não puder esperar um pouco e retornar depois, então que vá para os quintos dos infernos – respondeu a mãe à flor da pele, enquanto tirava o celular da filha e o desligava a contragosto. – Se não desligar essa porcaria, nem notam mais a gente...

Naquele dia, Kalisson almoçou às onze e foi para a faculdade. Saía ao meio-dia. Alguns dias ia de carro; em outros, de ônibus, mas naquele preferiu o conforto do Citroën. A aula começava às treze. Saiu de casa quinze minutos antes do horário de costume. Dona Aureliana estranhou; ele explicou que estava com pressa e precisava pegar alguns livros na biblioteca.

Mia não costumava acordar tão cedo. Às dez era a hora em que despertava, sem necessidade de alarme. Morava em Cambé, no Paraná, região metropolitana de Londrina. Residia com a avó, que era viúva e pensionista. O lugar era humilde, mas digno.

A pensão recebida pela avó dava para as duas, com folga. Mia, ao contrário de Kalisson, não tinha uma família feliz. Com três anos de idade, seu pai faleceu em um acidente de carro. Quando completou cinco anos, a mãe arranjou aquele merda do padrasto e, a partir daí, sua vida se transformou em um inferno. A mãe vivia para o padrasto e a deixava em segundo plano. No início, era criança e não se importava ou não tinha como reclamar. Mas quando completou quinze anos, não quis mais saber de morar com a mãe e o padrasto. Buscou abrigo na casa da avó mais querida, a vó Aquina (Joaquina).

A velha aceitou-a sem pestanejar. O filho e o marido eram falecidos, então a neta seria boa companhia; Mia era tão quietinha que parecia não ter ninguém em casa. Muito discreta, acordava, comia alguma coisa e, às 11h30, partia para a faculdade. Apesar de ter o carro da avó à disposição – o qual somente era utilizado para levar a avó para fazer compras –, preferia ir de ônibus à faculdade, pois era mais barato. Recebia pensão de seu falecido pai. Até os 21 poderia usufruir do benefício. Dedicava-se muito mais à escola, pois, dentro de alguns anos, teria de pensar em arranjar um emprego ou ser aprovada em um concurso.

Tirava boas notas, então passar em um concurso não seria má ideia – principalmente para uma pessoa introvertida e fechada como ela, o certame público era uma saída, não havendo a necessidade de *pidonchar* um emprego por aí (quem é aprovado simplesmente entra sem pedir nada a ninguém).

Se passasse, em contrapartida, teria de enfrentar a rotina e muitas pessoas intragáveis. Mundo cão! Quando não é uma coisa, é outra, não bastasse a infância horrível, de agora em diante teria de ser adulta na marra, enfrentar essa selva, ser *feliz*? Nunca acreditou nessa palavra. Desde que se conhecia por gente, as feridas de sua alma ostentavam cicatrizes por toda a sua vida, notadamente em suas relações interpessoais. Relação interpessoal? Isso não existia para Mia. Tinha apenas a avó – graças a Deus tinha avó, embora não desabafasse muito com ela; uma vez, fez uma tentativa, mas caiu no choro e não conseguiu continuar. A avó era tranquila e seu lema era "deixe viver, deixe passar"; portanto, não importunava a garota com perguntas fustigantes, e isso era algo que Mia apreciava na avó.

O padrasto dela se chamava Sandro. Era corretor de imóveis e morava em Londrina. Estava um pouco acima do peso, tinha a cara lambida, era sem sal e sarcástico. Era assim que Mia definia o tralha.

Era como se a mãe não existisse. Sem presença, sem Natal, sem aniversário, sem nada de nada. *Se sou rejeitada até por minha mãe, afinal de contas, por que nasci? Mãe? Acho que aquela mulher não sabe o significado dessa palavra.*

Amigos, então, nem pensar. Sua vida era um deserto. Nem nas redes sociais se expunha, apesar de manter um perfil sem fotos para olhar as de outras pessoas. Por vezes, chegou a imaginar que tudo era sem graça e se todas aquelas pessoas que sorriam nas fotos eram felizes de verdade. Se não se relacionasse com ninguém, não tinha como se certificar. Para Mia, só existia uma realidade sombria e triste. Mas isso nunca foi empecilho para ir bem nos estudos. Tinha de se escorar em algo, e os estudos eram o seu alicerce; os livros, seus amigos. Gostava de ler literatura pesada, densa, de preferência sem finais felizes. Os finais felizes não retratavam sua realidade, por isso apreciava o trágico, como se fosse a redenção final para seus problemas e traumas.

Deu o seu horário, acenou um tchauzinho para a avó – sem beijo nem abraço – e se foi. A avó Aquina já havia se acostumado com o jeito da moça. A ausência de contato não era um tabu para Joaquina, uma vez que havia sido criada sem abraços, sem beijos. Havia criado seus filhos exatamente assim. Sabia respeitar espaços alheios ou tinha certa deficiência para estreitar laços de sentimento?

Mia desceu aos pulos os cinco degraus do térreo e saiu à rua com um sol de rachar a *píula*. Foi até a rotatória, caminhou para fora do condomínio e, no pontinho velho e pichado, esperou o ônibus que a levaria à UEL. Nos braços, carregava um caderno de doze matérias, um estojo e alguns livros que devolveria na biblioteca.

Meio-dia e meia. O coletivo chegou ao destino. Mia, apressada, desceu e se dirigiu até a biblioteca para entregar os livros. Passou rapidamente pelo corredor, evitando encarar as pessoas; olhava de soslaio para o chão, como se tivesse cometido um crime e os repórteres quisessem buscar seu rosto com a câmara. Algumas pessoas conversavam entusiasmadas nos corredores. Cabisbaixa, passou o local daquele burburinho de alunos, por isso não percebeu os olhos de Kalisson observando-a de longe. Ele estava com três colegas de turma conversando sobre algumas bobagens. Kalisson viu a garota passar, estralou os dedos e ficou ansioso. *Por que estou ansioso? Que raio está acontecendo comigo?*

Alcançou-a no salão de leituras. Mia o avistou e ia passando adiante. Kalisson a olhava com olhar suplicante.

– Oi, Mia. Espere um pouco!

– Tenho de pegar uns livros e ir para a aula – disse e continuou andando.

– Espere, você me fez uma promessa. Disse que ia ser minha amiga.

– Todo mundo está olhando pra gente, os seus amigos estão me olhando. Você, por acaso, não está tirando com a minha cara?

– Por que eu faria isso? Eles nem sabem que a gente conversou ontem.

– Kalisson, não gosto de chamar a atenção das pessoas para mim. Acho que já percebeu isso ou não?

– É, mas...

– Não é que eu queira ser assim, eu *sou* assim. Fazer o quê? Se quiser ser meu amigo, mesmo, vai precisar ser muito paciente.

Pela primeira vez, ela pronunciou o nome dele – foi estranho para Mia ter dito o nome daquele indivíduo que por dois dias (um recorde) a estava abordando. O efeito, para Kalisson, foi como uma música suave quando Mia disse seu nome. Uma sensação de que talvez pudesse descobrir mais um pouco da garota e protegê-la como sentia que tinha de ser.

– Tudo bem, então, Mia. Vamos no canto da sala conversar um pouco? Ali a gente fica mais à vontade. Ninguém está olhando para nada além de seus livros.

Eles caminharam e ficaram naquele local. Kalisson iniciou a conversa perguntando sobre os estudos dela e os livros que estava lendo. Em geral, ela pouco falava, mais escutava; mas quando se tratava da matéria da escola, Mia sabia bem, muito melhor do que Kalisson.

– Puxa, como você sabe de todas essas coisas? Eu estou no terceiro ano e sei menos que você.

– Simples, eu leio toda a bibliografia indicada pelos professores.

– Não acredito que lê tudo! Se lê toda aquela lista, você passa a maior parte do tempo lendo.

– Sim e eu gosto. É bom ter a sensação de estar aprendendo direito, de ouvir o professor falar e já saber do que se trata. Dá uma sensação... Eu sei que é uma sensação estúpida, mas é uma sensação de importância ou de poder. Não do poder como estamos habituados, mas do poder de se sentir bom em alguma coisa.

– Só uma curiosidade... Quantos livros de História você já leu?

– No primeiro ano, li cem. Neste, já li uns 110.

– Meu Deus! Agora me senti um idiota. Eu não li nenhum livro inteiro desde que entrei na faculdade. Só estudo pelos materiais que os professores passam e por resumos. Você deve ser um crânio, Mia. Nesse ritmo, você acaba lendo quase que um livro a cada três dias.

– Sim, é mais ou menos isso, dependendo do número de páginas de cada um.

– E que lição você aprendeu com tudo isso! Certamente, tem uma percepção de História bem melhor que a maioria dos alunos daqui. Pra não dizer dos professores também... Duvido que algum deles lê cem livros por ano. Mas nunca mesmo.

– São vários significados que compreendi, ou penso ter compreendido, mas o principal é que o ser humano, de um modo geral, está massacrando alguém ou está sendo massacrado. Isso entre pessoas de uma mesmo tribo, ou de uma certa coletividade específica contra o todo, ou mesmo entre nações e outras muitas coisas. Há extravagâncias na História, e tenho a impressão de que o ser humano não passa de um animal inconstante, incoerente e malvado.

– Há exceções também. Houve muitas pessoas que se entregaram para o bem dos outros.

– Pode se dizer que um aqui e outro ali, mas não representam nada mais que uma gota no oceano. Efetivamente, quase nada mudou.

– Esse assunto vai cair na concepção do caos. Vamos mudar o foco, ou melhor, a pergunta. Há algum aspecto que você acha bacana em História?

– O que eu acho interessante são os costumes corriqueiros das pessoas, como objetos de uso doméstico, tipo de alimentação e locais de moradia. É interessante imaginar a pessoa vivendo em determinada situação se compararmos com o que estamos vivendo hoje.

– Eu gosto de História antiga.

– Realmente, a Antiguidade tem aspectos fascinantes, mas brutais também. Se bem que, em termos de brutalidade, quase nada mudou. Assista a dois telejornais por semana e veja as barbaridades que ocorrem pelo mundo.

– Nossa, Mia, estou impressionado! Como você é inteligente! Como você pode ficar tão isolada assim dos outros e se achar inferior a outras pessoas se tem uma inteligência dessas?

Mia mudou drasticamente de fisionomia, passando da segurança com que filosofava à tristeza e insegurança. Fechou-se como uma ostra e falou, sem olhar para Kalisson:

– Estou indo, tchau.

– Espere, Mia, já entendi. Não faço mais perguntas pessoais para você. Combinado? Vamos continuar a conversa, me fale um pouco sobre o dia a dia dos fenícios. Tenho um trabalho sobre eles para apresentar na semana que vem. Você poderia me ajudar?

Mia resolveu ficar e deu uma aula sobre o modo de vida dos fenícios. As informações eram tão precisas, que Kalisson lamentou não ter gravado tudo no seu celular e depois apenas transcrever no papel, pois, em alguns minutos, Mia praticamente ditara o trabalho que ele levaria mais de uma semana para fazer.

Kalisson impressionou-se com a garota, com seus olhos café-escuros, seus cabelos castanho-escuros lisos, sua pele cor de chocolate, mas uma cor intensa, com um brilho sobressalente, como quando se tem chocolate em calda.

Kalisson olhava e ouvia Mia cada vez mais impressionado. No dia anterior, não tinha notado muito as características físicas dela. Nessa conversa percebeu que, por baixo daquela roupa folgada, existia uma linda mulher. As mãos, apesar das unhas curtas e sem esmaltes, eram de uma beleza fascinante. Não usava brincos, pulseiras, nem anéis, muito menos maquiagem, e mesmo assim era bonita. Escondia-se atrás de roupas largas, cabelos presos e olhar vago para o chão. Quando ia falar de coisas comuns e corriqueiras, embaraçava-se toda. Porém, quando falava de algo relacionado aos estudos, transformava-se e praticamente comunicava-se com uma segurança alarmante – no sentido de que o interlocutor se sentia um leigo perto dela. Se todo mundo lesse pra valer, o nível intelectual das pessoas seria melhor. Mas, no caso de Mia, havia coisas que nenhuma leitura do mundo teria o poder de transformar: as relacionadas à sua vida pessoal, ao seu ser, à sua introspecção inerte e latente. Perguntas impertinentes a fustigavam a ponto de ela se sentir presa em um elevador quente e pequeno.

Kalisson ficava intrigado com o fato de uma moça tão inteligente ser tão carente ou impotente na vida social. Isso inspirava ainda mais os instintos protetores dele. Por outro lado, em relação aos estudos, Kalisson estava se sentindo um perfeito idiota. Como Mia podia ser tão sábia? Com aquele conhecimento todo, seria capaz de debater com qualquer historiador ou doutor em História.

Kalisson havia perdido um pouco o encanto com História no segundo ano, e talvez por essa razão não se aprofundava nos estudos. Dedicava-se como a maioria dos estudantes, não para aprender, mas apenas para garantir a média e passar de ano.

De repente, olharam para o lado, não havia ninguém mais na sala de leituras da biblioteca.

– Ué, que horas são? Não tem mais ninguém aqui – disse Kalisson, olhando para seu *smartphone* e, logo, ele mesmo respondeu: – São quase 14h30!

– Meu Deus, já? Perdi a primeira aula. Tchau, preciso ir.

– Espere um pouco. Não vai adiantar ir agora, está quase no fim da segunda aula. É melhor esperar acabar. Vamos entrar depois do intervalo.

Mia, com o semblante apavorado, sem saber por que havia perdido a noção do tempo, assentiu. Achou que realmente seria melhor esperar um pouco. Chegar no meio da segunda aula, além de interromper o professor, ia chamar a atenção de olhos curiosos, e isso ela abominava.

– Como isso foi acontecer? Nunca perdi uma aula! – falou sentida, mal por estar perdendo aula. Era como se tivesse perdido algo importante e necessário, embora o conhecimento que ostentava fosse superior à média e, com certeza, já tivesse lido o tema daquela aula. Mesmo assim, Mia gostava de ver os pontos de vista do professor, que trazia diferentes perspectivas, enriquecendo o seu já vasto conhecimento.

– Acho que nos aprofundamos demais no assunto – respondeu Kalisson.

Ela olhava para o chão, desolada. Percebendo que Mia realmente estava se sentindo mal, Kalisson tentou consolá-la:

– Ei, Mia, pare de se martirizar! Um dia de aula, ou uma ou duas aulas, não farão mal a você. Tenho certeza de que sabe muito mais que o professor, fique tranquila.

– Eu nunca perdi uma aula na vida, nem por doença!

– Então esta é a sua primeira vez.

Mia não gostou do comentário.

– Não sou como você. Nem tudo é festa para mim, como deve ser para você e seus amigos que vivem rindo nos intervalos. Eu tenho minhas responsabilidades. Esta faculdade para mim é coisa séria!

– Calma, Mia. Não fique assim. Às vezes, devemos ser um pouco mais flexíveis.

– Você não sabe de nada.

– Tem razão. Eu não sei de nada de sua vida, mas sei que não vai ter jeito de você voltar no tempo e assistir a essas aulas. Além disso, já que é tão importante para você, peça para algum aluno emprestar o caderno com as anotações da aula. Tenho certeza de que pode copiar a matéria que o professor passou.

Mia ficou pensando, essa era uma alternativa. Nunca precisou copiar matéria de ninguém, por isso sequer havia cogitado. Imaginou de quem emprestaria o caderno. Talvez de uma colega que se sentava ao lado; ela era bem estudiosa, e seus cadernos eram bem atualizados – copiava até os respiros do professor.

– Além disso, Mia, imagine que tivesse tido uma tempestade e que não pudesse ter vindo à aula porque o ônibus tombou ou algo do gênero. Nem tudo é perfeito ou do jeito que planejamos. Você é estudante de História e, pelo amplo conhecimento que tem me mostrado, deve saber que muitas vezes a História mudou de rumo por mero acaso, e que a vida de muitas pessoas foi ceifada em grandes tragédias por coisas que sequer tinham imaginado. Pense nisso.

A CDF refletiu por um instante. Aquele cara tinha razão. Pela primeira vez alguém, que não ela, estava com razão e a fez enxergar um pouco além de seus pensamentos herméticos e metódicos. Isso poderia ser um sinal, mas qual? E o que significava?

– Esse é o problema – disse Mia inesperadamente.

– Que problema?

– A vida.

– O que tem ela?

– A imprevisibilidade da vida. Se fosse previsível, poderíamos evitar muitos males.

– Isso está fora de cogitação.

– O quê?

– A previsibilidade. Mesmo se fosse possível, eu não gostaria de ter o poder de prever tudo o que aconteceria em minha vida.

– Aí está uma diferença entre nós. Penso justamente o contrário.

Os dois esperaram até soar o sinal do intervalo, quando cada um seguiu para a sua respectiva sala de aula. Mia saiu na frente dele, apressada, chegou à classe, colocou o material na carteira e logo perguntou para Ana Cláudia sobre a matéria. A garota perguntou por que Mia havia se atrasado. Mia se fez de desentendida e, desviando o foco da indagação, questionou novamente sobre a matéria dada.

Kalisson chegou à sua sala, quase no final do corredor. Curiosos, seus amigos logo iniciaram um interrogatório.

Quem começou foi Marcel, seu amigo, que morava no subúrbio, vinha de família humilde e nutria uma amizade legal por Kalisson, talvez sincera, mais que coleguismo.

– E aí, cara? Estava sumido! O que tava fazendo?

– Fiquei na biblioteca um pouco...

– Biblioteca! "Ãn"? – disse Jaimão. – Vi você conversando com aquela esquisitinha.

– Não fale assim dela, Jaimão! Você não a conhece. É uma pessoa muito inteligente.

– Disso eu sei. No nosso grupo de estudos, a menina só faz artigo de primeira. Mas que continua sendo esquisita, continua.

– Não vá dizer que está a fim daquele ser? Isso não. Tá ficando louco, cara? – falou Vardão. – Larga mão, essas garotas estranhas só trazem encrenca.

Vardão, o amigo extrovertido do grupo, gostava de zoar os outros e era uma boa companhia. Ele também era de origem humilde. Poucos, ou quase nenhum, estudantes do curso de História pertenciam a famílias abastadas, pois dificilmente pessoas de classe alta procurariam esse curso para seus filhos.

Kalisson era uma exceção. De família de classe média, com renda mensal muito boa, a qual permitia ao pai um mês de férias por ano em vários destinos, mas sempre gostava de ficar na casa da praia no Balneário Praia de Leste, no litoral do Paraná.

– Primeiro, quem disse que estou interessado na garota? Segundo, que tipo de encrenca ela pode trazer?

– Ontem você sumiu, no sítio, por várias horas. Então, a vi saindo de perto de você. Hoje, tive certeza de que está a fim dela, porque vi vocês conversando. E pior, pelo tempo que demorou lá na biblioteca, deve tê-la agarrado – analisou Jaimão.

– Não seja bobo, Jaimão. Como vou ficar com uma pessoa que mal conversa? Acha que ela é do tipo que sai ficando com todo mundo por aí?

– Fique sabendo que algumas quietinhas são as que mais aprontam.

– Pare. Mia, não. Tenho certeza disso.

– Hum, então já sabe até o nome dela? Você deve estar pirando, cara. Larga a mão. Pessoas misteriosas são encrenca. Depois você vai acabar se arrependendo. – Vardão urrou.

– Ah, é? Então fale lá, Vardolo, que problema ela poderia me trazer?

– Não sei, cara. Mas com certeza que vai trazer, isso é batata. Por serem tão fechadas, pessoas assim devem ter algum tipo de problema. Podem ter um trauma ou coisa desse tipo.

– Sim, nisso concordo. Mas como um trauma de outra pessoa pode me trazer problemas? Nisso não acredito.

– Por exemplo – continuou Vardão –, você poderia se apaixonar por ela e, por conta dos traumas que sabe lá Deus tem essa esquisita, ela não poderia te corresponder e frustrar toda sua expectativa.

– Veja só, Kalisson, dessa vez o Vardo está certo. Largue mão dessa esquisita.

– Já disse para não falar assim dela, Jaimão. Que coisa!

– Ei, gente, vamos deixar o Kalisson em paz! Se ele quiser casar com a moça, por exemplo, o que nós temos a ver com isso? Além do que, ela é muito bonita – disse Marcel.

– Bonita, está ficando louco? A moça anda só de calça larga e camiseta, parece um daqueles radicais adeptos de Che Guevara – falou Vardão.

– Lógico que ela é bonita. Tem um rosto lindo e uma pele fantástica.

– Ah! Quer dizer que anda reparando nela também? Quer furar o zoio do amigo? Olha aí, Kalisson! Se cuida senão vai arrumar um sócio – avisou Jaimão.

Kalisson olhou sério. Jaimão e Vardão começaram a tirar sarro dele. Marcel ficou incomodado e disse:

– Seus dois sacanas, não é nada disso. Eu reparei como faria com qualquer mulher. Acho mais, se vocês não repararam, é porque talvez mulher não seja o negócio de vocês. Podem assumir, Jaimão e Vardão! Estamos em um curso de História. Ninguém vai reprimir vocês se forem um casal gay...

– Essa foi boa – disse Kalisson.

– Afinal de contas, por que estão tão preocupados com Kalisson? Se ele quiser ficar com a garota, que fique – finalizou Marcel.

– É que não queremos perder o amigo de festas – explicou Vardão.

– Como assim perder o amigo? Está ficando lesado? – perguntou Kalisson.

– Ora, Kalisson, quando o cara se apaixona ou namora sério, os amigos são os primeiros que ele abandona.

– Você tem razão, Vardão – concordou Jaimão. – Não queremos perder o amigo. Estamos no final do terceiro ano e queremos terminar o curso juntos. Como se fôssemos três mosqueteiros; e você, o Dartanhã.

– Ai, que observação idiota, Jaimão! E você, Vardão, por que acha que eu deixaria de ser amigo de vocês? Quanto a isso, pode ficar tranquilo, não farei.

– Porque é o acontece com todo mundo. Talvez não se torne nosso inimigo, mas, caso se apaixone por aquela garota megaesquisita, não vai ter mais tempo para nós e vai se afastar de nós.

– Capaz mesmo, Vardão!

– Então, depois você me fala se não vai ser exatamente assim.

Logo bateu o sinal e entraram para a aula.

Quando acabou a aula, Kalisson saiu da classe, passou na frente da sala de Mia e percebeu que estava vazia. Provavelmente, o professor deve ter liberado todos mais cedo. Numa esperança irracional, foi até a biblioteca ver se encontrava a garota. Mas foi em vão.

Vardão tinha razão. Mal havia começado a conversar com Mia e já estava se preocupando mais com ela do que com os amigos. Pela primeira vez desde que entrou na faculdade, não havia ficado com os amigos conversando um pouco depois do fim da aula.

# Antes de dormir

Depois do transcurso do dia, Kalisson agora estava deitado em sua cama box, olhando para o teto e pensando nos últimos acontecimentos. Seria verdade? Estava pensando naquela garota e em suas conversas juntos. Por que havia se impressionado tanto? Mia era inteligente, mesmo. Mas se não fosse isso, tinha, no mínimo, um enorme conhecimento sobre História. *Também... Mia lê mais de cem livros por ano... Se eu lesse tudo isso também, com certeza saberia muito. Por que nos arrependemos depois de termos deixado uma coisa para trás? Isso dos livros seria um desses motivos de arrependimento. Tivesse eu seguido esse exemplo de assiduidade com leitura... poderia até engajar num doutorado, quem sabe. Mia me humilhou com seus conhecimentos. Me fez recobrar um pouco do entusiasmo que eu tinha antes de ingressar na facul. Falem o que quiser, mas é encantador conversar com pessoas inteligentes. As palavras fluem no ar como cachoeiras e entram pelos ouvidos, proporcionando uma sensação de prazer. Prazer, era isso que sentiu durante uma hora e meia de conversa na biblioteca. Uma coisa era certa, ela também tinha mergulhado no papo a ponto de perder o horário de entrada. Isso foi bom pra mim, mas, na mente dela, aposto, foi uma fraqueza. E meus amigos, agora, dando para me criticar! Imagine, se algo mais sério estivesse acontecendo, eu os perderia. Nesse ponto, acho natural. Os amigos do Ensino Fundamental não resistiram, nenhuma daquelas amizades perdurou, cada um para um canto, e não fiz e nem fizeram questão de manter contato. A vida seria uma reta de linhas paralelas? Não isso, mas uma linha curvilínea, entrecruzando com outras curvas levadas ao infinito. Ora, poderia voltar à origem, ora cruzar de novo em outro ponto qualquer ou então, nunca mais passar por onde havia começado. Os entrelaçamentos são um mistério, e o mistério pairado em minha mente é saber por que tenho essa sensação em relação à Mia. A quietinha da Mia, o olhar expressivo da Mia, a doçura e amargura da Mia. Viajando estou nesta questão. Quem pode me explicar o que significa tudo isso? Num dia anterior, um encontro com uma desconhecida, tão desconhecida, aliás, que eu sequer sabia o nome certo dela. Era Mia.*

*O que aconteceria se eu tivesse outra oportunidade de conversar com ela? Presumia que teria de chegar mais cedo para conseguir abordá-la. Já que com certeza ela ficou perturbada com a situação, como vou poder me aproximar dela? Ela é difícil, e isso deve ser duro, talvez Vardão tenha razão de dizer para eu largar mão de pessoas estranhas. Só que o sentimento e a impressão foram extremamente expressivos em relação a ela, e não posso tomar esse sentimento como uma coisa normal. Então, vou seguir aquilo que se apresenta a mim. Se bem que é certo que não faço ideia do esteja sentindo, o certo é que a sensação de estar perto dela e conversar com ela me fazem bem. Isso é estranho, estranhíssimo, Kalisson. Bom, cara, melhor você dormir. Chega de pensar, pensar, pensar. Tudo o que não quero hoje é ser acometido por uma insônia de tanto pensar.*

De repente, a porta do quarto de Kalisson se abre.

– Boa noite, meu filho.

– Boa noite, mãe. Sua bênção.

– Já rezou?

Silêncio

– Já rezou?

– Não.

– Então reze, vamos rezar o pai-nosso juntos.

– Ah, mãe, como a senhora é insistente!

– É necessário, meu filho. Não quero que meu filho se afaste de Deus. Vamos rezar! Pai-nosso que estais no céu...

Kalisson acompanhou a mãe na reza, depois Aureliana deu um beijo no rosto do filho, apagou a luz e foi fazer o mesmo "ritual" com Kátia.

Quinze minutos depois, Kalisson caiu no sono.

Àquela altura, Mia tinha copiado do caderno de Ana Cláudia as matérias que havia perdido. Ainda não tinha se conformado com o que aconteceu. Como pôde se esquecer do tempo daquela maneira, o que havia acontecido? O mosca-morta do Kalisson a havia hipnotizado ou ela se viu enlevada pelo fascínio de poder, em algum momento, discorrer sobre o seu conhecimento de forma a fascinar alguém e ensinar-lhe alguma coisa? O que dava a ela a sensação de finalmente estar certa em alguma coisa, de ter algo a oferecer. Era um tipo de relacionamento social, o único exercido pelas limitações intrínsecas de Mia.

Havia tomado a sopa da avó, com macarrão, pedaços de carne, batata e cenoura. Estava uma delícia. A vó Joaquina gostava de jantar sopa, uma comida mais leve. Mia havia se acostumado com o cardápio e realmente as sopas da avó eram muito boas.

– Você está meio estranha. Está pensando em quê? – perguntou a avó.

– Nada não, vó. Só na matéria que tive hoje e nos trabalhos da faculdade.

– E que trabalho seria?

– Deixa pra lá, vó. Estou cansada hoje! Amanhã a gente conversa sobre isso.

– Sua mãe passou aqui hoje.

– O que ela queria?

– Disse que queria te ver.

– Nossa, vó! Faz dois anos que estou na faculdade no período da tarde e ela sabe muito bem que não estou em casa esse horário...

– Pois é, falei isso para ela.

– Estava sozinha?

– Não, com o marido dela.

Ao ouvir essa palavra, Mia se transformou e fechou a cara, expressando uma espécie de ódio e nojo. Queria largar metade do prato.

– Ela entrou aqui com aquele filho de uma puta?

– Que palavreado é esse, Mia? Ele não entrou, ficou no carro.

– É sério, vó. Não deixe aquele nojento entrar aqui. Se ele entrar pela porta, eu saio pela janela. Tenho nojo dele, ódio. Se pudesse, acabava com ele...

– Deus o livre! Por que todo esse ódio? O que aconteceu para você o odiar tanto? Isso não faz bem para você. Seja lá o que for, tem de se libertar disso.

Mia não falou mais nada por um momento.

– Minha mãe também é uma cretina. Sabe que não gosto daquele calhorda e vem aqui com ele. Talvez tenham vindo só para fazer uma média, ou que tivessem por aqui tentando vender um apartamento.

– Não fale assim, Mia. Ela é sua mãe.

– Ela sequer sabe o significado dessa palavra. Odeio quando tenho que vê-la. Se pudesse nunca mais vê-la, nem aquele vagabundo, seria melhor para minha vida.

– Mia!

– Dá licença, vó. Perdi o apetite.

Levantou-se da mesa, lavou seu prato e foi ao banheiro escovar os dentes. Demorou meia hora para passar a raiva que sentiu ao saber que o padrasto havia aparecido para se intrometer na casa de sua avó.

Logo depois outros pensamentos lhe assaltavam. Kalisson. O que teria acontecido durante o dia, durante aquela conversa? Precisava ter mais cuidado, seria ele um aproveitador ou oportunista, tentando se aproximar para pregar uma peça ao final? Não era normal alguém demonstrar algum tipo de interesse por ela. Por que aquele cara tinha se dado ao trabalho de ficar conversando sobre matérias com ela? No entanto, não podia negar, havia percebido o quanto era bom ter alguém para falar e se expressar com segurança. Para Mia, isso era raro. Nunca havia conversado por tanto tempo assim com alguém. Nem quando criança se lembrava de ter tido esse tipo de conversa prolongada. Logo aquele cara que diziam que era boyzinho, tinha um carrão e vivia com roupas caras! Pelo menos é o que parecia; realmente, não fazia o tipo de quem faz curso de História. Caso se dedicasse direito e levasse a História a sério, não usaria roupas de marca, as quais, em alguns casos, são fabricadas em países pobres a preço de banana e, depois, só se põem as etiquetas e as vendem com preços absurdos. *O tonto do Kalisson não deve nem saber que muitas manufaturas hoje estão sendo produzidas na China com superexploração do trabalho de pessoas pobres e distribuídas pelo mundo. Até instrumentos musicais estão sendo fabricados lá. O negócio da China! Um cara desse tipo, que não tem, aparentemente, consciência social, poderia se interessar por alguém crítica como eu e que tem uma balança com mais coisas ruins a respeito da sociedade e de seus caminhos do que coisas boas? O fato é: estou pensando demais nisso e não posso me dar ao luxo de ficar o tempo todo pensando no que aconteceu em uma conversa de início de tarde.*

Mas Mia continuava pensando na conversa, já a tinha revisto em sua mente incontáveis vezes, e repetido mentalmente todas as palavras que ela e ele haviam falado, prestando atenção nos gestos dele e nos dela. Mediu a si mesma para ver se não tinha sido ridícula, analisou os olhos dele, em uma tentativa de descobrir por que demonstravam aquele interesse por ela, aquela atenção inédita. Tudo era muito esquisito. Pensou também nas aulas que perdera, na vergonha de ter chegado na terceira aula – mas ninguém perguntou nada ou a censurou. Ficou até determinado momento pensando, quando, de súbito, resolveu pegar o livro *As veias abertas da América Latina.* Iniciou uma leitura e leu até pegar no sono.

# Durante o mês seguinte

O encontro no sítio e a conversa na biblioteca foram o início de uma brincadeira de gato e rato entre Kalisson e Mia. Ele vivia tentando arranjar alguma ocasião para se aproximar, ao passo que a soturna Mia ia se esquivando o máximo possível. Os amigos de Kalisson perceberam a empreitada, o embate que travava aquele tosco; tentaram desestimulá-lo e, mais, apostaram que Kalisson não conseguiria nada com Mia. Kalisson irritou-se quando quiseram travar uma aposta. Discordou e sabia que, se a garota soubesse dessa proposta, aí, sim, ele nunca mais iria conseguir se aproximar dela, e o pouco de amizade que nutriam iria parar no ralo. Além disso, Kalisson seria taxado como um idiota (como todos os homens importunadores da vida antissocial de Mia).

Como Vardão havia previsto, Kalisson foi, gradualmente, afastando-se dos colegas a ponto de apenas trocar algumas palavras com eles durante as aulas.

Kalisson chegava à faculdade antes de Mia. Ficava ansioso quando a via chegar e já ganhava os corredores dirigindo-se a ela, que não parava no corredor e partia direto para a biblioteca para entregar e pegar novos livros. Todo dia, Mia tinha um livro para devolver ou algo para pegar na biblioteca. O hábito de leitura dela era impressionante. Na biblioteca, eles trocavam algumas palavras, só com um pouco mais de cuidado por parte de Mia, que sempre espiava o relógio do local para não perder o horário. E isso nunca mais aconteceu.

No intervalo, Mia ficava quase sempre dentro da sala de aula. Kalisson ficou tão ansioso a ponto de, no intervalo, ter coragem de entrar na sala de aula de Mia e de sentar-se ao lado dela para conversar. Ela ficou completamente sem graça, não tanto por Kalisson, mas por causa dos colegas de sala que estavam percebendo algo diferente no ar. Como ela estava na faculdade, e não dava espaço para muitas conversas, só duas colegas chegaram para falar a respeito logo depois que ele foi embora:

– Kalisson é bonito. Parece estar a fim de você.

Toda sem graça e sem saber o que responder, depois de uns sessenta segundos intermináveis de silêncio, respondeu:

– Nada a ver. A gente só conversa sobre a matéria.

– Ele é muito gato, Mia. Por que você não fica com ele? Kalisson está dando a maior bandeira para você.

Desta vez o silêncio reinou por um tempo ainda maior, e ela ficou sem saber como reagir. Ficou muito sem graça com a pergunta e simplesmente não respondeu. *Por que será que as pessoas notam tanto esse tipo de coisa?*, pensou. *Se eu tivesse aparecido aqui com um carro zero, talvez não tivesse chamado tanta atenção. Um cara tem que ter muita coragem para entrar na minha sala todos os dias durante o intervalo e ficar conversando comigo. E, pensando bem, como isso não poderia chamar a atenção?*

Além disso, depois de o último sinal soar, Kalisson ia direto para a porta da sala dela esperá-la, acompanhava Mia até seu ponto de ônibus e aguardava até que ela embarcasse e partisse.

Depois de duas semanas ininterruptas com essa rotina, Mia decidiu que se ficasse na sala durante o intervalo, os comentários seriam piores, por isso, nos intervalos, a partir de então, iam também à biblioteca. Determinada vez, numa raridade, acompanhou Kalisson até a cantina da faculdade para comer alguma coisa.

O que estaria acontecendo com Mia? Pela primeira vez, desde o ingresso na faculdade, fora à cantina. E, para piorar, ficava torcendo para que o horário de ir para faculdade chegasse logo. Começou a gostar da companhia dele. Mas por quê? Era uma sensação nova para ela. Jamais havia se sentido tão bem com nenhum ser humano. Mas com Kalisson sentia uma certa paz, algo inexplicável. Porém, nada do que ela sentia tinha a ver com desejo. Não alimentava nenhuma libido em relação a Kalisson – por seus motivos íntimos ou simplesmente porque não sentia desejo por ninguém, ao contrário, tinha um comportamento completamente assexuado.

Os pensamentos de proteção de Kalisson eram profundos. Começaram a brotar nele outros sentimentos e necessidades, como a vontade de apertar a mão de Mia e de abraçá-la. Reprimia-se ao máximo, porque tinha medo de suas demonstrações de carinho não serem aceitas por ela. Sim, carinho! Era carinho, não havia ousado sequer imaginar os dois fazendo sexo. O sentimento ainda era sublime.

Determinado dia, no intervalo, na biblioteca, o céu estava pretíssimo de nuvens negras e se armava um temporal, as luzes tiveram de ser acessas e pouquíssimas pessoas permaneceram na biblioteca. Na escrivaninha em que estavam, Kalisson citou uma frase de um livro que havia achado interessante. Geralmente era isso que faziam na biblioteca. Ficavam debatendo sobre questões históricas e filosóficas. Kalisson defendia as suas posições por meio de suas próprias ideias. Na maioria das vezes, ao contrário, Mia citava as fontes de seu entendimento, demonstrando a ele o que certo autor havia discorrido sobre determinado assunto.

– Eu prefiro ainda ter ideia própria do que ficar aí citando o entendimento de outra pessoa.

– Mas eu tenho ideia e opinião próprias. A diferença é que eu mostro quais são os autores que têm a mesma ideia que eu.

A partir daí, o debate começava de novo, discutindo qual seria a posição mais acertada sobre determinada conduta humana em determinada época.

– Você já se perguntou por que estudamos História?

– Por vários motivos: para entender melhor o ser humano e, principalmente, para tentar evitar cometer de novo os mesmos erros do passado.

Em um desses dias de conversas, no intervalo da biblioteca, ele pegou as mãos dela. Mia se retraiu toda e foi embora.

– Não quero que toque em mim. Você disse que só queria minha amizade! – disse e saiu apressada com os livros debaixo dos braços.

Kalisson tentou se justificar, mas foi em vão. Nos dois próximos dias depois do ocorrido, Mia não dirigiu uma palavra sequer a Kalisson.

O "período de abstinência" de Mia deixou Kalisson desconfortável e ansioso. No terceiro dia, com muito esforço, conseguiu convencer Mia de que o que fez não foi por mal. Sequer ousou perguntar o porquê de tanta resistência a toques. *Talvez essa garota tenha um trauma grave*, imaginou. Apesar do incômodo, Kalisson tinha paciência com Mia. Havia decidido que, quando chegasse a hora certa, tentaria arrancar, de algum modo, alguma informação dela sobre o motivo de seu comportamento aparentemente anormal – ou, se não fosse anormal, pelo menos era diferente de tudo o que conheceu.

Depois do pequeno desentendimento, a relação deles teve uma pequena evolução. Além dos encontros antes do início do período de aulas, nos intervalos, na biblioteca, no ponto de ônibus, passaram, quando tinham aulas vagas ou intervalos prolongados, a fazer passeios pelos *campus*.

Os amigos de Kalisson reclamavam:

– Perdemos o amigo. Nem parece mais o mesmo Kalisson – disse Marcel.

– Eu não falei que seria assim? – perguntou Vardão.

– O pior é que, com certeza, além de não querer ser mais nosso colega, aposto como não conseguiu arrancar nenhum beijo daquela esquisita – falou Jaimão.

– Isso não é verdade! – contestou Kalisson.

– O quê? Que não conseguiu nem beijar aquela uma? Então conseguiu? – insistiu Jaimão.

– Não é isso a que me referi. Falei que não é verdade que não quero ser mais amigo de vocês.

– Então, você a beijou ou não? – insistiu Jaimão.

– Não – respondeu Kalisson.

Jaimão começou a rir, e eles zoaram o colega por estar tendo uma vida de asceta e ermitão ao lado de Mia. Kalisson nem ligou, apenas pediu para não chamarem Mia de esquisita.

No mês que se seguiu ao passeio no Sítio *Escandolo*, a rotina de Kalisson e de Mia foi mais ou menos do mesmo jeito: ora com picos de emoção, ora no jogo de gato e rato, ora algumas perplexidades; contudo, as emoções de ambos cresciam paulatinamente, mas de maneira diferente, respeitando as particularidades das maneiras de sentir de cada um deles. Algumas vezes, os pontos de vista convergiam, ora se distanciavam, todavia, praticamente em todos os dias – exceto fins de semana – depois do encontro inicial naquele sítio, eles se viram e conversaram muito.

# Nas férias

Kalisson ficou tão ligado em Mia a ponto de não perceber a aproximação eminente das férias. De repente, era o último dia letivo e, junto com o ano, o fim das conversas entre ele e Mia. Nem se lembrou de pegar o número de telefone dela, porém, se pedisse, talvez Mia, de tão arisca, não lhe desse. Nada sabia da garota, se deu conta de que nem onde ela morava sabia. Apenas a acompanhava até o ponto de ônibus, sendo o trajeto desta jardineira apenas até o terminal central de Londrina. De lá em diante, Mia poderia se dirigir a qualquer ponto da cidade ou de sua região metropolitana, a qual era razoavelmente grande.

Kalisson tinha sido um idiota, admitia. Agora não poderia encontrar-se com ela durante as férias. O coração reclamou. Teve a ideia de procurar por ela nas redes sociais ou coisas do gênero. *Stalkeou* até a exaustão, no entanto, sem sucesso. Não encontrou nada que revelasse a vida social de Mia Ferguson de Oliveira – se é que existia alguma vida social da parte dela. O nome completo dela soube pela lista de chamada e pelo grupo de estudos. No mais, a garota era invisível. Suspirou profundamente quando percebeu a realidade. Teria de passar as férias de fim de ano inteiras sem vê-la. Saiu de carro ao acaso para ver se topava com ela pelas ruas, mas também não teve sucesso.

O jeito era curtir as férias com a família...

Kalisson, Kátia, dona Aureliana e Raul ficariam um pouco mais de um mês em sua casa de praia no Balneário Praia de Leste. Kalisson tentou pensar que as férias seriam boas e, quem sabe, no litoral, deixaria de pensar um pouco naquela incógnita. Lembrou-se de sua prancha de surfe. Seria bom desenferrujar um pouquinho. No ano passado, finalmente, havia conseguido se equilibrar em pé na prancha e, desta vez, prometeu para si mesmo que iria tentar se aprimorar, acordar todo o dia bem cedo para pegar onda.

A maninha, Kátia, não sabia como, sempre arranjava uma amizade diferente a cada verão. Desta vez foi com Juan, o filho de um casal de argentinos que se instalaram na casa vizinha à deles.

*Puxa, a pentelha da minha irmã tinha de arranjar um amigo que fala castelhano e gosta de rock. Pior que o velho Raul pediu para eu ficar de olho na fedelha. Já dei uma bronca na menina e fui direto ao assunto. Não podia ficar nos rodeios senão ia perder as férias para cuidar da encrenca*, pensou Kalisson.

– Olha aqui, Kátia, cuidado com o seu amigo argentino! Se quiser beijá-lo, tudo bem. Mas vê se não vai dar para o cara, viu?

– Que isso, Kalisson? Ficou louco de falar assim comigo? Nem a mãe e o pai me falam isso.

– Mas deveriam falar. Se eles não falam, eu falo. Tudo o que menos quero é ter um sobrinho precoce e, ainda por cima, filho de um argentino.

– Até parece, seu idiota. O cara é meu amigo, só isso.

– Sei bem aonde vão parar amizades entre adolescentes.

– Para, ô! Nunca dei motivo para falar assim comigo.

– Estou falando para seu bem, Kátia, isso porque o pai me mandou ficar de olho em você.

– Todo ano ele manda você ficar de olho em mim, e nem por isso você me tratava assim.

– É que agora você está bem grandinha. Os hormônios estão à flor da pele. Até seu peito já ficou grande.

Kátia ficou constrangida e começou a chorar. Kalisson pediu desculpas, dizendo que estava brincando e alertando-a para tomar cuidado. Por fim, disse:

– Confio em você, pirralha. Fique tranquila. Pode curtir com seu amiguinho. Só não se esqueça de não dar para ele.

Kátia começou a xingá-lo, como em uma briga saudável entre irmãos. No fundo, Kátia adorava Kalisson. As brigas eram meras encenações.

Seu Raul adorava passar o final de ano na praia, onde ficava à vontade, bebia cerveja o dia todo e falava os palavrões que bem entendia. Em alguns fins de semana, vinham alguns parentes, quando jogava baralho ou apenas fazia um churrasco e jogava conversa fora. O seu maior deleite, porém, era poder pegar duas caixas de latinhas de cerveja, armar o guarda-sol na praia e ficar ali depois do almoço até acabar as cervejas. Às vezes, parecia um elefante-marinho deitado, entretanto, o homem estava feliz e ponto.

A bebedeira de Raul era um martírio para Aureliana. Ele não brigava com ela, mas, em compensação, roncava duas vezes mais alto e, a cada dez palavras, nove eram palavrões. Aureliana carregava uma cruz! E, mesmo na praia, procurava a igreja pelo menos para assistir a duas missas semanalmente. Mesmo em férias exigia, no mínimo, a participação da família na missa dominical, ou de manhã, ou à noite. Geralmente, após muita contestação, iam à noite.

As férias na praia faziam bem a todos. Desligavam-se naturalmente de todas as rotinas e podiam se dar o luxo de ficar todo o tempo desfrutando, sem trabalhar. De dia, as cervejinhas de Raul; de noite, iam passear pelos calçadões da praça e à beira-mar, visitavam as feirinhas, na maior parte das vezes comiam, ao acaso, em qualquer restaurante. Gostavam de comer camarão no restaurante das Pedras, em Matinhos. Passeavam pelas barracas de artesanato. Ultimamente, na praia tinha até artesanato queniano e muitos anéis de chifres de antílope.

Tinham a tradição de almoçar pelo menos uma vez no Casa Rosada, em Guaratuba. Nos últimos anos de férias, haviam conhecido praticamente todo o litoral paranaense: a Ilha do Mel, com a sua Gruta das Encantadas, o farol, bem como a praia mansa e a brava, que era excelente para surfe. O porto de Paranaguá e aquelas ruas históricas, a baía de Guaratuba, Antonina, Morretes, Guaraqueçaba e os sambaquis ali deixados pelos indígenas.

Comeram também o barreado, o prato típico da região, e ouviram alguns caiçaras tocar o seu fandango com a rabeca, a viola e o adufe. Mas havia muita coisa que ainda não conheciam, como o Parque Nacional do Superagui, a Ilha das Peças e muitos outros lindos lugares pequenos em extensão, mas grande em beleza, no litoral paranaense.

Raul havia prometido que naquele ano iriam ir e voltar a Curitiba de trem, onde se passa serpenteando a serra do mar e a linda Mata Atlântica. A promessa seria adiada para o ano vindouro, pois a vontade de ficar deitado na praia, como uma morsa pançuda, era maior do que o desejo de dar um passeio ecológico de trem. Kalisson, Kátia e dona Aureliana não se importaram com o fato de a viagem ser postergada, afinal, cada um havia estabelecido seu ritmo de férias. O de Kátia era tocar violão com Juan e passear. Kalisson dedicou seu tempo ao surfe e à praia. Aureliana fazia comida, cuidava da casa, rezava e ia às missas que podia; a única coisa que mudara para ela era ficar meia hora por dia sentada na beira da praia e molhar um pouco os pés nas ondas. A água não passava acima da altura das canelas. Tinha verdadeiro pavor de água e nunca aprendeu a nadar.

No geral, as férias foram tranquilas e normais. Um fato curioso aconteceu em um finalzinho de tarde. Kalisson estava no mar sem sua prancha de surfe, a água estava muitíssimo agradável e de longe avistou uma moça. Estava na água sem companhia, os demais banhistas foram saindo aos poucos, ficando poucos deles. Quando estava pulando ondas, a moça chegou perto dele, sorriu e pronunciou algumas palavras. Perguntaram-se de onde eram. Ela morava em Curitiba. Chamava-se Liz, era uma moça muito linda, tinha cabelos castanho-escuros e, naquele momento, molhados pelo mar, uma pele levemente bronzeada saltava à visão, os olhos amendoados e insinuantes. Vestia biquíni verde com uns detalhes.

De repente, trocaram algumas ideias. Liz era espírita e, durante um tempo, frequentou a faculdade de Música. Abandonou o curso porque era muito difícil, exigia muita disciplina. Comentou com Kalisson que havia perdido o noivo no ano anterior, em um acidente de trânsito. Kalisson se compadeceu da história dela. Já estava quase escurecendo, e Liz foi até a areia, mas, antes, pediu:

– Espere um pouco. Já volto.

– Tá bem!

Ele duvidou que Liz voltaria e continuou pulando ondas e pegando jacaré. Quinze minutos depois, ela retornou sorridente. Agora a maré havia mudado e o mar ficou calmo.

Formou-se uma piscina natural onde estavam e ali ficaram. Liz explicou que seria interessante permanecerem, naquele exato momento do dia, mais à frente, pois ficava mais raso do que na beira da praia, onde se formava uma espécie de piscina natural na qual a profundidade dava na cintura ou um pouco mais. Ela disse que se alguém passasse à frente deles, seria formada uma ilusão de ótica, como se estivessem olhando para alguém andando sobre as águas. Kalisson duvidou um pouco, mas depois que alguns caras entraram na água e foram à frente, espantou-se. Não é que era verdade mesmo! No local mais à frente deles, as pessoas estavam em pé, com as canelas visíveis, dando a impressão, pelo momento do crepúsculo, entre outros aspectos, de que estavam realmente andando sobre as águas.

Assim foi evoluindo a conversa deles. Liz o olhava firme nos olhos. Kalisson, de relance, pensou algo de sensual; receoso, não tomou iniciativa alguma. Pouco depois, sentaram-se no meio da piscina natural e os pés resvalavam-se sensualmente embaixo da água.

Subitamente Liz sorriu e disse:

– Kalisson, vem aqui.

Ele foi perto dela sem pensar em nada.

– Quero te mostrar uma coisa.

– O quê?

Liz tascou um beijo na boca de Kalisson e ele correspondeu. Depois de alguns segundos de "beijo marítimo", ela se afastou e disse:

– Você estava demorando demais para tomar a iniciativa.

O rapaz, hipnotizado pela sensualidade do momento, nem pensava muito, ficou curtindo os beijos de Liz, salgados pela água do mar.

Estavam agarradinhos, e a água, morna e deliciosa, agora batia no peito. Foi quando Liz tirou a parte de cima de seu biquíni e deu para Kalisson segurar.

– Está ficando louca?

Sem responder, Liz tirou a parte de baixo do biquíni e entregou a peça a Kalisson. Depois, ficou agarradinha com ele, fazendo movimentos de quadril. A água e a escuridão escondiam os detalhes, impedindo de os outros banhistas a verem. Kalisson ficou completamente ouriçado. Teve uma ereção muito forte e pensou mais de vinte vezes em introduzir inteiro nela. Parece que se o fizesse, ela não se incomodaria;

no entanto, refletiu e, com muita dificuldade, resistiu ao impulso de consumar o ato sexual ali mesmo dentro da água. Refreou-se por um motivo simples, porém poderoso. *Nunca vi essa moça, e se ela tiver alguma doença? Seria muito bom transar com ela, mas preciso me segurar*, ponderou entre pensamentos. Segurou ao máximo. Depois disse, meio irritado, que ia sair da água.

– Por quê? – protestou Liz.

– Não quero transar com você sem camisinha. A gente mal se conhece.

– O que é que tem? Eu tomo anticoncepcional.

– Não é por isso...

Liz pareceu não entender ou se fez de desentendida, mas, por fim, combinaram de se encontrar em outro local. No lugar combinado, Kalisson foi com os bolsos lotados de preservativos e consumou o que tinham começado. Claro, não teve a mesma sensação de quando estavam dentro da água, mas foi bom para os dois. Ficou por mais dois dias com Liz, depois não se encontraram mais. Tudo não passou de um encontro casual, por algum prazer, o que não ataria os dois em nada mais sério.

Porém, estranhamente, no restante das férias, Kalisson entendeu seu encontro erótico com Liz como uma espécie de traição à Mia. *Mas que idiota! Não somos nada para eu me sentir assim.* Com certeza, aquela garota calada tinha algo de especial que chamava sua atenção e mexia com seus sentimentos. Poderia até ter namorado Liz e mudado o seu destino, mas a fascinação por Mia não permitia que ninguém lhe ocupasse o coração por completo.

As férias de Mia foram bem menos badaladas. Ficou em casa devorando livros e mais livros de conteúdo histórico e de outros gêneros. Seus únicos passeios durante as férias se resumiam à Biblioteca Municipal de Londrina. No caminho, sempre passava na rua Sergipe para tomar uma vitamina de abacate com banana e maçã, tradicional na cidade por seu sabor especial. Foi um dia ao shopping Catuaí com a avó e almoçaram lá. Mas Mia não gostava de ambientes desse tipo, ia só para agradar a avó. Nem o calor abrasivo do verão de Londrina a fazia frequentar qualquer tipo de clube com piscinas. Vivia fechada dentro de si e dos livros. Dona Joaquina sempre se preocupava com o isolamento da neta; no entanto, não sabia o que fazer nem como fazer. Então, decidiu deixar o tempo se encarregar de uma solução.

Certa vez, tentou conversar com Mia para falar que aquele comportamento não era normal. Foi quando Mia ficou mais de quinze dias sem responder à avó. Daquele dia em diante, Joaquina não tentou mais ajudar com palavras. Desconfiava que havia algo que perturbava a garota. Não fazia ideia do que era e não tinha a menor noção de como ajudar. Sentia-se impotente. O relacionamento entre seres humanos é complexo: pode-se estar perto e ser distante, e pode-se estar distante e permanecer mais perto do que os demais.

Os pensamentos de Mia durante as férias eram de perplexidade. Não sabia o que ou por que estava sentindo falta daquele playboyzinho folgado do Kalisson. *O cara tem uma vida boa do caramba e eu aqui pensando nele!*

Muitos pensamentos dela remetiam aos diálogos que tiveram, aos seus gestos e aos dele; cada palavra, minuto por minuto. Não podia ficar sem fazer nada e já vinha à cabeça a imagem daquele intruso. Sensação nunca antes experimentada por ela, não tinha ideia do que poderia ser; porém, era um sentimento notadamente assexuado, sentia falta das conversas, dos debates, da companhia, mas sequer cogitava a necessidade ou vontade do toque.

Kalisson era a primeira pessoa na vida dela cujo diálogo se estendia com naturalidade, não se sentia com aquele peso, aquela sensação de estar por baixo. *O cara deve ter um dom. Só pode, pois, hoje em dia, quase ninguém tem paciência, não para se dedicar ao próximo. Pelo menos ninguém que eu conheça. A vida é o individualismo e nada mais, ser feliz a qualquer custo, ser o centro do universo, o que importa é o eu. Não é isso a diretriz de tudo o que nos enfiam goela abaixo?*

Só um detalhe nessa filosofia toda: o egoísmo, a vida em função de si próprio é uma das mais pobres que existem. O ser humano só encontra sua plenitude quando doa parte de si para beneficiar o todo e a todos. Ninguém encontra a felicidade pensando apenas em si. Isso é a maior balela que existe. Bracher disse que o grande homem não se basta a si mesmo, sempre procura os demais, sempre procura transcender.

Mia vivia em seu mundinho, não porque queria, mas pelo trabalho de forças internas que a vitimaram em sua psique. E agora que tinha experimentado uma sensação de se encontrar em outrem, começou a ter vontade de se transcender. O que podia ser perigoso.

Mia também não entendia o motivo de acessar o Facebook com seu perfil *fake* e observar as fotos postadas por Kalisson. Não, em nenhum momento pensou sequer em lhe enviar uma mensagem, mas ficou olhando as fotos que aquele boyzinho postou. Ele estava na maioria das vezes sem camisa e usava uma sunga ridícula, mas o sorriso bonachão tinha algo de atrativo para Mia. Todos os dias, dava uma olhadinha nas fotos, para se atualizar. Certo dia, decidiu excluir o seu *fake* e acabar com essa história.

Pensar naquele cara era sinal de fraqueza, ilusão e miragem. Seria uma tolice achar que aquele playboyzinho de uma figa realmente se importava com ela. Ninguém nunca se importou e agora não seria diferente. Nada seria diferente, nunca mudaria; como nos livros de História, a história se repetia, o ser humano sempre voltava a se espojar na lama, na merda, na imundície, como um porco depois do banho. O ser humano era uma chaga para o planeta. O ser humano era desgraçado e desgraçava a todos e a tudo.

A amargura de Mia retornou com forte intensidade, a ponto de realmente parar de pensar em Kalisson.

# Volta às aulas

Finalmente havia chegado o grande dia do retorno, esperado com ansiedade por Kalisson, cujo desejo nutrido era intenso em relação à possibilidade de rever Mia. Acordou aquela manhã um tanto ansioso. *Chega logo o horário de ir para a faculdade!*

Como de costume, de manhã levou Kátia para a escola. Depois contou, afobado, as horas passarem. Almoçou rapidamente e não se conteve. Foi à faculdade mais cedo do que o costume. Acampou perto do ponto do ônibus. Aguardava ansiosamente o momento em que a veria. Estranho tremular de coração. Seria medo, ansiedade? Sei lá. E por quê? Encostou um ônibus; não a viu, ficou levemente desesperado. Logo se deu conta de que muitos ônibus desembarcavam alunos. Esperou ainda mais dois deles, quando finalmente ela desceria do veículo apressadamente e com um punhado de livros no braço.

Passou perto dele com a cabeça tão baixa que não o viu. Kalisson, rapidamente, chamou-a:

– Mia!

Ela virou-se e o olhou, como se estivesse tido uma espécie de choque; no entanto, só respondeu um "oi" e foi andando apressada em direção à biblioteca.

– Espere aí, Mia... – Ele praticamente suplicou.

Mia não respondeu e continuou andando. Havia se prometido, durante os últimos dias de férias, que não ia ficar mais tão próxima daquele carinha; afinal, era uma puta ilusão achar que alguém de fato se interessaria por ela.

Kalisson persistiu no encalço da garota e fez perguntas sobre suas férias e do porquê de não ter perfil em nenhuma rede social. Mia dava de ombros e andava rumo ao seu destino. Por um momento, Kalisson irritou-se, aí veio-lhe à mente algo que sabia que a agradava.

– Sabe o que andei lendo nas férias? Aquele livro que você me indicou. Ele é ótimo!

Mia virou o rosto para olhá-lo e disse:

– Duvido que o tenha lido, com as férias na praia que teve.

– Espera aí. Como sabe que fui para a praia?

Mia, não fosse sua cor amorenada, teria ficado rubra. *Que mancada, espero que ele...*

– Então só tem um jeito de você ter ficado sabendo. Deve ter fuçado no meu Facebook.

Mia emudeceu, como se tivesse sido pega em uma coisa denotadora de uma franqueza imperdoável.

– Quer dizer que deve ter um *fake* no Face. Procurei você e não achei. Você não é tão diferente dos demais, então, já que tem Face. Como está quieta, quer dizer que estou certo.

Mia irritou-se com o tom irônico dele e novamente seguiu, foi caminhando sem olhar para trás.

– Espere aí, Mia. Chega desse joguinho de pega-pega. Só eu sou a mãe, pô!

Mia não resistiu e deu um sorriso de viés.

– E o que você sugere? – perguntou ela.

– Sugiro que aceite.

– Aceite o quê?

– Namorar comigo.

Apesar de Mia saber que a colocação pronominal de "comigo" estava incorreta, subitamente sentiu como se estivesse suspensa no ar, em algum lugar que não conhecia. Não sabia como responder essa pergunta. Ninguém nunca tinha feito essa proposta para ela. Era incrível e inesperado. *Acorda, menina! Ele está tirando com você.*

– Mia, Mia, você está aí?

– Oi? – Saiu da catatonia, inspirou fundo, olhou para baixo e disse: – Você está tentando me enrolar. Tenho certeza de que não leu o livro!

– Li sim. Pode perguntar que eu respondo.

Logo o assunto estava restabelecido e por ora esqueceram-se dessa conversa de namoro. Em menos de uma semana, a rotina entre os dois voltou ao normal. Os amigos de Kalisson ainda tiravam sarro por ele não ter sequer conseguido beijar aquela esquisita do caramba. Mia pensou: *Tudo de novo, parece que tudo se repete. É como se não tivesse tido o tempo das férias. Só que Kalisson ficava cada vez mais ansioso.*

No final da segunda semana, quando os dois estavam passeando pelo *campus*, sentaram-se em um banco, em um dos corredores, debaixo de uma árvore chapéu mexicano. Estavam tendo aula vaga devido a um evento no qual nenhum dos dois participava. Então, ele perguntou sério, olhando no fundo dos olhos dela:

– Mia, quero te namorar, quero ser seu namorado.

Ela ficou quieta por uns instantes, mirou o chão, olhou ao redor, depois atentou os olhos para ele. Kalisson acabou repetindo a frase anterior.

– Eu acho que não posso fazer isso. Não tenho ideia de como é namorar. Nunca fiz isso na vida.

– É muito simples, é só a gente chegar um pouco mais perto um do outro. Posso segurar a sua mão?

Depois do incidente na biblioteca, Kalisson decidiu que deveria perguntar primeiro. Mia ficou pensativa. Ele refez a pergunta. Depois de um tempo, finalmente, ela fez que *sim* com a cabeça. Kalisson segurou a mão dela. Como era macia!

E como era bom segurá-la. Sensação maravilhosa, nunca sentida por Mia. Não estava sentindo nojo de tocar um homem. Era bom sinal, talvez Mia tivesse sido curada do lado antissocial acentuado em relação aos homens. Permaneceram um tempo interminável de mãos dadas, depois ele foi se encostando devagar. Abraçaram-se. Um descansava no outro, e a sensação era de uma boa energia, algo que os completava. Não havia sensualidade; no entanto, era como se uma energia os envolvesse e os unisse. Sentiam-se bem, mutuamente.

– Posso dar um beijo em você?

Mia respondeu que sim. Um "pode" como nunca tinha dito antes. Permitiu que alguém chegasse longe demais, mas não estava com medo. Queria aquilo, queria sentir aquilo, viver aquilo e saber se era real. Pediu dentro de si que fosse real, não poderia se machucar na vida ainda mais. Afinal, ela já era dolorida e agora algo acontecia. Mia finalmente parecia ter uma âncora nesse marzão sem limites.

Kalisson a beijou de maneira intensa, delicada, doce e amável. Os dois estavam extasiados. E assim foi o início do namoro entre Mia e Kalisson.

# Um problema insolúvel

A partir daquele dia, o casal ficou mais unido. À tarde, Mia não ia mais embora de ônibus, Kalisson a levava. Antes, porém, de chegar ao condomínio Castelo Branco, passavam no Zerão e faziam uma caminhada rápida.

Na semana seguinte, em súbita evolução de relacionamento, Kalisson a buscava em casa. No entanto, ainda não tinha sido convidado a entrar.

Vovó Joaquina, quando o viu, perguntou:

– Quem é aquele bonitão?

– É o Kalisson.

– Hum, é um chuchu!

– Ah, vó!

Joaquina ficou feliz com o relacionamento. Não sem antes interrogar a neta para saber de quem se tratava. Os tempos eram difíceis, era preciso vigiar. Havia percebido nitidamente que Mia estava mais comunicativa e que seu semblante, quase sempre tristonho, tinha ganhado uma conotação mais alegre e serena.

– Viu? A vida sempre pode surpreender, Mia.

Mia deu de ombros para o comentário da avó.

– Traga-o aqui qualquer dia para tomar uma sopinha. Se ele quiser – sugeriu a velha.

Os dois andavam por vários pontos da cidade, foram a vários lugares. Iam a pizzarias, ao cinema, ao parque Arthur Tomas; aos shoppings, só para cinema – Mia não gostava de shoppings.

– Esses lugares são apinhados de gente com comportamento oposto ao meu.

– Que é isso, Mia? Seja mais flexível.

Secretamente, Kalisson apreciava a qualidade antissocial dela, pois, em função disso, costumavam ficar em lugares mais reservados. O mundo agora era os dois e o resto. E era só o que importava para eles. Mia não havia perdido por completo o interesse por leitura, porém notou que estava lendo um pouco menos, passou para um insignificante – para ela, claro – livro por semana.

Tudo havia se transformado sensivelmente para melhor na vida dela. Tudo mais fácil, o mundo não era tão escuro, por aqueles dias, pelo menos.

Kalisson distanciou-se de vez dos amigos, como previu o colega de turma, além do que, ficava aéreo em casa, borbulhando em pensamentos românticos.

– Você está namorando, não está? – perguntou a mãe com ares de preocupação e uma pontadinha de ciúmes.

– Sim, estou e gosto muito dela.

– Por que, então, não a traz aqui em casa para a conhecermos?

– Bem, mãe... Ela não quer.

– Como assim não quer?

– Ela é extremamente reservada, até demais.

– Mas eu quero conhecer essa menina. Trate de convencê-la!

– Vou tentar, velha. Prometo que vou.

– Vem você de novo com essa história de velha...

Havia completado um mês de namoro, e Kalisson nunca tinha ido aos “finalmentes” com Mia. Sequer tentou; aprendeu a ser cauteloso. Não tinha tido nenhuma oportunidade também. Sua mente e seu instinto pediam cada vez mais para aumentar o contato com a garota. Kalisson se sentia muito atraído sexualmente, não que o sentimento de a proteger o tivesse abandonado, mas surgiu mais um sentimento em relação à Mia. O desejo puro e simples.

Então, em uma noite, logo após saírem da sorveteria Sávio, após um *sundae* dele e uma banana split dela, caminharam até um escurinho, e ele começou uma sessão de agarramento. Kalisson apalpou as nádegas dela, enquanto beijava seu pescoço delicado e cheiroso. Mia não teve reação. Seria o sinal verde? Seguindo a corrente instintiva, desceu a mão por entre as pernas dela e apertou bem lá onde o vento faz a curva. Nada, nem sim nem não, nada de reação. Gelada? Ele estranhou e perguntou:

– Por que não reage, não está sentindo nada?

– Eu não. Não sinto nada!

– Como assim?

– Eu sabia que um dia teríamos de conversar sobre isso.

– Pois fale, estou escutando.

Kalisson ficou na expectativa, curioso.

– Não sinto nenhuma espécie de desejo sexual, nenhuma. Não tenho libido, ao contrário, sinto repulsa do ato sexual.

– Não acredito nisso!

– É a pura verdade.

– Por quê? Diga por quê?

– Não posso dizer. Não consigo dizer. Não quero dizer nada sobre isso.

Mia se alterou, ficou nervosa com a pergunta. Kalisson parou um pouco e repetiu: – Não acredito nisso. – E voltou a agarrá-la. Na empolgação, pegou a mão dela e a colocou dentro de seu moletom. Quanto sentiu a mão no membro ereto de Kalisson, ela transformou-se e ficou irreconhecível.

– Pare com isso, seu porco nojento! Saia de perto de mim!

Mia gritava e chorava, deixando a situação cada vez mais constrangedora para Kalisson. A sorte é que, naquele momento, passavam pela rua apenas um mendigo e um bêbado, que olharam um momento para a cena e voltaram a caminhar, como quem diz "não tenho nada a ver com isso". Mia chorava alto e copiosamente. Depois vomitou de repulsa e encolheu-se no chão como uma criança indefesa. Kalisson ficou perdidinho, perturbado por completo. Realmente, aquela garota tinha um problema grave.

– Mia, fique quieta, por favor! Não quero ser preso. Vão pensar que eu a violentei.

– Sai de perto de mim!

– Mas...

– Saia agora. Senão não vou melhorar.

Kalisson afastou-se superconstrangido e preocupado. Por um momento arrependeu-se de estar namorando aquela louca. *Só pode ser loucura. Podia muito bem ter sido preso por causa da gritaria. Qualquer policial que passasse por aqui teria me dado voz de prisão*, avaliou em pensamentos.

Passados quarenta minutos, ela saiu lentamente do escuro, com os olhos vermelhos. Disse olhando para os pés, sem ousar encarar Kalisson:

– Me leva embora!

Sem falar uma palavra, Kalisson obedeceu. Levou-a embora.

No carro, o silêncio era desesperador. Kalisson não tinha coragem de soltar uma palavra. Mia olhava para o piso do carro, completamente rígida.

*Que droga é essa?* – questionou-se. Sorte estarem perto da casa dela, assim entregaria a "encomenda" depressa. Logo que o carro estacionou, Mia abriu a porta e correu em direção ao apartamento da avó. Nem se despediu.

Kalisson resolveu não ir atrás dela. Havia presenciado alguns pitis de Mia, mas esse havia sido demais. *Uma garota que odeia sexo!* Não lhe faltava mais nada. No entanto, ao lembrar-se dela em posição fetal – como uma criança indefesa – e de seu choro, brotou no peito de Kalisson certa ternura. *Agora é ela quem precisa de apoio. Vou esperar o tempo dela, amanhã vejo como estará*, concluiu.

De manhã, ela ligou para Kalisson:

– Preciso conversar com você. Espero você às dez, na faculdade.

– Quer que eu pegue você em casa?

– Não precisa.

Às dez, lá estavam os dois. Mia, superchateada, olhava para baixo, pediu-lhe desculpas e foi logo ao ponto:

– Nós devemos terminar o namoro.

– Por que, Mia? Eu posso esperar.

– Não, não pode. Eu nunca vou conseguir ser normal, nunca vou conseguir me relacionar de verdade. Kalisson, você não merece isso. Não merece passar por isso. Sinto muito. O melhor é a gente se distanciar.

Kalisson a convenceu de que seria melhor decidirem as coisas com a cabeça fria. Disse que poderia ser como no começo, ele não se importava, apesar de desejá-la. Por último, acrescentou:

– Seja qual for o trauma que a atormenta, eu não vou virar as costas. Vou ajudar você, mas, para dar certo, vai ter de confiar em mim.

Passaram-se alguns meses e, apesar de tudo, aproximaram-se mais intensamente. A confiança entre eles evoluiu a ponto de Kalisson pousar no apartamento de Mia – porém, nada libidinoso. Para ele, era muito difícil suportar a vontade, mas passar a noite conversando com Mia e abraçando-a era muito melhor do que o próprio ato sexual. Mantinham o desejo de ficarem perto um do outro. Dona Joaquina alegrou-se com o fato de a neta agora ter um namorado e, nitidamente, era um bom partido, de família de classe média e bem-educado. Para ela, finalmente Mia estava se encaminhando na vida.

Certa noite, Kalisson foi pousar na casa dela. Ele estava especialmente empolgado e, infringindo todas as regras, ficou nu e mostrou o membro para Mia. Ao vê-lo naquele estado, Mia teve um ataque violento de histeria. Gritou para ele se afastar. A garota se transmutou completamente, como se tivesse possuída. Dona Joaquina, atraída pelo volume dos gritos e dos choros de Mia, correu até a porta do quarto. Gritando, bateu com um pedaço de cabo vassoura na porta. Berrava, ameaçando chamar a polícia. Antes de a velha colocar seu plano em prática, Kalisson vestiu-se rapidamente e saiu:

– Não foi nada, dona Joaquina. Não fiz nada. Mia, de repente, ficou histérica. – Tentou se explicar.

– Olha seu... Se tiver feito alguma coisa com minha neta, eu te mato.

– Pelo amor de Deus! Nunca faria nada de mau a ela.

Mia não havia interrompido sua crise de choro, seguida de vômitos de nojo.

– Por favor, dona Joaquina, vá conversar com ela! Mia precisa de alguém, mas se eu chegar perto, ela fica pior.

– Suma daqui! Não acredito nessa sua lábia doce. Deve ter feito algo de ruim para a minha neta. É melhor você sumir. Vá, vá! Não quero te ver aqui.

Irredutível, dona Joaquina foi logo abrindo a porta, mas deu o último aviso:

– Se não quiser ser preso em flagrante, suma daqui!

– Por favor, não ligue para a polícia antes de conversar com Mia...

– Some daqui, seu cachorro!

*Essa foi demais! Não tem jeito, mesmo. Nunca vou poder ter uma relação normal com minha namorada?* – avaliou decepcionado. Kalisson se martirizava e, ao mesmo tempo, ficara um pouco com raiva; afinal, havia se dedicado tanto àquela garota, para, no final, ser enxotado daquele jeito. *Isso não pode estar acontecendo comigo. Por que comigo? Só quero o bem de Mia, mas estava recebendo o mal em troca.* Mergulhou nesses pensamentos e depois conseguiu se acalmar.

Ele tinha consciência de que Mia não tinha culpa e de que ela sofria de alguma doença ou trauma. Entendia que ela iria precisar de um psicólogo, mas que só isso seria pouco. Precisaria de um psiquiatra também, apesar de considerar arriscado, por que, dependendo do médico, o tratamento é feito por meio de remédios controlados e de dopagem permanente dos pacientes, entupindo-os de barbitúricos e outras drogas. Parecia que ela não iria precisar sair da realidade – afinal, o caso dela não era de doença mental, e sim de trauma. *Os traumas são enfrentados com mudança de convicção. Pensando bem, um bom psicólogo deve ser mais indicado. O problema é ela não confiar em ninguém. Se durante todo esse tempo que está comigo não conseguiu se abrir, talvez não consiga com mais ninguém. Paciência, Kalisson! Tenha mais paciência!* – vagou em seus pensamentos por um longo tempo. Mia havia evoluído muito – quase 90% – depois do início daquele encontro no Escandolo. Em relação à sexualidade, permanecia inerte. Seria um problema insolúvel ou não? Pelo menos, por ora, era um muro de concreto maciço e intransponível.

# Um trágico sábado de agosto

Na segunda-feira próxima, Mia foi para aula. Depois de altas reflexões e de muita tristeza, decidiu comunicar a Kalisson sua decisão sobre o término do namoro. Aquela situação era insustentável; um cara tão bacana, gente boa, inteligente, ficar sofrendo por causa dela? Mia entendia que isso não era certo e poderia travar a vida do rapaz. Arcaria com seus próprios problemas e voltaria à penumbra de sempre. Deixaria Kalisson livre. A separação ia ser dolorida, claro, mas se gostasse verdadeiramente do garoto ia conseguir deixá-lo livre; afinal, o verdadeiro amor não é egoísta.

Após essas crises, Mia costumava se sentir completamente oprimida e arrasada. O sentido da vida acabava para ela, voltava em sua mente todos os medos e sentia-se regredindo no tempo. Tudo se tornava cinzento – a cor mais comum de sua vida. Desde criança, via a vida cinzenta. Na infância, as cinzas se confundiam com outras cores, mas, depois de sua formação intelectual, os pontos coloridos foram embora e tudo se tornou cinzento.

Kalisson havia sido alguém especial, trouxe cores diferentes à sua vida, mas, certamente, ela nunca ia conseguir retribuir e pintar as mesmas cores na vida de Kalisson. Ele não merecia. Deixaria Kalisson para lá, e a partir dessa decisão, a vida seria cinzenta de novo, com a diferença de que também carregaria dentro de si um enorme vácuo, chamado Kalisson.

Relutou extremamente o rapaz e ficou triste demais com a decisão dela. Não era justo! Tinha a amado deste o princípio e agora ela o estava abandonando. Era uma covarde, tinha medo de enfrentar seus fantasmas. Continuava disposto a ajudá-la vencer seu trauma maldito, mas Mia não passava de uma covarde, uma ingrata. Foi o que vomitou para ela, em um rompante de raiva. As palavras dele calaram fundo no coração dela, provocando mórbida tristeza. É triste, é horrível, mas precisa ser assim. *Tive de me decidir definitivamente, não poderia nunca me relacionar de verdade com ele*, pensou Mia.

E assim foi a trágica discussão de segunda-feira. Kalisson ficou consternado e, inesperadamente, quando percebeu que a decisão de Mia era mesmo definitiva, sentiu lágrimas rolarem pelo seu rosto. Não assistiu à aula. Ficou zanzando pela cidade para ver se o efeito da ressaca sentimental passava.

A tristeza, medonha e sufocante, durou até quarta-feira, às sete da noite, quando recebeu um telefonema de Mia, totalmente desesperada e fragilizada:

– Ai, Kalisson, minha avó faleceu!

Choro e desespero sentido foi o que ele ouviu.

– O quê? Como foi isso?

– Desculpe te ligar. Não sei o que fazer.

– Espere um pouco! Já chego aí.

Mia tinha chegado da faculdade e notou que sua avó dormia na frente da televisão ligada, nada fora do normal – Joaquina sempre tirava seus cochilos e, ultimamente, eles se tornaram mais frequentes. Porém, depois do banho, Mia viu que a vó jazia na mesma posição. Chegou perto, para verificar. Tocou-a. *Ai, meu Deus, parece que não está respirando!*

– Vó, vó!

Não houve resposta. Viu que o tórax da avó não se mexia. Grande Deus, ela estava morta! O primeiro impulso foi ligar para Kalisson.

O rapaz chegou rapidamente e abraçou Mia.

Kalisson perguntou se dona Joaquina pagava fundo mútuo, e Mia lembrou-se de que a avó tinha aderido a um programa não fazia muito tempo. Vasculharam os documentos dela e encontraram um número telefônico. Ligaram e logo a equipe funerária apareceria e levaria o corpo. Restava avisar os familiares. Foram ligando um a um. Na verdade, Kalisson é quem cumpriu a tarefa de avisar, Mia não tinha forças para ligar e passar o recado. As palavras não saíam com força suficiente para serem ouvidas.

No dia seguinte, no velório, apareceu um advogado. Doutor Fabrico Lebréu queria falar com Mia. Chamou-a para fora e afirmou que dona Joaquina havia feito um testamento em favor da neta, deixando para ela o apartamento e o carro. Mia e Kalisson leram o documento. Estava tudo certo, inclusive com transferência de propriedade feita no ano anterior. A família de Joaquina protestou, não gostaram nem um pouco de ela ter deixado tudo para a neta. Alguém da família ameaçou anular o testamento. O advogado explicou que era impossível, pois estava tudo nos conformes e se intentassem ação para anular o testamente, só iriam perder tempo e dinheiro.

Mia era olhada de esguelha pela pequena família. Não que eles precisassem daqueles parcos bens, mas, agora, pelo menos, dois primos estavam como chacais, com raiva porque não puderam se apoderar dos despojos. Era muito lamentável esse mal-estar no velório. Talvez dona Joaquina, conhecendo bem a família, tivesse se adiantado com o testamento.

Mia tinha ficado surpresa, mas aceitou a herança de bom grado. Não fosse assim, não teria outro lugar para morar; afinal, jamais ficaria com a mãe e o padrasto debaixo do mesmo teto.

Após o enterro, a mãe e o padrasto de Mia cogitaram morar por um tempo com ela. Mia ficou branca e raivosa. Disse que fossem morar debaixo da ponte se quisessem, mas com ela jamais. Tiveram uma discussão feia. Kalisson viu que Mia não tinha nenhuma afeição pela mãe e que tinha um ódio medonho pelo padrasto.

Kalisson dormiu com Mia naquela noite. Sugeriu colocar o apartamento à venda e comprar um em outro lugar; sabia que era contraindicado permanecer em um local que trazia recordações de um ente falecido.

Sexta-feira, Kalisson foi à faculdade. Mia havia ficado em casa fazendo limpeza e pensando no que iria fazer. Haviam combinado de se encontrarem no sábado à noite.

Sábado, pelas duas da tarde, Kalisson recebeu um telefonema de Jaimão:

– Oi, Kalisson.

– Fala, Jaimão!

– Bem... é, eu, você, hum... hum...

– O que é? Fala de uma vez.

– Você viu o jornal de agora à tarde?

– Não, o que tem?

– Sua namorada?

O coração acelerou esperando, desesperado, pressentindo uma má notícia. Pensamentos ruins o cercaram.

– O carro dela estava pegando fogo. Parece que ela morreu.

Sequer conseguiu responder ao amigo e acessou logo a internet para ver o jornal sensacionalista de que Jaimão lhe falou. Abriu a reportagem para ler.

> "Moça se mata, incendiando o carro com vinte litros de gasolina."

As imagens eram só cinzas. Quando foram ao local, só havia cinzas, nem um corpo, nem nada. Identificam o carro pelo chassi e, provavelmente, seria Mia quem estava nele. Havia um anel e um dente nas cinzas, que iriam ser submetidos à perícia. No local, ainda encontraram, em um canto sob uma pedra, uma carta assinada por Mia, afirmando que havia se suicidado por um motivo não informado pela polícia.

Kalisson se prostrou, chorou frenética e desesperadamente como nunca. As lágrimas jorravam como um turbilhão. Não foi capaz de esconder seus sentimentos, que eram muitos e transbordaram. Foi o golpe mais duro que a vida havia lhe dado. Não sabia o que fazer. Não havia mais jeito. Não há solução para a morte, era aceitar ou aceitar. Pensou em Jesus e em sua ressurreição, uma esperança semeada na humanidade, algo lindo; no entanto, agora sentia Jesus tão distante dele. Nada o consolaria, a não ser ter Mia viva novamente. Ficou pensando sobre o motivo do suicídio. *Será que o término do namoro teria algo a ver com isso? Meu Deus, o que fiz? Nunca deveria tê-la deixado sozinha.* Não bastasse o desespero pela tragédia, sua consciência o acusava de ter se omitido em algo e que, por essa razão, aconteceu o inevitável. Aureliana, Kátia e Raul perceberam a aflição do moço e tentavam consolá-lo, mas foi inútil. Kalisson logo os repeliu e pediu para ficar sozinho. Depois de quase uma hora de choro ininterrupto, ele leu de novo o jornal sensacionalista, percebendo que, segundo as informações, Mia havia deixado um bilhete. Procurou saber onde tinha sido registrado o BO e foi verificar.

– Lamento, não posso informar o que tinha no bilhete – advertiu o investigador.

Irritado e desesperado, Kalisson falou em tom ríspido:

– Por que não, *caralho*? Eu era o namorado dela.

– Escute aqui, senhor, melhor se controlar, senão te dou voz de prisão por desacato.

– Vá se danar com seu desacato!

Virou-se e saiu. O policial acalmou-se e relevou. O garoto tinha motivos para aquele destempero.

O inevitável aconteceria. Pós-perícia, velório. Mas velar o quê? Havia restado apenas um dente. A perícia concluiu que ele era de Mia. Além disso, havia sinais de roupas que comprovavam, segundos os peritos, a morte de Mia. Providenciaram velório simbólico, com o caixão e o dente de Mia dentro. Em cima do tampo, pousaram uma foto desajeitada da garota.

Kalisson e sua família estiveram presentes, assim como a mãe de Mia. Dava a impressão de ser uma pessoa fria, ou então que não tinha amor pela filha. O desgraçado do padrasto nem ali estava. Kalisson não aguentou o desaforo e foi perguntar à mãe de Mia:

– Onde está o seu marido? Por que ele não veio ao velório?

Kalisson carregava uma indignação dura e velada nas palavras.

– Não faço a mínima ideia do que aconteceu com ele. Depois da morte de Mia, ele desapareceu. Além disso, ontem à tarde, a polícia foi me interrogar sobre o paradeiro dele. Afirmaram que estava sendo investigado.

– Investigado do quê?

– Os policiais não me informaram. Mas insinuaram que eu o estava protegendo e que ele estava foragido.

– E você está protegendo-o?

– Se soubesse de algo, eu o protegeria sim; afinal, é meu marido. Mas, como te falei, ele simplesmente desapareceu. Tento ligar e nada, liguei para amigos, parentes e vizinhos. Ninguém o viu.

– Mas isso é muito, muito estranho.

– É mesmo.

– Você não parece muito perturbada, nem com a morte de sua filha, nem com o desaparecimento de seu conviva.

– Conviva?

– Companheiro.

– A vida continua, não há nada a fazer.

Com a conversa, a frieza da mãe de Mia ficou ainda mais evidente. Sua mãe, por exemplo, não tinha aquele comportamento com ele, então começou a entender por que Mia não demonstrava sentimentos com a mãe. *Com certeza a frieza e a indiferença dessa mulher devem ser algumas das causas dos traumas emocionais de Mia. Miserável! Isso não é mãe nem aqui nem em lugar nenhum*, pensou.

Passado o velório e o enterro, Kalisson mergulhou em dias de tristeza profunda, apesar de o alicerce familiar lhe ajudar muito. Ficou muito curioso em saber o que Mia escreveu no bilhete encontrado pela polícia.

Na terça-feira, uma carta chegou endereçada a Kalisson. Trêmulo, ele a abriu. Era uma carta de Mia! Tinha sido colocada em uma caixa de correio, antes da tragédia.

Suas forças se esvaíram para abrir a correspondência. Esforçou-se para controlar o tremor e a ansiedade que pareciam dificultar a respiração. Seguiu para seu quarto, queria ler sozinho. Uma carta era coisa pessoal, ainda mais em se tratando de Mia. O coração ficou apertado, e um misto de ansiedade e medo o invadiu por completo. Inspirou profundamente. Enfim havia iniciado a leitura:

Ah, Kalisson, meu querido Kalisson!

Sinto muito pelo que aconteceu, mas eu não tive escolha. Quero dizer que eu te amo! Você foi o único que despertou em mim esse sentimento. Apesar disso, achei que não seria justo eu nunca poder ir para a cama com você. Você não merecia isso. Como eu poderia fazê-lo feliz desse jeito? Não tive coragem de te contar pessoalmente o motivo da minha rejeição ao sexo, mas agora vou dizer, pois acredito que você tenha o direito de saber.

Desde os meus cinco anos de idade, comecei a ser abusada por aquele merda que vive com minha mãe. Quando era criança, não sabia o que era certo e errado, mas fui crescendo e adquirindo um ódio mortal, dentro de mim, por ele e por quase todos os homens. Associei a maldade que vinha sofrendo aos homens de uma maneira geral. Porém, você me provou que nem todos são maus, só que, mesmo assim, você sabe, não podia superar isso.

Pior do que ser abusada na infância, é que quando eu me queixava à minha mãe, ela se fazia de desentendida. Sofri muito e fui me reprimindo cada vez mais. O crápula ameaçava matar minha mãe e eu caso contasse a alguém. Ou seja, na minha cabeça de criança, isso tudo era uma bomba destrutiva.

Eu não aguentei quando minha avó morreu, e aquela que se diz minha mãe e aquele verme disseram que queriam morar comigo... Então fiz o que fiz. Aquela discussão me deu a sensação de que eu voltaria a passar por tudo o que passei até meus quatorze anos, quando me rebelei e decidi morar com minha avó ou na rua. Minha avó sabia que algo de muito errado acontecia naquela casa, mas me respeitou e me acolheu sem nada perguntar. Eu não tinha forças para falar, e se eu pensasse em contar, era como reviver aquele inferno de novo.

É muito difícil, estou me abrindo com você, porque você merece saber a verdade. Fiz um bilhete para que a polícia o encontre. Narrei todos os crimes que aquele merda praticou comigo. Acredito que será pelo menos investigado pelo que fez.

Não se desculpe por nada, você foi a pessoa mais importante da minha vida e me fez ter momentos inéditos de alegria.

Eu fiz o que fiz porque não aguentava mais. Quero que siga em frente e seja feliz. Quero que prometa que não vai se culpar pelo que fiz.

Eu te amo, Kalisson, como nunca achei que amaria alguém.

Adeus,

Mia.

# Parte dois

# Obsessão 1

# A depressão

Um misto de leve alegria e alívio foi transmitido com a leitura daquela carta. Isso porque agora tinha certeza de que o motivo do suicídio não foi ele tê-la deixado sozinha. Era um alívio, sim, pelo menos não tinha culpa de nada daquilo. Essa pequena sensação de alegria e de alívio logo foi cedendo lugar à tristeza mórbida. Afinal de contas, Mia estava morta, não havia remédio para isso.

Releu a carta o dia todo. Cada vez que a lia, tinha um sentimento diferente: tristeza, alívio, raiva, ódio, desespero, indignação, vontade de matar o padrasto dela.

Kalisson nunca havia sido tomado pelo sentimento diabólico de tirar a vida do padrasto de Mia. Porém, cada vez que imaginava o escroto do padrasto abusando de Mia, seu ódio crescia.

Imaginava pegando um revólver e enfiando na boca daquele merda, isso depois de ter batido muito nele. Imaginava disparando, mas achava, por vezes, que a morte simples seria até uma bênção para a aquele cara. Então, imaginava que estava o torturando, pensou até em castrar o cara, assim nunca mais mexeria com mulher alguma. *Crápula!*

Tudo isso passava na cabeça dele e girava feito um peão. Tinha impressão de que tudo não passava de um sonho, de que a realidade não era a realidade. *Quem garante que estamos vivendo o real ou estamos vivendo uma projeção coletiva?*

Depois pensava melhor. Se fosse uma projeção coletiva, não deveria haver desgraças e tudo seria bom. No fim das contas, pensava: *Talvez haja desgraças em razão de sermos convencidos de que existe a realidade.*

A linha entre a razão e a loucura, a ilusão e a realidade, muitas vezes se confunde, e Kalisson estava andando por essa linha, e tudo se fundia. O que somos nós, afinal? Era tudo um mistério, a vida, ninguém sabia de nada. É verdade sim, ninguém sabe, muitos supõem coisas, acreditamos naquilo que outros acreditam e nos transmitem. Há relatos de experiências espirituais, mas não há provas, não há quem demonstre nada. Ou cremos, ou nada.

*Se bem que, pelo absurdo da vida, qualquer coisa pode ser possível,* pensava ele. Teve vontade de morrer, partir e ficar junto de Mia. Mas ficava receoso de morrer e não ficar com ela, sendo punido por um ser espiritual por causa do suicídio.

Irou-se com Deus: *Por que permitiu que acontecesse isso comigo? Sei lá se existe Deus, ou se existe, e esse tipo de coisa não interessa ao divino ou simplesmente deixa toda a decisão em nossas mãos.*

Os amigos de Kalisson ligaram, tentando ser cordiais e solidários; no entanto, as palavras de ânimo surtiam efeito contrário:

– Eu sei como está se sentindo – diziam alguns supostos consoladores.

– Sabe nada, cada pessoa sente de um jeito – respondia Kalisson, recebendo mal todo tipo de consolo.

Alguns amigos até se davam ao direito de lhe dar ordens:

– Sai desse quarto. Dê uma volta e veja o sol! Pare de se deprimir!

Eram palavras sem noção, pessoas queriam ajudar, mas demonstravam ignorância em relação ao sentimento dos outros. Kalisson não queria ser otimista, não queria aceitar, não queria fazer bulhufas. Queria só curtir a dor, tragar aquele momento que não tinha explicação e que lhe doía insuportavelmente.

Por fim, cansou de atender os amigos e desligou o celular. Alguns tentaram falar com ele pelo telefone fixo. Mas Kalisson dizia à mãe que não queria atender.

Certo dia, cansado de receber essas ligações, foi grosseiro com Jaimão:

– Não quero falar com você. Caralho! Você não entende isso? Se não entende, não é meu amigo coisa nenhuma. Respeite o meu tempo, porra. Vá dar ordens de otimismo para sua mãe!

Jaimão ficou magoado. Não entendeu por que suas boas intenções foram mal recebidas por Kalisson. Só queria ajudar. Jaimão não tinha consciência de que questões psicológicas não se resolvem facilmente, e a complexidade delas faz com que nada possa ser resolvido de forma tão prática.

Aquela conversa foi a gota d'água para Jaimão. A partir dali, a amizade dele esfriaria, assim como a de outros colegas de faculdade. Apesar de que coleguismo de faculdade não resiste aos anos, salvo raras exceções. Quando terminam o curso, é chorinho pra cá, choro pra lá. Declarações de que serão amigos para sempre. No entanto, vem a realidade do dia a dia e perdem o contato de vez. Assim, não seria nada fora do normal perder a amizade dos colegas agora, uma vez que ia perdê-la de qualquer jeito. Amizade é uma coisa rara...

Saem os amigos e fica a família. Bem ou mal, os laços de família são para sempre. O laço de sangue é muito forte. Kalisson tinha sorte de fazer parte de uma família bem estruturada por causa da diligência de sua mãe, que dava a eles, graças à fé católica, uma importância ímpar, reconhecendo-a como uma instituição sagrada. Justamente por isso, a família de Kalisson foi presente o tempo todo.

– Oi, filho, como você está? – O pai chegou e perguntou.

– Ah, pai. Não estou a fim de falar sobre isso. Não se preocupe comigo.

– Como um pai não vai se preocupar com o filho?

– Tá, pai. Está tudo bem, só me deixa por enquanto, não quero falar nada. Quero silêncio.

– Tudo bem, garoto. Fica em paz! Mas vê se sai dessa logo!

O pai virou-se e saiu. Entendia que, de fato, era difícil enfrentar a morte. Já havia enfrentado a perda de pai e mãe, e não era nada agradável. Ninguém estava preparado para morrer e muito menos para ver alguém que ama ir embora. Mas como o pai de Kalisson era muito prático e objetivo, pensava até que fosse uma vantagem ter acontecido essa fatalidade com aquela garota esquisita. *Pelo menos meu filho ficou livre de se casar com uma garota daquele jeito. Pode ser que ele desista desse negócio de ser professor e vista a camisa de vez no negócio contábil da família*, divagou o pai. Era o seu almejo. Estava o pai tranquilo, porque seu filho estava triste, mas estava bem. Sabia que tristeza um dia iria embora. Reconhecia que era uma tristeza muito grande e que era até uma espécie de fraqueza para ele, mas logo passaria como fogo em palha.

Lembrou-se de um antigo amor que teve, antes de se casar e ficar tudo bem. Por uma fração de segundo, comparou mentalmente a dor da rejeição que sentiu com a dor atual de seu filho. Realmente, a rejeição é uma grande dor.

O pai pegou uma dose de cachaça envelhecida em tonel de bálsamo e tomou, apreciando o gosto e refletindo: *Ninguém tem a vida que o coração quer que tenha, ninguém tem a vida dos sonhos.*

– E aí, xarope. Como você está? – Chegou a irmã.

Kátia perguntou com uma leveza e uma sinceridade de adolescente, sem o peso do entendimento da vida, fazendo Kalisson se sentir bem.

– Não estou a fim de falar nada sobre o que aconteceu.

– Que barra, hein? Isso é muito pesado, até para você que é um ogro.

Ela sorriu um pouco tentando ser engraçada, mas logo desistiu das piadinhas, percebendo que, realmente, seu irmão estava imerso naquela dor sufocante. Kátia só não sentiu a atmosfera densa porque seu modo de ver a vida ainda não consistia em lados negativos, então não entendia muito bem a dor pela qual o irmão passava.

A visita da irmã fez bem a Kalisson, na medida certa. Sabia que, embora não tivesse como ela saber a profundidade do que ele estava sentindo, com certeza ela era sincera e queria de verdade o bem dele.

Como o silêncio de Kalisson era fúnebre, Kátia logo se despediu.

– Sai logo dessa, mano. Você sabe que te gosto, praga *veia*!

– Tá, fedelha – respondeu. Por um segundo, a garota conseguiu trazer uma pincelada de alegria ao rapaz.

Um tempo depois, sua mãe entrou em seu quarto, sentou-se ao lado dele na cama e abraçou-o, colocando-o em meio colo. Beijava o rosto de Kalisson com muito afeto. Ele sentiu-se bem, era exatamente disso que precisava, de um abraço longo, demorado, afetuoso. Não precisava de palavras. Precisava sentir-se acolhido, e o abraço da mãe o acolhia naquele momento.

Cerca de cinco minutos depois, resolveu quebrar o silêncio:

– Ah, meu filho, meu amado filho, que tristeza se passou na sua vida. Meu coração de mãe se aperta com a sua dor, filho meu. Se eu pudesse de alguma forma retirar essa dor que está sentindo.

– Isso não é possível, mãe. Você já fez tudo o que eu precisava para me sentir melhor. Eu tenho a melhor mãe do mundo.

– Você gostava muito dela, não é?

– Sim, mãe. Mas não quero falar sobre isso.

– Ela está bem, filho. Está em um lugar melhor, nos braços de Deus.

– Se Deus existe, por que ele deixou isso acontecer com a Mia?

– Não pense assim, meu filho. Tudo pode ser visto por outro ângulo. Não sei como, mas certamente Deus vai consolar você.

– Duvido.

– Não diga isso, Kalisson.

– Mãe, não estou para conversas. Me deixe só, tá bem?

– Mas... Você está bem?

– Vou ficar. Só respeite o meu luto. Uma hora ou outra eu saio daqui.

A mãe saiu com o coração na mão. Nada podia fazer. Dirigiu-se à sua capelinha no quarto e começou a rezar o terço em favor da melhora dos ânimos do rapaz.

Kalisson continuou imerso em dores profundas, não sabendo se o que estava vivendo era real ou não, quase confundia as coisas com um sonho. Não, não poderia ser sonho. A dor era muito forte, muito real, a ausência infinita. *Desgraçada de mulher covarde! Por que fez isso comigo? Por que não me contou. Por que não tentou pedir ajuda?*, ele não parava de se perguntar. Os sentimentos de Kalisson oscilavam entre piedade e raiva. Mas quando pensava que Mia foi abusada, sentia ternura e imaginava ela sendo violada por aquele cara. Então, se compadecia dela e sentia raiva. Não era bem raiva, era ódio daquele filho da puta!

Os dias foram passando. Completou um mês que o rapaz não frequentava a faculdade. Os pais começaram a se preocupar. Kalisson pensava em nunca mais voltar àquela faculdade, não falar mais com ninguém, desejava ser invisível. Porém, raciocinava e não tinha escapatória, como se tornar invisível ou fugir da realidade? Enfrentava tudo ou enfrentava. Caso contrário, acabaria onde? Quem sabe em um hospício, tomando remédio para depressão profunda, ou outra coisa do tipo, ou ir para a Cracolândia. Mas não, isso não era próprio dele. Por que desistir?

De tão nervoso que ficou, nem olhou sua caixa de e-mail. Foi abrindo alguns, havia muitos anúncios, muitas coisas sem valor. Uma das mensagens chamava atenção. Era um e-mail de Mia, datado do mesmo dia daquela desgraça: "Quero que você nunca desista..." Era isso o que dizia o e-mail e mais nada. Em vão, desesperadamente, tentou responder à mensagem, em uma tentativa de, quem sabe, haver alguém que respondesse, que tudo isso não tivesse sido real e que Mia estivesse lá do outro lado da tela de algum computador ou aparelho eletrônico.

Enviou algumas palavras, mas o e-mail retornou: "caixa de entrada inviável". *Até nisso Mia tinha pensado, até em excluir o e-mail! Que garota era essa?*

A depressão seguiu-se por dias a fio. Nem mesmo os pais de Kalisson estavam aguentando mais aquele clima de velório. Primeiro foi o pai de Kalisson quem explodiu, exagerou dizendo que ele teria de reagir nem que fosse na marra, que homem que é homem só derrama uma lágrima na vida: quando nasce o primeiro filho, depois a enxuga e nunca mais chora.

Kátia não ligava muito. Se limitava a dar mais indiretas e fazer mais brincadeiras, desrespeitando o estado de espírito do irmão.

Dona Aureliana precisou ser mais enérgica com o filho. Não teve jeito de procrastinar seu luto por mais tempo. Teria de voltar às aulas e à rotina.

Por fim, Kalisson garantiu que na próxima semana voltaria ao normal. Os pais e a irmã duvidaram que o rapaz iria cumprir a promessa, mas deixaram de importuná-lo – pelo menos foi o primeiro diálogo ao qual o rapaz respondeu com veemência, os outros ele só baixava a cabeça e não olhava nos olhos deles.

# Desejo de vingança

Foi durante as semanas de luto que Kalisson adquiriu um desejo em sua mente: queria se vingar. O que faria para se vingar daquele maldito? Mas depois viu que até para se vingar teria de adquirir conhecimento. *O que é, de fato, abuso sexual? O que a vítima sente? Havia alguma maneira de se prevenir? Quais as estatísticas do governo sobre estupro?* Tudo isso passava pela cabeça de Kalisson. Então, veio o desejo intenso de saber mais sobre pessoas que foram abusadas.

Voltou às aulas e foi direto à biblioteca. Percorreu as estantes de Psicologia, e não as de História.

Seus amigos viram que Kalisson estava diferente e que andava com uma pilha de livros de Psicologia na mão. Pensaram inicialmente que ele queria procurar algo como autoajuda para se livrar do sofrimento. Mas não era nada disso. O fato é que seus colegas passaram a ficar com um pé atrás depois do incidente do telefone. Kalisson agora tinha um semblante mais sério, um tanto duro demais para a sua idade.

Jaimão até pensava que fosse realmente verdade que Kalisson gostava de Mia e que talvez esse era o efeito da irreversibilidade da morte da garota, porém decidiu não comentar com Kalisson, pois o cara nem se dava mais às brincadeiras de costume. *Perdemos o amigo*, pensava.

Suas notas no curso de História caíram drasticamente. Graças às notas altas nos primeiros bimestres, ele não ficou para o exame final.

Alguns professores chamaram-no para conversar. Ele ficava quieto e dizia que tinha perdido um pouco de interesse. Os mestres esforçavam-se para incentivá-lo, dizendo que era importante ele terminar bem o curso e que os estudos poderiam até ajudá-lo a superar o momento difícil pelo qual estava passando. Kalisson dava de ombros, até que um dia perdeu a paciência injustamente com uma professora que insistia que ele fizesse um trabalho para recuperar a nota:

– Não vou fazer trabalho coisa nenhuma! Já estou com média para passar. Que se dane tudo daqui pra frente. O que vai me acrescentar essa merda de matéria?

A professora saiu ferida da conversa. Não merecia ouvir aquela barbaridade, quando, na verdade, só estava querendo ajudar o rapaz.

Kalisson caiu em si quando percebeu que professora ficou silente, triste e com os olhos marejados, pois era muito sensível.

– Desculpe as minhas palavras, professora. Ultimamente estou muito nervoso.

A mestra não aceitou muito bem as desculpas dele, mas fingiu que sim. Não conseguia entender a grosseria do rapaz. Talvez, se sentisse o mesmo que Kalisson, poderia compreender e dar razão para ele – pessoas profundas só são compreendidas por pessoas profundas. Como o sentimento de Kalisson era profundo ao extremo, ele só poderia ser compreendido por alguém que tivesse sentido na mesma profundidade que ele.

No restante do período, Kalisson fez todas as provas sem estudar uma linha. Tirou de três a quatro em todas as matérias. Durante as aulas, ficava lendo os livros de Psicologia e fazendo algumas anotações, completamente absorto.

Um dia, foi lhe chamada a atenção por um professor mais linha-dura:

– Você está faltando com o respeito em minha aula. Em vez de prestar atenção, fica lendo livros que nada tem a ver com a matéria.

– Não dou a mínima para o que o senhor pensa de mim.

A turma paralisou e baixou a cabeça, percebendo que o clima estava ruim.

– Faz favor, retire-se desta sala. Se não se dá ao respeito, sai fora já.

– É pra já!

Kalisson pegou os livros de Psicologia e saiu pisando duro da sala. Antes de ele ultrapassar a porta, o professor completou:

– E mais uma coisa, a partir de hoje, você só entra em minha sala se estiver com livros da matéria.

– Que bom, porque não entrarei mais.

Cumpriu com o que disse e não apareceu mais nas aulas do professor. Sorte que não tinha faltas naquela matéria e pôde faltar até o final do ano letivo.

Kalisson saiu da sala, e o professor logo começou a desabafar com os outros alunos, falando assim e assado do rapaz e que seu comportamento era uma falta de respeito sem tamanho. O homem estava amargo, soltando suas farpas; os outros alunos se constrangeram. Um deles, no fundo da sala, que nem era amigo de Kalisson disse:

– Acho que falta de respeito é o senhor falar dele sem que ele esteja aqui para se defender.

O professor calou-se por um instante, e quando resolveu dar uma resposta ao desafiante, uma aluna falou.

– O senhor tem que ser mais tolerante com Kalisson. Ele perdeu a namorada há pouco tempo e de uma forma brutal.

O professor ficou em silêncio e voltou à aula. Naquele bimestre, ele deu uma avaliação que ferrou todo mundo.

Os amigos não reconheciam mais o Kalisson. Ele estava estudando demais, pegava livros todos os dias e ficava mais na biblioteca do em qualquer outro lugar. Mas ia, bem de vez em quando, comer ou beber alguma coisa com seus amigos. No entanto, não era mais o mesmo Kalisson alegre e brincalhão. Seu sorriso era meio amarelo e sem graça. Estava quase o tempo todo sério e introspectivo.

Quando o ser humano perde um pilar de sustentação de sua vida, tem de arrumar outro, senão a casa cai. Mia tinha se tornado um dos pilares da vida do rapaz. O outro era a família, mas a queda do pilar representado por Mia fez ruir uma parte imensa de sua estrutura. Como arranjar outro pilar, outra coluna para sustentar o seu ferido ser? E o frágil sentimentalismo humano e a impotência?

A raiva era um bom pilar, mas apenas ela não daria conta. Tinha de ser algo para se tornar um pilar que lhe levantasse as ruínas. Raiva ele tinha, mas tinha de saber o que estava sentindo exatamente.

Primeiro, foi a raiva que ele sentia pelo cara que abusou de Mia. Depois, com a raiva como diretriz, resolveu estudar o assunto. Tinha que saber o que era abuso, porque as pessoas abusavam das outras e por que eram abusadas. Tinha de saber as condições psicológicas dos agressores e das vítimas.

Raiva e compaixão juntas. A raiva fazia Kalisson sentir vontade de matar o abusador; a compaixão, vontade de entender o sofrimento da vítima para justificar um suicídio. O mundo do abuso sexual era completamente desconhecido por Kalisson. Agora estava querendo saber das coisas para ver o que poderia fazer. Tudo se encaminhou para a aquisição de conhecimento. Com certeza, havia sido influenciado por Mia. Ela era seu exemplo de que a leitura séria e diária é abrangente e fascina as outras pessoas.

Foi assim que Kalisson saiu da depressão. Começou a ler tudo o que era livro sobre abusos sexuais na infância, adolescência, juventude, e tudo o que fosse relacionado ao assunto. Estava lendo todos os livros que encontrou na universidade. Em pouco mais de três meses, já estava sabendo de muita coisa.

O estudo ajudou Kalisson; no entanto, sua raiva, em vez de diminuir, aumentava, e o desejo de vingança crescia. Mas se vingar do que, de quem e como? Se pegasse aquele cara, teria de fazer alguma coisa com ele. Impune não poderia ficar. Aquele monstro! Kalisson saiu da condição depressiva, mas desenvolveu uma obsessão que o direcionou ao que determinaria sua trajetória dali para frente. Assim ele, finalmente, no pilar da ausência de Mia, adquiriu uma obsessão que ficou tão forte a ponto de fazê-lo mudar todos os planos de vida.

# A aprendizagem

Ele queria ser como Mia nos estudos: ler a maior quantidade possível de livros sobre abuso e violência sexual. Queria devorar todos os livros sobre o assunto. Complementava a pesquisa com a internet, filtrando tudo que podia ser útil para entender o comportamento e a decisão de Mia, e o perfil do agressor.

Kalisson dirigia-se a passos largos ao conhecimento de um mundo novo, o universo psicológico dos abusos sexuais. Seu pensamento era fixo nisso. Estava obcecado, pesquisava cada vez mais. Queria compreender com exatidão o sentimento de Mia, saber o quanto aquele assunto era doloroso para ela a ponto de fazê-la tirar a própria vida.

Transformou-se em um estudioso autodidata do assunto; uma pessoa que queria saber o porquê das coisas. Tantas questões passavam pela cabeça de Kalisson: por que Mia tinha sido abusada? Por que a mãe dela foi conivente? Por que o padrasto asqueroso tinha a deixado naquela situação? Por que havia impunidade? Essas e outras dúvidas vinham como um turbilhão. Ele continuava obstinado na sua luta imensa e abrupta para poder adquirir os conhecimentos necessários para poder de alguma forma se vingar.

Em suas pesquisas, descobriu que, somente a partir da década de 1950, os estudos começaram a ser realizados. Dessa época em diante as taxas têm aumentado. Conheceu os mais variados e infinitos casos de abusos. Os mais frequentes, para seu espanto, aconteciam, em sua maioria, no seio familiar. Entre pai e filha, entre pai e filho, padrasto e enteados ou enteadas. Havia pesquisas nesse sentido divulgando até os tipos de famílias em que se reconhecia uma espécie de probabilidade maior de abusos, algum comportamento familiar mais propício de submeter situações de abuso – por exemplo, pessoas com convivência social inadequada, sociopatia, alcoolismo, convivência familiar com pessoas ou grupos problemáticos, famílias com a moral pervertida.

Um tipo de violência velada, praticada muitas vezes dentro do próprio lar, por quem tem a confiança do ser abusado, difícil de se defender e praticamente alheio a controle de terceiros. O conhecimento dos profissionais da saúde, juristas e o aparato estatal deixam a desejar; era tema frequente dos estudiosos.

Os estudos levaram Kalisson a perceber que os abusos sexuais contra crianças eram mais frequentes entre familiares, além de pessoas com fortes laços de amizade. Havia também abusadores fora do círculo familiar, numa proporção menor. A frequência dos abusos podia ser baixa ou alta, de forma repetida, causando dano maior. Havia até mulheres abusadoras, embora prevalecessem os de sexo masculino.

O que havia de mais sério entre as mulheres eram aquelas que sabiam ou desconfiavam que aconteciam abusos dentro de casa, na maioria das vezes com seus filhos, mas elas faziam vistas grossas. Pesquisas demonstravam que mais de 30% dos entrevistados apresentavam algum tipo de abuso durante sua vida, sendo as mulheres as mais abusadas, embora o número de homens abusados seja grande.

Ele conseguiu perceber o despreparo generalizado das pessoas, do Estado e da sociedade para entender, atender e combater essas ocorrências – justamente por isso entendia ser difícil ele fazer alguma coisa. *Se a sociedade e os governantes se omitem, o que eu conseguiria fazer?*

Começou a entender que estava diante de um trabalho hercúleo, talvez nunca pudesse realizá-lo. Finalmente entendeu que Mia não era a única pessoa que sofreu com abusos; afinal, muitas passaram, e passam, pela mesma situação. Muitas crianças são vítimas desses abusos e têm tendência de desenvolver algum tipo de transtorno psicológico. Muitos convivem com feridas incicatrizáveis, completamente reféns de um problema que se instalou em sua psique. Devido à delicadeza do assunto, a maioria jamais teria sequer coragem de compartilhar a ocorrência do abuso com alguém, agravando ainda mais o estado psicológico.

Muitas vítimas desenvolvem síndromes, ficando incapacitadas de levar uma vida normal, se casar e ter filhos, por exemplo. Há muitos casos de depressão profunda e de tentativas de suicídio; as pessoas ficam amargas e incapazes de se sentirem felizes. Em outros casos, os abusados se transformam em abusadores, em uma maneira inconsciente de "liberar" o trauma, fazendo mais pessoas compartilharem da dor que sentiram e, consequentemente, contribuindo para uma espécie de círculo vicioso.

Existem as mais diversas formas de afetação da sanidade psíquica da vítima. E uma vez mergulhadas no mar do inconsciente, essas marcas do abuso trariam consequências diversas e inusitadas na vida das pessoas. Algumas desenvolvem aversão ao sexo, como no caso de Mia.

Os estudos fizeram Kalisson compreender a situação de uma maneira global. Ele percebeu que o problema vem de longa data e que alguém tinha de fazer alguma coisa. Não dava para continuar do jeito que estava, vendo esses vermes abusadores impunes.

Kalisson entendia que a sociedade e o poder público não poderiam ficar de braços cruzados, fingindo que nada está acontecendo. Eram necessárias medidas mais efetivas para combater a infinidade de abusos que ronda essa maldade-perversão, chaga social, esse crime silencioso, covardia, que consiste na disparidade de poderes; afinal, o abuso, sorrateiramente, da criança acontece porque ela é indefesa.

Kalisson estava chocado com as conclusões de seu estudo. Não imaginava que o problema era tão grave. Viu o tamanho da barbárie, sentiu-se triste e, de certa forma, indefeso e impotente como as vítimas de um abuso. Mas exatamente por isso, por amar Mia, pela raiva que sentia dos abusadores e pela necessidade de justiça, é que tinha de fazer alguma coisa. O problema era: fazer o quê, como e em que proporção? Tudo era tão complexo...

# Dia de fotos

O final do ano estava chegando. Numa manhã, Kalisson fora para faculdade vestido com roupas, digamos, um tanto mais elegantes. Ele não queria nada daquilo, mas sua mãe insistiu:

– Kalisson, se você não tirar as fotos para o álbum de formatura, que lembrança você vai ter dessa faculdade?

– Não quero lembrança nenhuma. Elas só fazem lembrar de Mia.

– Por amor a mim, à sua irmã e ao seu pai, enfim, à sua família, tire essas fotos! Hoje você está assim, mas um dia vai melhorar e vai querer recordar de algo. Se você não quiser, pelo menos eu quero recordar o dia em que meu filho se formou na faculdade.

Para evitar o embate, Kalisson concordou com a mãe.

Chegando à faculdade, deparou-se com a empresa de formaturas e eventos, que dava ordens aos alunos e direcionava-os a lugares específicos para os registros fotográficos. Não podia faltar aquela foto tradicional na escadaria, com a turma toda. Kalisson não estava nem aí para aquilo tudo. Estava irritado, isso sim. Para ele, tanto faz como tanto fez se tivesse de tirar uma foto assim e outra assado. Por fim, no jogar dos búzios da aleatoriedade, tirou a foto com toda a turma, ao lado de Vanessa, Valéria e Carla Maria, assim como dos colegas mais chegados. Com base na tradição, todos deveriam sorrir, porém alguns sorrisos saíam amarelo-claros. Evidente que, em uma turma de quarenta alunos, alguns não compactuavam com o mesmo espírito. Kalisson fez aquela cara de tanto faz.

Depois da foto tradicional, foram direcionados para lugares, onde, na visão do fotógrafo, tinham alguma beleza cênica peculiar. Então, se dividiram em grupos com os colegas mais chegados, sempre mesclando homens e mulheres, pois o conjunto uniforme não caía muito bem. Durante a faculdade, sempre existiu aqueles grupinhos de amigos, às vezes eram grupos de dois, três, quatro ou até mais, esses grupos impedem a pessoa de ficar isolada durante o curso. Interessante pensar que, durante todo o curso superior, muitas das pessoas que estão dentro da mesma sala de aula sequer trocam palavras; por vezes, o ser humano é contraditório. Apesar de ser um ser social, nada faz para exercitar essa sociabilidade; pelo contrário, chega a se isolar ou escolhe determinadas pessoas para ficarem ao seu lado e assim deixa de conviver com outras pessoas que poderiam muito bem proporcionar-lhes muito mais experiências. Enfim, é o que há em nossa espécie. Temos muito que aprender em relação à sociabilidade.

No caso da turma de Kalisson, não foi diferente. Havia colegas que não tinham a menor afinidade com ele e sequer conversavam o trivial. Por outro lado, existiam os que conversavam uma ou outra coisa e, por último, os colegas mais chegados, que facilmente eram confundidos com amigos. Ao que parece, cada pessoa tem seu mundo. Apesar de viver em coletividade, cada um insiste em ter seu próprio mundo, deixando muitas vezes de tirar o máximo proveito do mundo real à sua volta. Talvez, menos que má vontade, seria uma deficiência humana.

As fotos foram as mais variadas: as temáticas, as alegres, as colorizadas, em preto e branco. Em algumas, fizeram cara de maus. Em outras, foram utilizados cenários diferentes: de natureza, com alguns prédios interessantes da faculdade e algumas partes emblemáticas, tradicionais e solenes. E foi assim desde as três da tarde até mais ou menos oito horas da noite. A faculdade estava uma muvuca, afinal, muitas outras turmas de História estavam tirando fotos também, por vezes separados em turmas e às vezes em conjunto global.

Kalisson simplesmente não conseguia sorrir nas fotos. Como é que ele fingiria algo que não estava sentindo? Não era do tipo que finge emoções. Em contrapartida, não ficou com a cara franzida, porque também não era do feitio dele. Ficou apenas com a fisionomia triste. Pensativo, seu coração apertava-lhe o peito, como se algo o esmagasse com as mãos. Seus pensamentos se dirigiam diretamente à Mia: *Por que ela não está aqui? Como seria bom se ela estivesse...*

Foi impossível ele se segurar e derramou uma lágrima. Marília, uma de suas colegas de sala, viu e achou lindo um homem chorar de amor. Perguntou discretamente a Kalisson:

– Por que está chorando? É por causa de Mia, não é?

Ele hesitou por um momento e foi para um dos corredores, tentando esconder sua fraqueza, mas Marília dirigiu-se suavemente a ele, tentando se justificar:

– Foi mal, Kalisson. Não queria me intrometer. Só quero te dizer que acho muito bonito esse seu sentimento, apesar de você estar sofrendo muito. Quero te dizer que não é vergonha nenhuma você chorar. Queria poder dar um abraço em você para te confortar um pouco. Dizem que o abraço acolhe.

– Não, Marília, muito obrigado. Agradeço muito, mas não quero incomodar você e muito menos demonstrar para as outras pessoas que estou triste. Não é justo fazer todas as outras pessoas se sentirem mal por minha causa. Vou lavar meu rosto e já volto. Só peço uma coisa para você. Se puder, por favor, não comente com ninguém que eu estava chorando, tá? Só me deu um *flashback*; é inevitável.

– Entendo, Kalisson. Pode ficar tranquilo. Não vou comentar com ninguém. Sou discreta, fique *sussa*.

Kalisson entrou no banheiro, abriu a torneira. A água, fria que estava naquele momento, passava por suas mãos. Olhou para o seu rosto e percebeu que estava com os olhos vermelhos. Passou a água nos olhos e se olhou novamente. Achou que estava com a aparência péssima. Arrancou algumas toalhas de papel, enxugou o rosto, deu uma ajeitada nos cabelos, respirou fundo e começou a pensar nos estudos.

Os estudos, de certa forma, o tinham ajudado a entender um pouco melhor a situação e até deixaram-no um pouco aliviado, sabendo que não era só Mia quem tinha passado por aquelas barbaridades, mas muitas outras pessoas. Visto de certo ângulo, isso o aliviou, mas, por outro lado, o deixou chocado.

Alívio por que ele não era única pessoa injustiçada no mundo, chocante exatamente porque muitas pessoas sofriam diariamente com esse tipo de ação perversa. Kalisson refletia constantemente sobre essas coisas, mas havia decidido também que não queria demonstrar suas fraquezas a outras pessoas. Ele estava ali para tirar as famigeradas fotos. Retirar as fotos e ponto-final. Não precisava demonstrar aos outros se estava bem ou não.

Tirou foto com seus colegas Jaimão, Marcel e Vardão. As fotos até que ficaram bonitas. Além delas, a empresa de eventos faria a placa tradicional com a foto da turma toda. Depois de tudo pronto, venderia o álbum a um preço preestabelecido com os alunos. Essas seriam suas primeiras fotos, porque na colação de grau, no baile de formatura e no jantar, a empresa também tiraria mais fotos para montar um álbum completo, inclusive com os familiares e outras pessoas. A feitura do álbum seguia um roteiro, a empresa contratada, especializada no assunto, explorava um nicho de mercado restrito e lucrativo.

Kalisson terminou o dia triste e enfastiado. Para piorar, estava com uma dor de cabeça lascada. A sua turma havia combinado de comer pizza depois da sessão de fotos, mas Kalisson não quis saber de mais confraternização. Resolveu pegar o carro e ir embora. Marília lamentou intimamente que Kalisson não estivesse lá. Queria poder estar com ele para conversar e, quem sabe, tentar animá-lo um pouco. Porém, foram desvanecendo os pensamentos dela em razão das cervejas que tomou na pizzaria. Kalisson chegou em casa, tomou um banho e foi dormir.

# A colação de grau

E assim foram se passando os dias de Kalisson até o fim do ano letivo, entre muitas leituras na biblioteca, provas nas quais ele não foi muito bem e outras coisas corriqueiras, até que o ano acabou. Ufa! Mas era estranho acabar... Ao mesmo tempo que era um alívio por ter acabado toda aquela etapa de sua vida, também dava um misto de tristeza saber que aquilo não ia mais se repetir, que perderia o contato com os colegas e com a faculdade, que mudaria sua rotina e, principalmente, que começaria vida de adulto. Era um misto de nostalgia e alívio – pelo qual todos os estudantes passam. Para alguns, chegar ao final do curso era algo bom; para outros, ruim, dependendo da personalidade de cada formando.

Entretanto, não era só essa ausência que incomodava Kalisson. Além de toda essa carga emocional, havia uma dor adicional e intensa. Quando saísse dali, haveria mais um fator separação em relação à Mia. Olhar para aqueles corredores, para aquelas paredes, para aquela sala onde Mia humilde e elegantemente se sentava, para aquela biblioteca, o fazia ter a sensação louca, alucinada e sem razão, de que, a qualquer momento, Mia reapareceria por entre aqueles corredores.

Ele tinha essa impressão quase todo dia, e isso era horrível: a lembrança dela se fazer presente naquele lugar. Talvez aquele término de ano fosse bom mesmo, porque finalmente procederia ao encerramento de um período e o início de outro, por ângulos mais racionais. Não havia muito mais para Kalisson naquela faculdade. Era uma sensação estranha terminar a faculdade. Representava que ele estava deixando algo importante para trás. Enfim, Kalisson tomou uma resolução em sua mente, olhou agora racionalmente para aquelas paredes, para aqueles corredores, para aquela biblioteca e tudo estava tão sem sentido, como se nada estivesse no lugar, como se as entrelinhas estivessem falando: você não tem mais nada para fazer aqui, eu não tenho mais nada para te oferecer, saia daqui e siga sua vida.

Dali para frente, a sensação de término foi uma constante, até nas aulas. A sensação de final de tudo era mais constante no último bimestre, talvez se devesse à sensação psicológica de estar quase chegando ao final do ano. A referida sensação fazia até mesmo com que os professores diminuíssem um pouco a matéria dada. De mais a mais, nada digno de nota se apresentou, então era esperar o término do ano letivo e, depois, finalmente, a colação de grau.

Chegado o dia da colação de grau, Kalisson estava um pouco mal-humorado e sem muita inspiração. Foi como no dia das fotos, fez por obrigação. Para completar o seu mau humor, haveria missa às dezesseis horas na Igreja Matriz – evento tradicional, embora alguns alunos que se diziam ateus não concordassem com essa história de missa.

Para a mãe de Kalisson, assistir às missas não era problema. Estava lá, radiante, como em todas as celebrações religiosas que frequentava.

Os alunos entraram na igreja em fila dupla, de dois em dois, lado a lado. Sentaram-se, os do lado direito no lado direito, os do lado esquerdo no lado esquerdo da catedral. Os assentos da frente estavam reservados para os formandos. As famílias teriam de se acomodar nos assentos ligeiramente atrás da trupe de formandos.

Kalisson entrou lado a lado com Karen, devido à ordem alfabética. Os fotógrafos corriam para lá e para cá, tentando encontrar os melhores ângulos. O dia era de muito calor, e os formandos suavam. Naquela região costumava ser muito quente no mês de dezembro. As roupas escuras e os ternos ficavam pegajosos por conta do calor. Na visão de Kalisson, aquela gravata listrada não lhe caía bem e o estava sufocando um pouco. Por outro lado, a igreja, felizmente, era bem arejada. Os ventiladores de parede estavam ligados.

Após os alunos terem entrado e ouvido um cântico, o sacerdote iniciou a missa como de costume: em nome do Pai, do Filho e do Espírito Santo. Foi uma missa normal, embora um pouco mais rápida do que as de domingo. A diferença é que, na homilia, o padre falava mais especificamente aos estudantes, lançando mão de alguma história motivadora.

Alertava-os das dificuldades comuns a todas as pessoas e os exortou a nunca deixarem de lado suas raízes cristãs, lembrando a eles, e aos ateus ali presentes também, que o mundo atual, inclusive o desenvolvimento dos direitos humanos, deviam muito à doutrina cristã. Alertou-os, ainda, a não deixarem nunca a fé, porque o mundo de hoje está carecendo de referência. As pessoas não sabem mais o que é certo e errado. A fé cristã é uma âncora necessária e benéfica.

Kalisson olhava absorto para as decorações da igreja: uma construção muito bonita, com quadros da via-sacra entalhados em pedra. Os vitrais também chamavam a atenção; feixes de luz solar os atravessavam, dando ao momento uma sensação de beleza tranquilizante.

Mesmo com todo o sermão do padre, a missa durou pouco mais de uma hora. Depois, as famílias dos formandos e os amigos tiraram algumas fotos na frente da catedral e alguns se cumprimentaram mutuamente. Agora, teriam de esperar até as 18h30 para se dirigirem a um salão nobre da faculdade, onde se daria a cerimônia de colação de grau.

Na ocasião, naturalmente vestiam becas tradicionais. Quase ninguém sabia ao certo o motivo; no entanto, eram solenes, bonitas, pretas, com o chapéu e o cordão da cor alusiva ao curso de História.

Os formandos aguardavam ansiosamente em uma antessala do grande salão. As arquibancadas acomodavam as famílias e os convidados. Os alunos esperavam ser chamados para ocuparem o seu lugar. No palco, já havia os lugares e as mesas das pessoas que entregariam os diplomas e que discursariam, como o patrono da turma, o paraninfo, o reitor e o professor homenageado. As cadeiras estavam lá da mesma maneira que eram todos os anos. A colação de grau era uma formalidade necessária e tradicional, apesar de que muitos alunos queriam ou achavam desnecessária aquela formalidade toda; porém, o fato é que a colação de grau representava um corolário daquilo tudo, como uma espécie de cereja do bolo.

Evidente que aqueles que estudaram realmente durante o curso aprenderam satisfatoriamente e saíam da faculdade com a sensação de dever cumprido. Portanto, a colação de grau poderia ser entendida como um prêmio, todavia, não se pode esquecer que grande parte dos alunos saía do curso com a impressão de que não sabia nada, que não tinha aprendido ou que não sabia o suficiente, que ainda faltava algo.

Kalisson não se importava com isso, só observava uma ou outra coisa de forma apática, com um olhar um tanto tristonho. No momento que chamaram o seu nome, ele se dirigiu à sua respectiva cadeira e olhou para a plateia na expectativa insana de, quem sabe, ver Mia o assistindo. Sentado, teve de esperar até que o último aluno tomasse o seu lugar. Depois iniciaram as formalidades com o hino nacional. Depois de alguns discursos, chamaram novamente os alunos por ordem alfabética e entregaram seus diplomas, com nova sessão de aplausos, a cada aluno que pegava o canudo. Muitas famílias se exaltavam na comemoração, fazendo muito barulho.

Depois de chamarem, um a um, os alunos, e o paraninfo e o patrono da turma terem entregado os diplomas, foi feito um pequeno discurso pelo patrono e pelo reitor da universidade. Desejaram aos formandos um futuro brilhante, reafirmando que eram vencedores por terem se formado, uma vez que em um país como o Brasil, quem faz um curso superior já pode se considerar vencedor. Porém, reforçou que ultimamente o mercado de trabalho estava concorrido, mesmo para quem se forma. Frisou a necessidade de continuarem estudando, se aperfeiçoando sempre, fazendo cursos etc., se quisessem realmente exercer profissão para qual se formaram. Enfim, como era uma palestra mais tendenciosa, evidentemente o reitor não quis ser tão realista, pois naquele dia não seria sensato jogar um balde de água fria nas expectativas dos jovens, que estavam para enfrentar a realidade dura do mercado de trabalho brasileiro.

A mãe de Kalisson estava radiante, com um sorriso lindo. Kátia, apesar de estar vestida como sempre, estava alegre pelo irmão. O pai observava as pessoas com o ar orgulhoso pelo filho, mas não admitia, porque queria que o Kalisson fizesse o curso de Contabilidade. No entanto, ponderou; não era lugar para ficar ranzinza daquele jeito.

Kalisson tinha ficado com coração na mão, achando que naquela colação, em algum momento, o nome de Mia fosse citado, mas os organizadores dos eventos resolveram por bem não comentar sobre o assunto, já que suicídio é um tabu para quase todas as parcelas da sociedade. Além disso, o abuso sexual é outro tema que envolve diversos tabus, de forma que, na opinião dos representantes da instituição de ensino, não seria bom enfrentar um assunto dessa magnitude em uma colação de grau. Kalisson ficou aliviado, afinal de contas não queria rememorar ainda mais o que já não saía da sua cabeça.

Terminada a colação, houve abraços e muitas fotos. Algumas famílias conversavam entre si e mostravam-se cordiais. Havia famílias e famílias, algumas pessoas mais elegantes, outras mais simples; outras, dava para perceber, que não tinham nenhuma familiaridade com os estudos.

Na sequência da noite se dirigiram ao salão de festa em que se iniciaria mais um evento às 9h30 da noite. Haveria um jantar musicalizado. Kalisson e todos os outros alunos foram sem a beca para o jantar, tiraram-na após o término da sessão de fotos.

No jantar, a cada família eram destinadas as mesas suficientes para acomodar os integrantes ou convidados. Cada mesa tinha seis cadeiras. Sentaram-se Kalisson, Kátia, o pai, a mãe, o padrinho e a madrinha de Kalisson. Havia outros convidados, não de Kalisson, mas da mãe dele.

Os formandos faziam uma coisa aqui, outra ali, andando pelo recinto com copos de bebida na mão, bebericando um e outro aperitivo, se embalando na melodia das músicas que a pequena banda tocava ao vivo.

Depois de servida a comida, as músicas ficaram mais animadas. Kalisson começou a beber um pouco de cerveja, depois uma batidinha de saquê, uma dose de uísque e outra de tequila. Não demorou muito para ficar meio alto. Queria se esquecer um pouco de Mia. A música ouvida e o efeito da bebida combinados lhe causaram um sentimento bom, de bem-estar, de modo que começou a se entrosar um pouco com os amigos.

Marília aproximou-se de Kalisson; afinal de contas, desde a última conversa dos dois, ela ficara completamente a fim dele.

O ambiente em que se traduzia a festa, as bebidas, o odor do bufê, a disposição das luzes cuidadosamente planejadas, a decoração, entre outras coisas, faziam com que as pessoas começassem, pouco a pouco, a entrar em clima de festa.

Kalisson tomou todas. E agora caminhava de um lado para o outro no salão de festas cumprimentando as outras pessoas, esboçando até um pouco de sorriso. *Que maravilha*, pensou a mãe de Kalisson. Finalmente seu filho estava sentindo um pouco de alegria. O pai observou que não existia tristeza que não pudesse ser vencida com um pouco de álcool. A mãe de Kalisson não gostava nem um pouco de bebida alcoólica, no entanto, deu um desconto. A alegria dele não tinha preço, ver o filho alegre depois da morte de uma garota que nenhum deles conheceu era uma raridade que não podia ser desperdiçada.

Kátia estava alegre, mas ficava mexendo no celular, postando algumas fotos, porque não havia nenhuma garota ou garoto da idade dela, o que a impediu de se enturmar.

De repente, a banda mudou de repertório. Tocaram músicas animadas, aquelas que chamam ao movimento.

Alguns se dirigiram à frente do palco, curtindo os *hits* antigos e clássicos que alguém da turma tinha alocado no repertório da banda. Em geral muitas músicas eram na língua inglesa, mas, é verdade, tinham um ritmo empolgante e contagiante.

Quando se deu conta, Kalisson já estava dançando no meio dos colegas – não era bem uma dança, era um balançar sutil de corpo.

Marília aproximou-se de Kalisson e ficou dançando na frente dele, sorrindo. Olhava atentamente para os olhos, para as sobrancelhas, para os lábios, para o sorriso, para o abrir e fechar da boca dele. Queria tocá-lo.

O momento era tão absurdo para Kalisson. Parecia que estava alegre, mas estava tão estranho. Não era alegria genuína. Sentia como se estivesse em outro mundo, em um sonho, em uma alegria meio desesperada, uma tentativa insana de mascarar a dor interna.

De súbito, Marília, meio alta pelo efeito da bebida, pegou levemente a mão de Kalisson. Tocava uma música lenta. Contrariando a tradição, a moça pediu ao rapaz a honra da contradança. Kalisson sorriu; logo nos braços um do outro se enlaçaram e os corpos se encaixaram, roçando os ventres ardentes. Marília colou os seios no peito de Kalisson. Ele sentiu embaixo. Estava esquentando, com os efeitos sinestésicos do álcool e de Marília, então surgiu um beijo lento, úmido e demorado. Marília adorou. Foi muito bom, o cara beijava bem demais, apesar de estar com gosto de batidinha de saquê.

Kalisson nem pensou. Na hora, apenas a beijou mecanicamente, entregando-se ao ímpeto de seus instintos libidinosos. Quando os dois saíram do transe, perceberam que o beijo foi tão demorado a ponto de atrair ao redor os demais formandos. Os colegas bateram palmas e gritaram. Marília, ao ver que se tornava com Kalisson o centro das atenções, ficou um pouco envergonhada e partiu para o banheiro para retocar a maquiagem.

Kalisson pouco se importou com o holofote no qual, por um momento, foi atirado. Andou até a mesa para pegar mais uma batidinha de saquê com caju e um pedaço de queijo provolone.

A festa foi muito boa. Kalisson se divertiu, Marília se divertiu, os demais formandos se divertiram. Pai, mãe e irmã de Kalisson também se alegraram. Foram embora às 4h30 da manhã.

No carro, Kalisson encostou-se no banco detrás e apagou. O pai de Kalisson não passaria pelo teste do bafômetro, mas foi dirigindo – seria muito difícil um policial fazê-lo parar de madrugada para realizar um teste de bafômetro. E assim, com os reflexos alterados, dirigiu para a casa. Dirigia devagar, dentro dos limites de velocidade, evidente que parecia que estava num sonho; algo em seu intelecto ficava diferente, a percepção era diferente; no entanto, nunca havia batido carro. Não era a primeira vez em que dirigia embriagado, e não havia motivo para se preocupar.

# O dia seguinte

Meio-dia e meia Kalisson acordou com uma dor de cabeça nauseante. Parecia que o mundo tinha caído em cima dele. Então veio dura a realidade, como uma bomba: tudo tinha passado, tudo já era pretérito, a faculdade tinha acabado, os amigos tinham ido embora, ele estava novamente em sua casa e Mia não estava lá. Deu um murro na almofada.

Era desesperador. Além da dor de cabeça, da ressaca, aquela dor não saía do seu peito. *Inferno*, pensou. Percebeu que o efeito da bebida só o entreteve naquele momento. Lembrou-se do beijo entre Marília e ele. Ela era uma moça legal, mas não podia, nem queria nada com ela. Olhou para o celular e viu uma mensagem dela dizendo que gostou muito de tê-lo beijado. Kalisson não respondeu, pensou que, em razão dos planos novos que tinha na cabeça, não era correto e prudente dar algum tipo de esperança à moça.

Marília ficou esperando inutilmente a resposta de sua mensagem. Ela sentiu certa dor, um certo desprezo, uma raiva, mas logo desencanou, porque não nutria sentimentos profundos, apenas foi levada pelas emoções das últimas semanas.

Passada a raiva, Marília se perguntava se aquela sensação de domingo à tarde, quando não se tem nada para fazer, estava sendo sentida só por ela ou também por todos os outros colegas de sala.

O fato de ter acabado tudo, de não ter mais que ir para faculdade, de cada colega ter ido para um lado era estranho, muito estranho, dava a impressão que um buraco, um vazio havia se formado. Era hora de ser adulto!

Marília começou a fazer os preparativos para enfrentar a nova fase de sua vida. Almejava ser professora, pensava em quais escolas entregaria o seu currículo de excelentes notas. Fez inscrição no PSS, o Processo Seletivo Simplificado. Aguardava ansiosamente o momento em que haveria de sair o edital apregoando o concurso público para professores.

# Discussões e decisões

Kalisson, por sua vez, pensava também em concurso, mas em outro tipo. Para sua sorte, uma semana depois que colou grau, o certame que almejava abriu prazo para efetivarem as inscrições. Dali a quatro meses, aproximadamente, em meados de abril, seria realizada a prova objetiva.

Era a chance que ele estava esperando. *Que sorte*, pensou. Leu atentamente o edital, verificou as matérias, viu que eram bem diferentes das que ele havia estudado na faculdade. Sabia que seria difícil vencer as matérias todas do edital, por isso tinha de se organizar. Então, elaborou um cronograma metódico de estudos.

Como ultimamente estava acostumado a estudar, sabia que se ele se organizasse corretamente, poderia, com muito esforço e diligência, dar conta de estudar pelo menos uma vez a matéria do edital até o dia da prova. Porém, precisava ser austero consigo mesmo, então iniciou os estudos com seriedade, tendo a certeza de que caso se esforçasse, uma das vagas seria sua.

– Kalisson, você não vai fazer esse concurso. Eu não quero que faça. É muito perigoso. Nunca imaginei que um filho meu quisesse ser policial. Por que você quer ser policial, meu filho?

– Ah, mãe. Você sabe por quê. Quero fazer alguma coisa para conter os abusadores de crianças. Quero ser útil e contribuir de alguma forma.

– É por causa daquela moça, não é? O que você está querendo é muito, muitíssimo difícil. Ninguém vai garantir que você vá conseguir realizar alguma coisa.

– Sim, você tem razão em dizer que não é garantido, mas eu preciso tentar. Meu coração está queimando. Eu não consigo mais ficar parado. Se eu ficar parado, fico pensando nela. Só penso nela e nas palavras que ela me disse. Se eu fizer isso, talvez isso acabe com o tempo. É como uma missão. Por favor, mãe, me entenda.

– Kalisson, estou muito triste com sua decisão. Meu coração se aperta só de pensar que você terá de lidar com bandidos, meu filho. Tenho medo desse ambiente em que você vai se meter. Além dos bandidos, há a corrupção, há muita corrupção e suborno, há muito policial bandido também.

– Ai, mãe, eu sei. Mas eu vou ter que enfrentar isso e, além de tudo, a gente estando de fora, não dá para se ter uma opinião verdadeira sobre as coisas. Fique tranquila, mãe. Você tem fé, não tem? Entrega na mão de Deus e peça a Ele por mim. Quem sabe eu consiga alguma coisa boa.

Apesar de triste, dona Aureliana resignou-se, em partes, com a decisão do filho. No entanto, haveria ainda uma conversa com o pai.

– De jeito nenhum você vai fazer esse concurso. Não quero que você faça. Quero que faça o curso de Contabilidade. Você tinha me prometido, não se lembra de suas promessas?

– É verdade, pai. Me desculpa. Eu prometi, sim, só que não dá para eu cumprir minha promessa agora, do jeito que eu estou por causa da...

– Por causa da garota, não é isso que ia falar? Até quando vai viver em função dela, moleque? Ela está morta, siga sua vida, é a única opção que sobrou.

– Não precisa falar, eu sei muito bem disso. Eu...

– Não quero que você faça essa porcaria de concurso. Você precisa me suceder e fazer uma coisa que vai te render dinheiro. Você vai querer ser policial, enfrentar bandido e gente problemática, trabalhar dentro de uma delegacia? Você está ficando louco! Tem certeza de que você tá em perfeito juízo?

– Não é por dinheiro é porque eu quero, é por convicção. Quero tentar fazer alguma coisa.

– Ah, tá. Agora resolveu ser Dom Quixote? Resolveu virar herói. Saiba que a maioria dos heróis é injustiçada, perseguida e até morta.

– Pense o que quiser, pai. Mas estou decidido. Já fiz a inscrição e vou fazer esse concurso, sim. E, outra, é um concurso concorrido. Quem garante que eu vou passar? Caso isso aconteça logo na primeira tentativa, vai ser muita sorte. Vamos encarar a coisa desse jeito, se eu passar, é porque estou certo; se eu não passar, aí o senhor é quem está.

– Você quer reduzir isso a uma aposta? Sua vida não é um jogo, rapaz.

– Pelo menos, por hora, é objetivo que estou seguindo. Quero ver se eu consigo atingi-lo.

Kalisson nunca travou discussões dessa magnitude com seus pais. Estava um tanto perplexo. As coisas realmente mudam depois de uma decisão firme! Ao contrário da mãe e do pai, só tinha a irmã que não interferia nas ações dele, porque, como uma boa adolescente, não tinha tempo para se preocupar profundamente com os problemas de outrem.

No fundo, ele soube que a vida dele, daquele momento e daquela tragédia em diante, nunca mais seria a mesma. Agora, Kalisson estava enfrentando a família e teria que tomar uma decisão contra a vontade de seus pais.

Queria ser aprovado no concurso, e se não passasse, faria de novo e de novo até dar certo, porque a decisão tinha se arraigado em sua mente e acreditava que poderia fazer alguma coisa. Nem ele mesmo sabia o que fazer, não sabia nada sobre a estrutura da polícia, dos procedimentos, da verdadeira rotina de um policial, mas estava certo de que conseguiria fazer algo de bom.

Não se aprofundou nesse sentido, em saber sobre as rotinas dos policiais. O que ele tinha em mente eram mais questões sobre abuso que, momentaneamente, também tinham sido deixadas de lado, pois tinha de se concentrar nas matérias do edital.

Seguiu o edital à risca, tinha de jogar todas as fichas e se esforçar ao máximo para conseguir passar naquela prova. Precisava fazer isso por Mia e também pelas pessoas que sofreram abusos. Era uma necessidade íntima fazer alguma coisa.

Não estava sendo difícil estudar. Kalisson nunca gostou de estudar seriamente, mas depois de ter conhecido Mia, ele deu uma sensível melhorada. Depois da morte dela, ele ficou muito, mas muito mais aplicado aos estudos. Pelas circunstâncias, transformou-se em um grande estudioso, um CDF.

Começava seus estudos às sete da manhã no quarto, saía ao meio-dia, almoçava, descansava um pouco, às treze horas recomeçava, indo até as dezessete. Depois fazia uma pequena caminhada para espairecer, tomava banho e reiniciava às dezenove horas, encerrando a maratona de estudos diária às vinte e duas horas.

Eram doze horas de estudo diárias, um ritmo muito forte de estudo. Seguiu rigorosamente o seu cronograma e essa rotina, inclusive aos sábados e domingos. Desconectou-se das redes sociais. Transformou-se quase em um asceta. Acreditava que, se seguisse esse ritmo, poderia ser aprovado no concurso.

# Dia de prova

Chegado o dia do exame, levantou-se às 6 horas da manhã, 6h30 já estava no ponto de ônibus. A prova começaria às 8h30, os portões se fechariam às 8h.

Havia tomado café com leite e um delicioso suco de laranja que sua mãe havia preparado; também comeu pão com manteiga e ovos mexidos. O pai recusou-se a levá-lo ao local da prova. Kalisson já esperava por essa atitude do pai, então tomou o ônibus no horário certo, chegando ao local de prova meia hora antes do fechamento dos portões.

Olhou a lista disposta no corredor, certificando-se de que seu nome constava entre os candidatos. Verificou a sala na qual faria o teste, mas antes passou no banheiro.

Carregava consigo, em uma sacola plástica, uma garrafa de água, uma barra de chocolate e uma barrinha de cereais. Nunca havia prestado para concurso público, mas havia lido e ouvido falar que era bom levar uma garrafa d'água e algo para comer durante a realização das provas, porque uma prova de quatro horas de duração era difícil de suportar. Apesar de que, ultimamente, Kalisson nem se reconhecia mais, estava tão acostumado a passar muito tempo estudando, que quatro horas de estudo, para ele, eram como dez minutos.

Era estranho, Kalisson tinha mudado completamente. Em alguns momentos, nem ele mesmo se reconhecia. Porém, uma coisa o fazia se sentir bem: o fato de ter conseguido se disciplinar para estudar, vencer o edital e ter certo domínio do assunto das matérias estudadas. Sentia uma espécie de sensação de poder sobre o tempo e sobre os conhecimentos, uma sensação de que, se planejada corretamente, qualquer coisa seria possível de se realizar.

A prova transcorreu normalmente. As questões foram resolvidas uma a uma. Kalisson lia cada questão com absoluta atenção para ver se extraía exatamente o que o examinador perguntava e se detectava alguma pegadinha da banca. Após entender a questão de maneira suficiente, ele anotava um círculo na assertiva que considerava correta.

Durante os estudos, também havia feito um treinamento sobre resolver questões. Um mês antes da prova, entre os estudos costumeiros, resolveu as provas dos dez últimos concursos da Polícia Civil. De forma bem organizada, Kalisson acostumou-se com a maneira e o método das provas, de sorte que não estava difícil resolver as questões. Admirou-se por não achar difícil; no entanto, a concorrência era muito grande. A cidade estava repleta de milhares de candidatos concorrendo às vagas ofertadas pela Polícia Civil do Estado do Paraná.

As pessoas procuram uma forma de sobreviver. Atualmente, essa realidade não era diferente. Afinal de contas, o salário de policial era bem acima da média do mercado de trabalho brasileiro.

Kalisson ficou até o último minuto da prova. Reviu as questões que considerou mais difíceis e as que tinha ficado dividido entre duas alternativas. Observou também que havia questões que não tinham resposta correta e que certamente seriam anuladas.

Havia, sim, questões difíceis. Para estas, Kalisson não teve escolha senão chutar a resposta.

Ele satisfeito saiu da prova com a impressão de que havia acertado pelo menos 60% das questões. Entregou a prova aos ficais, saiu da sala e foi embora. Aguardaria ansiosamente até a próxima terça-feira à tarde, quando divulgariam os gabaritos preliminares.

Na hora de conferir os gabaritos, ele estava ansioso, contudo, com a conferência, sua alegria aumentava a cada questão que tinha acertado. Porém, de repente, ele pegou uma sequência de questões que errou e ficou apreensivo, mas logo o encadeamento de acertos voltou. Ao final da conferência, teve 75% de acerto, resultado que considerou bom. Entretanto, observou que nos fóruns de discussões existiam pessoas que diziam ter acertado 90% da prova. A notícia o deixou um pouco apreensivo. Realmente, ele não era o único estudioso que existia. Só restou torcer que o seu número de acertos fosse suficiente para garantir uma vaga para si.

Dona Aureliana perguntou se ele tinha ido bem no concurso. Kalisson respondeu que sim, motivo pelo qual ela ficou intimamente triste. Pela primeira vez na vida estava torcendo contra o filho, para que ele não tivesse se saído bem no concurso, porque, se ele não passasse, não seria policial. Assim, o seu coração de mãe ficaria mais tranquilo.

O pai também torceu contra, porque queria que o filho tocasse seu escritório, mas, pelo jeito, incutir essa ideia na cabeça de aço de Kalisson não seria uma tarefa fácil. Pelo menos, se não passasse no concurso, Raul teria mais tempo para tentar persuadir o rapaz.

Finalmente o resultado do concurso saiu. Kalisson foi aprovado na última vaga disponível. Se ele tivesse ficado uma vaga abaixo, não teria conseguido classificação. Alegrou-se com o resultado, a sensação de ter sido aprovado em concurso difícil e concorrido era muito gratificante, uma grande vitória.

Havia um sabor especial naquela aprovação. Agora era só fazer os exames complementares e tudo estaria certo. Olhou no cronograma do edital, e a próxima etapa seria comprovação de documentos obrigatórios e requisitos exigidos pelo edital. Teve de fazer uma bateria de exames médicos e um teste físico também.

Passou em todos, estava apto a entrar para as fileiras da Polícia Civil, mas havia uma coisa ainda, tinha que aguardar que os aprovados fossem nomeados pelo governador.

Kalisson aguardava a bendita nomeação, porém havia um obstáculo que ele jamais imaginou, nem em sonho. Era o fato de que, após a aprovação em concursos, muitas vezes é uma enrolação das autoridades para nomear os aprovados. Ficou sabendo que, variavelmente, ocorria até de vencer o prazo de validade do certame e não haver nomeação. Em muitos casos, o aprovado tinha de contratar um advogado e impetrar mandado de segurança para assegurar seu direito à nomeação.

Fazia um ano que aguardava ser nomeado; aquela situação de espera o frustrava diariamente. O governo nomeou uma pequena parte dos aprovados e, como ele tinha ficado em último lugar, teria de aguardar. Chamaram mais dois lotes de aprovados, e ele nada.

Começou a ficar impaciente e até conversou com um advogado sobre essa questão. Foi lhe informado que ele poderia impetrar mandado de segurança, mas que teria de esperar transcorrer o prazo de validade do concurso. O advogado explicou que o governo poderia chamar o aprovado dentro do prazo do concurso – maioria dos casos, é de dois anos –, podendo ser prorrogados por mais dois anos. Se ele não fosse chamado a assumir a vaga nesse prazo é que poderia, em tese, entrar com mandado de segurança.

Ficou muito desapontado com a informação. Por que para a justiça tudo tinha que demorar? Imagine só ter passado no concurso, ter se dedicado, ter criado expectativa de entrar, e depois, de repente, ficar ao alvedrio da vontade dos governantes, esperando o bel-prazer do gestor público, o qual certamente não tinha previsto corretamente as reservas orçamentárias para se contratar.

Fazer o quê? Não tinha outro remédio a não ser esperar. Esperou por intermináveis mais quatro meses até que, enfim, o chamaram para assumir a vaga. E a vaga que sobrou para ele foi em Curitiba. Sem perder tempo, Kalisson levou as papeladas pertinentes e assinou o termo de posse. Teria que se mudar às pressas para Curitiba. Sua mãe não ficou nada contente, seu pai também não, mas estava já tudo decidido. O destino estava traçado; dali por diante, Kalisson residiria na capital do Estado.

O pai não estava nem um pouco disposto a ajudar. Não ia deixar Kalisson levar o carro e também não ia ser fiador de aluguel coisa nenhuma. *Se escolheu seu próprio caminho, que arque com as consequências*, pensava ele.

Kalisson teve que apelar para dona Aureliana. Com seu coração de mãe, queria ajudar o filho, mesmo sabendo que não estava de acordo com a decisão dele. Ela o ajudou – quase toda mãe é assim, quando o filho é aproveitador, ele deita e rola, mas não era o caso de Kalisson: *Se eu estou saindo de casa, vou ter que me bancar.*

Ele fez as contas e disse que precisaria de pelo menos 4 mil reais para passar o primeiro mês, depois se viraria com o seu salário. Foi um desafio para dona Aureliana arranjar esse dinheiro sem que Raul percebesse. Ainda bem que tinha conta conjunta e um cartão de crédito. Teve que brigar com o marido para arranjar dinheiro para o filho, mas conseguiu.

Kalisson prometeu que, no segundo mês, começaria a reembolsar sua mãe, que este dinheiro seria só para pagar as despesas com aluguel e alimentação do primeiro mês, até que recebesse o seu salário. A mãe, porém, nem queria o reembolso do dinheiro. Na cabeça dela, havia lhe dado o valor de bom grado.

# Parte três

# Obsessão 2

# Novo ambiente

Kalisson começou vida e rotina novos. Conheceu pessoas diferentes e vislumbrou outras realidades. Era uma vida diferente de tudo que ele vivia em sua casa. Nunca teve a experiência de viver fora. Agora estava tendo.

Hospedou-se em um hotel meia-boca porque o dinheiro que ele tinha trazido não daria para muita coisa e já pensava de antemão em algum lugar para alugar e em quem poderia ser seu fiador.

O hotel era ruinzinho mesmo, com a tinta desbotada das paredes e sem muitas opções. Passar o fim de semana naquele hotel era claustrofóbico. Sem pesquisar muito, Kalisson pegou o primeiro que viu. Era em uma rua movimentada de Curitiba, onde, à noite, muitas prostitutas perambulavam. Foi advertido pelo dono do hotel a não sair à noite, por se tratar de um local perigoso.

Ficou só uma semana naquele muquifo; deslocou-se para outro lugar intermediário por indicação dos colegas policiais.

# O primeiro dia no trabalho

Em meio a um turbilhão de acontecimentos, naquele caos do DP, Kalisson tentava se adaptar à nova rotina.

Descobriu coisas boas e ruins, mas percebeu que o serviço seria difícil, pois a delegacia era uma espécie de curva de rio, onde se acumularia todas as tranqueiras possíveis.

A visão do pessoal era um tanto retrógrada e machista. No entanto, mesmo ante a esse cenário, pensava em Mia, no motivo por que estava ali. Decidiu por ora não falar nada, mas depois poderia tentar sugerir alguma coisa, algo novo. Agora, era melhor ficar de boa, na moita, saber primeiro onde estava colocando os pés.

Dentre os colegas, havia um investigador, com aproximadamente 55 anos, Seu Romualdo Augusto, veterano, com quase trinta anos de serviço, e também Glória Veruska, uma jovem que tinha entrado no concurso anterior ao de Kalisson.

Esses colegas se tornaram os mais chegados, foram eles quem mais se aproximaram de Kalisson. Era com eles que Kalisson podia pedir dicas e informações. E o ajudavam com uma ou outra coisa.

As lembranças do primeiro dia de serviço, porém, eram diversas:

– Seu Romualdo, como eu faço com este BO? – perguntou Kalisson.

– Olha, se vira, cara! Você não quis ser policial? – rosnou Romualdo.

Kalisson empalideceu, nunca havia tido uma reprimenda assim. Porém, logo, viu Romualdo sorrindo.

– É brincadeira, piá! Não esquenta! Deixe eu ver. É quase isso que está fazendo, o modelo já está aí, só procure ser mais detalhista na descrição dos fatos. Também não precisa colocar tudo, veja o que é mais importante para a investigação.

– Como vou saber o que é o mais importante?

– Siga o seu bom senso! É como um bom resumo, só o essencial é que se deve colocar.

E lá se foi Kalisson lavrar o seu primeiro boletim de ocorrência. O pessoal da repartição judiou um pouco dele. Logo no primeiro dia lhe passaram as consideradas piores ocorrências. Principalmente aquelas pessoas tidas por barraqueiras e que não paravam mais de falar.

Kalisson esforçava-se para cumprir a tarefa, mas houve um momento em que chegou a suar; afinal, tantas atribuições e tarefas para dar conta. Passava a mão na testa, enxugando o suor. Romualdo passou perto de Kalisson e deu uma cotoveladinha em sua costela.

– Tem certeza de que dá conta disso?

Kalisson balançou a cabeça, meio em dúvida, afirmando, sem palavras, que sim e continuou.

Na mesa mais próxima, Glória Veruska também fazia alguns BOs, mais era muito mais rápida.

– Ô, novato, eu já fiz um monte de BO, e você até agora só três. O que é que há, cara? Desse jeito você me sobrecarrega! Não tem lugar para bunda-mole nesta repartição, entendeu?

Não havia ninguém na sala no momento da repreensão. Kalisson ficou apavorado, sem saber muito que responder.

– Me desculpe, senhora!

– Senhora o quê?

– Glória Veruska! É o que consigo ler em seu crachá. Desculpe-me, eu pego o jeito já, já.

– É bom mesmo, senão as coisas vão ficar feias para você.

Kalisson passou a agir o mais rápido que podia, mas quanto mais rápido, mais erros de digitação cometia, verificados pelos olhos atentos de Romualdo, quando este o ajudava corrigir.

– Ô, novato, venha aqui! – gritou um agente gordo como um capado e com cara de mau.

– Eu?

– É, você. Tem algum outro novato aqui? Doutor Brochado quer te ver.

– Doutor Brochado?

– Seu relapso! Não sabe quem é o delegado deste DP? Isso é inadmissível! Deixa eu contar a ele que nem mesmo procurou saber quem era o delegado.

Kalisson empalideceu, realmente não tinha se preocupado com nada disso. Por que se preocuparia? Refletiu um pouco e concluiu: *Realmente, tive uma falha, deveria saber pelo menos a quem estaria subordinado.*

Chegou na frente de um gabinete grande, uma escrivaninha grande, uma imensa quantidade de papéis, o ar-condicionado desligado, as janelas escancaradas e sentado à escrivaninha um homem gordo com o paletó aberto, sem gravata, fumando um cigarro e soltando a fumaça sem o menor escrúpulo. O homem esquadrinhava Kalisson com um olhar intimidador, perscrutador: "Será que ele serve para trabalhar aqui?".

*Que situação!* – pensou Kalisson. *Esse cheiro de cigarro.* Kalisson espirrou.

O delegado perguntou:

– A mocinha está com alergia de meus cigarros? Tenho de parar de fumar para poder conversar com a princesa? Aqui é lugar de homem, rapaz. Gente molenga não tem vez conosco.

– Não, de modo algum. Pode fumar à vontade. Só essa baforada que me deu na cara que me fez espirrar.

– Não gostou? Responda, não gostou? – Kalisson quedou-se inerte. – Mal chegou aqui, fedelho, e já quer me desafiar?

Gofredo, o policial gordo que o estava acompanhando, ria por dentro, mas com uma cara impassível, com óculos escuros estilo *Top Gun*.

– Não foi minha intenção, me desculpe.

Kalisson estava achando aquela situação um absurdo. Estava sofrendo uma espécie de assédio já no primeiro dia de trabalho. Ficou com raiva e se pudesse, daria um soco na cara desse delegado do capeta. Mas se conteve, o medo de fazer errado era maior do que a raiva, então obedeceu, lembrando-se do ditado: "manda quem pode, obedece quem tem juízo". Era um ditado um tanto inadequado, mas não era hora de filosofar, tinha de ser prático. Era o seu primeiro dia, certamente os outros seriam melhores, isso eram só apresentações formais. Ou, quem sabe, o delegado queria marcar o seu território como líder da matilha; já por lei ele o era, mas exercer a liderança de fato é um pouco mais, digamos assim, corpo a corpo.

– Escute aqui, menino, eu sou delegado de polícia desta droga de delegacia. Eu é quem mando nesta porra. Daqui pra frente, você vai seguir as minhas ordens e dos policiais mais antigos, ouviu? Se pisar na bola, não passará de três meses aqui, e nem em sonho passará do estágio probatório. Gofredo, como esse novato está se saindo?

– Muito mal, péssimo. Não está conseguindo nem fazer BO direito.

Kalisson estremeceu por dentro e pensou: *Filho de uma puta!* Engoliu seco a raiva.

– Tão mal assim, Gofredo?

– O senhor nem imagina, o cara nem sabia qual era o seu nome, doutor.

Kalisson tinha pensado que Gofredo era um filho da puta e o delegado era um merda, mas tentou se justificar, afinal de contas, estava no primeiro dia de serviço:

– Me desculpe, doutor Brochado, eu…

O delegado explodiu com um soco forte na mesa.

– Brochado? Seu porra louca! Quem disse que meu nome é esse?

– Foi você, Gofredo?

Gofredo ficou impassível, mas por dentro sorria.

– Não, doutor. Nunca falei isso para ele!

– Meu nome é Bechara, seu palhaço. Dá próxima vez que quiser fazer gracinhas no primeiro dia de serviço, estará fodido. Você tem sorte que estamos precisando de pessoal, senão iniciaria um processo administrativo contra você hoje mesmo. Gofredo, trate de apurar quem falou para o garoto me falar isso?

– Sim, senhor, delegado.

Gofredo se refestelava por dentro. Sabia que esse era o apelido que corria pelas costas do delegado. Todo mundo se referia a ele como Brochado. A brincadeira havia surgido em uma festa em que alguém fez essa sugestão. O delegado ficou tão fulo, que o apelido pegou. Agora, Gofredo tinha induzido Kalisson a chamá-lo abertamente de Brochado. Alegrava-se do feito, com uma só ação tinha sacaneado o novato e troçado o delegado. *Eu sou demais*, gabava-se em pensamento.

Logo que saiu da sala, despachou Kalisson:

– Volte aos BOs, escravo, quer dizer, novato.

Depois foi até a salinha ao lado e contou o feito a dois colegas, explodindo em gargalhadas. Tinha gravado a conversa no celular e mostrou aos outros, que também riam sem parar.

Depois daquele papelão com o delegado Bechara, Kalisson retornou para o seu ofício de confeccionar boletins de ocorrência. Eram só 10h30 da manhã e já tinha passado por tudo isso. Kalisson tinha personalidade forte, mas sendo o primeiro dia de trabalho, estava muito nervoso, sentindo um pouco de medo. Afinal de contas, aquela sensação de não estar executando as funções direito, a sensação de não saber exatamente como fazer as coisas, era uma impressão que lhe conferia certo grau de desequilíbrio. Talvez essa percepção seja mais ou menos natural em mais de 95% das pessoas que vivenciam uma situação nova, é uma espécie de sensação de inutilidade, inferioridade.

Procurando Kalisson, com cara de sarcástico e o sorriso no canto dos lábios, Telles rosnou.

– Está achando que é só moleza? Levanta essa bunda da cadeira e deixa esse barco à Glória. Vamos ajudar a levar marmita para os detentos.

– Levar marmita?

– Isso mesmo. Você está surdo, por acaso? Preciso repetir igual a um papagaio para você entender? Agora você vai virar distribuidor de marmitas.

Chegadas as marmitas, estava lá uma pessoa da limpeza que as retirava das caixas.

Kalisson perguntou:

– Esse serviço não é do pessoal da limpeza ou da cozinha? Agora vou ter que entregar marmita para preso? O edital do concurso não previa essa função.

– O quê? Você está me questionando? Está sob minhas ordens, novato. Fique sabendo, o edital não é a realidade, meu filho, aqui você vai fazer o que eu disser para você fazer. Experimenta não cumprir minhas ordens que eu comunico ao delegado. Vamos, por aqui, ajude a Marli a entregar as marmitas, eu vou ficar só fiscalizando. Verifique bem, para ver se não há nenhum objeto dentro da comida! Pegamos a marmita pronta, os caras do restaurante são confiáveis, mas policial que é policial confia desconfiando. *Então deve ser por isso que os presos andam cheios de celular*, pensou Kalisson.

Marli tirava as marmitas da caixa, abria-as e passava para Kalisson, que tinha de verificar com um garfo se não tinha nada suspeito dentro da comida. Kalisson pensou: *Nossa, este DP é mesmo rigoroso.*

Havia mais ou menos uns sessenta presos naquela carceragem. Depois do exame, Telles ordenou que Kalisson passasse as marmitas aos presos. Ele os via pela grade, onde tinha apenas um buraco que dava para enfiar a marmita, e os detentos iam pegando a sua. Perto da cela, ele sentiu um cheiro horrível vindo de dentro daquele lugar, um cheiro que fazia arder suas narinas, uma espécie de mofo ardido.

Havia todas as espécies de personagens naquele xadrez, novos e velhos, bonitos e feios. Mas, em sua ampla maioria, eram pobres, com baixíssimo grau de escolaridade.

Imaginou que viver naquele lugar não era nada agradável. Pensou, com ódio no coração, que seria o lugar ideal para aquele vagabundo que abusou de Mia. Era a única coisa de recompensador que tinha pensado desde o início do dia. *Seria bem merecido aquele merda passar o resto da vida preso, nessa jaula.*

Fora esse momento de delírio, não estava gostando nada daquilo. Nada dentro daquela delegacia, não fosse pela promessa que fizera a si mesmo e pela necessidade de fazer justiça à Mia, largaria tudo naquele momento – chegou a cogitar a possibilidade de trabalhar com o pai no escritório de contabilidade; afinal, seria mil vezes melhor do que aquilo que estava passando. Ô dia de cão!

Ele tinha um motivo forte, tinha de fazer alguma coisa por Mia. Estivesse onde estivesse, não podia se esquecer. Era para isso que ele estava lá e não era um bando de policiais idiotas e arrogantes que iam conseguir fazê-lo desviar de rota.

Até agora, Kalisson tinha se deparado com um bando de idiotas, exceto, talvez, Romualdo e Glória Veruska – se bem que ela o tinha tratado com um ar autoritário.

Aquele dia estava sendo um absurdo. Como podia acontecer tanta coisa em um só dia? Parece que queriam impor a ele um terror, um amedrontamento prolongado. Já estava ficando de saco cheio com aquilo tudo, a ponto de explodir. Todavia, tinha de raciocinar, precisava ter um pouco de paciência.

Entregava as marmitas, os presos notaram que tinha gente nova no pedaço. Telles só observava Kalisson e Marli entregando as sessenta quentinhas.

Um detento perguntou:

– Senhor, quem é esse novo policial?

– É o nosso novato.

– Que bom, senhor. Está bom, senhor!

– É bom respeitar mesmo, não é porque ele é novato que vocês não têm que respeitá-lo.

Kalisson notou como eles eram disciplinados, pediam por favor, falavam "senhor". Até lhe pareceu que não deveriam nem estar presos. Como que adivinhando o pensamento de Kalisson, Telles alertou:

– Cuidado com a lábia desses caras, novato! Eles parecem, só parecem cordeirinhos, não confie em nenhum deles.

Kalisson quis perguntar a história de um deles, que tinha um olhar triste e expressivo, porém resolveu guardar a pergunta para si. Era estranho, quem vê cara não vê coração mesmo, a maioria deles não tinha cara de bandido.

Terminado de alimentar os encarcerados, já estava na hora de comer alguma coisa. Dirigiu-se ao refeitório.

Por um momento, sentiu-se como se fosse um corpo estranho naquela organização. Alguém indesejado, recebendo olhares nada amistosos ou sarcásticos, esperando alguma gafe dele para curtirem com sua cara. Estava se irritando mais e mais com aquilo tudo.

Seu nível de simpatia já estava esgotado, a qualquer momento poderia mandar alguém pra puta que pariu. Estava contando até dez antes de responder, para não fazer nenhuma burrada.

De volta à sala, em um momento em que ficou um pouco calma, ele ficou observando chegar três agentes escoltando quatro caras algemados. Um dos algemados tinha ferimentos leves. Designaram Kalisson para digitar enquanto o agente fazia o interrogatório dos meliantes.

Mais ou menos às quinze horas, outro agente, que parecia estar com sangue nos olhos, como se quisesse alguma coisa para *trollar* Kalisson, apareceu e entregou uma vassoura e uma buchinha de limpar privada.

– Pode limpar o banheiro da direita com isso.

Kalisson não aguentou o desaforo, explodiu:

– Não vim aqui para lavar banheiro porcaria nenhuma. Não vou limpar banheiro.

– Você não vai? Vou falar com o delegado...

– Vá falar com o diabo, se quiser. Banheiro, eu não limpo.

A raiva dele ficou tão intensa que o agente ficou até sem graça. Por essa ele não esperava. Kalisson teve uma reação tão incisiva que assustou o agente troçador.

Era quase o final do expediente, graças a Deus.

Primeiro dia que ele estava ali e já parecia meses de serviço.

Acabado o expediente, fecharam as portas da delegacia. No entanto, tinha alguma coisa estranha. Todos os agentes estavam ali. Sentiu um pouco de medo. Será que eles poderiam retaliá-lo de alguma maneira por causa de sua recusa em limpar o banheiro?

Fizeram uma roda em torno dele, ficou bem no centro com um misto de espanto e medo.

– Você terá de passar por um teste de fogo – disse um dos agentes.

– É para ver se realmente é digno deste DP! – exclamou outro policial.

– Nós vamos jogar você dentro da cela com os prisioneiros. Vai ter que sobreviver meia hora lá dentro – falou outro.

– Eles vão te bater pra valer, garoto. Tentarão fazer de tudo com você – discorreu uma voz no meio daquela roda.

– Você vai ter que se defender se quiser sobreviver e ser recebido por nós como um policial de verdade. – Desta vez, era uma voz feminina que falava aquelas coisas que o estavam deixando verdadeiramente apavorado. Kalisson já imaginava tendo que lutar com todos aqueles presos. *Se eu cair no chão e der as costas para eles, estou morto*, pensou.

– É o nosso teste de ouro. Todos os que entram aqui precisam passar no teste. É a sua iniciação – falou outro.

– Não vou, não vou e não tem ninguém que vai me fazer entrar naquela cela. Vocês estão pensando que estão mexendo com moleque...? – disse Kalisson, vermelho de raiva. A raiva fez o medo dele desaparecer e estava a ponto de partir para a legítima defesa contra o primeiro que viesse a lhe encostar a mão.

– Moleque, você vai na marra. Peguem-no e joguem-no na cela – gritou o delegado, que assistia a tudo sentado em uma banqueta um pouco ao longe.

Um dos policiais precipitou-se em direção a ele numa tentativa de segurar seu braço. Num reflexo ofensivo, Kalisson empurrou o policial que se desequilibrou e caiu.

Mais de cinco policiais resolveram atacar ao mesmo tempo e o seguraram. Ele se debatia e xingava de tudo quanto era nome. Até que aquele que tinha sido empurrado deu um soco na barriga dele e alguém amordaçou a sua boca.

Continuou se debatendo, estava lutando por sua vida. Para ele, era questão de sobrevivência, não sabia mais quem era bandido ou policial. De todo modo, lutaria o que podia, usaria toda a raiva contida para poder ter mais força. Acabou acertando uma cotovelada no nariz de um deles. Deu chutes e socos. Até que alguém que estava com raiva daquela resistência o chutou nas partes intimas. E Kalisson caiu de dor.

– Não precisava ter chutado o rapaz aí – gritou seu Romualdo.

Foi quando seis pessoas o içaram do chão e o jogaram dentro da cela. Ele deu um grito, tirou forças não sei de onde e ficou em posição de guarda, mas o que viu dentro daquela cela lhe deu uma raiva incrível. Havia uma faixa de boas-vindas ao 18°. Uma mesa organizada com alguns copos, pratos, cervejas e alguns quitutes.

Os colegas policiais começaram a aplaudir, e em coro gritaram:

– Bem-vindo ao 18° DP!

Sentiu o cheiro de churrasco e pôde perceber que lá fora havia um preso assando carne.

Para fazer essa surpresa, os policiais tiraram os presos daquela cela e os amontoaram em outra que ficou mais que superlotada.

Por um momento, ele ficou sem saber o que fazer nem pensar, olhando para o chão. Parecia que agora que viu que não existia perigo, é que suas pernas ficaram moles. Ficou logo com cara de raiva, até que Romualdo lhe deu um tapinha nas costas e disse:

– Te anime, guri.

Glória Veruska também lhe deu boas-vindas. Agora estava com um sorriso que não tinha notado antes.

Lentamente, à medida que a raiva e a perplexidade foram passando, Kalisson foi entrando em clima de confraternização. Pegou uma cerveja e tomou. Aliás, na hora nem pensou se era permitido beber na delegacia, mas depois do trote que tinha passado, isso não importava.

Todos os tiras e até o delegado o felicitaram pela aprovação no concurso. Muitos falavam que dali em diante, ele seria um policial e que os policiais tinham um código de honra entre eles. Todos deveriam se respeitar e se proteger de forma mútua, independentemente do que acontecesse.

Agora podia ver que as caras rancorosas estavam mais maleáveis.

Sentiu-se aliviado de saber que o seu primeiro dia era um trote e que, portanto, os outros dias seriam, digamos, normais.

Comeu e bebeu. Conversou com o pessoal. Ficou por duas horas ali. Depois foi embora com a sensação de que tinha ido bem para o primeiro dia. Passou a noite inteira pensando. Realmente, eles lhe pregaram uma bela peça.

# Impressões iniciais

Kalisson passou por um treinamento pouco rigoroso; na verdade, as questões burocráticas ocupavam maior parte do tempo.

Depois do trote do primeiro dia, inicialmente estava empolgado com a nova rotina. Era diferente, havia vários outros policiais, uns mais velhos, outros mais novos. Alguns com cara amigável; outros, estressada. A delegacia era um mosaico de caras e bocas.

Não demorou muito para Kalisson perceber que até o delegado, na prática, era mais um coordenador burocrático do que outra coisa.

Era muita papelada e documentação, e agora os tais de BOs eletrônicos, que não deixavam de ser papelada, mas de forma diferente da tradicional. Além de burocracias, havia a questão da carceragem na própria delegacia. Quando prestou o concurso, Kalisson não imaginava que os presos tinham que ficar lá na delegacia.

Não gostou nem um pouco do que viu. A carceragem era suja, úmida, com péssima ventilação – propícia à criação de fungos, presumia – e havia cheiro de mofo que chegava a arder as narinas quando se passava perto da porta da carceragem.

As celas estavam lotadas de sujeitos das mais diversas fisionomias, apesar de que poderia classificá-los, pela observância da ficha deles, que se tratavam na maioria das vezes, cerca de 90% dos casos, de pessoas muito pobres e com um nível cultural extremamente baixo.

Descobriu que a lei dizia que as pessoas condenadas deveriam cumprir pena nas penitenciárias, ou seja, em local apropriado. No entanto, havia muitas pessoas ali, com sentenças definitivas, e que não tinham sido transferidas ainda e nem seriam, por absoluta ausência de vagas nas penitenciárias. Consequentemente, muitos investigadores, em vez de se ocuparem com seu trabalho, tinham de cuidar de questões da carceragem.

Entre os presos havia também muitos que aguardavam a morosidade da justiça, esperando uma definição de seus destinos.

O cheiro daquele lugar era horrível. Kalisson sentia-o mais forte quando tinha que fazer serviço de carcereiro – não propriamente de carcereiro, mas tinha que dar uma verificada nos presos e em outras atribuições.

Quando chegava perto das selas, geralmente os presos ficavam perguntando sobre a progressão de regime, quanto faltava para cumprir, qual condenação pegaram etc. O impressionante era que eles citavam os artigos do código penal. "Eu peguei 157", "eu 171, 121", e assim por diante. Afinal, naquele local ocioso e funesto, a mente trabalhava ainda mais.

Nos dias de visita era uma correria na delegacia. Agentes femininas revistavam as mulheres, e os homens eram revistados por homens. Que coisa chata os mandar tirarem a roupa, ver se nas partes íntimas tinha algo escondido ou introduzido, olhar objeto por objeto.

Por mais que revistassem, sempre tinha preso que era pego com celular. Não sabiam como passavam, ou se havia suborno para passar. O fato era que os presos não passavam vontade de fazer ligações telefônicas, inclusive às vezes aplicavam golpes dali mesmo da delegacia, como o golpe do sobrinho, do sequestro, do bilhete premiado e tudo que a mente criativa deles pudesse usar em prol do crime.

A vida de policial civil não era nenhuma maravilha. Enfrentavam muitas questões burocráticas e de logística, mas também havia ação. Certa vez, Kalisson foi designado para acompanhar uma missão. Tratava-se de uma investigação de tráfico de drogas em que os investigadores estavam encaixando todos os quebra-cabeças para pegar um traficante grande.

Informantes denunciaram que em um bairro da pesada haveria um grande carregamento drogas. Após muita investigação, puderam precisar exatamente o local em que se daria o crime. Kalisson teria de acompanhar um policial de meia-idade ao tal local e interceptar o veículo.

No carro com o policial, Kalisson estava totalmente apreensivo acariciando sua .40, vestido de colete à prova de balas e todos os apetrechos, com 4 carregadores cheios de munição no bolso. Havia ido bem no curso de tiro e nos treinamentos de diligência; agora, rememorava as situações e os procedimentos que teria de ter em um contexto de risco.

A tensão dele era eminente, isso porque era a primeira vez dele em uma diligência dessa magnitude. Seu colega de trabalho, por sua vez, estava tão calmo que era até estranho.

– Tome cuidado, garoto! A gente vai mexer com boca quente – avisou o parceiro.

O alerta aumentou ainda mais a adrenalina, e o coração de Kalisson queria sair pela boca. Tinha de manter a calma, lembrou-se de que muitos acidentes e baixas na corporação se davam por ações feitas sem calma, afoitamente.

Toda a adrenalina da operação logo se dissipou, pois em nenhum momento a abordagem foi violenta. A polícia militar rodoviária os auxiliou e eles interceptaram o carregamento de drogas. Quando viu que seria abordado, o motorista do carro abandonou-o na blitz e, desesperadamente, tentou correr. Os policiais militares foram ao seu encalço, o encurralaram e o prenderam.

Kalisson quis correr atrás do meliante, mas foi impedido pelo colega. Disse que atividades ostensivas eram com a polícia militar, que os policiais civis têm apenas que investigar.

No carro, tinha mil quilos de pasta-base de cocaína, ou seja, foi uma apreensão e tanto. Na opinião de Kalisson, porém, a abordagem não foi nada inteligente, porque se tivessem esperado o traficante chegar ao local da entrega da droga, pegariam muito mais traficantes e, quem sabe, até o chefão. Questionou isso ao seu colega, mas logo ele abriu um sorriso falou:

– Quem disse que policial precisa se arriscar tanto assim? A gente fez uma apreensão e pronto! Já está de bom tamanho. Não precisamos nos arriscar em tiroteio. Não é nenhuma honra ser herói no Brasil, simplesmente não compensa.

Kalisson ouviu aquilo tudo e ficou grandemente desapontado. Não imaginava que eles pensassem assim.

Fora essas diligências e algumas notificações que tinham para entregar, o trabalho dele, por alguns meses, foi principalmente fazer boletins de ocorrência junto com Glória Veruska, isso porque Kalisson era ágil na digitação, e, ao perceberem sua habilidade, os colegas dele se aproveitaram.

Kalisson gostava daquele caos diário na delegacia, mas não curtia passar por aquele corredor da carceragem. Além de sentir aquele cheiro horrendo, os presos pareciam querer acabar com ele com o olhar, com um ódio sinistro.

Passados alguns dias, o rapaz percebeu que, em uma saleta, bem no canto da delegacia, havia uma agente feminina. Ela era bem jovem e soube que tinha entrado pouco antes dele; tinha sido aprovada no mesmo concurso de Kalisson.

Era uma pessoa com uma beleza interessante, não maravilhosa, e, sim, moderada humilde. Seu nome era Vanessa, e o que mais chamava atenção na moça era a simpatia com que ela o saudava. Ele sentia que Vanessa ainda não havia se habituado com a rotina e ouviu um zum-zum-zum de que ela estaria tendo dificuldades em lavrar certos documentos. Vanessa se considerava péssima em redação. Kalisson sentiu vontade de ajudar, mas não podia abandonar o seu posto. Vanessa teria de se virar sozinha.

Em pouco tempo na delegacia viu inúmeros casos de violência doméstica; havia muitas mulheres de diversas classes sociais, sobretudo pobres, e que precisavam de auxílio. Algumas conseguiam medida protetiva de urgência; no entanto, mesmo com esse recurso, o sujeito se aproximava e colocava em prática feminicídio. E pior é que muitas mulheres reclamavam que tinham notificado a polícia militar que o cafajeste estava rondando a sua casa, mas eles falavam que não podiam fazer nada. Ora, alguns policiais não podiam ou não queriam prender em caso de medida protetiva, o que era um absurdo – na realidade, não queriam cassar serviço.

Muitos agressores, cientes dessa deficiência do Estado, desrespeitavam, sem medo, as medidas protetivas de afastamento e ainda continuavam ligando para as mulheres e fazendo todo tipo de ameaça possível.

Certo dia, uma mulher chamada Feliciana resolveu desabafar na delegacia:

– Depois que eu morrer, não precisa mais me socorrer. Eu já estou cansada de vir aqui e vocês não fazerem nada, não prender esse cara. Sou pobre, né? Minha vida não deve valer nada para vocês.

Muitos policiais tentavam justificar o injustificável. Kalisson, porém, sentia-se mal com a situação.

Notou também que havia mulheres que abriam boletim de ocorrência, conseguiam medida protetivas, mas depois simplesmente desistiam de processar o homem. Não entendia por quê. Cogitou que podia ser por algum tipo de ameaça. No entanto, alguns policiais – até mesmo as femininas – ostentavam um pensamento machista sobre "as mulheres que procuravam a polícia para mais uma Maria da Penha". Ouvia vários comentários dos colegas, dentre eles: "mulher que se envolve com vagabundo é porque é vagabunda", "lá vem aquela vagabunda de novo!", "tem mulher que gosta de apanhar!" – o pensamento do pessoal era disso para pior.

Tinham muita má vontade em atender ocorrências referentes à Lei Maria da Penha. Nos bastidores diziam: "Aposto que não vai comparecer em audiência e vai retirar a queixa. Isso é um absurdo. A gente só perde tempo com essas vadias".

Kalisson, talvez devido à história de vida de Mia, percebia que muitas mulheres não tinham saída. Em casa, eram ameaçadas e espancadas. Na delegacia, eram tratadas com preconceito e ignorância. Na verdade, não havia um esforço sério para se combater a violência doméstica. Não havia interesse real para, de fato, proteger a vítima, e havia também vagabundos que só entendiam a linguagem da violência. Infelizmente, as ameaças só se findavam se a mulher ou se sua família desse um jeito no agressor.

Havia muito inquéritos de crimes passionais. Quando Kalisson os analisou, viu que muitos tinham medida protetiva de afastamento. No entanto, muitos agressores tinham matado as companheiras dentro da própria casa delas.

É verdade, sim, que havia muitas mulheres com comportamentos duvidosos, mas generalizar era uma ignorância sem medida que fazia Kalisson refletir seriamente se estava no local certo para alcançar seus objetivos de justiça e vingança. Infelizmente, era um pensamento quase unânime naquela delegacia, a maioria achava que as mulheres que procuravam seus direitos, de certa forma, eram culpadas por estarem naquela situação.

Kalisson foi formando a sua própria opinião sobre a corporação. Havia muitos problemas: falta de infraestrutura, de conhecimento, de gestão e de comprometimento com o trabalho e com a sociedade, além de muitos salários defasados. Enfim, era o Brasil! Mas ele não podia desviar de seu foco, ainda tinha a esperança de que poderia fazer alguma coisa em relação a casos de abusos sexuais. Devia essa à Mia e era o seu objetivo de vida.

# Em casa

Kalisson chegou à sua casa em uma tarde, depois do expediente, atravessou o pequeno gramado, e o cachorro Sultão, um vira-lata que tinha aparecido em sua casa, veio festejar a presença dele, abanou o rabo e deu uma lambida em suas mãos. Kalisson ralhou com o cachorro:

– Para com isso. Você sabe que eu não gosto que me lamba, cachorro!

Sultão saiu de perto baixando a cabeça.

Kalisson não sabia como aquele cão havia aparecido no bairro. Presumia que tinha permanecido ali devido aos carinhos que recebia.

Antes de entrar em casa, verificou se a vasilha de água de Sultão estava cheia, pegou um pouco de ração na garagem e, para alegria de Sultão, colocou em um pote improvisado.

A casa tinha um pequeno quintal gramado, uma grade alta com lanças pontiagudas marrons na frente. O imóvel era amarelo com vidraças antigas e ficava no bairro Campo Comprido. A vizinhança parecia ser formada por pessoas pacatas. Era lugar muito tranquilo. Havia uma padaria e uma pequena mercearia cerca de 150 metros dali e se visualizavam muitas araucárias espalhadas pela vizinhança.

Durante quatro meses em que estava ali, não tinha visto ou notado os vizinhos, exceto a do lado esquerdo, a senhora Martinha.

Dona Martinha tinha setenta anos de idade, morava sozinha com mais dez gatos. Com todos os cabelos brancos, usava vestidos que não se usam mais. Muito simpática, fez amizade com Kalisson. Sempre que ele chegava, dona Martinha ia ao muro e falava:

– Vem tomar um cafezinho, meu filho. – Sorria, muito amigável.

– Não, dona Martinha, obrigado! Tenho outras coisas para fazer.

– Vem, meu filho. Vai deixar uma velhinha tomar café sozinha? Minha família quase não me visita. Você lembra muito meu neto.

Kalisson acabava cedendo ao apelo. Como resistir a um convite de uma pessoa tão simpática?

Sentado à mesa, ela prosseguia:

– Está com uma cara de fome, meu filho. Coma um pedaço de bolo de fubá com uma xícara de café com leite.

– Muito obrigado, dona Martinha! – Comia e dava um gole no café. – O café e o bolo estão muito gostosos. – Kalisson falava com sinceridade, realmente dona Martinha tinha mãos de ouro para cozinhar.

– Trabalhou muito hoje, meu filho?

– Até que não, dona Martinha. Só o normal.

Kalisson desconversava quando alguém tocava nesse assunto. Nos treinamentos de policial, tinha sido instruído a não falar ou evitar comentar sobre seu trabalho aos vizinhos ou mesmo a policiais; isso porque alguns bandidos poderiam persegui-lo e chantageá-lo, ou coisa pior. Era bom se proteger; afinal, a profissão de policial é visada, tanto por bandidos como por civis – nesse último caso, devido aos grandes equívocos que cometem, bem como por comportamentos de policiais violentos ou corruptos.

Realmente, falar sobre seu trabalho para dona Martinha não seria problema. Aquela senhorinha parecia não querer saber onde Kalisson trabalhava, mas uma companhia, então por isso a pergunta.

Todo o dia que chegava tinha que tomar café com ela. Ficava por uma hora batendo papo e depois ia embora. Dona Martinha tratava tão bem o rapaz que levava o jantar para ele. Queria também que Kalisson desse suas roupas para ela as lavar. No início, o rapaz não queria, se bem que teria de pagar uma lavadeira, porque tinha preguiça de mexer com esse tipo de coisa. Depois de muita insistência, ele cedeu e, duas vezes por semana, dava sua roupa para ela lavar. Martinha dizia que não era incômodo fazer isso, pelo contrário, era bom ter uma tarefa para fazer.

Martinha era ótima companheira e vizinha. Único inconveniente era que queria que Kalisson ficasse conversando o tempo todo com ela, mas ele conseguiu impor uma rotina. Falava que depois das vinte horas tinha que ficar livre, pois precisava organizar suas coisas.

Então, daquele horário em diante, ele se fixava em seus pensamentos e projetos pessoais.

Agora já tinha tomado um banho e se dirigido ao pequeno sótão da casa. Lá ficava pensando. *Faz dois bimestres que estou aqui e até agora nada. Nenhum caso de abuso de menores passou por minha mão. Não posso ficar assim, tenho que agir, pensar em alguma coisa. Não posso deixar essa rotina claustrofóbica me engolir. Se permanecer assim, ficarei aqui por dez anos sem ter realizado nada. Se quero realmente fazer alguma coisa, tenho que me empenhar verdadeiramente.*

Depois de muito pensar, formou uma convicção: *Amanhã mesmo conversarei com o delegado Bechara.* Instantes depois, veio o sono.

# Conversa com Bechara

No outro dia, na delegacia, Kalisson aguardou ansiosamente o delegado chegar. Em todo esse tempo em que trabalhava lá, nunca o delegado chegou cedo, chegava por volta das 10h30 da manhã.

Quando finalmente chegou, Kalisson deu duas batidinhas na porta e adentrou na sala do chefe. Antes que Kalisson lhe dirigisse a palavra, Bechara se adiantou, dando uma baforada de cigarro pela janela.

– Fale, agente K! Trouxe alguns documentos para eu assinar?

– Bom dia!

Bechara não respondeu ao bom dia, sentou-se em sua cadeira em uma posição desleixada e olhava para Kalisson com o olhar de que pouco se importava.

– Não, não é isso, doutor – prosseguiu Kalisson. – Quero fazer uma pergunta ao senhor.

– Pois diga! Diga rapaz!

– Doutor Bechara, existe algum órgão especial da polícia destinado ao combate de abuso sexual de crianças e adolescentes?

– Que eu saiba, não, pelo menos não existe nada concreto e específico.

– Então como a polícia combate esse tipo de crime, doutor Bechara?

– Ora, você não sabe? As mulheres vêm aqui e nos relatam. Colhemos os depoimentos, mandamos a vítima ao IML para fazer exames de constatação do abuso, juntamos o laudo no inquérito, colhemos o depoimento do noticiado e das testemunhas citadas e, ao término das diligências, faço o relatório; e, se for o caso, indicio o meliante em um tipo penal correspondente. Por fim, envio tudo ao promotor. Daí para a frente, ele é quem cuidará do caso, iniciando o processo criminal contra o indiciado, que passará a se chamar acusado ou simplesmente réu.

– Não há nenhum trabalho preventivo?

– Trabalho preventivo, cara? Nós somos polícia investigativa. Nosso trabalho é essencialmente repressivo, ou seja, depois que acontece o fato, a gente procura os culpados e os punem. Agora, prevenir não é com a gente. Prevenir crimes e atender no momento da ocorrência do fato é com a polícia militar.

– Mas poderíamos ter alguma coisa preventiva nesse sentido, não?

– É evidente que seria ideal. Mas você sabe, ou pelo menos deve ter percebido, pois já está há quatro meses nesse caos, aqui dá pra fazer alguma coisa direito? Precisamos cuidar de coisas que não são da nossa função e deixar investigações importantes de lado para cuidar de burocracias. É muito difícil fazer aqui algo que preste. Onde o Estado senta em cima, dificilmente nasce algo realmente bom.

– Seria bom, doutor, se me permite a sugestão, que se começasse a implantar aqui na delegacia um sistema de prevenção e de investigação sobre esse tipo de crime.

– Seria bom, sim. Era só isso que você tinha me dizer, rapaz? Então tá... Bom, vamos voltar ao trabalho. Tenho muita coisa para fazer, muitos relatórios para assinar.

Bechara se livrou de Kalisson como um bagre liso escapa de mãos frouxas. Kalisson saiu e fechou a porta. Não havia resistência de Bechara em implantar um sistema de combate ao abuso sexual; no entanto, também não haveria nenhum esforço por parte dele que pudesse ajudar Kalisson a concretizar sua ideia.

Bechara não conseguia mais enxergar nada além do caos daquela delegacia. Os vários anos no posto de delegado criaram nele uma casca grossa composta de realidade pessimista, a qual dificilmente seria quebrada.

Em seu íntimo, de tanta decepção com o sistema e com sua vida pessoal fracassada, Bechara só se preocupava em cumprir o expediente, com que dia ia ser feriado, com suas férias, com seu salário, com quantos anos faltavam para sua aposentadoria e também com suas cervejas e seu cigarro.

Por vezes, sentia-se resignado, como se ele próprio estivesse cumprindo uma pena de prisão. Não tinha coragem de deixar tudo de lado e viver simplesmente, não tinha mais coragem e nem idade para começar tudo do zero.

Kalisson percebeu que não poderia contar com a ajuda de Bechara e ficou frustrado com o fato de ter detectado a personalidade do delegado, era um "caso perdido". Era ruim ter como chefe uma pessoa assim.

Relembrando a conversa com Bechara, Kalisson imaginava que teria de pensar em outra estratégia. Então lhe surgiu uma verdade em sua cabeça. Teria de começar por algum lugar e de fazer tudo pela forma mais difícil. Seria uma sorte se alguém naquela delegacia apoiasse seus intentos, pois viviam mais para cumprir a própria rotina e receber os seus salários do que por algo maior, do que por um projeto de vida transcendente.

A hora que deu uma folguinha no movimento infernal da delegacia, Kalisson conversou com Romualdo e com Glória sobre os processos que havia sobre abuso sexual, pedofilia e afins.

– Por que quer saber disso? – perguntou Glória.

– Quero fazer umas pesquisas.

– Cuidado com essas informações, garoto. Não se esqueça de que não pode divulgá-las. Estão sob segredo de justiça. Caso divulgue, pode sobrar para você – alertou Romualdo.

– Não se preocupem, é só pesquisa mesmo.

Após ele explicar que estava estudando para implantar um sistema preventivo sobre esses crimes, os colegas riram e disseram que isso era entusiasmo de principiante, que Kalisson deveria cumprir apenas as ordens e não ficar inventando, pois toda a vez que fez isso, segundo Romualdo, não recebeu nenhum apoio ou estrutura e ainda se sobrecarregou com o serviço.

– Mas se quer se sacrificar pelos outros, vá em frente. – Foi a última palavra de Romualdo.

Passaram a ele a lista de todos os inquéritos que estavam em andamento com acusação de abuso. Kalisson agradeceu. Sentia que Glória e Romualdo eram pessoas boas, mas a falta de tempo e a rotina não davam espaço para tentarem coisas novas. Gostava dos dois, talvez pudesse ajudá-los e dar a eles algum estímulo.

Iniciou a leitura de alguns inquéritos. Constatou que realmente era aquilo que o delegado tinha falado. Tudo consistia basicamente em denúncias e apuração depois que o abuso já tinha sido cometido. Não havia nada de preventivo, a lei só era aplicada depois da consumação do crime, o que era normal, mas também um problema e um desafio.

Tinha inquéritos em que havia apenas a versão da vítima e a do noticiado, sem testemunhas e sem exame de corpo de delito. Quando era assim, o caso era difícil, pois teria de ser investigada a veracidade do relato da vítima. Era a palavra de um contra a do outro. Kalisson pensou que isso poderia conduzir a uma injustiça para ambos os lados.

Em raras exceções no modo de iniciar o inquérito, havia também notícias-crime feitas pelo conselho tutelar. Por exemplo, uma em que uma professora notou que a criança estava estranha e chamou o conselho tutelar, que encaminhou a criança a uma psicóloga. Foi concluído que ela tinha sido abusada por seu pai. A partir daí, iniciou-se uma investigação; o investigado foi indiciado, e os autos remetidos ao Ministério Público para ser iniciado o processo criminal acusatório. O investigado foi condenado a doze anos por estupro de vulnerável.

A par disso, nas leituras dos inquéritos, notou o nome de uma psicóloga que aparecia com regular frequência. Seus laudos eram muito bem elaborados. Demonstravam muito conhecimento sobre o assunto, despertando o interesse em Kalisson de entrar em contato com ela.

# Cíntia Lathami

O nome dela era Cíntia Lathami. Havia se formado na Universidade Federal do Estado do Paraná, tinha um consultório no bairro das Mercês e sempre fazia laudos quando era nomeada pela justiça, uma vez que inscreveu o seu nome no judiciário como pessoa que aceitaria nomeação para elaborar laudos como perita.

Kalisson levantou a capivara dela, como dizem na gíria policial. Além de ter se utilizado dos mecanismos de busca policial, observou as redes sociais dela e suas postagens – afinal, estas dizem muito sobre as pessoas.

Notou que muitas postagens dela se referiam ao combate do abuso sexual e da violência contra mulheres e crianças. Encontrou alguns de seus artigos publicados sobre abuso sexual e percebeu que era a pessoa certa para conversar e tentar uma parceria.

Decidiu que não falaria com ela de modo usual. Pela internet ou por telefone não teria muita credibilidade, teria de ser conversa olho no olho.

Em um dia de folga, Kalisson ligou para o consultório dela e marcou uma consulta.

Antes de ser consultado, teve de preencher uma ficha e responder a algumas perguntas-chave, o que o tinha levado ali, entre outras coisas. As respostas eram enfiadas em um envelope e lacradas na frente do cliente, sendo entregues à psicóloga quinze minutos antes da consulta.

Finalmente, Kalisson foi chamado para entrar na sala.

– Seu Kalisson, notei que você não colocou sua profissão, nem seu problema na ficha de triagem. O que o trouxe aqui? Você está tendo algum tipo de problema sentimental, quer se resolver profissionalmente, quer se encontrar?

– Não, doutora. Não é nada disso. Na verdade, vim aqui porque me interessei por seus laudos, eu os tenho visto nos processos sobre casos de abusos contra crianças e adolescentes.

– Como assim "meus laudos"?

– Bem, doutora, eu sou policial do 18ª DP e dei uma boa lida nos laudos que a senhora tem feito em processos envolvendo as questões psicológicas das vítimas de abuso sexual. O laudo da senhora é, de longe, melhor do que os outros, por isso estou aqui.

– Perdão, senhor Kalisson, mas não estou entendendo aonde quer chegar. Ser policial e ler meus laudos é uma coisa, mas estar aqui em meu consultório é outra. Você pagou uma consulta. Estou achando muito estranha a sua vinda até aqui. O que o senhor deseja, de fato? Estou sendo investigada ou algo do tipo?

– Não é nada disso, doutora Cíntia, pode acreditar. Fique calma, vou explicar. Estudei muito sobre abuso sexual, sobre as suas consequências e entrei na polícia porque eu gostaria de contribuir de alguma forma contra esse crime. Gostaria de fazer algo para ajudar as vítimas a prevenirem esses abusos. No entanto, há quatro meses na função de policial, percebi que na polícia não há nada específico sendo feito; não há nada de realmente concreto e expressivo para se desvelar essa coisa, que é um verdadeiro flagelo.

– Sim, senhor Kalisson, realmente esse assunto é preocupante. Não sei exatamente como funciona o sistema da polícia. Mas é verdade que, indiscutivelmente, os abusos sexuais são uma chaga social muito grave e um crime silencioso. Mas o senhor quer o que, afinal de contas?

– Doutora Cíntia, eu quero uma parceria. Quero encontrar pessoas, ou uma pessoa pelo menos, que me ajudem a elaborar um plano de prevenção de abusos sexuais contra crianças e adolescentes; não só de prevenção, mas também de repressão, porque eu sei o quanto é difícil a vítima enfrentar a realidade e depois ver o pilantra do abusador impune. Além disso, o causador do trauma muitas vezes escarnece da pessoa agredida, aproveitando-se da fragilidade psicológica induzida.

Quando ele falou essas últimas palavras, pareceu-lhe que Cíntia Lathami transformou-se. Seu olhar ficou baixo e brilhoso, como se estivesse prestes a sair um vulcão de raiva. Kalisson, que além de todo o conhecimento acumulado sobre o assunto, já estava com o senso de observação de detalhes aguçado por conta das práticas policiais, viu que ela mantinha por baixo da escrivaninha os punhos cerrados. Inegavelmente alguma palavra que ele disse tenha sido o gatilho para aquele sentimento colérico.

Percebeu nela algum sinal de que tinha sido abusada. Devido aos estudos que fez, ficou bem evidente que estava falando com uma pessoa que teve traumas decorrentes de abusos. Então, ele fez uma pergunta para fazer o teste:

– Você foi abusada, não foi? – Lathami ficou inerte, olhando para o lado, sem responder. – Eu sei, você foi abusada. Percebi que há indícios.

Cíntia não falava nada. Nesse meio-tempo, inclinou seu tronco e olhou para baixo, os cabelos escuros meio ondulados e pela metade do ombro tampando os olhos em uma posição que demonstrava que Kalisson a havia dominado psicologicamente por completo.

– Eu estudei sobre isso. Eu sei que você foi usada e abusada, que gostava de ser abusada. Você se sente culpada. Acha que a responsabilidade é sua porque depois de um tempo começou a gostar daquilo...

A doutora Cíntia Lathami começou a chorar compulsivamente.

Kalisson imediatamente falou:

– Me desculpe, doutora. Eu falei isso tudo porque sabia que era um gatilho que poderia revelar a senhora. Não fique assim, eu tive uma namorada chamada Mia que passou por um problema muito sério e é por isso que estou aqui. Eu quero uma parceria. Agora, sabendo que a senhora passou por isso também, sei que é a pessoa certa. Vamos fazer alguma coisa juntos. A senhora sabe do que eu estou falando mais do que eu, porque sentiu na pele a dor de ser abusada. Doutora Cíntia, não chore mais. Vou te contar a história de Mia, talvez isso te acalme.

Kalisson contou a história de Mia à Cíntia. Em determinados momentos, derramou lágrimas dos olhos. Doutora Cíntia, ouvindo a história e vendo que Kalisson também chorara, viu que ele estava sendo sincero. Foi se acalmando e prestando mais atenção ao relato dele. Ficou chocada e irada com a história dos abusos sofridos por Mia.

*No meu caso*, pensou a psicóloga, *pelo menos não havia violência, apenas aliciamento. Eu, criança, sequer sabia que estava sendo abusada.* Em um desabafo, disse que se formou em Psicologia porque queria se livrar de um trauma, que estava muito bem, mas que algo que Kalisson tinha dito fez voltar aquela sensação horrível de culpa. Confessou que era uma batalha diária, mas que já tinha superado muitas coisas, inclusive havia conseguido se relacionar por um longo tempo com alguém.

Naquele momento saiu uma lágrima do olho dele. Cíntia percebeu que tinha tocado em um ponto nevrálgico.

– O que aconteceu, senhor Kalisson? Aproveite que está em uma consulta e desabafe.

– Quando a senhora falou em relacionamento, lembrei-me de Mia, e isso ainda me dói. Mia nunca conseguiu se relacionar comigo e quando ela decidiu se suicidar, eu perdi a minha paz com essa coisa mal-acabada, nunca consegui amá-la fisicamente. Será que a senhora me entende? Eu queria tanto isso! Queria tanto tê-la amado por inteiro. Queria tanto me completar com ela e não pude por causa desse tal... por causa daquele padrasto filho de uma puta. É por causa dessa coisa, é por isso que eu estou aqui, é por isso que eu quero fazer alguma coisa. Percebi que na delegacia não poderei fazer muito porque a rotina e a estrutura defasada daquele lugar são um entrave. Temos que fazer um pouco mais do que a estrutura nos proporciona, temos que fazer mais do que apenas o nosso dever. Eu acredito nisso. Se fizermos apenas o nosso dever, não estaremos fazendo nada além do usual, nem mereceremos aplausos. Como a parábola contada por Jesus: o servo inútil fez apenas e exatamente aquilo que lhe ordenaram, e o outro servo não se contentou em apenas cumprir o seu dever, teve iniciativa e atitude, fez muito mais do que o esperado e foi recompensado; foi aquele que teve iniciativa, aquele que fez mais do que apenas guardar os talentos que o Senhor tinha lhe dado. Essa palavra é muito verdadeira, doutora. Temos que fazer mais do que o limite, e eu preciso fazer isso, é uma missão para mim. Meu interior grita o tempo todo e exige que eu faça alguma coisa, por isso eu peço a sua parceria. Vamos nos unir para fazer algo juntos.

– O senhor sugere o quê? Apesar de suas boas intenções, será muito difícil. O nosso país é machista, faltam cultura, informação de qualidade, infraestrutura; falta tudo!

– Verdade! Mas, mesmo assim, contra tudo e contra todos, contra a corrente e contra o seu caso pessoal, a senhora tornou-se psicóloga. Se não acreditasse em algo, a senhora não estaria fazendo laudos para a polícia. Doutora, vamos nos unir, vamos pensar e fazer alguma coisa para esse povo sofrido.

Círtia não se convenceu muito da história de Kalisson. Achou que poderia ser uma pessoa que estava tentando se aproveitar de sua "fraqueza". Agora se sentia nua perto dele, porque não sabia como ele tinha desvendado com tanta facilidade que ela tinha sido abusada. Um segredo que Cíntia não repartiu com quase ninguém, exceto sua psicanalista, depois de dez anos de acompanhamento.

Aquele cara, vindo do nada, sabia de seu segredo. É certo que contou uma história de muita dor, mas apenas começou a acreditar em Kalisson quando ele comprovou a veracidade de seu relato. Mostrou notícias do suicídio de Mia, fotos do lugar em que morava, da escola que estudava e de Mia – ele não gostava nem de olhar mais, pois se sentia mal.

Foi aí que, juntando o seu conhecimento em Psicologia sobre a narrativa de Kalisson, percebeu que ele tinha desenvolvido uma obsessão, pois necessitava compulsivamente realizar algo, custasse o que custasse.

Todavia, admirou a situação, pois era a primeira vez que via uma obsessão canalizada para o bem, podendo ser realmente útil.

– Acho muito louvável sua atitude, senhor Kalisson. Eu mesma já tentei fazer alguma coisa, mas não consegui. Limitei-me aos meus laudos. Sei que é pouco, mas estou contribuindo de alguma forma.

– Talvez não tenha conseguido porque não aplicou a estratégia correta, doutora. Tenho certeza de que podemos pensar em uma que dê resultado. A senhora tentou fazer?

– Ah, senhor Kalisson, eu conheço um promotor que dava grande atenção às crianças e adolescentes e que se mostrava interessado em ajudar algumas ideias que eu tinha. Mas nós não conseguimos emplacar direito. Parece que o sistema judiciário não anda. É muito lento, e eu fiquei meio desanimada e perdi o contato com ele.

– Qual o nome desse promotor?

– Tony Gôs.

– Isso é ótimo, doutora. Pode nos ajudar muito. Acredito que vocês erraram porque não analisaram todas as possibilidades. É excelente ter um promotor interessado em fazer algo, porque uma coisa sou eu, policial, pedir, outra coisa é a senhora. Mas uma requisição do Ministério Público é praticamente uma ordem, ou seja, as pessoas atendem às requisições desse órgão, com prontidão e reverência. As pessoas vão dar ouvidos a ele. Basta enviar um ofício.

Depois de muita discussão, Cíntia foi, pouco a pouco, sendo convencida de que a proposta de Kalisson não deixava de ser interessante, e formulou a seguinte pergunta:

– Senhor Kalisson, qual é a sua ideia, afinal? Explique-me, por favor!

– Doutora, nesses últimos tempos estive analisando e vi que o sistema adotado para o combate do abuso sexual é exclusivamente repressivo, e não preventivo. Proponho que unamos o sistema preventivo ao repressivo. Os conselhos tutelares têm pouca estrutura e não é raro encontrar analfabetos funcionais entre seus membros. Muitos sequer sabem redigir um simples ofício. No entanto, poderemos aperfeiçoar esse pessoal. A rede escolar é fundamental para detectar casos-problema... A ideia é a seguinte: utilizaremos as escolas com seus professores e pedagogos, os conselhos tutelares com seus membros e a assistência social e o seu pessoal.

– Mas, senhor Kalisson, como faremos isso?

– Em primeiro lugar, temos que conversar com seu amigo promotor, porque se ele for convencido da nossa ideia, o apoio dele será determinante. Como eu disse anteriormente, as requisições dele têm peso maior do que nossos pedidos, justamente por ele fazer parte de um ramo da justiça que imprime certa solenidade e reverência na população, de modo geral.

– Sim, mas ainda não entendi. Está muito abstrato para mim sua exposição. Gostaria que você me explicasse os pormenores.

– Tudo a seu tempo, doutora! Explicarei, vim aqui para isso. O primeiro passo é utilizar os conhecimentos da senhora, os meus e o do promotor para organizar uma cartilha explicativa na qual constarão, de forma simples e didática, todos os casos-problemas; os tipos de família com predisposição para acontecer abusos. Em suma, ensinaremos a eles tudo o que pudermos sobre o tema e a prevenção.

– Você está propondo que nós distribuamos essas cartilhas ao conselho tutelar, à assistente social e às professoras? É só isso?

– Não, é mais que isso. Na verdade, essa cartilha é uma diretriz para nós, será nosso roteiro de aula. Efetivamente, em primeiro lugar, daremos aulas para esse pessoal. Depois, com a ajuda da assistência social, catalogaremos os tipos de residência problema com alcoólatras, pessoas de classe social baixa, mães solo e todos os tipos de famílias que apresentam ambientes com potencial para existência de abuso sexual. E aí nós pegaremos as amostras dessas residências com os nomes dos alunos e, posteriormente, na escola, falaremos com algumas professoras. Explicaremos sobre essa questão, ensinaremos a detectar comportamentos de alunos que podem estar sendo vítimas de abuso. Em relação ao conselho tutelar, também daremos aulas, explicando sobre o assunto, e contaremos com as diligências deles para verificar situações de risco, promovendo estudos sociais etc.

Deu uma parada e pediu um copo com água. Dirigiu-se ao bebedouro ao lado da porta e encheu um copinho. Cíntia levantou-se e foi atrás dele. Em vez de voltarem a se sentar no local que estavam, depois de convidado por ela, sentaram-se em duas poltronas, uma de frente para a outra. Entre os dois existia uma mesa de centro com algumas revistas de matérias relacionadas à Psicologia.

– Está ficando interessante, senhor Kalisson. Pode continuar, por favor. Agora estou percebendo que a proposta está coerente, estou enxergando possibilidades concretas.

– Certo. Só peço uma coisa, não precisa me chamar de senhor Kalisson. Pode me chamar apenas pelo meu nome ou de Ka, se quiser.

– Tudo bem, Kalisson! E você não precisa mais me chamar de doutora.

– Continuando, Cíntia... aí o promotor poderá mandar ofícios formais contendo ordens, notificando a assistência social, o conselho tutelar e as escolas. Certamente atenderão a um pedido do promotor de justiça. Nós vamos elaborar um curso de capacitação às pessoas desses órgãos, para que elas possam atender essas questões e denunciar. Teremos que fazer um curso bem-feito.

– Kalisson, isso não será problema. Tenho muito material, inclusive tenho até um curso em Power Point, só que teremos que adaptar ao nosso caso. Terá que ficar bem didático, para que eles compreendam realmente e com facilidade.

Doutora Cíntia estava empolgadíssima. Depois daquele choro, agora seus olhos brilhavam e dentro dela havia nascido uma esperança entusiasmada, como se pudesse ser útil em alguma coisa; como se, finalmente, fosse dar o troco naquele cara que abusou dela durante tanto tempo.

No fundo, era uma proposta simples, mas que demandaria muito trabalho e boa vontade. Poderia realmente funcionar.

A visita de Kalisson foi providencial. Cíntia ficou imaginando como um policial poderia se interessar por esse tipo de caso. Era algo nada incomum, entretanto, com base na história dele e de Mia, ficou convencida de que o amor que Kalisson nutria pela garota foi direcionado, substituído por uma missão, uma missão sagrada, podendo ser comparada à missão dos cruzados de tomar Jerusalém, o que não deixava de ser uma obsessão, mas, no caso de Kalisson, era uma obsessão que poderia fazer bem a muitos.

Na opinião da psicóloga, estava sendo útil a atitude de Kalisson que levou a substituição do amor pela missão, pois poderia criar coisas boas para outras pessoas. Canalizar sentimentos negativos para construções positivas era uma técnica de superação muito boa. Na visão da psicóloga, Kalisson havia substituído, pelo menos tentado substituir, a ausência de Mia por essa missão altruísta, ajudando-o assim a superar o trauma. Não pôde saber se a atitude dele era consciente ou o seu inconsciente estivesse tentando protegê-lo e livrá-lo desse trauma.

Kalisson ainda discorreu sobre alguns assuntos e foi especificando suas intenções com cada detalhe. Revelou que tinha um roteiro pronto, passo a passo, de como eles teriam que proceder para alcançar um objetivo concreto. Não tinha contado com a sorte de encontrar uma psicóloga tão competente e interessada no assunto; além disso, tiveram a sorte grande de Cíntia ter um amigo promotor de justiça e que poderia encampar a ideia.

O promotor iria ajudar muito na equipe, e seriam muito mais aceitos com a participação do Ministério Público, porque uma das funções básicas desse órgão é promover a proteção de crianças e adolescentes.

Doutora Cíntia Lathami explicou, poderia apostar que existia 100% de chances de o promotor Tony Gôs aceitar fazer parte do projeto.

A conversa continuou um pouco mais, quando foram interrompidos pela secretária de Cíntia, e puderam perceber que havia se passado três horas desde que Kalisson entrou no consultório. A secretária se desculpou com Cíntia, dizendo que dois clientes estavam muito incomodados com a demora.

Ouvindo isso, Kalisson levantou-se, trocaram contatos, combinaram algo e se despediram.

Enquanto Cíntia Lathami estava impressionada, Kalisson foi embora feliz com o que tinha acontecido, como quem sai satisfeito por realizar um bom negócio.

# Conversa com o promotor

Manhã de sábado.

Pouco antes de encerrar a conversa no consultório, Cíntia Lathami prometeu que ligaria para Tony e conversaria pessoalmente sobre as ideias de Kalisson. Não falaria tudo o que ele disse, só o bastante para que se interessasse, o resto seria melhor conversarem os três juntos.

Ficou combinado para oito horas da manhã de sábado no Parque Barreirinha. Kalisson achou um pouco fora do comum marcar algo tão cedo no sábado, mas achou melhor não comentar.

O promotor costumava fazer caminhadas e correr no parque nas manhãs de sábado. Desde as seis da manhã, ele estava por lá.

No parque, o clima estava meio fresco, pendendo para um friozinho. Cíntia e Kalisson sentaram-se em um banco perto de um pinheiro bicentenário. Tratava-se de uma araucária fabulosa. Seu diâmetro impressionava quaisquer olhares, sua imponência revelava a exuberância da vegetação ancestral, antes de ser quase toda dizimada pós-colonização e construção de Brasília.

O promotor era jovem, com cabelos lisos e curtos, penteados para trás. Vestia short preto, camisa, meias brancas e um tênis preto. Extremamente suado, pegou uma toalha de rosto em sua *nécessaire*, enxugou a testa e os olhos, retirou um *squeeze* e bebeu um líquido que talvez fosse um isotônico.

Ainda bebendo, cumprimentou Kalisson com um aperto de mão. Pareceu a Kalisson ser uma pessoa simpática e deveria estar na casa dos 30, tinha adentrado nas fileiras do Ministério Público com um pouco mais 25 anos. Solteiro, residia em uma casa razoavelmente grande, com carro de última geração na garagem, com um preço salgado, e duas motos, uma estilo esportiva e outra clássica, ambas caras. Gostava de participar, esporadicamente, de encontros de motociclistas.

Como companhia em sua casa, apenas um cachorro labrador branco, com os pelos felpudos, e uma funcionária muito sensual, que deixava tudo em ordem.

– Oi, Cíntia. Como vai você? – perguntou o promotor não tão animado, dando um abraço nela e a beijando no rosto.

– Oi, Tony! – Sorriu ela. – Estou bem. Pelo jeito, você está bem também, estava em um pique forte.

– Que nada. Estou acostumado a correr. Me faz bem, libera muita endorfina.

– É verdade, Tony. Para passar o dia naquele gabinete, mexendo com aquela papelada e com aquela burocracia toda, tem que ter uma válvula de escape mesmo.

– Lá vem você querendo me analisar de novo. Sabe qual é o maior defeito quando nos tornarmos profissionais? É que geralmente analisamos todas as pessoas que chegam a nós com o olhar específico de nossa profissão. Você, sem perceber, começa a fazer análise das pessoas psicologicamente; já eu, sem perceber, começo discorrer teses jurídicas sobre fatos. Uma vez li, não me recordo onde ou quem escreveu, mas o texto dizia que isso pode ser um tipo de cegueira. Especialidade demais pode fazer com que não enxerguemos o todo, e isso seria um dos muitos problemas da humanidade.

– Muito interessante esse ponto de vista, Tony. Eu nem tinha me ligado nisso, mas, agora que você comentou, percebi com muita nitidez que cometo isso. Vou tentar me corrigir e não sair por aí querendo analisar a todos os que eu vejo e com quem converso.

– Olha, Tony, você já o cumprimentou informalmente, mas esta é a pessoa de quem lhe falei, Kalisson.

– Você é policial civil lotado no 18ª DP?

– Sim, sou.

– Como estão as coisas por lá? Muitas ocorrências?

– Correria sempre. O dia todo com problemas para resolver. Já deve saber muito bem disso.

– Faz pouco tempo que você é policial? E esse interesse por abuso, gostaria de saber qual a razão de você estar mostrando esse empenho todo. Sabe que não vai ganhar nada mais em seu holerite por isso.

– Não estou interessado em dinheiro. Não gostaria de ter que repetir a minha história. Já expus minhas razões para Cíntia. Só falei porque precisava, mas não gostaria de ter falado. Se o senhor fizer questão de saber, pergunte para ela, eu a autorizo a contar ao senhor tudo o que eu lhe falei. Não me entenda mal, é que, às vezes, falar de certos assuntos pode não ser muito agradável.

– Compreendo. Olha, partindo direto ao assunto, achei fantástica sua ideia, Kalisson. Depois de ouvir o que Cíntia me disse, achei bem coerente e que poderíamos, sim, fazer algo. Como você disse, a gente pode organizar palestras, aulas e outras coisas. Inclusive, eu também quero me aprofundar mais nesse assunto. Quero me inteirar bem e ver o roteiro que você criou. Você o trouxe?

– Sim, eu o trouxe, doutor.

– Não me chame de doutor. Vamos ser parceiros, então pode me chamar pelo meu nome, ok?

– Certo, Tony. Aqui está um pequeno esboço e o cronograma. É provisório. Vai ter que ser aperfeiçoado, teremos que criar um material realmente eficiente.

– Deixa eu ver. – Deu uma pausa, lendo todo o esboço. – De fato, as anotações e observações são muito interessantes. Estou muito animado com a ideia. Posso convencer esse pessoal para vir participar das aulas e para requisitar diligências. Eu me comprometo, em meu gabinete, a expedir todos os ofícios que forem necessários. Quero participar pessoalmente das palestras e discursar. Quero participar dessa ideia. Essa questão do abuso sexual de crianças é um inferno, fico horrorizado quando recebo um caso desses. Tenho vontade de fazer justiça com as próprias mãos... É verdade também que há muita ausência de combate preventivo nesse tipo de caso; são casos realmente delicados, e quando vão à justiça, também são pesadas aquelas audiências de abusos. Digo que são pesadas principalmente às vítimas, porque você ouvir a pessoa narrando novamente que foi abusada, de certa forma, é uma tortura a ela. É muito tenso ter que repetir tudo o que já disse na delegacia na frente do juiz, do promotor, do advogado, do réu e do escrivão. Dá impressão de pairar uma aura repulsiva em tudo. Talvez seja por isso que o número de denúncias seja um tanto baixo. Não tenho muitas denúncias sobre esse tipo crime. Acredito que, principalmente, porque a vítima já está traumatizada e vai ter que repetir tudo na frente de autoridades que não têm a mínima intimidade com ela, talvez por isso é que não se sinta estimulada a processar.

– Bem observado, Tony – disse Cíntia. – O fato de ter de "repetir o trauma" é uma dor a mais para a pessoa. Sem o trauma ter sido trabalhado psicologicamente antes fica difícil. Por outro lado, a pessoa que começa a repetir e a contar sua história de abuso dá sinais de melhora. Porém, é verdade, no início é muito ruim e muito constrangedor remontar o fato.

– Não há outra forma por nosso sistema jurídico, é preciso ouvir as declarações da vítima, que são muito importantes. Já vi casos que apenas com base nas declarações da vítima o réu foi condenado – lembrou-se Tony.

– Mas, nesse caso, não pode ser um pouco perigoso condenar alguém somente com base nas declarações da vítima, por exemplo, em caso de ela ter forjado tudo?

– Kalisson, é um risco. Não presumimos que alguém se dirija ao judiciário para contar uma mentira dessa gravidade, e também tentamos averiguar se a pessoa está mentindo, se o que ela disse está conexo com outros elementos dos autos.

– Não há um ditado jurídico, Tony, que é preferível absolver cem culpados a condenar um inocente? – perguntou Cíntia.

– Há, sim, mas o ditado certo para mim é "melhor condenar cem inocentes do que absolver um culpado".

Kalisson e Cíntia o olharam com perplexidade.

Os três ficaram dialogando por um bom tempo naqueles bancos, à sombra daquela araucária imensa. Expuseram novamente alguns pontos da ideia ao promotor, que ficou muito empolgado.

Kalisson percebeu que o promotor tinha uma cara simpática, mas queria incluir muitas formalidades nas ideias que, no seu ponto de vista, eram desnecessárias. No entanto, teria de se submeter, por ora. Já tinha dado o primeiro passo, não poderia dar as coordenadas de pronto, dando ordens a Cíntia e a Tony, pois poderia ser recusado pelos amigos. Tem pessoas que se incomodam de ser liderados, querem sempre estar em evidência, tinha de tomar cuidado com os dois. Tudo que Kalisson não queria era colocar tudo a perder por pontos de atrito medíocres e mesquinhos, próprios da espécie humana não evoluída.

Ao final da conversa, o promotor despediu-se após ter combinado com Kalisson e Cíntia que ficariam encarregados de elaborar as aulas e os temas, e que ele mandaria ofícios para que dentro de um mês começassem a implementar o projeto.

– Só tenho uma coisa a pedir a você, Tony. Preciso que converse com delegado Bechara. Explique a situação porque eu já tentei conversar com ele sobre isso, mas ele não deu a menor credibilidade. Ele é muito atarefado, muito nervoso, mas acho que se você explicar a situação pessoalmente, ele vai entender e, quem sabe, me dar maior liberdade para realização do projeto.

– O delegado Brochado? Conhece o apelido dele?

– Me fizeram conhecer da pior forma possível.

– Como assim? Quero saber dessa história.

– Outro dia. Em outra oportunidade, conto.

– Que pena, por sua cara, deve ter sido engraçada – disse Tony. Kalisson, por sua vez, ficou sério, não respondeu. Tony percebeu uma leve irritação no ar. – Pode ficar tranquilo, Kalisson. Segunda-feira ligarei para o delegado Brochado. Explicarei a situação, direi que o Ministério Público está com um projeto preventivo contra abusos sexuais em crianças e adolescentes e que precisarei da sua ajuda.

– Muito obrigado, promotor!

Tony despediu-se e foi embora. Desceria ao litoral depois do almoço, de moto, com alguns amigos.

Kalisson ficou com uma pontinha de vontade de saber qual era a sensação de andar de moto por aí, com um salário gordo na conta. Quando foi se despedir de Cíntia, ela o convidou para tomar um cafezinho em uma padaria de esquina. Kalisson aceitou.

Ele pediu apenas um pingado; ela, um café puro e um pão de queijo. Conversaram mais um pouco e combinaram os próximos passos para a semana seguinte, especificando, a grosso modo, o que cada um faria. Meia hora depois, Kalisson foi para casa.

# Fins de semana

Passar o final de semana em casa não era nada agradável. Isso porque ficar naquela casa, geralmente com os inúmeros fins de semana nublados de Curitiba, fazia Kalisson se lembrar muito de Mia. Quando ficava sozinho, em casa a lembrança dela era quase real.

Ele tinha que fazer alguma coisa para tentar se esquecer daqueles pensamentos horríveis. Então, procurava se ocupar com qualquer coisa, pesquisava na internet e até conversava um pouco com dona Martinha. Tomar o tradicional café com ela o ajudava um pouco.

Todo final de semana, ou sábado, ou domingo, sua mãe ligava e ficava conversando com ele cerca de uma hora. Perguntava se Kalisson tinha ido à missa. Ele havia mentido nos últimos meses, falava que sim. Porém, até agora, quase cinco meses morando em Curitiba, não tinha sequer entrado em uma igreja. E toda semana que mentia à sua mãe, pensava: *na próxima semana irei.* Só que chegava o final de semana, ele não tinha coragem de se deslocar até a igreja. *Ah, deixa para a semana que vem, não vou me deslocar até lá*, pensava. E aquela preguiça de ficar em casa, sem fazer nada, e pensando nas coisas se apoderava dele.

Muitas vezes, ficava extremamente irritado porque Mia não saía de seus pensamentos. Era horrível, aquilo não passava nunca, já fazia tempo que ela tinha feito aquela barbaridade, mas Kalisson não parou de sofrer por ela. Que tortura! Às vezes, chegava a dar socos no travesseiro ou nas almofadas para amenizar a raiva.

Chegava a sentir até raiva de Mia. *Por que precisava ter feito o que fez, desgraçada?* – pensava, depois se arrependia e novamente reconhecia que ela não tinha culpa, fez aquilo porque não tinha escolha.

Realmente, ficar naquela casa sozinho, no final de semana, não era nada bom. Ele pegava o Sultão e passeava pela vizinhança. Andava um pouco com o cachorro e brincava com ele para se distrair.

De vez em quando, arriscava ir a algum parque ou andar um pouco de bicicleta nas ciclovias de Curitiba. Foi também na feirinha do Largo da Ordem e em alguns outros lugares. Porém, não tinha pique para baladas, e até aquele momento não fez muitas amizades. Estava concentrado no trabalho, alguns colegas policiais até o convidaram para tomar uma cerveja nas sextas à noite. Glória Veruska, por exemplo, já o havia convidado para tomar uma no Shopping Estação, mas ele não quis saber muito disso. Ficou na dele, desconversou, falou para deixarem para uma próxima vez.

Porém, nesse final de semana, estava sendo menos torturante do que os demais. Agora havia possibilidade real de iniciar o seu plano, de fazer alguma coisa útil. Estava animado com Cíntia e Tony; estava finalmente trilhando o caminho que se propôs.

Segunda-feira ia se iniciar uma nova fase, um novo tempo aguardado ansiosamente por Kalisson. Apesar das conversas que ele teve com Tony e Cíntia, o material dele estava todo pronto há dois meses, só esperando uma oportunidade para entregá-lo para alguém. Mas evidente que ele não falaria que estava tudo pronto, senão eles poderiam pensar que Kalisson era mais inteligente do que na verdade era, ou acharem que ele queria fazer tudo sozinho. Kalisson não se considerava inteligente, mas esforçado nos estudos. Havia aprendido a ser assim com ninguém menos que Mia. Com ela, pôde aprender tudo o que era necessário para ser um bom estudioso.

# Terça-feira de manhã

De manhã, às nove horas, Kalisson chegava à delegacia. Foi cumprimentado por Glória Veruska.

– O doutor Bechara quer falar com você. – A policial comunicou o colega.

Kalisson achou um tanto estranho. Bechara nunca chegava cedo. *Melhor ver o ele quer*, pensou.

Chegando ao gabinete, deixou a porta atrás de si entreaberta.

– Bom dia, doutor Bechara!

– Fecha a porta!

Kalisson a fechou suavemente. De repente, ouviu o estrondo de um soco que Bechara deu na mesa, seguido de uma avalanche de gritos:

– Bom dia é o caralho! Que história é essa de você ter falado para o promotor que vai fazer projeto de prevenção de abuso sexual? Seu novato enxerido, pensa que é mais importante que os outros?

– Conversei com senhor primeiro. Não se lembra? O problema é que o senhor nem deu atenção ao que falei, de modo que tive que procurar outras pessoas.

– Você está louco, rapaz? Esqueceu que quem manda nesta droga aqui sou eu? Posso te dar advertência por causa disso; por passar por cima das minhas ordens.

– Que é isso, doutor? Não passei por cima de ordem nenhuma, eu só expus minha ideia ao promotor e a uma psicóloga, e eles acharam interessante, só isso. Por que o senhor está nervoso?

– É que o promotor veio me cobrando um monte de coisa, seu porra louca.

– E que mal tem em trabalhar um pouco, para variar?

– Seu insubordinado, olhe o jeito que fala comigo. Sou seu superior. Vou abrir um processo administrativo para você aprender a me respeitar, a andar nos eixos.

– Já chega desse teatro. Passei no concurso, entrei pela porta da frente. Se o senhor tem alguma coisa contra mim, pegue e faça o que quiser. Eu não me importo. Mas fique sabendo que eu sei dos meus direitos. Tenho direito a ampla defesa e quero ver você me processar porque eu falei com um promotor sobre um assunto relevante para o combate ao crime e que o senhor sequer me deu ouvidos. O que está acontecendo? Por acaso, seu ego foi ferido pelo promotor ter aceitado uma sugestão minha e que agora você vai ter que cumprir? Por que não falou para o promotor isso que está me falando?

– Seu novato insolente, filho da puta!

– Cuidado com as palavras, doutor. Não sou filho da sua mãe.

– Seu ordinário, você está aqui apenas há cinco meses e já quer falar comigo desse jeito?

– Já estou de saco cheio disso tudo. O senhor é um embusteiro de primeira linha. Desde o primeiro momento que eu conversei com o senhor percebi isso e não vou tolerar mais esse tipo de coisa. Quer saber de uma coisa? Se o senhor fizer alguma coisa contra mim, eu tenho tudo gravado, todas as suas faltas funcionais passo a passo discriminadas, as chegadas do senhor fora do expediente, o senhor fumando dentro da delegacia e muitas outras coisas. E, outra, distribuí para meus amigos a gravação. Se fizer alguma coisa, eu vou representar contra o senhor na corregedoria. Então aconselho uma coisa: é melhor o senhor me respeitar, que eu respeito o senhor. Não tenho medo de delegado e de homem nenhum. Não passei nesse concurso para ser capacho de uma pessoa frustrada na vida.

Bechara baixou o tom e suavizou. Viu que o garoto era pedreira.

– Veja bem, garoto. Não é bem assim, a ferro e fogo as coisas não funcionam. Também não precisamos levar nossa conversa ao extremo.

– Mas do jeito que o senhor falou comigo, chamando minha mãe daquela palavra.

– Foi só uma explosão, já passou. Quer saber de uma realidade, garoto? Você só me arrumou dor de cabeça com essa história. Vai dar um trabalhão danado para muita gente; e o que a gente vai ganhar com isso?

– Bom, delegado, é só abrir um pouco os olhos e perceberá as vantagens se o projeto der certo. Você e o DP podem ganhar notoriedade dentro da polícia, terá repercussão dentro da corporação. Afinal de contas, o projeto começará por uma delegacia administrada pelo senhor.

Bechara mudou a fisionomia, acendeu um cigarro, deu uma puxada que veio quase até a metade do cigarro, deu uma grande baforada e falou:

– Nesse ponto você tem razão, rapaz. Quem sabe posso até ganhar alguma medalha de reconhecimento.

Bechara agora pensava nas hipóteses; ganhar uma condecoração antes de se aposentar não seria nada mau. Nunca tinha ganhado nada durante toda a carreira, muitos colegas que entraram com ele foram reconhecidos; e ele, nada. Agora poderia haver uma chance. O nervosismo dele havia passado.

– O senhor me convenceu, senhor K. A partir da semana que vem, você vai poder sair duas horas mais cedo para desenvolver esse projeto. Porém, com uma condição: não quero que acumule serviço seu para outros agentes. Terá que deixar tudo em dia e fazer isso com seu tempo extra; afinal de contas, quem está procurando chifre na cabeça de cavalo é você.

– Tudo bem, estou ciente disso. Mais alguma coisa, delegado?

– Sim. Se realmente o seu projeto der certo, quero assinar meu nome como um dos idealizadores.

*Oportunista escroto*, Kalisson pensou e não respondeu.

– Pode sair. A conversa acabou.

Kalisson retirou-se da sala com a ideia de continuar o expediente normal. Do lado de fora, policiais estavam com os olhos arregalados, fazendo sinal de positivo e batendo palmas sem som para ele. Parecia que ele tinha sido um herói por calar a boca e submeter aquele porco do delegado Bechara.

Eles foram felicitá-lo. "Esse merece uma rodada de cerveja por minha conta", disse um deles. Bechara abriu a porta bruscamente, viu uns dez policiais em torno de Kalisson e gritou:

– Voltem ao trabalho, suas bibas fofoqueiras!

Obedeceram, e cada um seguiu para o seu posto, rindo por dentro, porque a cara desenxabida de Bechara demonstrava, pela primeira vez, que um subordinado lhe tinha passado um sabão.

# Terça à noite

Na noite no mesmo dia, havia combinado com Cíntia Lathami de recebê-la em casa. Às vinte horas, ela apareceu, e Kalisson foi abrir o portão. Sultão latiu um pouco, mas Kalisson ralhou com ele, que logo cheirou as mãos da moça, parando de latir.

– Oi, Cíntia! Tudo bem? Entre, por favor! Pode estacionar o carro aqui no quintal, se quiser.

– Não, não há necessidade, Kalisson. Posso deixá-lo aqui fora mesmo.

Dona Martinha olhou a estranha por cima do muro, deu um sorrisinho e acenou com a mão.

– Quem é aquela senhora que acenou?

– É a dona Martinha.

– Parece ser muito simpática.

– E é mesmo!

Martinha se adiantou e falou.

– Meu filho, você tem uma visita hoje. Que beleza! Ela é bonita! Convide-a para jantar aqui em casa depois.

– Hoje não vai dar dona Martinha. Vamos discutir alguns assuntos de trabalho. Fica para outro dia.

– Deixem disso, queridos. Hoje preparei uma massa de panqueca, e daqui a meia hora estará na mesa.

Kalisson olhou para Cíntia, para Sultão, que abanava o rabo, e para dona Martinha e, respondendo por ambos, sem ao menos consultar Cíntia Lathami, disse:

– Tudo bem, dona Martinha. A gente vai jantar com a senhora daqui a pouco. Daqui quarenta minutos aparecemos aí.

Cíntia olhou Kalisson, desconfiada. Kalisson caminhou até a porta de sua casa e se dirigiu a Cíntia:

– Vamos entrar.

Ela entrou e disse.

– Você nem me perguntou se eu queria jantar.

– Ah, faça uma caridade para uma velhinha. Aprenda uma coisa, não adianta dizer não para dona Martinha. Ela ficaria insistindo e insistindo até a gente ceder. Você não se vai se arrepender de jantar na casa dela. A comida que ela faz é sensacional.

– Se você está dizendo, vou acreditar. Sem sombra de dúvida, é muito simpática.

– Simpática, boa anfitriã e excelente cozinheira. Vem, por aqui. Sente-se e não repare que eu tenho pouca mobília em casa. Não preciso de muita coisa.

Cíntia reparou que havia somente duas cadeiras de praia, nas quais estavam sentados, uma mesa com mais algumas cadeiras normais, um fogão, um jogo de sofá simples, um computador e vários livros espalhados ao redor da mesa. Não reparou se havia televisão e aparelho de som. Não se atreveu a ir ao quarto de Kalisson, se bem que havia ficado curiosa. Por fim, Cíntia concluiu consigo mesma: para quem morava sozinho, até que a casa dele estava em ordem e limpa.

Então, Kalisson fez questão de que se dirigissem ao sofá. Sentados, se entreolhando, ela começou:

– Vim aqui para a gente ver como vai organizar aquele material.

– Sim. Na verdade... deixa eu pegar o material que já escrevi. Vou passar para você dar uma lida.

Kalisson foi até uma escrivaninha e, sobre a mesa, pegou um calhamaço de folhas de papel sulfite encadernado, entregando-o nas mãos dela.

– Olha que este aqui já está feito. Não quis dizer nada para você antes, mas a minha parte está praticamente pronta há quase dois meses.

– Você está brincando?

– Não, não estou. Não quis dizer para você e Tony que o material estava pronto porque talvez vocês pudessem achar que eu estava sendo um tanto precipitado. Porém, quero sugerir que você leia todas estas páginas e acrescente a sua parte para a gente; depois, vamos sintetizar e começar a fazer as coisas juntos.

– Nossa, pelo que estou vendo aqui, seu trabalho está muito bom. Vamos ver se vai sobrar algo para eu acrescentar.

– Ah, com certeza vai, Cíntia. Você vai acrescentar muita coisa importante, estou certo disso. E quanto mais aperfeiçoado estiver nosso trabalho, melhores serão as nossas exposições e nossas aulas.

Então, Cíntia Lathami começou a ler atentamente todo o material encadernado.

– Quer um copo com água? – Kalisson perguntou.

– Sim, quero, por favor.

Pegou um copo e entregou a ela. Cíntia bebericou um pouco e colocou o resto do lado, sem perder a concentração na leitura. Ficou lendo durante quinze minutos e finalmente disse:

– Kalisson, não vou conseguir ler tudo isso agora. São mais de cem páginas.

– Não se preocupe com isso, sim? Pode levar com você. São cópias. Você pode lê-las com calma em sua casa. Depois a gente vê o que faz.

Enquanto conversavam, dona Martinha gritou lá de fora:

– Kalisson, o jantar está na mesa. Venham comer.

Cíntia olhou para Kalisson com uma cara de que "será que eu devo aceitar?". Antecipando os pensamentos dela, Kalisson falou:

– Não vai correr agora, né? Vamos, vamos lá. Não vai doer nada, garanto. O pior que pode acontecer é você comer mais calorias do que costume.

– Ok, você venceu. Tudo bem, vamos nessa.

Saíram os dois, deram a volta pelo portão da frente, Sultão foi atrás deles, com esperança de finalmente conhecer o terreno vizinho, até que, para sua decepção, Kalisson fechou a grade em seu focinho.

Sultão não compreendia por que não podia entrar na casa de dona Martinha, mas aquele cheiro de gatos que atravessava o muro da vizinha talvez fosse a resposta. Por vezes, correu atrás de gatos que se aventuravam no quintal, mas nunca tinha conseguido pegar nenhum daqueles bichanos. *Imagine se um dia esse cachorro matar um gato da dona Martinha? Aí eu quero ver se ela vai continuar sendo minha amiga,* Kalisson pensou, olhando para Sultão.

A simpática senhora os acolheu no portão. Quando estavam entrando, Cíntia, olhando pela calçada, pôde ver vários gatos perambulando. Dentro da casa, viu mais quatro gatos: três aos pés da mesa, e um, com muita preguiça, sentado em uma cadeira.

Cíntia estranhou todos os gatos com aquela casa com decoração retrô, fotos, prateleiras e móveis antigos. Mas tudo bem limpo, bem clarinho e com bom gosto. A casa e os gatos lhe trouxeram uma lembrança de sua infância, de quando uma vez sua mãe a levou em uma benzedeira para fazerem uma simpatia para que deixasse de ser tão assustada. Cíntia sorriu com a lembrança. A casa da benzedeira era parecida com a de dona Martinha, principalmente porque havia muitos gatos. Desde aquela vez em diante, Cíntia associava gatos a bruxas, curandeiras, rezadeiras e benzedeiras. Sempre pensou que talvez os gatos tivessem alguma participação em alguma simpatia ou fossem criaturas místicas.

– Venham, fiquem à vontade. Pode se sentar, moça.

– Obrigada.

– Como é seu nome?

– Meu nome é Cíntia Lathami.

– Que nome bonito. E o que você faz, Cíntia?

– Sou psicóloga.

– Ah, sim. Interessante, no meu tempo de moça, não se ouvia falar tanto em psicólogos e psiquiatras. Não sei se estou certa, mas parece que as pessoas conversavam mais umas com as outras antigamente. Talvez isso seja pelo fato de que, antigamente, não precisávamos ficar nesses aparelhos que a senhora está mexendo e vendo aí. Como é mesmo o nome?

– Redes sociais.

– Isso pode ser bom por um lado, mas não tem conversa olho no olho. Daí, sabe qual a consequência disso, Cíntia?

– Não.

– Depois a pessoa tem que pagar um analista para conversar.

– Excelente observação, dona Martinha. E o que levou a senhora a essa conclusão?

– Porque acontece com minha família. A minha filha, o meu filho e os meus netos têm tempo para tudo, menos para mim. Minha filha também faz análise, reclama que se sente sozinha, mas vive postando nas redes sociais que está feliz. Eu já desisti de entender esse século. Vou terminar minha vida sem entendê-lo. Talvez não valha a pena entender nada.

Então, dona Martinha tirou um pouco da seriedade da conversa, mudando de assunto:

– Kalisson, meu filho! Gostei muito da sua namorada. Parece ser uma pessoa muito boa, inteligente e bem-educada.

Kalisson e Cíntia entreolharam-se e sorriram.

– Não, dona Martinha. Ela não é minha namorada.

– Ah, não? Mas vocês combinam tão bem como casal que pensei que fosse. Vocês me passaram a impressão de que se conhecem há tanto tempo.

Cíntia baixou a cabeça e sorriu de canto. Kalisson disse:

– Deve parecer porque nosso primeiro encontro foi muito intenso. Não é verdade, doutora Lathami?

Cíntia riu e disse:

– Sim, quando o policial...

Quando estava falando a palavra policial, Kalisson, por baixo da mesa, deu duas apertadinhas de leve no braço de Cíntia, dando sinal para ela não falar que ele era policial. Cíntia entendeu e imediatamente mudou de assunto:

– O cheiro está muito bom, dona Martinha.

Posto na mesa, havia panquecas com molho, repolho refogado com molho de tomate, arroz, feijão, salada de agrião com rúcula e um suco de laranja de um amarelo vivo.

– Podem se servir, está pronto. Vamos comer, senão vai esfriar.

Kalisson, como já estava acostumado, adiantou-se, pegou o prato e o encheu.

Cíntia ficou aguardando, cerimoniosa.

– Pode puxar, menina. Gosto que minhas visitas se sirvam primeiro que eu.

– É verdade. Não adianta insistir, enquanto você não se servir, ela não vai comer – avisou Kalisson.

Ao ouvir isso, Cíntia pegou uma meia escumadeira de arroz, bem pouquinho de feijão, uma panqueca, um pouco de salada e meio copo de suco. Comendo, o gosto espalhou-se na boca dela. Na primeira bocada que ela deu na panqueca, não pode deixar de dizer:

– Nossa, dona Martinha! Sua comida está deliciosa!

– Obrigada, querida. Preparei com gosto.

– Não te falei que você não ia se arrepender de jantar aqui? – comentou Kalisson, dando um meio sorriso.

Jantaram, conversaram mais um pouco. Logo Cíntia disse que tinha que ir embora. Kalisson aproveitou o ensejo e despediu-se de dona Martinha, agradecendo o jantar. A anfitriã ainda convidou a moça para voltar à casa dela.

– Quero ser convidada sempre! – respondeu Cíntia.

Em frente ao portão da casa de Kalisson, combinou que assim que lesse todo o material ligaria para ele.

# Quinta-feira

Quinta-feira próxima, Cíntia ligou para Kalisson. Ainda era horário de expediente. Falou que havia concluído a leitura e comentou ter gostado muito do que leu, que o trabalho estava muito bom.

– Só vou acrescentar mais algumas coisinhas e quero que você veja.

– Ah, tudo bem. Quando a gente vai se ver para discutir?

– Pode vir à minha casa hoje, se quiser.

– Sim, irei. Pode me esperar lá pelas oito.

– Oito e meia, horário de verão!

Cíntia informou o endereço de um edifício no bairro da Água Verde.

Kalisson chegou ao condomínio, identificou-se ao porteiro e disse que tinha marcado uma entrevista com a doutora Cíntia Lathami. Meio desconfiado, o porteiro passou a mão no interfone e confirmou com a moradora.

– Pois bem, senhor, ela o aguarda. Apartamento 22. O elevador é logo ali – instruiu o porteiro.

– Obrigado.

Num relance, resolveu subir pela escada, já que seriam apenas quatro lances de escadaria.

Condomínio simpático, cada apartamento possuía uma sacadinha na frente e janelas com *design* futurista. Para uma pessoa que morava sozinha, era um apartamento relativamente grande. Havia copa, cozinha, sala em L, três quartos, um dos quais transformado em biblioteca, uma suíte, além da área de serviço e da pitoresca sacada.

*O valor deste imóvel deve ser alto*, pensou Kalisson, *a psicóloga anda bem das pernas, digamos assim.*

No centro da sala, um sofá branco revestido de couro, uma mesa de centro de vidro e um tapete felpudo davam um ar moderno. Kalisson ficou até com dó de pisar naquele tapete, mas foi logo advertido por Cíntia:

– Pode pisar, não se apoquente. O tapete foi feito para isso mesmo, ora essa!

– Sua casa é muito bem-arrumada.

– É graças à minha empregada doméstica, Marinela. Ela deixa isso aqui um brinco para mim. Faz três anos que trabalha comigo.

– Bem que minha mãe diz que não há uma só mulher independente sem uma empregada.

– O quê?

– Minha mãe diz que muitas mulheres ganham a vida, têm muito dinheiro, mas, no fim das contas, o serviço de casa é executado por outra pessoa. Se são independentes por um lado, são dependentes de mulheres sem muita instrução. Ela ainda diz que homem gosta mesmo é de Amélias. Homem gosta mesmo de uma mulher que cuide dele como uma mãe, gosta de ser mimado.

– Desculpe, mas não concordo com sua mãe. Desse jeito, ela quer dizer que as mulheres têm que viver em função dos homens.

– Na verdade, ela diz, não que eu concorde plenamente, que as mulheres devem viver em função da família, porque é o centro de tudo. Se conseguir mantê-la estruturada, estaria fazendo um bem enorme à humanidade.

– Sua mãe é ultraconservadora.

– Vamos mudar de assunto, sim? Não vamos desviar o foco.

– Analisei com cuidado as cópias que me deu e escrevi mais estas vinte páginas que quero acrescentar. Quero que dê uma olhada nelas.

Cíntia sentou-se bem ao lado dele enquanto ele lia. Durante a leitura concentrada, esbarrou sem querer no braço dela. Desviou um pouco a atenção e pôde perceber o perfume dela, no entanto, voltou a se concentrar na leitura.

Achou ótima a contribuição de Cíntia. Falou que deveriam, sim, acrescentar as vinte páginas ao trabalho, pois o deixaria mais completo. Após quarenta minutos de conversa, decidiu que pegaria as partes que ela fez via *pen drive* e, depois de incorporar ao trabalho, remeteria a ela o texto na íntegra.

Nesse ponto lembraram-se de Tony:

– O que Tony está fazendo? Você falou com ele?

– Até o momento, nada que eu saiba. Também não falei com Tony. Lembra que ele deu trinta dias para gente organizar esse roteiro.

– Certo, então vamos ver todos os pormenores e entregaremos para ele depois de tudo pronto.

– Concordo.

Cíntia Lathami e Kalisson continuaram, nas duas semanas seguintes, encontrando-se para discutir sobre as estratégias do projeto. Os encontros eram alternados, ora na casa dele, ora no apartamento dela.

# Salmão ao molho de maracujá

Na terceira semana, numa quinta-feira, Kalisson foi à casa dela.

Naquele dia, Cíntia estava demais! Vestido preto acima do joelho, cabelos penteados, unhas impecáveis, montada num salto alto elegante e sensual.

– Você está chique, hein, Cíntia! Por acaso, hoje vai a alguma festa?

– Não, não vou. Resolvi fazer um jantarzinho para nós.

Kalisson foi pego de surpresa, tinha vindo "normal", com calça, camiseta e um sapatênis. Havia tomado banho, passado um *roll on* nas axilas e vindo. Se soubesse que ia ter um jantar formal, teria escolhido uma roupa um pouco melhor.

Cíntia ia servir salmão ao molho de maracujá, acompanhado de batatas *souté* e salada verde com tomate-cereja. Para beber, havia comprado algumas garrafas de vinho frisante branco.

A mesa estava bem ornamentada, muito chique.

Kalisson se perguntava qual seria a intenção de Cíntia em fazer um jantar daqueles, também se perguntava se foi realmente ela quem preparou o jantar ou Marinela quem deixou tudo pronto e depois saiu pela porta dos fundos. Mas agora isso não importava.

Reparou que os cabelos *tigelinha* dela eram muito atraentes soltos. Chamava muita atenção o rosto afilado, nariz delicado, ligeiramente arrebitado. Nos lábios, um batom em tom discreto. Brincos combinavam com uma correntinha de ouro bem fina que pendia sobre o decote mediano e realçava as curvas sutis.

Nada de vulgaridade. Estava simplesmente linda. Foi mostrar uma foto a ele e resvalou no braço dele de leve. Foi aí que Kalisson percebeu haver química entre eles. Finalmente se deu conta de quanto tempo já estava sem ter uma mulher, de quanto tempo ficou em abstinência; no entanto, nem tinha sentido tanta falta assim. Agora que ela estava ali, linda e sensual, parecia que uma parte de seu instinto exigia uma contrapartida.

Para embelezar ainda mais o ambiente, Cíntia acendeu duas velas, apagou as luzes, deixando apenas um abajur ligado. Finalizou colocando um som ambiente relaxante.

E, como num passe de mágica, pela configuração do ambiente, de repente Kalisson parecia ter sido transportado para outra dimensão. Não podia acreditar, estava tendo um encontro romântico.

– Vamos jantar! Ela começou.

O salmão com molho de maracujá estava simplesmente maravilhoso. O vinho frisante começou lentamente a dar ao ambiente um tom mais informal. Kalisson sorriu para ela, que retribuiu discretamente. Ficaram se entreolhando por um momento, até que ele resolveu falar algo:

– Este jantar está suspeito. Por acaso, você está querendo me seduzir?

– E se fosse isso, teria algum problema? Que eu saiba, você está solteiro e eu não tenho namorado.

Címtia ficou olhando firmemente para Kalisson, esperando uma resposta. Neste momento, ele fez um ar solene, baixou a cabeça e disse:

– Cíntia, não contei para você, mas...

O rosto dela se transformou.

– Sinceramente, Kalisson, eu não acredito. Você tem namorada e não me contou?

Kalisson percebeu a decepção se apoderando dela, insinuando que ele tinha namorada. Mas ele não aguentou segurar a farsa por muito tempo. Cíntia estava linda demais. E o vinho o estava fazendo imaginar várias coisas, então soltou uma gargalhada.

– Ah, doutora Lathami, sua psicologia não fica tão boa depois de algumas taças de vinho. Não tenho namorada, não se preocupe, só fiz tipo.

A face dela se iluminou.

– Que bom. Nesse caso, você pode receber a surpresa que eu tenho para você.

– Surpresa! Que surpresa?

– Levante-se, por favor, e venha até o centro da sala. Para receber a surpresa vai ter que confiar cegamente em mim. Vai ter que fechar os olhos. Vou vendar você.

– Fala sério! Você quer vendar um policial? Você sabe que nós somos encanados, não confiamos em ninguém. Vou achar que você vai querer fazer alguma coisa comigo. Você está querendo me matar?

– Deixe de ser bobo! Confie em mim. A surpresa que tenho para você valerá a pena.

– Não sei, não... Me dá mais uma taça de vinho para eu decidir.

Secaram duas garrafas de frisante.

– Agora está na hora da surpresa. Chega de desculpas!

Cíntia, segurando uma venda, pegou-o pela mão e levou-o ao centro da sala e explicou:

– Vai ser o seguinte: você vai ter que ficar vendado por cinco minutos. Só a hora que eu falar é que você vai tirar a venda, entendeu? Se tirar antes, vai estragar a surpresa.

– Tá bom. O que a gente não faz quando está com umas na cabeça?

Tendo-o vendado, saiu; ele ouvia os passos dela pelo piso do apartamento. Sentiu um leve cheiro de um perfume doce.

– Vai demorar muito?

– Só mais um pouquinho, acalme-se. Não estrague a surpresa, não tire a venda ainda. Quer mais um pouco de vinho?

– Sim.

Cíntia pegou uma taça e deu nos lábios dele.

– Que vinho gostoso. Qual a marca dele?

– Não vai pensar nisso agora, né?

Kalisson estava ficando inquieto com aquela venda nos olhos, mas a sensação de leve embriaguez e aquele ambiente voluptuoso no ar o estavam fazendo conseguir ficar por mais um momento vendado.

– Kalisson! – gritou ela.

– Oi?

– Pode tirar a venda.

Desvendando os olhos, viu à sua frente um caminho de pétalas de rosas vermelhas. Cíntia gritou do quarto: "Siga as rosas!". Kalisson foi seguindo pelo corredor do apartamento e percebeu que a trilha de pétalas se dirigia ao quarto. Lá teve uma visão que imediatamente aguçou os instintos que estavam há muito tempo adormecidos.

Cíntia Lathami estava deitada em sua cama com uma lingerie branca, a mão na cabeça em uma a posição altamente sensual, mas sem vulgaridade. Em volta da cama e sobre ela havia pétalas de rosa.

– Nossa! Isso que é surpresa de verdade. Como você é linda! Sim, você é linda, Cíntia. Perfeita! Acho que quero te amar. Quero te amar agora.

– Eu também te quero. Então venha e me ame!

Atirou-se na cama, beijou-a e o beijo foi muito bom. Tudo o mais foi bom e se amaram a noite inteira. Kalisson nem foi embora para sua casa. Quando deu por si, já eram cinco da manhã e estava dormindo abraçado com a doutora Cíntia Lathami.

# Ressaca

No outro dia, mal pode acreditar no que tinha acontecido. Kalisson havia perdido a noção por completo. Como pôde ter acontecido aquilo? Não sabia se estava sonhando ou não. Tão fora do comum, tanto que estava a pensar nessas coisas durante o expediente. Se bem que foi a melhor noite de amor, a melhor surpresa que já teve e estava se sentindo bem.

Foi bom ter amado Cíntia. Ela era tão macia, tão meiga e, ao mesmo tempo, tão segura de si. Era difícil, para não dizer impossível, não ter gostado do que aconteceu. *Quando a gente está com algumas na cabeça, vamos simplesmente nos deixando levar*, pensou ele. *Ao contrário de meus sentimentos por Mia, uma necessidade de protegê-la a qualquer custo, o que senti por Cíntia foi um prazer enorme, mas não mero prazer, prazer misturado à paz. Foi tão natural sentir as curvas dela, os beijos dela, os gemidos dela.*

Os dois ainda não tinham tido oportunidade de conversar sobre a noite de amor. Kalisson agora estava atravessando o expediente de trabalho, exercendo suas funções e pensando, nas horas vagas, no que tinha acontecido. Estava meio absorto.

Glória Veruska percebeu que ele estava um tanto diferente e disse:

– Kalisson, você está meio avoado hoje. Que aconteceu?

– Como assim, "avoado"? Estou normal. Estou trabalhando aqui; estou conversando com você. Por que eu estaria diferente?

– Sei lá, você está meio aéreo, parecendo que tomou umas ontem.

– Estou normal. Me deixa!

Glória se afastou, rindo.

Romualdo havia deixado alguns documentos na mesa de Kalisson, mas que até o horário do almoço nem foram mexidos.

– Já digitalizou aqueles documentos para mim? – perguntou Romualdo.

– Que documentos?

– Aqueles que eu deixei na sua escrivaninha logo cedo.

– Ixe, puta que pariu! Perdão, agora que eu vi. Desculpe, vou digitalizá-los agora.

– Agora não dá. Deixa para depois do almoço. Está desligado hoje, hein, rapaz? O que aconteceu?

Kalisson não respondeu, mas finalmente se convenceu de que estava meio desligado pensando na surpresa de Cíntia.

Resolveu tomar um café bem forte. Almoçou, lavou o rosto. Uma leve dor de cabeça o incomodava. Percebeu que sua roupa estava impregnada do perfume dela. Porém, Kalisson não estava só pensando nas lembranças boas que teve com Cíntia Lathami. Pensava se o que os dois fizeram não poderia colocar em risco o projeto dele. Poderia ser que os dois se perdessem nesse relacionamento, principalmente da parte dela, e depois poderia ser que deixasse de fazer alguma coisa importante. Kalisson não poderia deixar isso acontecer. Tinha que manter a conduta e o foco no objetivo. Afinal, foi o motivo pelo qual deixou sua família e se atreveu a enfrentar um mundo novo. Era o objetivo de sempre, fazer alguma coisa efetiva para ajudar a combater e a prevenir abusos sexuais contra crianças e adolescentes e, quem sabe, pegar aquele padrasto miserável de Mia e lhe dar uma lição.

Sequer havia começado a colocar em prática o projeto e de maneira nenhuma o colocaria em risco, nem por mais noites perfeitas como a de ontem. Decidiu que conversaria seriamente com Cíntia, exporia a situação. Nem em pensamentos deixaria que uma aventura amorosa colocasse tudo a perder. Sentiu até um pouco de raiva de Cíntia, por ela tê-lo seduzido na cama.

Aquilo ficou em seu pensamento a tarde toda. Terminado o expediente, imediatamente ligou para Cíntia e disse que precisava conversar com ela. Desta vez não marcaram em suas casas, e, sim, no parque Barigui.

Cíntia chegou, deu um beijo no rosto dele e o abraçou, quando tentou beijar a boca dele, foi repelida.

– O que aconteceu? Você não gostou do que aconteceu ontem?

– Não é isso, Cíntia. Gostei, gostei muito. Foi a melhor surpresa que eu poderia receber, mas nós ainda nem conversamos direito. Aquilo tudo aconteceu no impulso sexual que eu estava sentindo, na atração física que eu sinto por você e pela minha carência de estar tanto tempo sem ninguém.

– Nossa! Nós nem começamos a namorar ainda e você já está querendo ter uma DR?

– Não importa o nome dessa discussão, só quero que você me conte o que foi aquilo.

– Vamos por partes, Kalisson. Quando você chegou ao meu consultório, achei estranho. Mas aquilo tudo que aconteceu me descobriu como um véu. Você me deixou de saia justa. De lá para cá fiquei analisando você. Depois do nosso segundo encontro, fazendo nosso trabalho, comecei a perceber o homem que você é, como é atraente, gentil, atencioso e esforçado em seus objetivos. Isso começou a despertar em mim o interesse por você. Eu flertava e você não percebia. Até achei que você não quisesse nada comigo, mas no dia que sem querer esbarrei nos seus braços e vi que você se arrepiou, percebi que tinha pelo menos atração física por mim e que poderia até rolar alguma coisa entre nós. Achei também, por sua história pessoal, que você estava solitário durante tanto tempo sem nenhuma companheira... Isso é difícil, já passei por isso. Também faz tempo que eu estou sem ninguém, mas no meu caso é porque não achei ninguém interessante. E agora tem você.

– Cíntia, eu confesso, foi muito, muito bom. Você é maravilhosa, foi delicioso te amar, passar a noite com você e tudo o mais, só que eu pensei em uma coisa, uma única coisa em que eu estou preocupado. Será que isso que aconteceu entre nós, esse acidente ou incidente ou sei lá o que, não pode interferir no nosso profissionalismo? Pode nos atrapalhar a realizar nosso objetivo? Lembre-se de que a gente tem um objetivo! Lembre-se de nosso propósito, seu, meu e de Tony. Não podemos deixar o projeto de lado, de jeito nenhum.

– Absolutamente, Kalisson, eu consigo separar as coisas. Sei quando estou tendo relacionamentos e quando devo ser profissional. Achei que aquele era o momento certo para deixar o profissionalismo de lado porque, afinal de contas, nós dois não temos compromisso com ninguém e nós dois somos humanos. E não vá me dizer que seu corpo não pede por alguém.

– Não é isso que eu disse. Meu medo é de atrapalhar o nosso projeto.

– Não vai atrapalhar, sei me comportar. Se você ficar irredutível e quiser que a gente pare de ficar, paramos. Mas acho que não precisa ser tão radical. Podemos continuar ficando...

– Olha, vou te mandar a real, estou com vontade de ficar com você de novo, mas aí é que está o problema. Eu não quero que vire um vício a ponto de atrapalhar meus estudos e os meus objetivos, porque queira ou não queira, isso vai encurtar nosso tempo. Se a gente se vir todo dia, necessariamente deixaremos de fazer outras coisas importantes.

– Entendo o que você quer dizer. É o seguinte, Kalisson, vamos fazer uma coisa. Vamos nos regrar, estipulando os dias e os horários que a gente pode ficar sem que isso atrapalhe sua rotina.

– Desse jeito talvez dê certo. Mas já vou te avisando, não quero me apegar a ninguém. Você já sabe muito bem que eu ainda sou apaixonado por Mia, que sofro e penso muito nela.

Conversaram mais um pouco e chegaram ao acordo de que o ideal era ficarem uma ou no máximo duas vezes por semana. O restante dos dias seria trabalho, e um não interferiria na rotina do outro.

– Então combinado, Kalisson. Estamos conversados. Não posso nem te dar um beijinho hoje?

– Pode, mas, antes disso, só mais uma coisa, Cíntia. Acho bom você não falar para o Tony, pelo menos por enquanto, que a gente está ficando, porque pode ser que ele não interprete isso de uma maneira favorável a nós.

# Iniciando os trabalhos

Havia passado um mês desde o encontro com Tony. Cíntia e Kalisson já haviam finalizado todo o material uma semana antes do combinado. Agora estava na hora de passar o material para Tony.

Ele pediu para Cíntia e Kalisson enviarem o material por e-mail, que ele o leria com atenção e depois conversaria com os dois. Ficaram sabendo que Tony não tinha interagido com eles antes porque estava em férias.

Isso quer dizer que, provavelmente, nos trinta dias passados, ele não tinha feito nada, não tinha estudado nada sobre o assunto. Kalisson ficou um tanto decepcionado, mas resolveu não se manifestar; além do mais, isso não seria problema, porque se Tony lesse com atenção todo o roteiro elaborado por eles, saberia de tudo que precisava.

Uma semana depois de enviar o e-mail, Tony respondeu afirmando estar diante de um trabalho de excelente qualidade e, a par disso, acrescentou uma parte também, incluindo a concepção jurídica do assunto e que iria falar ao final da palestra.

Após uma rápida reunião no gabinete de Tony, decidiram que iriam implantar o curso primeiramente a uma parcela pessoas, em determinado ponto da cidade, geralmente um ponto de abrangência do 18° DP, coincidentemente subordinado à comarca na qual o promotor era titular.

Tal curso seria um projeto-piloto e, de início, abrangeria apenas um conselho tutelar, três assistentes sociais e dez professoras e pedagogas. Primeiro, dariam uma palestra coletiva a todos eles. Depois, uma aula específica ao conselho tutelar, outra aos assistentes sociais e, por último, às professoras, isso porque cada qual deveria abordar o tema de uma determinada perspectiva.

Nas palestras, apesar de Kalisson ter tentado delegar toda a fala à Cíntia e a Tony, acabou tendo que discursar também. No entanto, era Cíntia, mais acostumada a fazer palestras, que falava mais. Kalisson era muito objetivo para ser palestrante, tinha um poder de síntese muito grande e resumia tudo em pouco mais de dez minutos. As explicações dele não eram ruins, mas, em um evento desse tipo, tem que se explicar com mais riqueza de detalhes para os alunos absorverem o conhecimento.

O promotor finalizava a fala acrescentando o ponto de vista judicial da coisa e acabava pedindo apoio e real empenho nesse projeto de magnitude e importância.

Antes de ter iniciado tudo, o promotor submeteu o projeto ao conselho estadual do Ministério Público, requerendo permissão para iniciar um projeto-piloto, e foi autorizado de pronto, apenas advertindo que não haveria gratificações para trabalhos extras, nem pagamento de quaisquer despesas com o projeto. *Ou seja, se foda! Se der certo deu, se não der certo, não estamos nem aí*, pensou Kalisson.

Durante todas as aulas e instruções que aplicaram, Cíntia em momento algum demonstrou que estava tendo um caso com Kalisson. Ele gostou muito da atitude dela, realmente poderia confiar nela. Cíntia era mulher extremamente discreta. E a decisão de manter o segredo entre eles era principalmente para não causar nenhum tipo de comentários desnecessários ou que pudesse pôr a credibilidade do projeto em risco.

# Primeiros resultados

Como instruídas, as agentes da assistência social forneceriam os relatórios com as famílias-problema; geralmente casas de pessoas pobres, não que inexista abusos em classes sociais elevadas, mas o acesso feito pela assistência social dava margem apenas à parcela pobre da população.

Tendo os relatórios identificados, os locais com potencial para abuso foram apresentados para os professores e pedagogos, com o nome dos respectivos alunos. A partir daí, os professores, com base nas instruções recebidas, puderam estudar o comportamento dos pupilos, a maneira como se portavam e se havia entre esses comportamentos quem pudesse ter algum histórico de abuso.

O conselho tutelar também repassou às professoras o nome de todas as crianças residentes em casas que frequentemente eram objeto de problemas dos mais variados.

Estribados em profunda análise, realmente as professoras puderam notar que havia determinados comportamentos suspeitos. Após detectá-los, ficou estabelecido que os professores fariam um teste simples para identificar algo de errado. Esses testes seriam aplicados em atividades corriqueiras, sem que os alunos percebessem. Tratavam-se, na verdade, de métodos de Psicologia, ensinados por Cíntia.

Quando constatavam o resultado positivo do teste, a pedagoga tentava, em conversa amigável, extrair algo relevante da parte deles.

A partir de certo momento, Cíntia entrava em ação, ouvindo os alunos. Quando realmente constatava abuso, e que a criança ou adolescente confirmasse, enviava um relatório ao promotor de justiça, que pedia o monitoramento do conselho tutelar.

No entanto, isso não estava sendo suficiente, porque quando o conselho tutelar notificava os pais, estes se revoltavam contra a situação, e o conflito aumentava.

Seria preciso resolver de outra maneira. Então, o promotor começou a adotar o procedimento de pedir liminar para tirar a criança do meio familiar. Realmente, isso era uma coisa traumática também para as crianças, mas ainda era melhor do que continuarem a ser abusadas, mas aí já se esbarrava na estrutura precária do Estado, com ausência de casas, lares e mães sociais capacitadas e bem preparadas para esse tipo de acolhimento.

Depois, baseados nos laudos de Cíntia, processava-se o abusador, entretanto, estava sendo muito difícil provar os abusos, porque, apesar de num período de seis meses de trabalho eles constatarem que havia muitas crianças sendo abusadas, existia um problema, não se podia condenar com base apenas em um laudo, deveria haver mais provas.

Estavam em um impasse. Se de um lado tinham constatado sem medo de errar a ocorrência dos mais variados abusos, não conseguiam sequer o deferimento de prisão preventiva dos abusadores, e isso os deixava furiosos, inclusive o promotor, que praguejava a decisão do juiz mequetrefe.

Kalisson, então, com seu senso prático, pensando à frente, sugeriu a Tony que, embora constatassem que a criança estivesse sendo abusada, eles não poderiam requerer liminares se não tivessem provas suficientes, então deveriam fazer isso para que qualquer juiz desse voz de prisão preventiva imediata aos abusadores.

Tony imediatamente pensou em interceptação telefônica. No entanto, Kalisson discordou. Disse que deveriam ser mais agressivos e instalar câmeras escondidas dentro das casas em que ocorriam os abusos.

Kalisson não compreendia sobre questões jurídicas de provas ilícitas. Não podia conceber que a questão da intimidade de uma pessoa fosse mais importante do que a vida de uma criança que estava sendo abusada.

– Realmente, o melhor meio de pegar esses canalhas é por meio de filmagens. No entanto, como faremos isso sem perceberem?

Kalisson há três meses estava estudando sobre isso e se preparando. Estava à frente de Cíntia e de Tony. Tinha visto que o próprio computador poderia ser usado para filmar, o próprio celular, se pudesse entrar nele. Algumas pessoas sabiam como lançar um programa espião. Ele até conversou com um *hacker*, perguntando sobre quando ficaria para fazerem isso. Poderiam usar a própria câmera do celular para filmar dentro da casa, só que isso ainda não era suficiente. Deveriam instalar algumas câmeras em determinados lugares.

O promotor ficou cético. Era uma questão prática. Em seu raciocínio jurídico não seria tão simples assim. Cíntia não concordava muito. Achava que, constatado o abuso, tinha que tirar a criança imediatamente da família; no entanto, não havia como provar o crime com exatidão, muitas crianças não confirmavam a versão que davam à Cíntia em juízo.

Empiricamente, tinham percebido, depois de quase sete meses à frente desse trabalho, que não tinham conseguido prender ninguém – apesar de terem tirado as crianças da família –, e que não havia provas e, depois, muitas vezes a família conseguia reaver as crianças e ela continuava convivendo com abusador. Muitas crianças não queriam voltar mais, mas alguns juízes acabavam retornando a criança ao seu lar por ausência de provas. Isso era uma fonte de frustração para Tony, Cíntia e Kalisson.

Conversa vai, conversa vem, Kalisson não queria, mas resolveu mostrar umas filmagens de uma câmera que tinha implantado em uma casa. O promotor ficou completamente indignado com o que estava vendo. Kalisson tinha conseguido filmagens nítidas e revoltantes de um abuso. Cíntia até chorou, disse que se pudesse castraria o canalha.

– Agora podemos pegá-lo. Não podemos, Tony?

– Você cometeu uma porção de crimes. Produziu uma prova ilícita, tem que ter autorização judicial, no mínimo pode ser enquadrado por três artigos do Código Penal.

– Não estou nem aí para os procedimentos jurídicos, quero é fazer justiça a essas crianças.

Cíntia não falava nada, estava em choque com o vídeo. Depois de muita discussão e debates de ideias, foi resolvido que Tony tentaria pedir ao juiz autorização para a necessidade de interceptação telefônica e filmagem. Uma vez sendo autorizadas por ordem do juiz, as provas teriam validade total.

– Como você conseguiu implantar essa câmera? Cara, você é algum tipo de psicopata? Como é que você conseguiu entrar na casa desse pessoal?

– Não sou psicopata. Sou um cara prático que tem um objetivo traçado, só isso. Vi que nosso trabalho, apesar de ter alcançado algum sucesso, ficaria por anos e anos andando como uma tartaruga, sem resultado prático.

– Na justiça tudo é lento.

– Por isso mesmo que temos que ser mais agressivos.

– E outra, Tony, plantar câmaras em casas é mamão com açúcar, é muito fácil. Se você quiser me acompanhar um dia desses, eu te ensino.

– Você está louco! Quer que eu seja preso e perca meu cargo?

– Não, só depois de estar com a liminar na mão.

– Não sei, não, isso está indo longe demais.

– Não chamei vocês dois para brincar. Estamos num impasse. Ou vocês adotam uma postura realmente agressiva ou não vamos conseguir nada. Eu estou disposto a pagar pra ver, e vocês?

– Para você é fácil falar...

– Tony, ficar só no gabinete não vai resolver a situação.

– Você está questionando a minha forma de atuação? Está questionando meu jeito de trabalhar? Não admito, se eu quisesse, te denunciaria pelos crimes que cometeu.

– Vá em frente, e veja se consegue dormir depois com sua consciência por ter mandado para cadeia alguém que estava praticando um ato de justiça.

– Acalmem-se, por favor. Vocês estão muito estressados – disse Cíntia.

– De forma alguma te questionei, Tony. O que estou dizendo é uma realidade. Nem tudo pode ser resolvido dentro de um gabinete. Às vezes, é preciso pôr a mão na massa.

– Você está querendo me ensinar?

– Parem com isso agora! Chega, ninguém deve discutir de cabeça cheia. Chega, vocês são duas pessoas inteligentes e civilizadas, parem de discutir – pediu Cíntia, alterando o tom de voz. Até ela estava tensa.

– Vou parar de discutir, Cíntia, mas só vou dizer mais uma coisa. Você, Kalisson, faz coisas por conta própria, não confia em mim, não confia em nós. Se tivesse nos avisado antes, poderíamos ter feito tudo juntos.

– Isso é verdade, Kalisson. Nem pra mim falou nada disso. Estou me sentindo traída.

– Me desculpem, é só o meu estilo. Gosto de agir. Gosto de agir primeiro para depois falar. Eu sei, tenho que mudar, mas é assim que eu sou. Nosso trabalho está indo bem. Não vamos deixar esse pequeno detalhe impedir o nosso sucesso. Agora eu agi sozinho, mas se tivermos êxito, o sucesso será de todos, nem faço questão de ser lembrado por isso.

– Tá, tá, tá, deixa pra lá. Vou tentar conseguir as liminares para semana que vem, mas não é garantido que o juiz conceda.

– Converse com ele antes de fazer a petição, explica a situação, eu tenho por mim que qualquer juiz daria uma liminar com base nos laudos da doutora Lathami.

– Está querendo me ensinar a trabalhar?

– É que, às vezes, a conversa amigável é melhor do que papel.

– Está sugerindo que eu compre o juiz?

– Entenda como quiser!

– Parem com isso, já deu. Vamos embora. Estão com a cabeça quente, os dois, assim vão acabar brigando. Vamos embora, daqui a dois dias conversaremos, com os ânimos mais calmos.

# Colocando em prática

Em uma noite sem lua, eles estavam em um bairro central, transitando com um carro preto com vidro fumê. Ninguém podia enxergar quem estava dentro. As placas eram frias, para evitar de alguém identificar o proprietário do veículo.

Dentro do carro, nada mais nada menos que Kalisson, Cíntia, Tony, Romualdo e Glória Veruska dividiam os assentos. Apesar de ser um carro grande, estava meio apertado. Na verdade, o dono do carro era o promotor, tinha comprado há pouco tempo.

Kalisson estava com uma mochila para disfarçar, vestia roupas e luvas pretas. Na cabeça, arregaçado, um gorro negro. Engatado na cabeça um fone de ouvido e um microfone comunicador.

Cíntia estava apreensiva, a adrenalina estava no ar. Kalisson instalaria o sistema sozinho.

Kalisson tinha um jogo de chaves micha. Geralmente, as casas comuns não são difíceis de invadir. Primeiro tinha que analisar o perímetro, o terreno, o quintal e a casa para depois instalar a câmara em algum lugar estratégico.

Cíntia quis ir junto, mas Kalisson disse que ela estava muito nervosa. O promotor insistiu muito pra ir com Kalisson, até ele ceder.

Glória e Romualdo ficaram dispostos em lugares estratégicos, monitorando o movimento nas ruas, para que a operação não fosse surpreendida por pedestres. Detectaram ainda se não havia alguma câmera de segurança filmando em algum ponto.

Kalisson e Tony estavam em uma sombra à espreita. No momento certo, Romualdo passou o rádio, e eles começaram a invasão. Escalaram um pequeno muro. Não havia cachorros. Continuaram pé ante pé caminhando na lateral da parede. Analisaram a casa por fora e as janelas dos aposentos, examinaram se não tinha nada aberto.

De repente, o promotor com cara de assustado sussurrou:

– E se esta casa tiver alarme?

– Não se preocupe, esta não tem. Já cuidei disso.

O promotor sentiu-se mais aliviado. Apesar de estar adorando a aventura, tudo o que não queria era se envolver em um escândalo público, ser exonerado ou demitido, ficar sem seu salário... essa possibilidade lhe dava calafrios.

Novamente o promotor, pensativo e estático, cochichou:

– E se alguém acordar?

– Acalme-se, Tony. Não tem problema. Eu tenho isso aqui. – Mostrou-lhe uma latinha de spray. – Isso faz a pessoa dormir que é uma beleza.

– Onde conseguiu isso? Nunca ouvi falar desse troço.

– Isso não importa agora. Só uma coisa, se eu precisar usar, não se esqueça de ficar trinta segundos sem respirar, senão você apaga também.

O promotor olhou para Kalisson com cara de assustado e cético. *Esse cara é um maníaco. Onde fui me meter?* – pensou.

– Você está preparado?

Tony respondeu que sim com um sinal de cabeça.

– Vamos entrar!

Kalisson já tinha aberto a porta dos fundos. A cada pequeno ruído, o coração de Tony acelerava, antecipando que alguém pudesse pegá-los.

– Olha esse barulho! – repreendeu Kalisson. Este sorriu e entrou.

Adentraram a cozinha, abaixaram-se perto do forno do fogão. Estava tudo quieto. Eram três da madrugada. Aquela família levantava às oito horas, então, nesse horário, provavelmente estariam dormindo profundamente como bebês. Kalisson já tinha estudado os hábitos da família.

A porta do quarto estava fechada, mas não estava chaveada. Eles entreabriram a porta levemente. Kalisson, por sinais, gesticulou para o promotor ficar só observando da porta. A partir daí, Kalisson reparou se havia alguma saliência na casa e instalou uma pequena, quase imperceptível, câmera em cima do guarda-roupa, bem no cantinho.

Saíram do quarto do casal e se dirigiram ao quarto da menina. Uma criança linda, de uns seis anos de idade, uma menina, provavelmente, pelos cabelos lisos e loiros, e que dormia em uma cama de solteiro. Quando o promotor observava da porta do quarto, a menina mudou de posição e a adrenalina dele explodiu, podia sentir os batimentos cardíacos acelerados no pescoço.

*Meu Deus e agora?* – pensou. Logo a menina começou a respirar profundamente e ele ficou mais calmo. Tony estava com muito medo, no entanto, estava tendo uma sensação boa, fazendo algo que nunca tinha feito.

No quarto da criança, silenciosamente, Kalisson abriu a caixinha da tomada e lá instalou outra câmara.

Antes de ir embora fez o teste nas câmeras, acessando pelo celular para ver se a filmagem cobriria todos os aposentos. Tudo testado, era hora de se retirarem. Novamente saíram pé ante pé. Kalisson trancou a porta com cuidado, atravessaram o pequeno gramado, pularam o muro no mesmo local que tinham invadido e ficaram escondidos em uma sombra, até que Romualdo e Glória Veruska, pelo comunicador, avisaram que estava tudo "limpo".

Já dentro do carro, Tony cumprimentou Kalisson, felicitando-o. Estava que não se continha de alegria de estar fazendo algo emocionante e perigoso ao mesmo tempo.

– Ótimo trabalho, Kalisson! Gostei muito de fazer isso. Estou me sentindo um espião.

– Nem tanto, Tony. Nós tivemos o apoio de Romualdo e de Glória, o que facilitou as coisas. Mas eu já fiz isso sozinho, o que é um pouquinho mais complicado.

Tony nem se ligou no comentário, pois estava agitado demais. Exceto Kalisson e Romualdo, os outros estavam eufóricos e contavam uns aos outros a façanha e a adrenalina que sentiram.

– Vamos embora, gente! Já fizemos o que tinha de ser feito – disse Romualdo.

– Sim, vamos! Agora é só a gente esperar para analisar as imagens – comentou Kalisson.

– E aí, Tony. Como você se sentiu? – perguntou Cíntia.

– Foi uma experiência e tanto. Nosso amigo aqui pode muito bem trabalhar na KGB.

– Ah, doutor Tony, estou muito velho para essas coisas. Vocês, jovens, ficam inventando esses tipos de serviço...

– Calma, calma, Romualdo! Daqui um ano você vai se aposentar. Um pouco de emoção não faz mal. E que perigo pode haver numa diligência dessas? É quase zero – disse Glória Veruska.

– Kalisson, você não me ensinou como poderia proceder nesta diligência. Eu quero aprender.

– Ah, Cíntia, para com isso. Você é psicóloga. Quer correr risco pra quê? – Kalisson reagiu.

– Ah, poder se infiltrar na residência de alguém e implantar as câmeras deve ser muito emocionante. E é uma coisa totalmente fora da minha profissão. Se não aproveitar essa chance de fazer isso, nunca mais vou poder.

– Não sei, não...

– Promete que vai me ensinar, Kalisson?

– Vamos ver. Na próxima vez eu penso em algo.

– Ei, querido, eu também quero entrar na próxima vez. Vai ter que me ensinar também – disse Glória Veruska.

Cíntia Lathami teve uma pontada de ciúmes quando Veruska falou com Kalisson, isso porque, além de usar a palavra querido, falou olhando para ele de forma sensual e maliciosa, como quem tem ou quer algum tipo de intimidade.

– E você, Romualdo, quer aprender também? – perguntou Kalisson.

– Nem em sonho. Não tenho mais essas curiosidades de antes ou necessidade desse tipo de emoção. Confesso que está sendo muito bom trabalhar com vocês porque são pessoas boas, jovens e empolgantes. Mas já passou meu tempo de querer ser herói.

Essa foi a primeira diligência que executaram oficialmente.

Cíntia, Glória Veruska e Tony estavam empolgadíssimos e pensavam em quando poderiam entrar sozinhos e executar o trabalho por conta própria. Kalisson, todavia, ficou pensativo, teria que treiná-los muito bem para poder confiar neles. Qualquer excesso poderia pôr tudo a perder. Afinal de contas, era um trabalho que exigia atenção minuciosa e cuidado absoluto.

Romualdo, por sua vez, só queria dar o apoio logístico, e já estava de bom tamanho, pensava ele. Não queria saber de nada daquilo, imagina ter de pular muros, passar por emoções fortes etc.

Antes das diligências, tinham que analisar cuidadosamente o comportamento das pessoas na casa e, antecipadamente, faziam uma sondagem de terreno, observavam os horários que dormiam e acordavam, os horários que saíam, se saíam aos finais de semana, dentre outras coisas. Era um jogo de paciência. Para implantar uma câmara levava no mínimo uma semana.

As diligências mais difíceis eram aquelas que teriam de se infiltrar enquanto havia pessoas na casa – nesses casos, Kalisson nunca os deixava irem sozinhos, por não confiar muito nas habilidades deles. *São muito emotivos*, concluiu em pensamentos, *se deixam levar por qualquer emoção, então podem perder o controle.*

A maioria das providências, porém, era executada quando não havia ninguém no imóvel, aí ele fazia questão de deixá-los ir sozinhos para a instalação das câmeras e dava o apoio necessário.

Em casas vazias, sem os moradores, treinou Glória, Cíntia e Tony. Depois do teste, quando Kalisson reconheceu que estavam aptos, deixou cada um, sozinho, infiltrar-se em uma casa, sempre sem pessoas dentro, é claro; não queria correr riscos desnecessários.

Eles aprenderam tudo muito rápido, conseguiam se infiltrar e instalar as câmeras. Nas casas que tinham cachorros era mais difícil, por isso, nestas, Kalisson cuidava pessoalmente. Tinha que utilizar certa substância que faziam os cachorros apagarem. Comprou a tal droga, uma espécie de tranquilizante, no mercado negro.

Quando era cachorro, usava uma substância que imitava o cio de uma cachorra. Era só passar em algum lugar que o cachorro se esquecia completamente do visitante. Era um pouco mais complicado se fosse uma cadela; aí tinha que usar dardo tranquilizante no animal.

Kalisson dominava todas essas facetas, não costumava comentar com outros sobre os pormenores, só revelava alguma coisa se fosse realmente necessário e comentava apenas se já tivesse dominado o assunto. Isso deixava os companheiros um pouco insatisfeitos. Dava impressão de que Kalisson sempre estava mais à frente do que eles. Despertava nos colegas um misto de admiração e de ressentimento, principalmente do promotor, que, no fundo, queria ser o líder natural daquilo tudo.

E assim eles conseguiram fazer as diligências. É lógico que, depois da discussão no gabinete, Cíntia falou com Kalisson, jogando-lhe na cara que ele não confiava nela, por isso escondia as coisas. Avisou que não queria mais que ele escondesse nada dela.

– Não prometi nada a você – respondeu com dureza. – A gente está ficando, eu sei, mas não prometi nada. Não se esqueça disso, eu falei que não deixaria nada atrapalhar o nosso objetivo. Não foi isso?

Por algum tempo, Cíntia ficou desolada, depois se recuperou. Realmente era isso que ele tinha falado. *Esse Kalisson é um cara difícil, não se deixa fisgar.*

Tony, por sua vez, havia conseguido várias liminares. Não foi difícil convencer o juiz, porque acabou mostrando para ele os vídeos e explicou por A mais B que esse era o único meio de punir aqueles calhordas. Além disso, o novo juiz, um ótimo colega e aberto a causas desse tipo, resolveu encampar a ideia. Fundamentou a decisão e conferiu a liminar para que implantassem as câmeras e fizessem tudo que fosse necessário para enquadrar os abusadores. O juiz Mainardes, no entanto, fez uma única advertência, a de que apenas as imagens necessárias seriam colocadas no processo, tudo o mais seria descartado – podia ser que houvesse imagens fortes demais e, com a internet e as redes sociais, seria um caos se essas imagens se espalhassem.

Depois de feitas as instalações das câmeras é que começava o trabalho grosso, digamos assim. Teriam que analisar as filmagens e ver se tinha algo que pudesse ser utilizado.

Era muito cansativo ver a gravação inteira, mas, com algumas técnicas e com a ajuda de um programa de computador, conseguiram facilitar a tarefa. Kalisson havia descoberto um programa que detectava as imagens que tinham movimentos de pessoas e, deslocando o cursor até aquele ponto, este já transportava o filme direto para essas imagens. Isso ajudava muito, evitava que precisassem ficar um dia inteiro vendo filmagens de uma noite toda.

Kalisson não ficou horrorizado com o que viram nas gravações, porque já sabia do resultado, já tinha feito a sua experiência própria, mas tanto Tony como Cíntia, e até os colegas policiais de Kalisson, ficaram extremamente indignados com as imagens que conseguiram captar pelas câmeras.

As imagens captaram várias crianças inocentes sendo abusadas por pais e padrastos, além de outros agentes. As cenas eram horríveis, principalmente quando se via a expressão de súplica e desespero de muitas crianças, e outras com o rosto angelical, sem saber nada nem o porquê de estarem sendo submetida àquilo.

Era uma situação de extrema vulnerabilidade pela qual as vítimas passavam, extremo torpor por não conseguirem realizar defesa de si. Dava a impressão de que a própria criança se sentia um lixo depois de ser abusada.

O fato mais revoltante que viram foi o de uma mãe que, depois de ter visto o padrasto abusando de sua filha, ainda deu uma surra nela. Isso foi a gota d'água. Essas imagens despertavam neles uma espécie de ódio mortal contra os agressores. Kalisson tinha ódio quando assistia a tudo aquilo, sentia vontade de fazer justiça com as próprias mãos.

O fato é que as imagens mexiam muito com eles todos, eram muito fortes, indignas, perversas, revelavam uma das piores espécies de podridão e degradação da humanidade. A vontade coletiva deles era expressada em comentários ofensivos que escapavam ao silêncio do pensamento. Exceto Romualdo, todos os outros queriam poder dar uma surra ou castrar aqueles vagabundos.

Porém, estavam fazendo aquilo tudo para que fosse feita a justiça conforme mandava o figurino. Não era o momento, nem podiam fazer justiça pessoal, então tinham de prosseguir nos ditames da lei.

De posse daquelas gravações devidamente filtradas por Kalisson, Glória Veruska e Romualdo, que agora estavam designados pelo doutor Bechara a se empenharem integralmente no projeto, o promotor requereu a prisão provisória imediata dos abusadores e a retirada da criança abusada da família, encaminhando-a para um tratamento psicológico.

Durante os próximos seis meses de um trabalho de equipe fenomenal entre conselho tutelar, assistentes sociais, professoras, Glória Veruska, Romualdo, Kalisson, Cíntia Lathami e Tony, sem contar com a presteza das decisões do juiz Mainardes, conseguiram efetuar nada menos que cem prisões de crimes de abuso sexual contra menores.

Era um número assustador, no total de duas mil crianças resultaram apenas cem flagrantes de abuso. Esses dados eram alarmantes.

O trabalho foi sendo feito dia a dia, e as prisões foram sendo executadas, sem, contudo, divulgar à imprensa. Como era um método de pegar as pessoas sorrateiramente, se deixassem o método público, as chances de flagrar seriam diminuídas, pois as pessoas ficariam "espertas", então certamente seria mais difícil instalar as câmeras.

# Sucesso

Depois de ter sido comprovado o método desenvolvido por Kalisson e sua equipe, o sucesso foi tanto que o promotor recebeu uma condecoração do Ministério Público. Kalisson, Glória Veruska e Romualdo receberam homenagens da academia. Inclusive o doutor Bechara, mesmo sem fazer nada, recebeu sua única condecoração pelos bons préstimos à sociedade e zelo inarredável da função. Até Cíntia recebeu uma placa e uma medalha.

Todos foram agraciados, menos os assistentes sociais, as professoras, os conselheiros e o juiz Mainardes. Porém, por reclamação de Kalisson, eles também foram homenageados. Todos os integrantes da equipe, sem exceção, eram peças-chave no sucesso da empreitada.

Ouviram muitas e muitas vezes o quanto todo o esforço foi importante e o quanto representava para a sociedade. A mídia, negligenciando os outros envolvidos, procurava o promotor e a psicóloga para entrevistas em alguns programas de TV – não os de massa, porque estes parecem não ter interesse em coisas boas e edificantes, apenas em notícias ruins, de credibilidade ou fúteis, mas notícias boas, que contribuem com o desenvolvimento humano e social, geralmente só são dadas em canais de baixa audiência.

– Esse pessoal lá de cima está louco! Homenagear o doutor Bechara? Ele não fez nada. Só porque permitiu que nós trabalhássemos no caso já foi condecorado – disse Glória Veruska.

– Na verdade, quem não atrapalha já está ajudando, Glória – respondeu Kalisson.

– Pelo menos não nos atrapalhou em nada. Ainda bem que ficou com seus cigarros.

Por se destacar, o promotor Tony recebeu uma promoção do Ministério Público.

– O Ministério Público tem essa mania de valorizar os seus membros e se esquecer dos outros, os que dão o suporte para que eles funcionem – disse Romualdo.

– É mesmo? – perguntou Glória.

– Sim, é mesmo. Você não reparou no site institucional deles que somente Tony recebeu homenagem, como se ele sozinho tivesse feito tudo, como se ele fosse um herói.

– Não tinha reparado nisso, Romualdo, mas, agora com você dizendo, estou percebendo, sim. Nem tocaram no nome de Kalisson ou da gente, que fizemos o trabalho mais pesado.

– Pois é, se existe um herói aqui, este se chama Kalisson.

– E eles sempre fazem isso?

– Sim, tenho muitos anos de carreira e os tenho visto se aproveitarem de algumas circunstâncias para criarem falsos heróis, à custa do trabalho da polícia. Isso realmente me irrita.

– Esse pessoal que fica criando heróis para cultuá-los é insensato. O maior herói que devemos seguir somos nós mesmos.

– Tem razão, mas não só eles como a maioria do povo brasileiro adora um herói.

– Eles creem em heróis porque é mais cômodo acreditar que alguém fará por nós aquilo que nós devíamos fazer – falou Cíntia, entrando na conversa.

– Exatamente, doutora Lathami. E estou cheio disso.

– Calma, Romualdo. Mais um ano só e você se aposenta – disse Glória.

– Sim, graças a Deus. Vou sumir daqui.

– E pretende ir para onde, seu Romualdo? – perguntou Cíntia.

– Vou morar em alguma praia que não tenha muita gente. Vou andar de bermuda e chinelo de dedo e me esquecer dessa papelada e dessa selva toda. Quero paz!

– É uma bela escolha.

Para Kalisson, foi bom sentir o gostinho do reconhecimento. Sentir que tinha conseguido implantar um plano eficiente de combate ao crime de abuso.

Apesar de que os holofotes ficavam mais direcionados em Tony, Cíntia e, por incrível que pareça, em Bechara, quando tinham algo realmente importante para falar, os assuntos de cúpula e de como o plano foi implantado e pensado, era com Kalisson que falavam. Ninguém dominava mais do assunto do que ele. Não precisava consultar nenhum apontamento, a informação estava sedimentada na mente dele.

A sensação de sucesso e de reconhecimento realmente era boa. Ser procurado para explicar como se deu a implementação de algo que saiu de sua cabeça, com base em suas ideias, esforços e planejamento, era verdadeira massagem no ego. Kalisson sentia tudo valeu a pena: a sua briga com os pais, ter saído de casa e os momentos de privação.

Esse clima de sucesso logo se amenizou, pois os acontecimentos acabavam remetendo Kalisson às doces e amargas lembranças que tinha de Mia. *Ela poderia estar aqui agora. Por que Mia tinha que ter se matado? Tudo que fiz foi por ela, e agora me sinto um tanto vazio porque ela não está aqui.*

O sucesso foi uma vitória, evidentemente, mas estava faltando uma coisa. Tinha que encontrar o padrasto maldito de Mia. Desde o começo de sua decisão de entrar para polícia, ele tinha dois objetivos: elaborar um plano para o combate do crime de abusos para ajudar as pessoas, punir os criminosos, encontrar e acabar com o padrasto de Mia. Eram dois objetivos que seriam executados não necessariamente nessa ordem.

*Chegou a hora de eu pensar em terminar meu objetivo*, pensou. A primeira parte de seu plano já estava concluída, mas a segunda ainda estava incompleta.

Com o enorme sucesso e efetividade do programa de Kalisson, todas as delegacias do Estado do Paraná copiaram e implantaram o seu projeto, no qual constava também como autora o nome de Cíntia Lathami – por generosidade de Kalisson e por insistência dele, pois ela achava injusto; na verdade, tinha contribuído com muito pouco se comparado ao que Kalisson fez.

O departamento de polícia usou, inclusive, o material feito por Kalisson como base para a criação de uma cartilha explicativa que usariam no treinamento de outras equipes para combater o crime de abuso.

A efetividade do programa de combate ao abuso sexual foi tanta que, dentro de pouco tempo, o resultado começou a aparecer exponencialmente no Estado inteiro.

Vendo os resultados, logo outros Estados da Federação começaram a implantar gradualmente o sistema de Kalisson e de Cíntia. Tony lamentou por seu nome não constar como autor do programa, mas nada podia fazer além de lamentar. Realmente concordava que Kalisson era o autor, mas achou injusto o nome de Cíntia figurar ali, já que ela mesma tinha dito que toda ideia era de Kalisson. Ele entendia que se o nome de Cíntia constava, o seu muito bem poderia estar também. Por fim, resignou-se, já havia conseguido sua promoção, não era certo usurpar-se do trabalho dos outros, apesar de estar sentindo uma pontadinha de ciúmes.

Inegavelmente, Kalisson havia realizado um bem enorme à comunidade. Muitos o olhavam com certa inveja, outros com admiração ou gratidão.

Depois disso tudo, Kalisson sentiu uma grande exaustão e decidiu que queria tirar um descanso merecido. Nos últimos três anos, por estar totalmente empenhado em seu projeto, não tirou férias e não descansou nada. Agora queria tirar férias.

No quarto ano de polícia, merecidamente, iria pela primeira vez visitar os pais, descansar um pouco e arejar a cabeça.

# Parte quatro

# Obsessão 3

# Férias

Nas suas férias, foi ao norte do Paraná, na cidade derivada do nome Londres, Londrina, em homenagem a seus fundadores.

Desejoso de ver os seus, partiu animado para sua terra natal. Seu Raul, no velho escritório de Contabilidade, manejava os papéis e alguns funcionários. Sua mãe estava do mesmo jeito, com sua rotina religiosa, com os mesmos costumes, como se o tempo não tivesse passado por lá. Vendo o pai e a mãe, deu-lhe a impressão de ter retornado no tempo, há uns dez anos ou mais.

Não foi assim com Kátia. Não é que a pirralha havia crescido e estava diferente? Transformou-se em uma linda moça que dava até orgulho ao irmão. Contudo, estranhou muito quando viu a irmã de mãos dadas com o namorado, um tal de Alfredo, magro que só ele e cheio de espinhas e cravos no rosto.

– Você está namorando?

– Claro. Por que a cara de espanto?

– Ele tem muita espinha na cara.

– Engraçadinho.

– Como é o nome dele?

– Alfredo.

– Então, Alfredo, você está namorando para casar, né?

– Para com isso, Kalisson. Que conversa desagradável!

– Deixa ele responder, quero ver as intenções dele.

– Aí, mal chegou e já acha que está mandando. Não sou mais adolescente, palhaço.

– Fala, Alfredo. O gato comeu a sua língua?

– E-eu gosto muito dela...

– Não foi isso que perguntei.

– Para, Kalisson. Ele está ficando sem graça.

– Tá bom, eu paro. Mas escuta aqui, oh, Alfredo, se pisar na bola com minha irmã, vai se arrepender amargamente – avisou Kalisson, fazendo de conta que estava bravo e piscou para Kátia por trás de Alfredo.

Alfredo, tímido que só, ficou quase em estado de paralisia. Kalisson riu por dentro com o tipo dele.

Passaram-se vários anos desde a sua entrada para a polícia. Olhou aquela casa, o seu lar e ao primeiro momento vieram algumas recordações de sua infância. Um pouco depois, recordou-se do tempo em que se encontrava com Mia todo o dia. Era um tempo feliz. No entanto, logo se seguiam aquelas recordações terríveis da morte dela.

Teve recordações não muito boas daquele tempo. Eram lembranças que estavam fortes em sua mente. *Será que um dia vou me esquecer disso?*

Andando por Londrina, atreveu-se a um dia pegar o carro e ir ao Conjunto Castelo Branco, em Cambé. Quando ele passou perto do velho apartamento, sentiu uma sensação muito ruim. Como se Mia pudesse estar ali, como se pudesse ter sido tudo diferente. Queria que existisse um botão onde se apertasse e pudesse voltar tudo ao ponto X e que pudesse resolver tudo a partir dali apenas com um apertar de dedos.

Sabia que esse botão não existia, sabia que nenhum botão ou dispositivo a traria de volta ou evitaria que ele tivesse passado por aqueles momentos trágicos. Era difícil conviver com as lembranças.

Havia conseguido muita coisa desde então, sucesso na corporação, notoriedade etc. Estava namorando a doutora Lathami, mas ainda não tinha superado aquilo tudo. Não conseguia, simplesmente não conseguia se esquecer de certas coisas. O doce olhar de Mia, o seu choro de desespero, aquela maldita notícia e o velório.

Além disso, uma coisa o atormentava muito, era estranho, nunca mais soube de nada daquela raça nojenta daquele padrasto de Mia. Procurou bastante, utilizou-se dos sistemas de busca da polícia, mas nada de encontrá-lo. Era difícil a pessoa sumir sem deixar nenhum tipo de rastro... Um dia haveria de achar o desgraçado e acertar as contas direitinho.

Também foi ao cemitério onde foram enterrados os restos de Mia. Ou melhor, as cinzas e o dente dela. Queria enfrentar seus demônios pessoais. Uma qualidade de Kalisson é que ele nunca fugia de seus problemas, procurava enfrentá-los sempre.

Depositou uma rosa vermelha no túmulo, fez sinal da cruz, rezou um Pai-Nosso, uma Ave Maria e um Glória ao Pai, em honra à memória de Mia. Era a primeira vez que rezava em muitos anos. Sentiu essa necessidade de súbito. Escorreram duas lágrimas dos olhos dele, mas logo as enxugou. Saiu daquele lugar com uma sensação de peso. Suas lembranças eram pesadas.

Desde que foi a Curitiba, não tinha mais voltado à sua casa. Para não dizer que não teve encontros com a família, em dois ou três dias dos finais de cada ano acabou descendo ao litoral paranaense, na casa de praia da família – todo final de ano era sagrado seu pai querer descer à praia, e dona Aureliana insistia cabalmente para ele passar pelo menos o Natal com eles.

Naquele passeio a Londrina, tinha uma sensação muito estranha. Como se aquele lugar, aquela cidade tivesse uma coisa importante a lhe dizer, mas que ele não conseguia assimilar. Afinal, sua raiz estava ali, porém, por outro lado, sentia um misto de tristeza e impotência. Impotência por não poder fazer nada contra a tristeza, impotência por não poder mudar nada e ter apenas que se submeter a certas coisas, a certos fatos.

Passou por alguns lugares que antes costumava frequentar na cidade e quis lembrar de si mesmo. Fez uma tentativa de encontrar o seu passado para perceber alguma referência de si mesmo e projetar no presente para ver em quem havia se transformado. Quase não se reconhecia mais. Onde havia se perdido?

Surgiram-lhe muitas sensações estranhas enquanto observava aquelas paredes da faculdade, pareceu-lhe, por um momento, estar vivendo um sonho; a realidade, de repente, se dissolveu pelo calor das lembranças. Como era estranho ter alguns momentos nítidos e vivos na lembrança. O que mais apertou seu coração foi a impressão incoerente, ilógica, irracional de que Mia apareceria a qualquer momento. Lembrou-se de cada um dos momentos bons com ela.

*Isso não vai acontecer, Kalisson. Pare com esses pensamentos absurdos.*

Foi até o mural dos formandos e viu a foto de formatura de sua turma, lembrou-se de alguns amigos. Todos eles se distanciaram, muitos eram amigos virtuais, mas nada mais que isso, sem diálogo, nem nada. Nessa vida moderna não há tempo para conversas nostálgicas. O bom das redes sociais era que podia se ter informações das pessoas menos discretas, mas Kalisson jamais ocupou seu tempo com isso.

Os três amigos mais chegados dele seguiram caminhos distintos. Deles ficou sabendo que apenas Jaimão ainda residia em Londrina, tinha conseguido passar em um concurso e dava aula em um colégio estadual de Cambé. Ficou com um pouco de vontade vê-lo. Por destino ou coincidência, acabou encontrando Jaimão no centro, perto do Bosque. Era mais ou menos uma da tarde. Ele estava com a pança avantajada, sua fisionomia havia mudado um pouco.

– Jaimão, como é que você está, cara?

– Nossa, Kalisson, que milagre te ver. Eu estou bem, obrigado. Como é que estão as coisas? Fiquei sabendo que você está famoso, trabalha na polícia e conseguiu fazer um ótimo trabalho. Vi as reportagens no jornal.

– Tive sorte.

– Para de modéstia, amigo. Que coisa, desde a formatura não nos falamos.

– Verdade! Como estão as coisas por aqui?

– Está tudo bem. Passei no concurso, tenho dois padrões. Dá para levar a vida. Casei com uma professora de Matemática e tenho um filho. Faz um ano e meio que casei.

– Que notícia boa, cara. Achei muito bom isso. Fico feliz por você. E os nossos outros colegas, o que estão fazendo? Você tem contato com eles?

– Ah, às vezes converso com eles. Têm um grupo virtual da nossa turma, sabia? Parece que só você está de fora.

– Desculpe, depois que entrei na polícia, abandonei todas as redes sociais. Só o bom e velho telefone mesmo.

– Corrigindo, só você e algumas colegas que são casadas não participam do grupo. Talvez tenham maridos possessivos.

– E qual marido ou mulher não é possessivo?

– Boa.

– Não é que é!

– Voltando ao assunto, até que não conversamos muito, mas pelo menos o básico dá para saber um do outro. É claro que alguns simplesmente desapareceram, como você. Sabemos de você por causa dos noticiários. Teve um dia que você até foi comentário do grupo.

– Não quero nem saber o que disseram.

– Não se preocupe, falamos bem de você.

– Lógico, se tivessem falado mal você não me contaria.

– Pula essa parte.

– Jaimão, a vida parece estranha, às vezes. Passei na UEL, andei pela cidade e sentir que tudo aquilo que a gente viveu no passado não existe mais é meio esquisito. Parece que vivemos um sonho e nada mais.

– Foram bons tempos. Entretanto, cada um segue sua vida, ou melhor, acho que cada um tem seu problema, sua cruz para carregar, por isso às vezes não dá nem tempo de voltar atrás, conversar com os amigos e lembrar-se de coisas antigas.

– Mais ou menos isso, presumo. O mundo de hoje não é mais o mundo de ontem. Cada um vai para o seu canto...

– Não podemos nos deixar abater por essas coisas.

– E você estava fazendo o que aqui?

– Estava fazendo umas compras e passei na barbearia que eu sempre corto os cabelos. Já estava indo embora.

– Que tal a gente tomar uma hoje à tarde?

– Me desculpa. Vou dispensar porque minha mulher é ciumenta, não tem acerto com ela... Foi muito bom te ver. Me passa seu número que eu vou te adicionar no grupo da nossa turma.

– Não tenho redes sociais, Jaimão.

– Tá bom.

– Um abraço, Jaime.

– Até mais, se Deus quiser.

A conversa com Jaimão foi o que ele precisava para ter certeza ainda mais de que não havia mais nada do passado naquele lugar, exceto as ruas, as paredes e os locais, mas as pessoas, os seus amigos, os fatos, estavam diferentes.

Eram poucas as coisas que ficaram do mesmo jeito e já não era mais engraçado como naquele tempo. Não havia mais brilho, mais alegria, não havia mais ponto nenhum do passado que o fixasse ali. Estava consumada de vez aquela fase de sua vida.

Caminhava devagar pelas ruas, e refletia: *Como o passado podia estar ali e ao mesmo tempo não estar?* Foi caminhando lentamente para sua antiga casa.

Ficou quinze dias pela cidade. Visitou tudo que tinha que visitar. Mas ainda precisava ir a um lugar. O local onde tudo tinha começado. Foi ao sítio Scandolo, numa tarde quente. Aquele lugar onde viu Mia pela primeira vez, onde passou a tarde inteira com ela. Lembrando-se disso, chorou contidamente, as lágrimas apenas rolavam, ficou muito triste, mas tinha que passar por isso, necessitava sentir isso, enfrentar seus medos, suas lembranças mais fortes e doloridas.

Depois de lamentos em pensamento, lágrimas, suspiros de saudade, sentado ao pé de um cedro, concluiu que, de tudo o que tinha acontecido, a única lembrança que realmente era viva dentro dele era Mia. As outras coisas da faculdade, os colegas e até a casa de seus pais não ocupavam mais lugar em seu coração.

É claro que alguns pontos de sua infância e momentos com os pais e a irmã foram marcantes, mas não o incomodavam, porque foram momentos bem vividos, bem resolvidos de sua vida; todavia, eram as lembranças de Mia que ardiam nele como fogo.

De repente, voltou aquela sensação que teve, quando soube da desgraça, aquele desespero.

Foi embora chorando e dirigindo o carro. Chegando à casa dos pais, falou para sua mãe que passaria o restante das férias na casa da praia. Os pais se organizaram e foram para lá. Kalisson passou alguns momentos com os pais. Houve um dia em que Lathami foi visitá-lo na praia. Estavam namorando ainda, no entanto, Cíntia havia notado que Kalisson estava um pouco diferente, mais distante, mais frio. Mas resolveu não falar nada para não estragar as férias dele.

Para Kalisson foi bom ir à casa da praia, lá não havia nada que o ligasse às lembranças doloridas do passado. Era mais fácil suportar os dias ali.

# Discussão

– Eu não acredito. Você está diferente, Kalisson.

– Diferente, eu? Como assim, Cíntia?

– Depois que voltou das férias está estranho. O que aconteceu? Não vá me dizer que ainda está obcecado por aquela garota. Ela não existe mais, ponha isso em sua cabeça! Por que fica alimentando algo impossível? Isso está beirando a uma psicose. Você não consegue lidar com o seu passado. Quando é que você vai poder deixar dela e viver para mim, para nós?

– Não fale assim. Também não precisa subir o tom de voz. Eu tive que ir lá para ter um contato com minhas lembranças. Você se esqueceu? Nunca te prometi nada. Você se aproximou de mim por sua conta e risco. Não prometi nada para você. Por que está me cobrando agora?

– Você acha que é fácil para uma mulher ficar tanto tempo com uma pessoa, gostar dela e ter que dividir essa pessoa com fantasma do passado?

– Não chame Mia de fantasma. Ela foi parte importante da minha vida; e foi graças a ela que nós conseguimos realizar o programa de combate ao abuso. Foi ela quem me deu um incentivo, ainda que por via reflexa. Enfim, foi ela quem me deu sentido, obstinação para que conseguíssemos chegar onde chegamos.

– Mas já está mais que na hora de você deixar dela, deixar esse passado. Passou da hora de você viver sua vida, Kalisson. Nós fizemos tudo isso, é verdade, e agora você está aí deprimido, por uma coisa que não vai poder mudar. Vai ficar a vida inteira assim, sem definição, sem nada?

– O que você quer que eu defina? Seja específica!

– O que eu quero? Quero que você se esqueça de Mia.

– Não posso fazer isso, não dá. Mia está dentro de mim para sempre.

– Você ainda a ama, Kalisson?

– Por que você está me perguntando isso? Essa pergunta é muito pessoal.

– Qual o problema. Não pode me responder?

– Não é que eu não posso responder, não quero responder. Você já sabe a resposta.

– Não acredito que você, durante todo esse tempo em que ficamos juntos, ainda ama essa garota. Será que eu não represento nada para você? Não fui boa o suficiente? É isso?

– Você foi, sim, boa o suficiente para mim. Foi muito boa. Só que eu nunca disse *eu te amo*. Se você está esperando ouvir um *te amo* da minha boca, é melhor arrumar outra pessoa. Não vou, não dá. Não quero mentir para você, nem para mim.

– Esquece, Kalisson. Esqueça tudo o que eu disse. Se você não quer, não sou eu quem vai forçar uma mudança em você. Deixe estar.

– Por que está preocupada com isso agora?

– Estou com ciúmes, só isso. Assunto encerrado.

Cíntia ficou deveras perturbada com a conversa. Sabia que Kalisson ainda amava aquela garota e que, talvez aquele fantasma do passado, nunca pudesse sair do coração dele. No entanto, estava perdendo, dia a dia, a esperança de fazê-lo mudar.

Cíntia tinha planos de ter algo sério com Kalisson, mas, pelo jeito, ele nunca seria capaz de amá-la profundamente como ela desejava. Ele era de uma obstinação terrível. E agora Cíntia começou a enxergar, e isso doía, que ele era praticamente um caso perdido. Nunca tinha visto alguém tão obcecado como Kalisson. Ou até chegou a pensar, nunca tinha visto tamanho amor como o dele. Sentiu raiva de Mia.

No final das contas, depois de se acalmar, Cíntia resolveu relevar a situação porque sabia que se insistisse muito, Kalisson terminaria com ela sem hesitar e escolheria ficar sofrendo com suas lembranças por Mia. Ele era um romântico incorrigível e extremamente apaixonado.

Cíntia amava Kalisson, por isso resolveu engolir essa humilhação e continuar o relacionamento. Afinal, passava, não podia negar, ótimos momentos na companhia dele.

# De volta ao trabalho

Kalisson retornou das suas férias com uma nova obstinação, a de pegar o padrasto de Mia. Porém, essa obstinação ele guardava apenas para si. Apesar dos esforços em localizá-lo, não estava tendo sucesso com suas buscas. O cara tinha literalmente desaparecido.

Por outro lado, teve sucesso e prestígio notórios na corporação.

Entre os costumeiros colegas, continuavam todos eles ainda trabalhando com Kalisson, a exceção de Romualdo, que tinha se aposentado. Aquele velho fazia falta a Kalisson, tinha se tornando um bom amigo.

Kalisson o entendia, o velho estava cansado daquilo tudo e queria apenas viver o resto da vida tranquilo, quem sabe morar na praia ou em alguma chácara ou mesmo tentar voltar à origem de sua vida do interior. Romualdo não tinha decidido totalmente ainda, mas já havia dito a Kalisson que queria fazer uma coisa que fosse diametralmente distante do poder judiciário, da polícia e do funcionalismo público. Estava saturado de tudo o que provinha do Estado.

Doutor Bechara também havia se aposentado. Kalisson nunca mais ficou sabendo dele.

Por incrível que pareça, depois de muito sucesso, Kalisson estava se sentindo um tanto vazio. Parecia que caíra em uma rotina sem fim. Delegacia, casa, namoro, pegar bandidos, instalar câmaras e assim por diante.

Aqueles flagrantes em vídeos no começo eram interessantes, mas depois foram ficando cada vez mais maçantes e cada vez que assistia a determinados vídeos, as imagens eram tão terríveis, que mexiam com toda a equipe. O clima, o ambiente, a aura iam ficando muito pesados à medida que o tempo passava.

Todas aquelas coisas na cabeça o faziam imaginar como tinha sido o sofrimento de Mia. Tony também e até Glória Veruska começaram a pegar um ódio mortal desse tipo de bandido.

Para agravar a pressão psicológica de Kalisson, no outro mês, após chegar das férias, notou que não foi recepcionado pela vizinha. Achou estranho, mas ficou apreensivo e foi verificar o que tinha acontecido. Chamou por ela: "Dona Martinha, dona Martinha!".

Ninguém respondeu, então ele foi adentrando na casa dela e viu que ela jazia sentada no sofá com a cabeça meio descaída. Verificou e constatou que dona Martinha estava morta. Kalisson ficou sentido, gostava muito dela.

Pensou rápido, fazer o que naquele momento? Não sabia praticamente nada sobre ela. Nunca tinha visto um familiar dela visitando-a. Enfim, decidiu pesquisar no telefone. Procurou alguns números e ligou. Era a filha dela, e informou da morte da mãe.

Encaminhado o corpo ao velório, o funeral veio em seguida. Kalisson estava lá, observava todos os parentes dela. Naquele velório, o clima estava pesado.

Em determinado momento, Kalisson ficou furioso a ponto de perder a paciência. Estava tão furioso que, quando deu por si, estava repreendendo os parentes da senhora em voz alta:

– Seu bando de urubus, faz cinco anos que estou aqui; faz um tempão que eu moro aqui. Nunca vi nenhum de vocês vir visitar dona Martinha, agora é preciso discutir no velório! Ela nem esfriou ainda. Vocês não prestam, não valem nada!

Quiseram levantar a voz para ele, porém manteve-se firme, respondeu com convicção que era melhor eles ficarem quietos, se não quisessem enfrentar um processozinho por abandono à pessoa de idade.

Como pareciam ter o rabo preso, engoliram seco, resmungando e resignando.

Kalisson foi ao enterro; tinha passado a noite inteira no velório.

Sentiu uma falta danada daquela mulher; não haveria mais recepção depois do expediente, não teria mais os deliciosos jantares, a roupa lavada, nem teria a companhia agradável dela.

Deu-se conta de que havia perdido uma pessoa importante para ele.

Toda essa situação foi fazendo com que ele se endurecesse cada vez mais numa rotina, numa ciranda de pedras.

Perder dona Martinha era quase como perder um dos pais. Era irreparável e dolorido.

A distância dos pais e também o fato de que ele raríssimas vezes ia à igreja mudavam suas perspectivas. Ficou por um tempo ruminando essas coisas.

Às vezes, tinha vontade de esquecer por completo tudo o que ocorrera. Por três vezes tomou um porre, depois parou, pois não era seu perfil.

O fato é que todas essas coisas juntas o foram deixando um tanto quanto amargo, uma pessoa com muita raiva e irritabilidade.

Aqueles vídeos deixaram todos eles chocados e mexeram com a psique deles.

A luta de Kalisson e da equipe era constante, mas a cada dia que se passava eles ficavam mais perplexos, isso porque muitos pilantras ainda conseguiam ser absolvidos. Ficavam indignados quando ocorria isso.

Dava-lhes também a impressão de que a prisão não estava sendo mais suficiente para aplicação da justiça.

– Esses canalhas são uma praga! – exclamou Tony.

– Só prendê-los não está resolvendo nada. Esses merdas! Esses caras tinham que pagar um pouco mais caro – disse Glória.

– A cada vídeo que assisto, fico mais afetada. O pior é saber que alguns dos abusadores ainda conseguem reverter o processo... – disse Cíntia.

– Isso é questão de processo e da presunção de inocência. O pior é que me parece que a cadeia não é suficiente para essa espécie de gente. Não é suficiente para pagar todo o mal que fizeram – disse Tony.

– Sem contar que alguns deles ainda se escarnecem, zombam e afirmam que nada fizeram, que são inocentes e que foram condenados injustamente – falou Glória.

– Eles são uma raça perversa! Até eu, que sou psicóloga, não estou vendo saída. Não queria dizer isso, mas eles não têm recuperação, são doentes incuráveis. – disse Cíntia.

– E você, Kalisson, o que diz sobre isso? – perguntou Tony.

– Vocês estão certos. Também me sinto assim, injustiçado. Estou a ponto de fazer alguma coisa.

– Fazer o quê? – perguntou Cíntia, perplexa.

– Sei que isso é loucura, mas tenho vontade de dar um tiro na cara de um vagabundo desses.

– Se fosse há tempo, eu teria repreendido você de dizer uma coisa dessas. Mas agora estou começando a achar que é isso mesmo. Essas pessoas não deveriam estar vivas. Mesmo eu sabendo que muitas das que praticam abuso também foram vítimas em sua infância ou adolescência...

– Gente, estou preocupada. Estamos todos afetados psicológica e emocionalmente por causa desses vídeos abomináveis. Temos que nos cuidar para não surtarmos – observou Cíntia.

– Se eu pudesse, acabaria com eles e não sentiria um pingo de remorso – falou Veruska.

– É verdade que as cenas que a gente tem visto estão nos chocando, Cíntia, mas nada fora do controle.

– Estão nos fazendo mal, sim, Kalisson. Senão não estaríamos tendo esta conversa.

– Acho que a gente deveria dar um jeito de dar uma lição nesses filhos da puta – disse Tony.

– Faz tempo que venho pensando nisso, mas já que tocou no assunto... – disse Kalisson.

– No que está pensando, qual a ideia Kalisson? Sempre quando você tem uma ideia sai algo que eu gosto – disse Glória Veruska.

– Talvez seja loucura da minha parte...

– Nós estamos fartos desse tipo de flagrante e ter mais, e mais, e mais a cada dia. Apesar de a gente ter prendido um monte, me parece que não está sendo suficiente – disse Tony.

– Que tal se a gente for um pouco mais além? – perguntou Kalisson.

– Como assim, Kalisson? Cuidado com suas ideias – advertiu Cíntia.

– Podemos fazer algumas coisas, dar uma boa lição nesses crápulas antes de mandá-los para a cadeia. Mas vai depender se vocês, Glória, Tony e Cíntia, toparem...

– Fale, de repente Cíntia e doutor topem também, porque eu já topei – disse Glória.

– Você não está pensando matar alguém, está? – perguntou Cíntia, apreensiva.

– Estou pensando em algo forte, mas não tanto assim...

A conversa prolongou-se por algum tempo.

Tanto Glória Veruska quanto Kalisson, Cíntia e Tony estavam muito decepcionados e afetados com tudo aquilo. Todos, apesar de que em diferentes graus, comungavam da vontade de fazer justiça com as próprias mãos.

Supuseram diversas coisas, então Glória sugeriu:

– A gente poderia ser um grupo de justiceiros. Não sou psicóloga, mas fazer alguma coisa nesse sentido, eu acho, faria bem para a gente. Poderíamos extravasar essa raiva que estamos sentindo.

– Nisso você tem razão, Glória. Mais cedo ou mais tarde, temos que extravasar de algum modo essa coisa ruim dentro da gente ou vamos surtar ou adoecer. Isso é muito sério!

– Adoraria poder passar um corretivo nesses caras. Do jeito que a coisa está, a gente entrega para a justiça, eles vão para o presídio, são condenados a oito ou dez anos, mas, com base no sistema de progressão de penas, logo estão nas ruas de novo. Isso não é suficiente, eu acho. Para mim, deveriam cumprir toda a pena em regime fechado e sem qualquer espécie de regalias – disse Tony.

A conversa continuou por horas. Eles foram falando, pensando, analisando. Surgiram ideias e advertências. Não queriam ser justiceiros assassinos, mas dar uma lição à altura. Seria arriscado. Se fossem pegos, tudo estaria acabado – eles e a reputação do projeto.

Porém, como estavam todos sedentos por vingança e o ódio tinha se apoderado do coração deles, decidiram que fariam, sim, alguma coisa.

# Justiça própria

Era uma pessoa de meia-idade, tinha seus 45 anos. Já tinham colhido os vídeos de abuso, e esse cara, além de ter praticado perversidades com sua filha, também havia molestado sobrinhos e outras pessoas. O cara é um doente! Além dos vídeos, *hackearam* o computador e pegaram muitas coisas comprometedoras. Era um dos casos mais nojentos em que tinham trabalhado.

Em um dia normal, eles já sabendo da rotina dele, interceptaram-no em seu paradeiro. Glória seria a isca. Chamou-o. Tentando seduzi-lo, colocou uma saia bem curta e aproximou-se dele. Falou se ele não poderia fazer um favor. Isso foi no dia em que ele estava saindo do serviço.

O canalha veio sorrindo fazer o favor. Quando chegou perto de uma esquina, indo atrás das lindas curvas de Glória, foi surpreendido por um gás sonífero. Primeiro, o gás deixava a pessoa zonza por cerca de um minuto, ia amolecendo, amolecendo até que se encostava e dormia por pouco mais de uma hora. Quando ele amoleceu, Glória colocou os braços dele sob seu ombro e conduziu-o para dentro de uma van, conforme tinha combinado com Kalisson, Cíntia e Tony.

O promotor estava ao volante. Dirigindo, entrou em um pequeno subúrbio e depois de percorrer alguns quilômetros chegaram em uma chácara que o promotor recentemente havia adquirido. Desovaram o monstro em um pequeno galpão. Os quatro amigos estavam vestindo máscaras.

O verme começou a acordar e resmungou. Kalisson deu um soco no plexo solar dele, falando para ele calar a boca. Pretendiam fazer com ele tudo aquilo que ele fazia com as crianças. Algemaram-no e arrancaram a roupa dele. O covarde se contorcia com o olhar petrificado de medo. Tony, Kalisson, Glória e Cíntia estavam fazendo vingança com as próprias mãos. Vingando todas aquelas crianças.

De alguma forma, esses atos estavam lhes dando um prazer sádico. Estavam extravasando, descarregando tudo aquilo de ruim que viram nos vídeos durante todo esse tempo. Pensavam que isso seria uma forma de depurar-se. O problema desse tipo de coisa é que, muitas vezes, a atitude pode ser encampada por alguma espécie de perversão, e os quatro corriam esse risco, pois o ódio desenfreado, se ligado ao prazer de torturar, poderia transformá-los em vilões sem que pudessem perceber.

Kalisson o havia amordaçado. Judiaram bastante dele e o torturaram de várias formas. Glória era a que mais apresentava tendência a perversões. Introduziu no ânus dele um objeto enorme, fazendo-o gemer de dor. Enquanto fazia isso, dizia:

– Tá doendo, palhaço? Isso é para você sentir a dor que tem uma criança que você abusou...

Os outros três se espantaram um pouco, mas deixaram Glória fazer o que queria, pois era justo que o cara sentisse a sensação que provocava em suas vítimas.

Depois que o torturam, espancaram, xingaram, era hora de fazer algo mais radical e definitivo.

Eles o tinham algemado de costas a um tronco no meio do galpão. Tiraram ele dali e depois o amarraram a uma mesa, prenderam as duas pernas para que ficassem bem abertas. Ele estava completamente nu. A aparência dele era péssima.

Seus olhos estavam roxos por causa dos socos que tinha tomado. O nariz sangrava, suas costas estavam marcadas de tanto levar chicotadas. Até em seus cabelos foram feitas algumas entradas com uma tosadura – tudo para humilhá-lo o mais que podiam.

Por um momento, tiraram a mordaça. Ele começou a implorar:

– Pelo amor de Deus, parem com isso, não aguento mais. Não me matem por favor.

Em resposta, levou um soco no rosto. Kalisson o socou e disse:

– Não suporto súplicas de ninguém, quanto mais de um verme. Cale essa boca, imundície!

E novamente o amordaçou.

Os outros o ameaçavam o tempo todo e lançavam em sua cara todos os abusos que fazia e diziam que estava tendo a recompensa que merecia.

Cíntia era a mais contida nas torturas. Mesmo assim, não deixou de dar pelo menos dez chicotadas nele.

Com um aparelho um pouco estranho, Kalisson aproximou-se dos órgãos genitais dele. Estava com luvas cirúrgicas, todos eles estavam. Tony ficou observando, Cíntia quis desviar os olhos. Glória estava bem pertinho de Kalisson, servindo de enfermeira. Kalisson começou o processo de castração.

– Arranca tudo isso de uma vez! É mais fácil.

– Se eu fizer isso, ele morre – explicou Kalisson.

– Seria um a menos.

– A morte é pouco para ele. Se ele viver sem o seu brinquedinho, vai ser uma justiça maior. Imagine que nunca mais vai poder ter ereções.

Arrancou os dois colhões do cara. Depois fez os procedimentos para estancar a hemorragia. Tony se perguntava como

Kalisson tinha apreendido a fazer isso. Kalisson disse que era fácil; era como castrar bois ou porcos, não havia muito segredo.

Cíntia ficou um pouco chocada com a cena, mas o ódio que ela sentia quando se recordava dos vídeos de abuso a fazia concluir que estavam fazendo o justo e o correto.

Não houve anestesia. O cara urrava de dor, só que os sons eram abafados por causa da mordaça. A cada urro, os quatro sentiam prazer de vê-lo sofrendo ou pagando por aquilo que tinha feito. Sentiram-se bem com aquilo tudo. Descontaram toda a sua raiva no cara.

Depois de ser castrado, esperaram mais dez minutos vendo o cara sentir dor. Depois aplicaram gás sonífero novamente e o desovaram na beira de um matagal.

No outro dia saíram notícias em vários jornais que uma pessoa havia sido torturada e castrada. Os jornais sensacionalistas faziam questão de frisar o castramento e que o ânus dele precisou de quatro pontos para costurar o estrago que Glória tinha feito com aquele objeto.

Não levaram as gravações daquele caso para a justiça, porque se ele estivesse sendo processado, ficaria suspeito em relação a eles. Como o processo corria em segredo de justiça, alguém poderia supor que algum deles pudesse estar por trás disso.

No outro dia, se reuniram em um pequeno bar. Estavam eufóricos e alegres. Se sentindo bem, como se agora, sim, teriam feito justiça, extravasaram um pouco aquela carga que estavam sentindo.

Perceberam que isso seria uma boa válvula de escape para eles ao mesmo tempo, quer fosse certo ou não, que consideravam aquilo justo.

A partir daí, eles começaram a fazer justiça com as próprias mãos. Toda semana torturavam e castravam alguém. Eles faziam isso com aqueles que tinham feito as piores barbaridades, os piores abusos.

O fato de toda semana ter um sujeito castrado em Curitiba logo virou notícia nacional. Alguns até noticiavam "a cidade dos homens castrados". E deram várias denominações: maníaco do saco, maníaco castrador, castrador de Curitiba etc.

Kalisson e os cúmplices tinham extremo cuidado para não serem notados. Apagavam todos os vestígios, usavam máscaras, luvas e aventais e planejavam cada ação detalhadamente.

# Imprevisto

A cada vez aperfeiçoavam os requintes de tortura, para que o abusador de crianças sofresse mais dor possível.

Continuaram nesse intento por aproximadamente três meses. Certo dia, castraram uma pessoa que não parava mais de esvair sangue. Tirando a mordaça do infeliz, ele balbuciando, informou ser hemofílico. Não havia mais o que fazer. Cíntia, Glória e Tony ficaram sem saber o que fazer. Kalisson tomou a iniciativa.

– Ele já está condenado. Vamos desová-lo o quanto antes, senão ele vai morrer aqui dentro.

Perplexos, mas sabendo que Kalisson tinha razão, tomaram o moribundo, envolveram em um grande plástico para não sujar a van e o desovaram nos arrabaldes escuros de Curitiba.

Eles não trocaram palavra, cada um foi para sua casa, uns atônitos, outros apavorados, como se tivessem acabado de fazer uma enorme besteira, um erro irreparável.

Glória pensava em ser mandada embora da polícia, seu sonho sempre fora ser uma policial. Tony pensava na carreira, em abrir mão do salário elevado, em ter a fama manchada, no que os outros e a família iam pensar? Quem sempre se ocupou em acusar agora seria réu. Cíntia pensava em que tipo de monstros tinham se transformado. Kalisson, por sua vez, pensava em termos mais práticos, pensava em um jeito de esconder aquela sujeira toda, pensava com todos os neurônios em como não deixar vir à tona esse imprevisto.

Como Kalisson havia previsto naquela noite de insônia, a notícia saiu no jornal do meio-dia. Tinha que conversar com os colegas, senão poderiam se apavorar e dar algum tipo de bola fora. Foi conversar com cada um deles.

– Nós matamos um homem, Kalisson. Pelo amor de Deus! – disse o promotor.

– É, Kalisson, estou muito apavorada. Não queria ter feito isso – disse Cíntia.

– Eu também não – falou Kalisson.

– Vagabundo tem que morrer mesmo, gente. Não me importo e não sinto remorso com a morte dele. Apenas estou preocupada com nossa reputação, com nossas carreiras e em ter de puxar cadeia a essa altura da vida – disse Glória.

– Você tem razão, Glória. Temos que ser objetivos. Ele morreu e não tem volta. Temos que nos preocupar conosco – disse Kalisson.

– E o que faremos? – disse Tony.

– Em primeiro lugar, não conversaremos por telefone ou redes sociais sobre nada. Nossas conversas sobre isso só pessoalmente. Depois, nada de falar isso para ninguém. É o primeiro passo, não podemos deixar que ninguém desconfie de nós.

– Daqui para frente, vamos parar. Não vou mais fazer isso. Decido parar – disse Tony.

– Eu também estou fora. O dia de ontem foi suficiente para sentir que a gente fez uma vingança que ultrapassou os limites. Foi além... – disse Cíntia.

– Por mim eu não parava – disse Glória.

– E você, Kalisson, o que nos diz? – perguntou Cíntia.

– Passamos do limite, sim. Não estou me sentindo bem com esse homicídio nas minhas costas. Escutem, vocês não precisam se culpar por isso. Fui eu quem fez aquela castração, matei um homem, não tive a intenção, mas matei. Isso é muito pesado até para mim. Com certeza, a gente foi longe demais. Por outro lado, não estou me sentindo culpado, porque aquele cara era um merda. Porém, realmente, ponderando as situações, é melhor pararmos com essa vingança pessoal.

– Só que tem um porém, estamos metidos no combate desse crime há muito tempo. Se pararmos de repente, vão notar algo de estranho – disse Glória.

– Você não precisa sair da função, Glória, mas eu disse para pararmos de fazer essas vinganças. Do resto, a gente tem que parar aos poucos. Não dá para a gente abandonar tudo de uma hora para outra. Afinal de contas, nós quatro fomos responsáveis pela prisão de mais de duas mil pessoas nos últimos anos.

– Entendo o que quer dizer, temos que deixar sucessores para que o trabalho continue – disse Tony.

– Gente, de qualquer forma, não podemos trabalhar com isso por muito mais tempo. Estamos sendo afetados. Temos que parar antes de surtar. Se continuarmos, logo, logo, do jeito que estou vendo, nos transformaremos em criminosos. Não quero isso para mim, nem quero que algum de vocês corra esse risco. Eu sei do que estou falando. Todos os sinais de afetamentos psicológicos já se manifestaram em todos nós – disse Cíntia.

– Você é psicóloga e faz psicanálise, sabe melhor dessas coisas... – disse Glória.

– Acredito em Cíntia, ela tem razão – disse Tony.

– Gente, não vamos dispersar. Essa morte foi um choque de realidade que nos trouxe de volta ao chão. Aconteceu, foi ruim, mas por outro lado foi um alerta: é a hora de pararmos. O que a gente fez até agora já ajudou muita gente, e está ajudando, mas a gente tem que parar. Quero parar com isso tudo, para mim já deu. Estou enojado de tudo, ficarei por mais seis meses nessa função depois quero uma licença ou outra função.

– Eu vou tentar uma promoção.

– Decisão acertada, vamos todos largar esse lamaçal que está nos afetando.

– Não é tão simples, Cíntia. Tony e você podem sair a qualquer momento. Agora Glória e eu somos policiais, somos subordinados à hierarquia. Não podemos apenas avisar e sair. Alguém tem que deferir o pedido.

– Fique tranquilo, vou recomendar que o delegado de polícia remova você para outro setor. A gente já fez muito pelo país, pelas pessoas. Se continuarmos, vamos nos arrebentar. É sábio saber a hora de começar, mas é mais sábio ainda saber a hora de parar.

– Mas o que nós vamos fazer?

– Não se preocupe, Glória. Há muitos outros setores da polícia, setor de drogas, homicídios e outras coisas. Se quiserem, podem trabalhar até em setores administrativos.

– Não quero só papelada. Prefiro um pouco de ação.

– Vou dar um jeito nisso, a repercussão que esse trabalho nos trouxe faz com que o governador não negue um pedido de transferência a vocês dois...

Todos estavam com a adrenalina à flor da pele. Nenhum deles se imaginou em uma sinuca dessas. Era pesado ter a sensação de que a qualquer momento alguém descobriria tudo e poderia mandá-los ao banco dos réus.

Os quatro juraram, jamais contariam isso a ninguém, nem para pessoas mais confidentes.

No início da vendeta pessoal, os quatro ostentavam uma sensação de poder. Isso porque o país inteiro comentava a notícia e até no exterior deram ênfase aos castrados de Curitiba.

A sensação mudou quando viram na TV que um dos castrados tinha sido assassinado por um maníaco ou grupo de maníacos. Era como se alguém os estivesse acusando. Tinham a impressão de que as outras pessoas sabiam que eram eles. Era uma sensação horrível. A acusação era: "Vocês mataram um homem", "Vocês são assassinos", "Vocês têm que estar presos", "Vocês estão agindo contra o sistema".

Aí caiu a ficha para todos eles. Kalisson sentiu um aperto no coração, medo e um arrependimento forte, uma vontade de voltar atrás e não ter começado nada daquilo. Vontade de não ter tentado fazer justiça com as próprias mãos. No entanto, os quatro passaram a conversar mais e acabaram decidindo que deveriam parar de se culpar, porque o cara era um vagabundo, um monstro.

Ficaram cerca de duas semanas com insônia e tinham pesadelos terríveis. Ficavam variando a noite toda, cada um se autoacusava ao seu modo. As insônias persistiram até o momento em que Tony soube que o inquérito para investigação da morte do castrado havia sido arquivado. Foi um alívio a todos.

Com o tempo, foi passando e amenizando aquela sensação e tinham até um certo orgulho de terem cometido esses crimes com repercussão geral, exceto a morte, pois não tinham sido descobertos, tinham cometido crimes perfeitos e, por isso, orgulhavam-se de ter ludibriado o sistema.

Finalmente, ficou decidido que antes de eles deixarem o combate ao crime de abuso, deveriam treinar substitutos. Não faltavam novatos querendo trabalhar nesse setor, isso porque queriam também fazer justiça e aparecer na mídia. Além disso, após toda a repercussão do programa de Kalisson, o setor de combate ao abuso sexual era o setor mais emocionante do departamento e o mais disputado pelos lobinhos.

# Implicações

Kalisson foi à casa de cada um de seus amigos e comunicou-lhes: alguém tinha mexido em seu computador. Uma pessoa tinha se infiltrado nos seus arquivos; por isso, ficou preocupado. Exortou a todos eles que ficassem atentos com qualquer postagem nas redes sociais e não falar nada de relevante por telefone.

Os amigos ficaram apreensivos com a informação, mas logo foram tranquilizados. Felizmente, explicou, não havia nada em seu computador que os comprometesse em qualquer aspecto, estava muito bem vacinado quanto a isso.

Cíntia Lathami, já em casa, deu um abraço caloroso em Kalisson e perguntou:

– Onde foi que nos metemos?

– Pois é, Cíntia. Pensar que tudo começou quando eu fui ao seu consultório... Mas só depois que a gente mergulha de vez em um assunto é que começamos compreendê-lo.

– Vai ser difícil a gente superar isso.

– Não pense assim, Cíntia. Você consegue superar, com certeza.

– Sim, eu posso conviver com isso, eu espero. Vamos ver daqui alguns meses. Acho que me lembrarei sempre disso, mas nada que não tenha controle. E você, está tendo aqueles pesadelos ainda?

– Não é hora de pensar nisso, Cíntia.

– Não quer falar sobre isso? Está bem.

– Como vai ser daqui para frente?

– Pretendo voltar à minha velha rotina de consultório. Você vai para outra área da polícia?

– Sei lá, vamos aguardar para ver.

– Tony vai seguir a carreira de promotor; Veruska sei lá o que vai fazer. E nós, nossa relação, como vai ser? Será que vai ficar do mesmo jeito?

– Acho que sim.

– Só isso que tem a me dizer? Você parece ser tão frio. Nem se importa com nossa história. Parece que eu não represento nada.

– Por favor, Cíntia. Para com isso. Você sabe que é uma pessoa de muito valor, que ajuda muita gente. Sem você, eu não conseguiria realizar nada disso que estamos conseguindo.

– Não é isso que eu quis dizer, Kalisson. Você sabe muito bem disso. Nós estamos juntos há quantos anos e você nunca falou que gosta de mim. Já nem quero cobrar mais de você um simples *eu te amo*, mas, pelo menos, poderia dizer que gosta de mim. Estou cansada já, gosto muito de você, mas desse jeito fica difícil.

– Me desculpa, Cíntia. Você sabe muito bem dos meus problemas, dos meus traumas. Você pode me dar mais um tempo? Vamos ver se agora, com a gente se afastando desses casos, eu não melhoro nisso.

Conversaram por mais algum tempo. Kalisson voltou para sua casa. Chegando lá, seu fiel cão foi recebê-lo; olhou para o lado direito e viu a casa de dona Martinha vazia. Sentiu uma tristeza tão grande... Agora que ela tinha falecido, podia perceber como era bom ter uma pessoa como ela como amiga, que fazia as vezes de tia, avó ou mãe, tudo de uma vez. Dona Martinha era como uma avó que não pôde conviver. Ela dava-lhe um pouco de alimento, um pouco de alegria, um pouco de calor humano incondicional nesse mundo de cão que estava vivendo.

Pensou em seu pai trabalhando no seu escritório de contabilidade, lembrou-se de sua mãe fazendo a rotina diária de dona de casa e de mulher religiosa. Pensou em sua irmã nova, recém descobrindo a vida. Sabe lá o que aconteceria com sua irmã.

A tristeza foi se apoderando dele mais e mais, como se as coisas mais simples lhe escapassem do controle, como se não tivesse a capacidade de manter perto de si as pessoas que amava, como se não tivesse a capacidade de fazer feliz as pessoas.

De repente, parecia que nada tinha sentido, parecia que não havia justiça no mundo, parecia que tudo é em vão, parecia que tudo que ele tinha feito até ali, por mais que tenha sido elogiado, por mais que tenha sido paparicado, não tinha lhe preenchido o vazio que existe dentro dele.

Ele já não sabia mais se esse vazio era só por causa de Mia, por causa da distância dos pais, por os ter desobedecido, não levando uma vida normal de casado, com filhos, uma casa, uma garagem e um carro. Muito bem poderia estar agora como Jaimão, dando aula, com filho recém-nascido, tendo uma vida igual a todos. Sabe que poderia ter sido feliz no norte do Paraná. Todavia, agora não dá mais para voltar atrás. Tinha conseguido sucesso, mas de que adianta sucesso se seu coração está descontente?

Ele afagava Sultão devagar e lentamente, e olhava tristemente ao seu redor. O cachorro refestelava-se com o carinho de Kalisson, mas pressentia a tristeza do amo.

# Sonhos insistentes

Depois que dona Martinha faleceu, os sonhos de Kalisson se agravaram. Ele, habitualmente, sonhava uma vez por semana com ela. No sonho, Mia implorava que ele a ajudasse. Kalisson tentava, tentava, mas não conseguia ajudá-la. Acordava com os olhos cheios de lágrimas.

Depois que cometeu o crime com o hemofílico, começou a sonhar com ela todo dia. Mia dizia que não queria que Kalisson tivesse feito isso, que não precisava ter feito aquilo. Ele a via com roupas brancas. Às vezes, a beira de um penhasco alto, ela ameaçava cair. Tentava chegar perto dela e tirá-la da zona de perigo, mas, quando chegava no penhasco, este desmoronava e ela caía. Antes que ela se esborrachasse, acordava soando frio e muito tocado.

Já estava irritado com esse sonho insistente. Sabia que não era um bom sinal de saúde mental, mas nunca daria o braço a torcer. Procurar um analista jamais.

Além disso, sonhava também que estava com Cíntia; Mia os apanhava fazendo amor e chorava muito. Por mais idiota que isso pudesse ser, ele pensava que a estava traindo. Esse sonho era a personificação de seus pensamentos, que agora se manifestavam de um jeito que estava ficando cada vez mais difícil esconder a realidade de seus sentimentos para Cíntia.

Desde quando Kalisson começou a se relacionar com Cíntia, minutos após a relação, por dentro, sentia-se como se estivesse traindo Mia. Seus sentimentos o acusavam, mas, ao mesmo tempo, sua razão brigava com os sentimentos e indagava: *Você está louco, rapaz? Não há como ficar esperando por uma pessoa que nunca mais virá. Enxergue isso!*

Então, ele ficava pensando nisso e guerreando consigo, entre a razão e os sentimentos.

Durante todo o tempo, em todas as diligências que fez e durante o relacionamento com Cintia, procurou manter ao máximo a compostura e nunca demonstrar a ninguém seus conflitos internos, os sonhos com Mia, porém Cíntia percebia algo sutil no ar e conseguia arrancar alguma coisa dele. A verdade é que não dá para disfarçar certos sentimentos.

Kalisson gostava de Cíntia, tentou esquecer Mia, mas não conseguiu e se sentia mal por falhar. Cíntia Lathami era uma pessoa tão boa, tão querida, tão digna, não merecia estar sempre em segundo lugar. Não merecia perder uma disputa com uma pessoa que já estava morta. Deveria ser realmente humilhante para ela.

Kalisson várias vezes pensou terminar o relacionamento. No entanto, era tão bom ficar com Cíntia, ela lhe fazia bem. Outro fator que o impedia de terminar: se terminasse com ela, com quem ficaria depois? Não tinha ninguém, não tinha amigos verdadeiros, não tinha mais saco para conhecer pessoas novas, nem tinha mais paciência para suportar o tempo inicial de um relacionamento, aquela parte antes de as pessoas se descobrirem mutuamente. Pensava que se terminasse com ela ficaria na pior.

Era uma covardia, uma injustiça, uma maldade para com Cíntia Lathami, e ficava sem saber o que fazer. Não tinha forças suficientes para deixar Lathami, nem forças para amá-la de todo o coração.

Durante as diligências, quando estavam fazendo justiça com as próprias mãos, esses pensamentos não eram recorrentes, mas agora que tinham parado com o canal de extravasamento, os pensamentos vieram com uma força que ele nem imaginava que tinham. Teve a sensação nítida de que estava em momento crítico de sua vida e que precisava de alguma coisa urgente. Ou saía dessa ou enlouqueceria.

# Notícia indigesta

Estava em sua casa; ligou a televisão para ver o telejornal. Ficou estarrecido com a notícia de que o governo havia acabado de sancionar uma lei que proibia que os policiais instalassem câmeras na residência de pessoas para fins de investigação. A justificativa da malfadada lei era que o excesso de prisões e vídeos que vazavam estavam ferindo o direito humano à intimidade.

– Isso é um absurdo. Esse bando de insensatos só pode estar de palhaçada – gritou Kalisson em desabafo.

Ficou horrorizado com a notícia. Precisava conversar com Tony e com os outros. Não era possível, não era crível que 513 deputados e 81 senadores tivessem feito uma porcaria dessas.

– Aqueles filhos de uma puta acabaram com todo o nosso trabalho! – disse Kalisson.

– Para que serve esse Congresso Nacional? – disse Glória.

– Esses caras são lesados, só pode ser isso – esbravejou Cíntia.

– Eu não acredito no que está acontecendo. É um completo absurdo. A gente precisa continuar a fazer justiça com as próprias mãos – falou Glória.

– Como o sistema decepciona a gente – disse Cíntia.

– Não podemos fazer nada, Tony? Não há nada, juridicamente falando, que possamos fazer? – perguntou Kalisson.

– Não, infelizmente, não. É um poder legítimo instituído por lei. Temos que respeitar ou estaremos fora da lei.

– Que droga, Tony. Para que serve essa merda toda? – perguntou Kalisson.

Kalisson não podia acreditar no que estava ouvindo. De repente, com uma canetada política, acabariam com todo o trabalho dele e de seus colegas. Com uma porção de votos de pessoas sem a mínima condição, protegeriam a intimidade de um bando de canalhas abusadores que talvez nem merecessem estar vivos e colocariam a questão do abuso novamente sob véus intransponíveis. *Malditos sejam!*

A raiva de Kalisson era grande a ponto de crescer nele uma vontade de entrar no Congresso e bater na cara de cada um deles, esmurrá-los, surrá-los. Era muita falta de bom senso coletivo. *Coitada das nossas crianças, dos inocentes abusados. Deus as proteja!*

Kalisson convidou os amigos para um bar, precisava urgentemente de um porre.

# Informações nada ortodoxas

Naquele estado de indignação em que se encontrava por, digamos assim, a traição dos políticos, Kalisson refletiu sobre várias coisas conversando com Tony, Cíntia e Glória. Disse que talvez devessem mesmo fazer justiça com as próprias mãos. Porém, Cíntia e Tony não queriam de jeito nenhum se envolver mais nesse tipo de coisa.

Veruska até toparia, gostaria de fazer alguma coisa; na verdade, coisas fora da lei lhe davam a adrenalina de que gostava, e a companhia de Kalisson lhe era muito favorável, já que sentia atração por ele. Certa ocasião, enquanto instalavam as câmaras, roçou com suas nádegas o quadril dele. Kalisson ficara meio sem saber que atitude tomar, mas, apesar de tentado, decidiu-se pela inércia.

Também notou que, em determinada ação, além de o insinuar, Glória olhava para Cíntia com volúpia nos olhos. Em um primeiro momento, pareceu a Kalisson que Glória gostava de mulher, depois acreditou que, na verdade, ela devia gostar das duas coisas, ou simplesmente o fato daquele jogo de sedução lhe dava prazer; ou deixar as coisas nas entrelinhas, quem sabe.

Kalisson e Cíntia entenderam o flerte, era para os dois. Kalisson até que se animou com a ideia, mas logo foi vencido pela palavra firme de Cíntia. "Pode tirar seu cavalo da chuva, eu jamais toparia isso." "Que pena", suspirou Kalisson.

Cíntia concluiu que Glória era uma pessoa altamente impulsiva, com tendência a perversões, não sexuais, mas violentas. Observou o imenso prazer que ela sentia quando estava castigando abusadores. Isso poderia passar dos limites, advertiu Cíntia. Entretanto, Kalisson havia concluído que Glória simplesmente gostava de viver emoções fortes e que não fazia questão de esconder isso.

Kalisson e Cíntia até tentaram canalizar o desejo dela em Tony. Eles saíram uma vez, mas disse que não via a menor graça nele, era muito formal e previsível.

Kalisson, lembrando-se disso, pensou rapidamente que não daria certo o trabalho dele com Glória, apesar de muito competente, se fossem apenas os dois, ela distorceria as coisas para tentar acabar rolando na cama com ele. Além de Kalisson não querer trair Cíntia, Glória, apesar de atraente, tinha algo que repelia Kalisson de aproximar-se dela.

Somente com Glória, portanto, ele não poderia continuar. Agora, sem o apoio de Cíntia e de Tony, seria mais difícil... A raiva que nutria por aqueles malditos políticos o estava corroendo por dentro. Mas concluiu que Cíntia e Tony estavam com razão; deveriam parar com tudo, independentemente da barbaridade feita pelo Congresso Nacional.

Já em sua casa, deu um pouco de ração a Sultão e foi tomar banho. Preferia usar o computador ao celular, então, depois, ligou o computador para verificar seus e-mails. Reparou na caixa de entrada um e-mail de um desconhecido com o seguinte título: "Use como você quiser".

No corpo de e-mail havia diversos links. Inicialmente, pensou que se tratava de vírus, mas seu computador era protegido por um eficiente antivírus, portanto não faria mal verificar.

Abrindo o primeiro link, ficou boquiaberto; dentro dele havia milhares de outros links e todos eles com vídeos, fotos e descrições de abusos sexuais praticados por pessoas famosas, inclusive por políticos da alta cúpula, além de grandes empresários.

– Canalhas! – gritou Kalisson, com raiva de um lado, mas alegre do outro, porque poderia usar todas aquelas informações contra esses demônios de gravata. – Filho da puta! – exclamou ele. O mesmo cara que protocolou o projeto no Congresso tinha vídeos de pedofilia e quase todos os da comissão também. – Vocês vão pagar caro e da forma que mais temem!

Kalisson passou a noite toda olhando aqueles links e ainda não tinha conseguido ver tudo. Depois de passado o entusiasmo com a possibilidade de revanche contra a atitude covarde dos congressistas, começou a se indagar: *Mas quem foi que me mandou essas informações?* Resolveu responder ao e-mail.

Ele escreveu: "Oi, quem é você?" Não obteve resposta, depois voltou a fazer a mesma pergunta e acrescentou: "Eu te conheço?".

Após quarenta minutos de ansiedade, recebeu a seguinte resposta: "Faça o que quiser com as imagens, não são montagens, são reais". Foi a única resposta que teve.

Agora Kalisson portava uma bomba atômica nas mãos e não podia detoná-la de qualquer jeito, precisava destruir o maior número de abusadores com a explosão.

# Efeito verdade

Com imagens devastadoras nas mãos, que comprometiam pessoas famosas, inclusive políticos que tinham apresentado a lei para impedir que as câmaras ocultas fossem instaladas, Kalisson estava com a faca e o queijo na mão.

Com muita raiva dos canalhas, e sabendo como funcionava a Justiça, sabia que aquilo tudo não serviria de nada em um processo regular, porque, com certeza, as provas seriam consideradas ilícitas, porquanto, ficou pensando no que faria com essas imagens.

A raiva dele aumentava mais e mais, e a vontade de fazer alguma coisa era grande. Pensou: *O que um político teme mais do que opinião pública desfavorável, a possibilidade de perder a moral e os eleitores?*

Fazia três dias que Kalisson estava pensando ardentemente sobre o que faria com aquilo tudo. Depois de ter traçado um plano em sua mente, ainda ficou praticamente uma semana para ver tudo e selecionar alguns vídeos. Depois de ter separado pelo menos cem nomes de peixes graúdos, resolveu entrar em contato com a imprensa, com vários e vários jornais. Informou que tinha muitas bombas para publicar e que poderia dar exclusividade. No início, alguns jornais duvidavam, mas, depois que viam um pedacinho do vídeo, aí a coisa mudava de figura. Ficaram loucos e todos queriam publicá-los.

Kalisson procurou os jornais mais sensacionalistas que existiam. Ofereceram dinheiro em troca do material. Apesar de ter se espantado com o valor oferecido, Kalisson não quis aceitar nenhuma quantia. Disse que apenas queria que fizessem uma reportagem com todas as pessoas envolvidas.

Quando um jornal famoso começou a publicar matéria como exclusiva, todos os outros também começaram a publicar a mesma matéria e lista. Kalisson havia mentido sobre a exclusividade, mas isso era parte de sua estratégia para que a bomba explodisse com o poder máximo de destruição possível.

A notícia saiu em todos os cantos, canais e jornais, na internet, na imprensa internacional. Foi um escândalo; e a repercussão, enorme. Os vídeos dos abusos estavam circulando até nas redes sociais e viralizaram.

Não houve saída para o Congresso. As pessoas se reuniram incrivelmente em mais de um milhão em frente da praça dos Três poderes e exigiram a imediata cassação e prisão daqueles monstros. Houve quebra-quebra e ameaças de linchamento; a crise foi sem precedentes, o congresso forçadamente teve de cassar todos os envolvidos e revogar a lei que havia proibido a instalação das câmaras escondidas.

Vendo todas aquelas notícias, Tony, Cíntia e Glória, desconfiados de quem pudesse ter feito aquele estrago, ligaram para Kalisson e marcaram uma reunião, queriam saber se ele tinha alguma coisa a ver com aquilo tudo.

Kalisson sorria de canto de lábio, orgulhoso pelo feito. Explicou que havia recebido um e-mail com todos aqueles vídeos.

– Você ficou louco, Kalisson! Você está praticando crime. Se eles te pegarem, você estará ralado – disse Tony.

– Eu pedi sigilo aos jornalistas – explicou Kalisson.

– Você foi longe demais, Kalisson. Estou com medo. Isso não vai acabar bem – disse Cíntia.

– Foi fantástico, essa foi demais, você conseguiu derrubar uma porção de maçãs podres. Esses políticos tiveram o que mereceram, estão fodidos, nunca mais se restabelecerão, além disso revogaram aquela maldita lei – disse Glória.

– Kalisson, eles não vão poder ser presos por essas provas, pois são ilícitas, você bem conhece isso.

– É, eu sei. Mas pelo menos eles já perderam mandato, e com essa repercussão que teve, não voltam à vida pública nunca mais.

– Só estou com medo de processarem você, meu amigo, e pode ter certeza que vão te processar – avisou Tony.

# Consequências

Passado um mês, tudo estava tranquilo, até que na manhã de um dia ensolarado, antes de ir para a delegacia, Kalisson notou que Sultão estava agitado e não parava de latir. Olhou pela janela e avistou muitas viaturas da Polícia Federal.

Pego de surpresa, imaginou do que se tratava, mas não tinha caído a ficha ainda. Um policial chegou no portão e disse:

– Senhor Kalisson, temos um mandado de prisão contra o senhor. Você está preso por afronta a parlamentares, organização de imagens e produção de prova ilícita. Além de divulgar imagens depreciativas em redes sociais.

– Eu tenho o direito de permanecer calado, mas me diga uma coisa, quem me processou?

– Ah, meu irmão, você sabe. Foi mexer em um ninho de serpentes...

– Vocês vão me prender por eu ter feito um favor ao Brasil e um bem às crianças?

– Temos ordem, só isso.

– Não vou resistir à prisão, vocês sabem que a minha atitude foi heroica...

– Nossos colegas falaram para você dar o fora daqui, ir embora, sumir. Podemos falar que você se evadiu.

– Podem me prender, colegas! Fiquem à vontade, não vou resistir, quero provar que aqui neste país os verdadeiros heróis acabam injustiçados.

Os agentes federais nem colocaram algemas em Kalisson. Estavam chateados por ter de cumprir essa ordem. Chegando à repartição federal, todos os policiais de lá o aplaudiram e o cumprimentaram, disseram que ele era um herói nacional.

Logo o delegado chegou e o encaminhou para a carceragem.

Kalisson achou que as pessoas viriam se juntar na frente da delegacia e exigir sua soltura, porque tinha a visão de que tinha prestado um grande serviço ao país e que seria reconhecido. Porém, os dias foram passando, e ninguém se manifestou a seu favor. O povo o abandonou. Ele fez tudo, sacrificou-se por uma causa, tinha feito tudo pelo país, pelas crianças, por Mia, mas em troca não recebeu nada, nem uma ação ou manifestação a seu favor.

Dali para frente, não tinha a menor ideia do que aconteceria em sua vida.

# Parte cinco

# Local cinzento

# Condenado

Os dias foram passando na carceragem, e Kalisson esperava pelo julgamento. Teve audiência de custódia. Sabia muito bem que havia praticado algumas infrações; no entanto, o juiz ficou um pouco com medo da opinião pública e foi mais brando com ele. Os advogados dos políticos recorreram, e Kalisson acabou pegando pena em concurso material, quando as penas de cada crime são somadas.

Era difícil encarar o juiz e as pessoas presentes na sala de audiência. Apesar de levarem-no sem algemas, era ruim estar no banco dos réus. Era como se o aguilhão do Estado tivesse em cima de sua cabeça com um monte de tentáculos prontos para exterminar tudo o que lhe era contrário.

Outro ponto difícil foi ter que falar para a mãe dele; tinha que dar a notícia infame:

– Oi, mãe. Tudo bem? Aqui é o Kalisson.

– Oi, filho, tudo bem. Você está bem?

– Mãe, eu estou preso...

Deu a notícia numa boa; queria dar uma de durão e principalmente provar para a sua mãe que estava tudo bem. Dona Aureliana ficou louca, com os nervos à flor da pele. Queria visitá-lo de qualquer jeito. Kalisson teve de ser duro, embora as súplicas da mãe estivessem lhe cortando o coração. Falou veementemente que não tinha necessidade de eles saírem de Londrina para visitá-lo. Pediu para falar com o pai e explicou a situação.

O pai quis falar com um advogado experiente, amigo seu. Mas Kalisson disse para não perder tempo porque não assinaria procuração e não queria fazer o pai gastar à toa.

– É uma conspiração, pai. Nenhum advogado vai conseguir reverter.

– Mas você precisa de um bom advogado.

– Tem um defensor público que está cuidando do caso.

– Mas...

– Pai, estou bem. Assistam aos jornais e vejam as notícias. Não se preocupe, não contrate nenhum advogado porque não vou assinar nenhuma procuração. Você não vai gastar comigo. Fui eu quem me meti nisso e sou eu quem devo me virar.

– Sua teimosia é insana. Nem agora deixa de ser essa mula empacada.

– Estava bom, pai. Já sabe minha opinião, preciso desligar. Fiquem tranquilos porque estou bem, foi para dizer isso que liguei.

Ele aguardou tudo o que ocorreria nos próximos dias, nem se manifestou a seu favor. Na audiência, permaneceu em silêncio. É verdade que o povo comemorou, a princípio, a revogação daquela lei e sabia que era por causa do feito de Kalisson. No entanto, alguns dias depois, nenhum movimento lembrou-se de Kalisson. Parecia que as redes sociais estavam filtrando as informações e nada sobre Kalisson estava circulando; afinal, quem poderia garantir que não havia um controle nesse sentido? Informação livre de verdade talvez não existisse, e o pior, talvez existisse a manipulação em massa e o direcionamento. Foi a conclusão a que Kalisson estava chegando.

Mesmo com esses raciocínios, Kalisson ainda tinha uma esperança de que uma grande manifestação popular fizesse com que o Congresso Nacional anistiasse seus delitos. Porém, todos o esqueceram, em favor dele nenhuma alma caridosa apareceu. *Já perdi as esperanças. O povo não é justo, por que me ajudaria?*

Nos julgamentos foram criadas provas contra Kalisson. Além do processo criminal, os políticos envolvidos requereram danos morais, mas os juízes tiveram o bom senso de não deferir indenização, isso porque as atitudes dos políticos eram infames demais e, na verdade, eram eles quem deveriam indenizar as vítimas que foram abusadas.

No âmbito penal, entretanto, até que o juiz de primeira instância tentou amenizar a situação de Kalisson e conversou com o promotor para que o processo fosse arquivado, mas advogados daqueles políticos infames fizeram de tudo, obrigando os juízes a aplicar a lei, afirmando que uma boa ação não justificaria os crimes cometidos por Kalisson.

Depois dos recursos, que foram julgados em tempo recorde, o que gerou a suspeita de suborno, Kalisson recebeu a condenação de vinte anos de reclusão. Sua vida tinha acabado, não sabia mais o que fazer. Seria transferido para o presídio de Piraquara e ali ficaria até completar um terço da pena para depois ir para o regime semiaberto. Teria de ficar mais de seis anos efetivamente preso.

Era muito tempo de prisão para um julgamento que considerava injusto. Porém, não havia mais volta. Ele enfrentaria um novo e horrível mundo. Kalisson tinha feito o bem, procurou fazer justiça e tentou acabar com o abuso de crianças, mas sentiu que a justiça tinha feito como Judas fez a Jesus, o tinha beijado e depois o traído, prendendo-o. Estava agora com uma raiva mortal do sistema.

# Transferência e boas-vindas

Quando os agentes policiais transferiram Kalisson, a primeira coisa que fizeram foi rasparem sua cabeça e dar-lhe um uniforme horrível. Quando as madeixas caíam ao chão, Kalisson pensava que estava sendo grandemente humilhado, mas seu caráter era forte e transformou aquilo em raiva, portanto não cairia nessa humilhação psicológica. *Eu sou um herói, estou sendo injustiçado, não fui o único herói na história que foi injustiçado.*

O novo lar de Kalisson não era nada agradável. O lugar estava impregnado de inúmeras espécies de bandidos, tudo tinha um aspecto de desorganização e sujeira. O cheiro era horrível.

Aquelas caras o olhando com aspecto de que queriam devorá-lo. Não sabia como se comportar, se soubessem que era um policial, talvez morreria já no primeiro dia. Não poderia nem sonhar em falar o que fez para estar ali, senão estaria morto, pensava. Mas a fama dele correu rápido no presídio e depressa descobriram que ele era o policial que denunciou os colarinhos brancos.

Com a notícia de um policial preso, o presídio se dividiu, alguns detentos falavam que ele fez um bom trabalho e foi injustiçado, outros, mais radicais, queriam matá-lo e diziam que nenhum policial deveria conviver com eles no presídio, pois não tolerariam isso.

Eles gritavam daquelas celas apinhadas e alguns cuspiam e diziam que ele morreria logo. Kalisson sentiu um calafrio, ficou com um milhão de pulgas atrás da orelha. Lamentou a maldade humana, observando a perversidade e degradação a que determinados seres humanos podem chegar.

De repente, tinha se transformado em um animal, tratado como animal. Havia jaulas apinhadas, pensou que se fosse em uma daquelas certamente morreria logo, espancado por aquelas pessoas mal-encaradas e cheias de ódio no coração contra ele.

Parecia que não teria como resistir, pensava rapidamente no que fazer e como fazer. Não queria ficar seis anos preso naquele lugar, era muito tempo. Acabaria ficando louco ou morreria.

Com sua vida em jogo, foi adentrando depressa e as diferentes grades mandavam os recados mais assustadores. Por um momento, só queria ter sua vida de volta, retornar ao passado e não cair nessa armadilha.

Sabia que sua vida, caso sobrevivesse, seria dificílima. Mas como faria para sobreviver?

Por fim, trancafiaram Kalisson com outros três condenados. Era uma pequena lotação, visto que na maioria das celas eram dez ou doze detentos, ou até mais, muito mais. Na hora, nem pensou que estava levando sorte de estar preso com apenas mais quatro.

Assim que entrou na cela, os presos dali o foram cumprimentando.

– Qual é seu nome?

Kalisson não quis responder, então outro interferiu no diálogo:

– Responda, palhaço. Aqui não tem essa de não querer responder – gritou um deles.

Velho Xaréu interveio:

– Se não colaborar, você não vai sobreviver muito tempo aqui. Converse um pouco senão ele não te dará sossego.

– Você é difícil, quer bancar o durão, hein? Estou sem paciência – gritou o cara mais irritado da cela.

– Sente-se, novato, vou perguntar. Por que você está aqui? Você é aquele policial, não é? Vai prender alguém aqui, seu lixo? – berrou Pestana.

Velho Xeréu e Nego Gato, outros presos da cela, não tinham amizade com Pestana e ouviam o interrogatório truculento dele com Kalisson.

– Fique quieto, Pestana – disse Xeréu. – Senão eu e Nego Gato vamos quebrar seus dentes. Você vai ter que respeitar ele. Não queremos confusão em nossa cela. Esta é a que tem menos presos aqui no presídio, então podemos ter um pouco de paz aqui.

– São dois contra um, meu irmão. É melhor ficar na sua, Pestana – disse Nego Gato. Kalisson ficaria com a cama acima e não gostou disso. Só de imaginar um bandido como Pestana dormindo na cama debaixo, lhe fazia pensar que a qualquer momento poderia ser transpassado por algo cortante durante o sono.

Aquele uniforme deprimente, aquelas caras... Pelo menos, no primeiro dia, Velho Xaréu e Nego Gato se mostraram sensatos e razoavelmente amigáveis. Mas Pestana lhe causava náuseas e repugnância, por sua figura, por sua fisionomia e por seu jeito de falar.

– Pare de infernizar o cara, Pestana – falou, com firmeza, Nego Gato.

Kalisson ficou receoso de que aquele maldito pudesse fazer algo contra ele durante a noite. Além disso, o cheiro horrível naquela cela.

Outro dia de manhã, acordaram com o bater do cassetete nas grades. Era hora de levantar, lavar o rosto e ir para o refeitório. Kalisson não tinha dormido nada. Esperava cada um deles usar o único banheiro da cela que tinha só meio muro, só tapava a pessoa sentada. E uma pia.

Xaréu parecia que já tinha se acostumado com Kalisson. Olhava meio esperançoso; Pestana, que ia cometer um crime a qualquer momento. Nego Gato estava soturno, como que amortecido por uma rotina de anos.

Finalmente, os agentes o escoltaram até o refeitório. Chegando lá, alguns gritaram.

– Olha o cana aí.

Os grupos se dividiram, havia os prós e os contras, houve uma discussão acirrada entre os detentos.

– Ele não é um cana comum, não é um pau no cu. Ele é um herói, prendeu um bando de políticos sujos, aquela raça que me dá nojo. E fez justiça a crianças abusadas – dizia um na naquela confusão.

– Policial é tudo igual. É uma raça nojenta. Policial não tem vez aqui. Entrou vivo, vai sair morto – bradou outro preso, muito pequeno, mas com os olhos cheios de maldade.

Virou uma confusão. Quem era contra queria espancá-lo, alguns se punham no meio. As vozes ficaram altas, o coração de Kalisson estava amortecido, só uma raiva crescente tomava conta, nem medo estava sentindo. Se tivesse uma metralhadora, iria disparar com vontade só para vê-los caindo.

Velho Xaréu tentou apaziguar a confusão. O Velho tinha certo respeito no presídio, mas a contenda estava ficando fora de controle.

Foi quando um pelotão de agentes penitenciários apareceu estalando armas de choque. Gritavam que se aquela palhaçada não acabasse, a solitária iria receber visitas. As armas de choque os fizeram recuar e se acalmar a contragosto. Muitos já haviam sentido o choque no corpo e não gostariam de repetir.

Todos foram punidos. Não ia ter café da manhã naquele dia. Muitos presos protestaram e houve outra confusão, começou uma briga e um quebra-quebra, mas logo os agentes carcerários lascaram choques e gás de pimenta.

Alguns presos, aproveitando a situação, tentaram espancar Kalisson, mas ele derrubou quatro com socos rápidos e certeiros. Socava no queixo, nos olhos e no pescoço. Ficou respeitado pelos presos, que mantinham certa distância. Vieram mais dois e ele os detonou com uma agilidade incrível. Finalmente, os agentes com os guardas controlaram a situação. Kalisson estava incontrolável, como um animal que usa todas as forças para sobreviver.

Um agente carcerário, sorrateiramente, atingiu Kalisson com o bastão de choque. O agente lhe disse que ele tinha acabado de ganhar o primeiro ingresso na solitária. Ficaria por quinze dias.

Embora seu corpo estivesse todo mole por causa do choque, sentiu uma sensação de alívio em saber que iria para solitária e ficaria pelo menos mais quinze dias vivo.

Sentiu também um bem-estar de ter mostrado para aqueles vagabundos que ele não era de brincadeira.

Depois de quinze dias na solitária, voltou para sua cela. No momento da entrada, Pestana disparou:

– Vou acabar com você!

Kalisson explodiu:

– Já estou de saco cheio de você, seu merda. Se quiser acabar comigo venha agora. Não tenho medo de você.

– Você não vai passar desta noite aqui – avisou Pestana, querendo chegar com a cara perto de Kalisson.

O rapaz sacou de seu punho direito e deu um *gyaku zuki* no queixo de Pestana, que amoleceu na hora. Depois pegou Pestana ainda zonzo e o arremessou contra as grades e batia a cabeça dele com violência. Pestana já estava sangrando e pedindo para Kalisson parar.

Velho Xaréu e Nego Gato não se meteram. Os outros presos viram e gritavam, alguns diziam: "Acabe com Pestana, essa cara merece apanhar". Outros que queriam acabar com Kalisson ficavam assistindo ao espancamento e matutando que o cara batia bem e que não daria para enfrentá-lo de mano a mano.

O agente carcerário interveio, ordenou que parassem. Kalisson obedeceu. Pestana jazia desfalecido, ofegante e com muito sangue na boca, na cabeça e com a testa toda inchada, parecendo que havia sido atropelado.

Dessa vez, Kalisson pegou dez dias de solitária.

Quando os cumpriu, saiu pensando: *Se aquele cara fizer graça eu vou acabar com ele...*

# Conhecendo os companheiros de cela

Para a surpresa de Kalisson, em sua cela agora só tinha Nego Gato, Velho Xaréu e um novo integrante, que substituiu o insuportável do Pestana, era um travesti, Lady Kate. Kalisson pensou: *Tomara que ele não dê em cima de mim.* No entanto, simpatizou com a nova figura.

Lady Kate foi tentar uma amizade com Kalisson... Velho Xaréu adiantou-se e, olhando para Kalisson, disse:

– Dessa vez fica frio garoto. Aquele cara chato foi transferido.

– Foi bom aquele cara sair daqui. Era um mala. Se você não tivesse feito o que fez, eu mesmo estava ficando tentado a fazer – disse Nego Gato.

Kalisson apenas consentia com os olhos, em um silêncio meio solene, mas com os olhos vivos feito chamas ardentes.

– Veja, agora temos um novo companheiro, a Lady Kate. Não mexa com ela, porque ela tem namorado. Casou semana passada com o Trabuco. Ele é muito ciumento – disse Nego Gato.

– Não precisa se preocupar, meu amor. Sou uma esposa fiel, viu? – falou Lady Kate, respondendo ao comentário de Nego Gato. Continuou olhando com desejo para Kalisson: – Relaxa, gostoso! Você está com sorte que eu estou casada. Caso contrário, aí você não ia me escapar. Dormiria com você toda noite e faria loucuras com você. Ai, melhor nem pensar, a carne é fraca. Mas agora estou casada e respeito meu casamento... Como foram seus dias na solitária, bofe? Me conta. Não fique em pé aí, pode se sentar aqui na minha cama. Não vou te agarrar, já disse.

Kalisson sentou-se ao lado, mas à certa distância de Lady Kate. Na outra cama, Nego e Xaréu estavam sentados cada um em uma ponta, prestando atenção na fisionomia dele. Pela primeira vez, ele falou.

– Nada demais. Eu já estava acostumando a ficar sozinho. A escuridão constante e o cheiro de banheiro sujo são ruins, mas aproveitei esse tempo para refletir bem sobre as coisas, sobre minha vida. É impressionante o que se passa em nossa cabeça quando estamos isolados e sozinhos.

– Você se deu mal, garoto. A gente acompanhou as notícias. Você foi sacanear engravatados e agora está aqui – comentou Xaréu.

– Quem eu coloquei na cadeia merece. Faria tudo de novo, se pudesse.

– Você é um cara de fibra – comentou Nego Gato.

– Já que estamos falando sobre nós, falem sobre vocês, do por que de estarem aqui. Pode começar pelo senhor, Velho Xaréu. Não sei se posso chamá-lo pelo apelido – disse Kalisson.

– Há muito tempo ninguém me chama de senhor. Soa estranho, aqui ninguém é senhor de nada. Pode me chamar pelo apelido, pode chamar a todos aqui pelo apelido. Aqui a gente é mais conhecido pelo apelido do que pelo nome. Até você tem agora... Eu vim aqui por um velho crime passional. Ela me traiu. Eu trabalhava como um cavalo, levava as coisas para a casa. Tentava dar o meu melhor. Tinha planos, queria ter uma família do tipo antigo, respeitável, na lei de Deus... Certo dia, cheguei mais cedo em casa, ela estava na cama, atracada a dois moleques menores de idade, na faixa dos 16, 17 anos.

Um estava metendo na frente e outro atrás. Ela gemia como uma louca, com uma cara de prazer que nunca sentiu comigo. Ela nem fazia sexo anal comigo e estava lá, daquele jeito com dois moleques vadios. Perdi a cabeça. Andava armado, matei os três ali mesmo. Na hora da raiva, achei que tivesse me vingando, mas foi meu erro. A morte dela e dos três me pesa até hoje. O remorso que tenho é maior do que o sofrimento de estar preso. Depois de muito refletir aqui, vi que poderia perdoá-la. Afinal de contas, todos podem cometer deslizes, e não sou juiz de ninguém. Estou aqui só por causa disso. Minha ficha é limpa, não sou bandido, foi um crime passional, sem pensar, sem razão, no ímpeto da raiva. Quando cumprir os 25 anos de pena que peguei, pretendo voltar a trabalhar, se ainda tiver saúde. Refleti muito aqui. Este lugar pode te corromper, mas se você for incorruptível, isso não acontece. Eu não me corrompi porque me apeguei nas coisas de Deus, na Bíblia, na fé. Isso me ajudou muito a suportar, a entender. Pela fé a gente vê que tudo é passageiro. Você crê em Deus, na graça, na misericórdia e no sangue de Jesus Cristo que pode apagar qualquer crime.

– E você, Nego Gato?

– Minha história é a seguinte... Me envolvi com uns caras quando era mais novo. Comecei a fumar um baseado aqui, outro ali. Quando vi, já estava transportando droga para eles. Em um piscar de olhos me transformei em traficante. Até que um dia me pegaram transportando dois quilos de maconha e meio quilo de cocaína. Fui traficante, mas não tenho nenhum homicídio. Trabalhava para mim mesmo. Eu comprava droga de um fornecedor que vendia em um local que não é dominado por nenhuma facção. Eu vendia para uns clientes certos. Pagava tudo à vista, porque dívida com o tráfico, se não for paga por dinheiro, é paga com sangue. Pode-se dizer que eu era livre, não pertencia a nenhuma facção, não pegava drogas deles e não comercializava no ponto deles. Estava até montando uma casinha, mobiliando e já tinha um carro bom. Tinha programado meu casamento com a Negra Flor, mas agora estou aqui. Peguei concurso material, peguei quinze anos de regime fechado.

Kalisson deu um sorriso amarelo. No fundo, ele repudiava traficantes de drogas. Sabia que destruíam as famílias das pessoas. Depois pensou: *Bem, não poderia estar preso com um bando de anjos...*

– E você pensa em fazer o que quando sair daqui? Vai voltar ao tráfico? – perguntou Kalisson, testando-o.

– Não quero voltar. Vou tentar trabalhar, se bem que aqui no Brasil é difícil a gente se estimular para trabalhar e viver com salário. A tentação de traficar é grande, porque, com certeza, ganharia muito mais do que com trabalho normal. Mas eu vou tentar fazer alguma coisa, ser pintor ou pedreiro. O tempo que vou ficar aqui não compensou o que eu ganhei. Minha vida acabou, Negra Flor até se casou com outro.

– Você não quer saber da minha história, meu amor? – disse Lady Kate.

– Quero, sim. Pode falar.

– Eu era garota de programa. Fazia programas normalmente, mas um dia eu comecei a ver que era muito fácil fazer assaltos ou coagir as pessoas a me pagarem mais. Então, eu entrava no carro para fazer programa, combinava antes que eram só cinquenta ou cem reais, mas depois que eles acabavam de fazer, eu pedia para me deixarem em um lugar movimentado e cobrava quinhentos ou mil. Geralmente, eu pegava a carteira toda. Começava a gritar e ameaçava fazer um escândalo caso não me pagassem. Como a maioria era de homens casados e pessoas da classe média, resolvia me passar o dinheiro para evitar o escândalo. Achei que ninguém teria coragem de denunciar, mas me enganei. Fiz o programa com um cara que, além de me denunciar, me deu uma surra muito grande... O problema na vida é que ter dinheiro fácil vicia. Virei uma ladra que fazia programas. Depois me viciei na maldita cocaína e passei para o crack. Aí, não tinha mais controle. Eu tinha que arrumar dinheiro para manter meu vício. Eu já transava com as pessoas e não tinha prazer nenhum, eu só queria dinheiro para satisfazer meu vício. Fiquei num círculo vicioso. Era acusada de pequenos delitos, até que um dia, quando tentava extorquir um senhor de sessenta anos, ele teve um infarto e morreu. Fui acusada de homicídio e aqui estou. A prisão foi até boa porque consegui parar de usar drogas e não estou sentindo falta. Espero a hora de sair para mudar de vida, tentar trabalhar em algo. Espero não ter recaídas. O mundo lá fora é brutal, principalmente para quem não tem família.

– Pelo que eu estou vendo, todos aqui querem se recuperar.

– Você está falando com exceções. Infelizmente a maioria, uma grande parte aqui, não quer saber de nada. Não quer se recuperar, o nível de reincidência é alto, altíssimo. Você deve saber disso, afinal de contas era policial. Muitos se tornam pior do que quando entraram.

– Sei de todas estas estatísticas e que muitos se tornam criminosos por falta de estrutura familiar, ou traumas inconscientes. É uma questão psicanalítica.

– Não estou entendendo esse linguajar – disse Nego Gato.

– Disse que o sistema prisional não recupera ninguém, para se recuperar tem que ir mais a fundo.

– A melhor forma é a fé, mas nem todos acreditam – disse Velho Xaréu.

– Existe um programa que foi criado e que se chama Associação de Proteção e Assistência Carcerária (APAC). Ele alia um método de recuperação cristã de presos. Dizem que, onde foi implantado, o nível de recuperação dos presos chega a 90%.

Os outros ficaram curiosos com a tal APAC. Kalisson explicou por cima. Sabia daquele assunto superficialmente porque foi comentado por Lathami. No fim, questionaram por que não existia naquele presídio. Kalisson respondeu que esse sistema sobrevivia de trabalho voluntário, ou seja, novamente o Estado passava para as pessoas uma obrigação fundamentalmente sua.

# Dia a dia no presídio

Kalisson achava um mau gosto terrível algumas gírias que eles falavam, mas teria de se adaptar à nova realidade. Durante os banhos de sol, muito atento a seus inimigos, não dava as costas a ninguém. Às vezes, fazia algum exercício para manter a forma, mas sempre ficava na dele.

Agora pensava e ruminava sobre tudo que tinha ocorrido em sua vida. Finalmente, agora ele tinha entendido que a vida dele era mais importante do que a de Mia e pôde perceber que se sacrificou demais por uma pessoa que não existe mais.

Não se arrependeu propriamente porque o amor que sentira por Mia não permitia isso, mas sentiu tristeza em perceber que deixou de viver sua vida em razão de um ideal e agora estava pagando o pior preço. Decidiu que, dali para frente, ia viver. *Chega de Mia*, pensou em Cíntia Lathami, em ter uma família, um lar. Mas como faria isso agora, com essa pena?

Pensou em sua família, em seu pai e em várias coisas. Pensou que poderia estar lá em Londrina, cuidando do escritório do pai, junto da família, numa boa. Pensava no desgosto que deveria estar causando à sua família.

Nas condições atuais que estava vivendo, parecia que as lembranças que ele tinha eram muito pequenas, porque não dava para se concentrar por muito tempo, tinha de viver com um olho no gato e outro no peixe. Vivendo em um sistema prisional falido, corrupto e da pior espécie, que não recuperava ninguém; ao contrário, seria capaz de formar ainda mais bandidos.

Não demorou muito para Kalisson perceber que os presos tinham acesso a celulares, a visitas íntimas e outras regalias. Havia presos que tinham três ou quatro mulheres que iam visitá-los. Não sabia como eles tinham aquelas mulheres, não tinha ideia se elas iam lá porque gostavam de transar na prisão, uma situação fora do comum, que lhes dava emoções fortes, ou se era porque o cara tava tão na seca que parecia à mulher que era amada mais do que tudo naquele momento.

Evidentemente que as visitas íntimas eram respeitadas. Em algumas celas deixavam o casal a sós, mas, em outras, colocavam um lençol no beliche e mandavam ver ali mesmo. Os companheiros de cela respeitavam, isso era uma virtude.

Descobriu que um dos grandes do tráfico mantinha várias mulheres, e ai se os outros presos olhassem para as mulheres dele.

Constatou, ainda, que vários agentes carcerários se vendiam por dinheiro, forneciam celulares, objetos e praticamente tudo o que o dinheiro pudesse comprar.

O diretor, os agentes carcerários e até a justiça faziam vistas grossas para o que existia ali. Ficou sabendo que alguns presos estavam planejando fugir. Ele ficou curioso por saber qual tipo de plano era, mas ninguém havia lhe informado nada.

No início, Kalisson foi hostilizado, mas depois de algum tempo, deixaram um pouco de pegar no pé dele. Ouviu um dia alguém dizer: "Ninguém pode tocar nele, ele é protegido". Ficou encafifado com aquilo, protegido por quem? Mas não reclamou.

# Visita da família

Certo domingo, Kalisson não estava esperando, quando anunciaram:

– Sua família está aí. Veio visitar você.

Sentiu-se extremamente humilhado com a informação. Não sabia como receber a família naquele lugar. Parecia que ele era culpado de tudo, que tinha causado todo esse incômodo fazendo seus entes queridos virem visitá-lo.

Dava-lhe calafrios de pensar em sua mãe e sua irmã tendo de passar por uma revista íntima. Até o pai teria de despir-se inteiramente. Que transtorno!

Por outro lado, sentiu uma alegria intensa por revê-los. Como era bom saber que alguém o amava verdadeiramente, que sua família o amava, que enfrentaria aquela humilhação de revista íntima para vê-lo.

Não soube como, mas prepararam uma sala só para ele. Pensou no motivo para estar tendo esses privilégios, porém o entusiasmo de ver a família o fez se esquecer disso.

Quando entrou na sala, procurou estar o melhor possível. Lavou o rosto, fez a barba, penteou os curtíssimos cabelos. Procurava manter a aparência boa, para que sua mãe não sentisse muito.

Quando ela chegou – tinha que ser uma visita por vez –, chorou muito pelo filho.

– Meu filho, você está aqui! Não queria que você estivesse, Kalisson. Por que aconteceu isso com você?

– Calma, mãe. Calma, eu estou bem. Olhe para mim. Estou bem. Vou cumprir a pena e logo vou sair daqui. Não chore, mãe. Estou vivo. É difícil, eu sei, mas estou aqui. Você sempre foi forte e me ensinou a seguir a religião cristã. Sempre me lembro de suas orações, de suas bênçãos. Estou até com saudade das missas que íamos juntos. Agora acho que eu é quem vou incentivar senhora. Tenha fé, dona Aureliana, minha mãe. Tenha fé por mim.

Ele falou isso, abraçou-a bastante e ficaram abraçados o tempo todo. A duração das visitas era de uma hora. A mãe ficou meia hora com ele, conversaram um pouco, perguntou sobre tudo, se ele estava se alimentando direito, dormindo bem, se cuidando.

– Meu filho, você foi injustiçado, mas fez bem. Você é famoso, mas nem tanto, pois ninguém fez protestos para você sair daqui.

– Mãe, já ouvi dizer de uma pessoa que fez o bem e que foi injustiçada, só que esta pessoa morreu na cruz.

A mãe não queria ir embora, mas foi convencida por ele que, afinal, se ela permanecesse, o pai e Kátia não poderiam visitá-lo. Kalisson se despediu, se manteve firme. Deu um beijo no rosto da mãe, abraçou-a muito forte. Ela chorava quando deixou a cela. Kalisson respirou fundo.

Logo em seguida entrou o pai. Estava com a cara cansada, desgastada. A hora que ele viu o filho, correram-lhe lágrimas nos olhos. Deu um abraço meio seco e tentava disfarçar o choro.

– Puta que pariu, olha onde você está!

– Pai, eu errei feio. Devia ter te escutado. Deveria ter levado em conta o que me falou, ter ficado no escritório trabalhando, mas agora não dá para voltar atrás. Não fique bravo comigo por causa disso, não me julgue por causa disso...

– Meu filho, eu não estou bravo. Estou muito orgulhoso de você. Nunca tive a metade da metade da coragem que você teve. É um orgulho sem tamanho que você me dá ter feito o que fez, ter feito justiça, ter feito algo de bom para a sociedade. Só estou muito triste de te ver preso aqui, de ver tanta injustiça neste mundo. Fale alguma coisa agora.

– Pai, o que tenho para dizer é isso. Eu amo o senhor, a mamãe e a Kátia, a minha família. Vocês são a melhor família que eu poderia ter. Obrigado!

O pai quis se emocionar, Kalisson, continuou:

– Pai, não precisam se sacrificar tanto por mim, não precisam vir muito aqui. De Londrina até aqui é longe. Não quero que tenham que se penalizar por mim; afinal, quem está cumprindo pena sou eu, e não vocês.

– Isso somos nós que decidimos, e não você. Além do mais, foi interessante ver as caras de bobos daqueles agentes quando eu tirei a roupa, humilhando-os.

O pai tentou brincar, mas estava se sentindo horrorizado com o lugar e a situação. Uma dor latejava em seu peito, mas silenciosa. Abraçaram-se. Dos olhos do velho pai escorriam lágrimas, que tentava esconder. O tempo havia acabado, agora era hora de sair. Abatido, foi lentamente para a porta da sala e chamou o carcereiro. Na sequência, entrou a irmã.

– Quem diria que o meu irmão seria um presidiário?

– Não sou um presidiário qualquer.

– Ah, cala essa boca e me dá um abraço.

Eles se abraçaram longamente.

– Você está crescida e bonita, pirralha. Achei que não tivesse vindo.

– Você acha mesmo que eu ia perder a oportunidade de tirar sarro de você. Desta vez, quero ver se saí por cima.

– Só você mesma para me dar um pouco de ânimo neste lugar. Obrigado por ter vindo.

Conversaram mais algumas coisas, depois se abraçaram e se despediram.

Antes que ela saísse, Kalisson falou:

– Fala para aquele teu namorado tomar cuidado com você, porque agora sou um presidiário perigoso.

– Vê se me erra!

Mas, antes de ela sair, retornou e deu mais um abraço bem apertado no irmão e lagrimejou. Kalisson nunca havia visto a irmã emotiva. Antes que ela pudesse fraquejar, saiu depressa.

Até aquele momento, Kalisson tinha se mostrado forte como um touro. Não demonstrou a nenhum deles emoção negativa. Porém, a hora que Kátia fechou a porta atrás de si, ele desabou. Começou a chorar compulsivamente. Tinha mais quinze minutos para ficar sozinho até que aparecesse um carcereiro para lhe recolher. Chorou dez minutos, depois enxugou o rosto. Não queria deixar transparecer essa emoção que nem sabia que era capaz de sentir. Arrependeu-se amargamente de estar naquele lugar. Não se arrependeu, contudo, de ter colocado aquelas pessoas na cadeia, mas quis um coração que não tivesse sido assim, tão obstinado, que tudo pudesse ter sido perfeito. Por fim, agradeceu a Deus por ter sua família tão boa e amorosa. Também lamentou e se sentiu culpado por estar sujeitando os seus a irem àquele lugar horrível.

# Pendências

Ainda se recuperando da visita da família, Kalisson perambulava tristonho por aquele presídio. Mantinha as aparências, casca dura por fora, gema mole por dentro. Exatamente no meio do banho de sol foi avisado pelo agente carcerário que alguém gostaria de vê-lo.

A princípio, estranhou aquela informação, porque não era dia de visitas. Quem seria? Acompanhou o agente até uma sala que seria destinada à visita, a mesma onde havia recebido os pais. Entrou lá depois de ter sido passado em revista pelo agente. De repente, abriu a porta e sentiu um perfume feminino marcante e doce.

Quando viu que era Cíntia Lathami, sentiu uma alegria imensa. Ficou instantes paralisado, até que teve um impulso de abraçá-la. Foi ao encontro dela, tentando abraçá-la, mas Cíntia baixou a cabeça e disse:

– Precisamos conversar.

Insistiu no abraço, e Lathami acabou cedendo. Porém, segundos depois, começou a chorar baixinho.

– Não fique assim, Cíntia! Estou bem. Estou bem, mesmo.

– Não é esse o motivo de meu choro. Precisamos conversar, conversar de verdade.

– Está bom, vamos conversar. Mas deixa eu te dar um beijo primeiro. Você não tem ideia do quanto estou precisando enroscar meu corpo ao de uma mulher...

Cíntia rapidamente, com o olhar sério e lacrimejante, censurou-o.

– Não vou te beijar. Não posso mais te beijar. Vim aqui só para conversarmos seriamente.

Kalisson entendeu o recado e ficou na dele.

– Já que é para gente conversar sério, então vamos nos sentar nas cadeiras da mesinha, porque se ficarmos aqui, frente a frente, não sei se eu vou resistir muito tempo sem te tocar.

– Kalisson, você sabe muito bem como eu gosto de você. Tentei de todo jeito que você me amasse, mas tudo que eu fiz foi em vão. Você nunca se esqueceu de Mia, nunca se esqueceu daquela moça e nunca vai. Eu, como psicóloga, achei que iria conseguir te convencer; achei que pudesse fazer você voltar atrás, mudar de ideia em relação a ela, mas não consegui. Achei que fosse obsessão, que fosse qualquer coisa passageira. Agora já não sei mais o que é isso que você sente, se é amor ou não. Se fosse obsessão, poderia até ser curado, mas eu acho que é mais que isso. Cheguei à conclusão de que realmente você sente amor por aquela moça e não há nada que eu possa fazer.

– Cíntia, depois que eu entrei neste presídio, decidi que quero ter uma nova vida. Quero dar uma chance para nós. Quero fazer de tudo para a gente viver bem. Gostaria de ter uma família com você. Eu cansei de ficar me iludindo e ficar preso.

– Não tente me enganar, Kalisson. Você está falando isso porque está em uma situação extraordinária que faz você ficar carente e com outros sentimentos que jamais experimentaria se estivesse fora daqui. Mas a partir do momento em que você for solto, e viver comigo no dia a dia, isso vai voltar e você não vai conseguir ser feliz nem eu. Você não vai ser feliz porque nunca terá ao seu lado a pessoa que você amou, e eu não serei feliz porque nunca terei ao meu lado alguém que me ame de verdade.

– Cíntia, me desculpe. Estou sendo egoísta. Você tem razão, estou preso e vou ficar preso pelo menos um bom tempo; por isso, não tenho direito de fazer você ficar desse jeito, de fazer você ficar esperando, esperando por mim. Faz meses que estou preso aqui. Acho que perdi um pouco a noção do que é tempo.

– Kalisson, nesses dois meses, eu estava desconsolada e procurei me amparar com meus familiares. Estava muito carente e em um desses jantares de família encontrei uma pessoa. Acabei ficando com ela; essa pessoa está me fazendo muito bem, está demonstrando que me ama. Estou me sentindo amada como nunca. Ele é um professor, um professor de Letras. Nunca pensei que eu pudesse ser alvo de tanto carinho e amor de uma pessoa. Quero seguir minha vida, Kalisson. Ainda gosto de você, não vou negar, mas preciso me sentir segura. Já te disse uma vez que uma mulher precisa de segurança. Saber que alguém a ama. Penso que uma mulher precisa mais ter segurança de saber que alguém a ama do que amar alguém de verdade. Escolhi ter uma família... Também não posso esperar por você por todo esse tempo; vai demorar para você cumprir sua pena. Pior, não quero me deparar de novo com esse seu histórico de recaídas por Mia. Eu quero ter filhos, Kalisson, e gostaria que o pai deles convivesse com eles. Não dá para esperar você cumprir sete anos de pena. Pela minha idade, tem que ser agora. Ele me propôs casamento. Talvez daqui a seis meses nos casaremos. Nós dois combinamos, queremos praticamente as mesmas coisas: construir uma família, ter filhos e viver em paz.

Lathami fez cara de durona para falar, porém sabia da delação de seus olhos lacrimejando. Em seguida, começou a soluçar.

– Não queria que fosse assim. Não queria, eu juro. Não queria que você estivesse preso, não queria te deixar de verdade. Mas eu vou fazer porque, às vezes, a razão é melhor do que a emoção. Escolho a razão. Me desculpe, Kalisson. Não quero que você se sinta mal.

Kalisson, estranhamente, pela primeira vez, sentia ciúmes de Cíntia. *Está com outra pessoa, foi tão rápido, e ela já se ajeitou.* Por outro lado, o senso de justiça dele era muito acurado. Sabia que, no fundo, sim, sentia ainda alguma coisa por Mia, como se fosse um encantamento inquebrável.

– Cíntia, não chore! Tudo o que passamos juntos, tudo o que fizemos, o que vivemos foi ótimo. Além de ter sido ótimo te amar e fazer várias coisas junto a você, sabe que sem você o nosso projeto de combate à exploração sexual infantil não teria sucesso. Você foi fundamental. Sempre me lembrarei de você como uma pessoa que foi especialíssima para mim. Sinto muito, muito mesmo, que não pude te amar de verdade. Eu quis, Deus sabe que eu quis te amar, mas eu não consegui. Você sabe, é psicóloga, gostaria de ter me desvencilhado do passado, mas falhei. Quero que me prometa uma coisa: seja feliz, seja muito feliz e não se sinta culpada por eu estar preso porque eu vou sair daqui e daí para frente Deus me apontará um caminho.

– Kalisson, não sei nem o que dizer.

– Mas eu sei. Enxugue suas lágrimas e siga. Quando eu sair daqui, espero que você e seu marido me paguem um jantar.

Deu um abraço com o braço direito sobre a nuca dela e o braço esquerdo na cintura, foi um abraço bem demorado. Ele não falava nada. Tentou esquecer-se de todos os males naquele abraço.

Cíntia liberava algumas lágrimas silenciosas. Kalisson beijou-a no lado esquerdo do rosto, depois no direito e, finalmente, deu um beijo na testa dela, virou-se e bateu na porta, chamando o carcereiro.

Ambos estavam arrasados por dentro, ela mais do que ele. Cíntia enxugou as lágrimas, colocou os óculos escuros e dirigiu-se à porta.

# O convite

Havia acabado de acordar de um cochilo em sua cela.

– Acorde, Kalisson – disse Velho Xaréu. – Tem um agente aí, quer te ver.

– Nossa, o bofe tá famoso aqui neste presídio. Se eu não fosse casada... – disse Lady Kate.

– O que, o que foi? – Kalisson levantou-se e foi até as grades.

– Vista-se, tem alguém querendo falar com você – avisou o agente.

*Quem seria*, imaginou Kalisson, *ontem foi Cíntia e agora quem?*

Kalisson saiu da cela e foi se dirigindo para a sala de visitas, mas o carcereiro disse:

– Desta vez sua conversa não vai ser na sala de visitas.

– E será onde?

– Na sala do diretor. E não me faça perguntas, porque também não sei de nada. Só cumpro ordens.

Entrou naquela sala. Dentro dela havia uma decoração de muito bom gosto. Um silêncio, com paredes acústicas, parecia que estava entrando em outro mundo, ou melhor, nem parecia que estava em um presídio.

Atrás de uma imensa escrivaninha de mogno, estava sentado o diretor, com ar sorridente, de quem nem está se importando com os problemas do mundo.

Na cadeira da frente um senhor, de cabelos brancos, agasalho de *tactel* e camiseta branca, com um corpo muito esguio.

Ao ser anunciado pelo carcereiro, o diretor deu um sorriso, examinando Kalisson de alto a baixo. O senhor de cabelos em neve disse:

– Esse é o figura?

– Sim, o que achou dele?

– Parece que tem um andar leve.

– E isso é bom?

– Pode ser.

– Será que ele tem chance?

– Ele é tudo o que disseram que ele é? Tem um olho de tigre.

Kalisson estava achando para lá de estranha aquela conversa.

– É o próprio.

– E ele nocauteou quantos mesmo?

– Um monte, ficou apelidado de coice de mula.

– Movimente-se em postura de boxe! – ordenou o velhinho a Kalisson.

– Não sou boxeador, não sei qual a postura.

– Não é boxeador? E como nocauteou todos aqueles caras?

– Sei lá, sorte. Luta por sobrevivência.

– Gostei de você, rapaz. Você tem coração. Isso é fundamental para um boxeador de verdade.

– Perdão, diretor, mas o senhor pode me explicar por que estou aqui?

– Ah, sim. Claro. Este é Rubens San, um grande treinador de boxe. Queremos que ele o treine para participar do campeonato estadual de boxe interpenitenciárias.

– Eu nunca lutei em campeonato. Não sou boxeador.

– Pode ser, mas os relatos dos agentes carcerários e dos presos sobre você naquela briga no refeitório revelam que você tem o dom de lutar.

Rubens San observava Kalisson. Este imaginava muita coisa.

– E se eu não aceitar?

– Você prefere ficar preso com os outros, na mesma rotina diária, do que aproveitar essa chance de se tornar um grande lutador?

– E como seria o treinamento?

– Temos só dois meses pela frente até a primeira luta na penitenciária de Cascavel. O problema é que ninguém consegue chegar ao auge da preparação física em apenas dois meses. O necessário seria pelo menos nove meses de treino.

– Não temos escolha, Rubens. Ele é o escolhido deste presídio. É o melhor nome que temos e confio no seu treinamento.

– Vamos ver o que podemos fazer... Seu treinamento será intensivo, começará cedo e terminará à tarde. Serão dez horas de treinamento. Você acha que dá conta, garoto?

– Vamos ver o que podemos fazer.

– Te aguardo amanhã, no ginásio, a partir das seis horas.

– Quem vai me levar lá nessa hora, e como vou fazer para tomar café?

– Não se preocupe, a partir de amanhã, sua rotina será outra, acordará às cinco da manhã para tomar café e banho. Sua alimentação será diferenciada – explicou o diretor.

– Carcereiro, pode levá-lo para a cela.

– Prazer em conhecê-lo, garoto.

Kalisson assentiu com a cabeça e foi caminhando.

De volta à cela, foi indagado por Lady Kate.

– E aí, bonitão, quem era dessa vez? Deu uma trepada bem gostosa com sua namorada?

– Não foi um encontro íntimo.

– Ah, não? Que foi meu, garotão?

– Melhor parar com seus elogios. Você está casada.

– É só o meu jeito de falar, gato.

– Então, o que é que te disseram, podemos saber? – perguntou velho Xaréu.

– Me chamaram para treinar boxe. O diretor disse que indicou meu nome na competição entre penitenciárias.

– Nossa, que babado! Vai ficar famoso aqui, meu bofe – disse Lady Kate.

– Isso é muito bom, você vai ter a chance de socar um punhado de caras – animou-se Nego Gato.

– Por que te escolheram? – perguntou Velho Xaréu.

– Disseram que eu brigava bem.

– Não mentiram. Aquele dia da briga derrubou um monte, nunca vi socos tão certeiros daquele jeito – disse Nego Gato.

– Ah, bofe, serei sua torcedora número um. Tenho certeza de que vai vencer. Mal posso esperar para assistir à sua luta, adoro lutas. Aqueles homens com cara de machões se enfrentando como animais. Isso me deixa doidinha.

– Não se precipite, Lady Kate. Aquele dia, ele lutou com pessoas não treinadas, agora terá de enfrentar os melhores de cada penitenciária. Será um duelo muito duro.

– Boto fé no rapaz – disse Nego Gato.

– Eu também. Deixa de ser pessimista, Xaréu. Ele vai se dar bem – falou Lady Kate.

– Não sou pessimista, só estou prevendo as possibilidades.

– E você acha o que de tudo isso? – disse Nego Gato.

– Acho uma loucura. Nem sei muito bem o que será direito. Nem sabia desses campeonatos.

– Eles existem pelo menos uma vez por ano.

Kalisson ficou a se imaginar treinando boxe e lutando em favor de uma penitenciária. Era estranho, mas ao mesmo tempo imaginou aqueles filmes de lutas e toda aquela gente ao redor, torcendo, vaiando, gritando. Deveria ser uma experiência daquelas, algo que jamais havia experimentado.

Era hora de descansar. No outro dia, pularia cedo. Estava ansioso para o início dos treinamentos. Algo intangível naquele velhinho lhe incitava a curiosidade.

# Início dos treinos

Kalisson tomou café às cinco e se dirigiu ao treino. Às seis horas, Rubens San já estava lá, em pé, com calça de agasalho azul-claro, tênis baixos pretos e camiseta branca; nas mãos, calçava duas luvas de foco.

Kalisson olhou rapidamente ao redor, em uma sala estavam instalados alguns equipamentos de treino de boxe. Nem deu tempo para Kalisson observar direito o recinto, Rubens se aproximou com luvas de soco em riste.

– Me soque! Vamos ver se tem estilo.

Kalisson deu alguns socos.

– Vamos ter que melhorar isso. Você tem um soco forte, mas precisa de técnica. Se movimente agora! Quero ver seu jogo de pernas.

– Não sei lutar boxe, qual tipo de movimento está falando?

– Duvido que em sua vida nunca viu alguém em um ringue de boxe, nem que seja pela televisão. Movimente-se, rapaz, e pare de perguntas.

Kalisson iniciou os movimentos.

– Hum, nada mal. Temos que fazer umas correções. Mas vejo que pisa com leveza. Vamos lá, alongue-se e se aqueça. Corra vinte voltas na sala, faça cem polichinelos, vinte flexões, cinquenta abdominais e venha aqui.

Kalisson realizou o alongamento e o aquecimento, e se dirigiu ao treinador.

– Primeiro, você tem de aprender a socar como um boxeador, os jogos de cintura, a postura de guarda, as esquivas e os movimentos de perna. Eu vou fazendo, você vai me imitando e seguindo.

Kalisson assentiu com a cabeça. Primeiro, o simpático treinador ensinou os principais socos: *jabs*, *uppercuts*, cruzados, diretos, ganchos, mata-cobra, depois ensinou o jogo de pernas e a postura de guarda. Posteriormente, ensinou o jogo de cintura e a esquiva.

– Muito bem, garoto. Está vendo aquela linha, agora você vem me seguindo e socando, sempre fazendo os jogos de perna e as esquivas que lhe ensinei.

Rubens ia fazendo os movimentos e Kalisson o seguia ao lado. Depois passou por uma linha socando e se esquivando, e em uma fila dupla de fitas grossas com quadrados paralelos onde tinha de ir socando e se abaixando em esquiva, mudando de quadrado até sair. Depois que aprendeu toda a série, Rubens falou:

– Muito bem, agora pode fazer mais dez vezes essa sequência.

Kalisson realizou tudo. Rubens San ficava falando “mais forte”, “mais rápido”, “se esquive melhor”, “levante a guarda”. Dava diversas dicas e insistia para Kalisson se esforçar no treino e não ser nocauteado no ringue.

Apesar de Kalisson ter um condicionamento físico razoavelmente bom aliado a uma grande força de vontade, terminou a sequência quase exausto.

– Vem aqui, garoto. Hora de pôr as bandagens.

Rubens pegou um par de bandagens e enfaixou os punhos de Kalisson.

– Preste atenção nesta amarração, para você aprender a amarrá-las direito. Isso vai evitar você quebrar a mão.

Kalisson estava aproveitando para respirar um pouco; respingando suor. Nunca tinha passado por um treinamento tão duro.

Amarrada à bandagem, meteu um par de luvas nos punhos de Kalisson e já se dirigiu ao saco de pancadas, posicionado atrás dele. Rubens San, apesar dos cabelos brancos e da fisionomia surrada pelo desgaste do tempo, tinha uma jovialidade de alma incrível.

– Muito bem, garoto! Vamos ver do que você é capaz. Pode começar. *Jab*, direto, *jab*, direto, *jab*, direto! Troque a guarda, *jab*, direto, *jab*, cruzado. *Uper*, cruzado.

Kalisson foi socando, Rubens pedia mais força, mais rapidez, igualmente vontade e também coração.

Kalisson chegava à exaustão, os socos estavam saindo fracos, os punhos doendo e a respiração muito ofegante. Ele parou um pouco.

– Tempo, treinador! Preciso de alguns minutos para descansar.

– Você não terá tempo para descansar quando estiver no ringue. Se quiser vencer, tem que aguentar mais do que os outros.

Kalisson o olhou de uma forma enigmática. No entanto, Rubens San consentiu:

– Vá lá, garoto. Dez minutos.

Kalisson foi ao banheiro. Não se olhou no espelho porque não tinha. Mas passava as mãos pela testa e as molhava de tanto suor. Os ombros e os punhos doendo de tanto movimento e pancadas. Ainda eram nove horas da manhã. Pensou que não resistiria por muito tempo, apesar de ter tido um café da manhã com muita proteína.

Voltou ao saco de pancadas.

– Chega de folga. Se quiser sobreviver no ringue, comece a socar o saco.

Kalisson socava, mas ia perdendo a força à medida que o tempo passava. Rubens saiu de trás do saco e se pós bem na frente de Kalisson, olhando-o no olho.

– Pode parar, garoto! Assim não vai resistir nem um pouco no ringue, e com esses socos de moça, só vai fazer carinho nos seus oponentes. É isso que você quer? Ser trucidado no ringue e passar vergonha?

– Não, eu quero vencer. Mas estou cansado, não estou aguentando socar.

– Quando o corpo não aguenta, a moral é que sustenta. Agora olhe para esse saco e descarregue toda a raiva que tem de si, deste lugar e de tudo o mais que tiver raiva. Vamos lá, garoto! Solte a fera que há em você!

Kalisson começou a pensar em todas as injustiças que havia sofrido. Socou mentalmente a cara de alguns detentos, de políticos, de pessoas que o colocaram na cadeia, dele mesmo, e até de Mia, por não conseguir esquecê-la. Ele ficou com tanta raiva que urrava nos socos, e socou tanto até cair desfalecido e exausto.

Rubens San correu e o amparou, levando um pouco de água.

– Bom, muito bom, garoto! Coração de guerreiro! Tem muita coisa aí dentro. Agora descanse um pouco. Vamos almoçar. Uma hora e meia de descanso. Aproveite.

Kalisson sentia um misto de euforia, alívio, exaustão e leveza, por estar tirando de si toda aquela raiva acumulada, e sentia-se bem mentalmente pela liberação de endorfina.

O almoço foi especialmente preparado para ele por uma nutricionista, refeição bem diferente do resto do pessoal do presídio.

Durante o almoço, o diretor apareceu.

– E aí, San. O que acha dele?

– Vamos ver se ele aguenta o treino de hoje.

Kalisson ouviu enquanto comia. Mas o treinador sussurrou para o diretor:

– O garoto leva jeito. Se suportar o treinamento, poderá estar em forma para as lutas.

– Ótimo, treine-o bem. Estou apostando minhas fichas nele.

Pós-descanso, levou Kalisson ao teto-solo, ensinando algumas manobras para usar no combate. O saco de *uppercut* também foi usado, foi apresentado à pera e com ela Kalisson teve um pouco de dificuldade.

– É difícil!

– Calma, garoto! Você só está no primeiro dia! Logo, logo pega o jeito.

Kalisson treinava com aqueles equipamentos e estava se sentindo muito cansado, mas muito bem. *Nunca tive um treinamento físico nessas proporções*, pensava.

Depois de ter passado por todos os aparelhos, Rubens San mandou Kalisson pular corda e fazer um pouco de musculação para fortalecimento, além de flexões e abdominais.

Parecia que o dia nunca acabava; tanta coisa que tinha feito e parecia que ia ter mais.

– Garoto, faltou uma coisa, um *sparring* e o ringue. Você tem que treinar no ringue com um *sparring* para pegar o jeito. Estou muito velho para ser *sparring* seu. Você não conhece alguém que pode aceitar ser seu saco de pancadas, garoto?

– Acho que Nego Gato seria bom para isso e toparia ajudar.

No outro dia, Nego Gato compareceu com Kalisson ao treino. Kalisson mal podia andar tamanha dor nos músculos.

Estava quase desistindo, mas Rubens o incentivava.

– Sei que deve estar cansado do primeiro dia, por isso hoje vai treinar só com *sparring*.

Nego Gato teve dificuldade de aguentar o ritmo de treino de Kalisson, mas foi um bom auxiliar, esforçou-se o que pode.

Os dias foram passando. Kalisson foi se fortalecendo e cada vez mais pegando a pinta de lutador e os segredos dos pugilistas.

# O campeonato

Acabado os dois meses de treinamento, Kalisson ficou deveras afeiçoado a Rubens San, que, para ele, era uma espécie de pai e avô. Sentia-se muito bem na presença do velhinho. Em sua cela, os companheiros falavam com ele.

– Aí, gato. Está saradão, hein? Não está bombado demais, barriga de tanquinho e tudo. Um deus grego.

– Pô, que pena; não vou poder assistir às lutas – lamentou o Velho Xaréu.

– Nem eu. Queria tanto ver você lutar, gatão – concluiu Lady Kate.

– Não é bem assim... Não contou para eles, Kalisson?

– Nem me lembrei. Pedi ao diretor, pois gostaria que vocês três estivessem me acompanhando na luta. No início ele resistiu, mas eu disse que sem vocês lá não lutaria.

– Ai, bofe, merece um beijo na boca.

– Dispenso.

– Obrigado, coice de mula, será muito bom!

Os companheiros de cela ficaram contentes com a notícia. A primeira luta seria na penitenciária de Cascavel.

As lutas tinham sido organizadas entre as penitenciárias de regime fechado, com o aval da Secretaria de Segurança, mas a população de leigos não saberia daquelas lutas, era uma disputa interna e secreta.

Logo Kalisson ficou famoso no presídio, que se dividiu. Aproximadamente 30% torciam por ele, outros 70% eram contra ele.

Na primeira luta enfrentaria Carvão, um negro imenso com um corpo de peso-pesado. A vista dele impressionava, mas Kalisson estava confiante. O ringue foi preparado no pátio de tomar sol de Cascavel, os outros presos ficavam em volta, respeitando um espaço de cinco metros até as cordas.

Rubens San dava suas dicas ao lado do ringue. Nego Gato ficava no auxílio e o Velho Xaréu ficava no meio de outros detentos fazendo apostas. Vinte contra um. Se ganhasse, se daria bem.

Os diretores dos presídios que se enfrentavam ficavam em uma sala de longe, assistindo com binóculos pela janela. Havia apostas de altos valores entre os diretores, políticos e alguns empresários. O campeonato havia se transformado em uma espécie de cassino de luxo, onde quem vencesse levaria uma bolada.

Lógico que tudo isso não era do conhecimento de Kalisson, dos demais detentos e de quase todos os agentes penitenciários. Alguns deles também apostavam.

Antes de começar a luta, Lady Kate quis dar uma de ringue *girl* e passava com a placa dos *rounds* como se fazem nas lutas. Os prisioneiros assobiavam e se dividiam, alguns diziam "sai daí", outros diziam "gostosa!" e outras palavras do gênero.

Rubens fez questão de acompanhar Kalisson de perto, apesar de que não era para ser assim, mas também tinha se afeiçoado ao rapaz.

Soou o gongo. Carvão era muito forte, mas tinha movimentação lenta. Veio para cima de Kalisson, este se esquivava sem muita dificuldade, avançou sobre Carvão e foi pego no *clinch*.

– Sai daí, garoto. Não fique no alcance dele! – gritou Rubens San.

– Vai lá, bofe. Acerta ele! – gritava Lady Kate.

Nego Gato mais observava, enquanto Velho Xaréu assistia à luta e recolhia o dinheiro das apostas, que tinham o valor mínimo de cem reais.

Os presos de Cascavel torciam freneticamente para Carvão, de maneira que o som da pequena torcida de Kalisson estava abafada.

Kalisson acertou alguns socos na cintura de Carvão, mas não surtiu efeito.

Fim do primeiro *round.* No *corner*, Rubens dava algumas instruções: "fique longe do alcance dele", "se ele te acertar, você já era", "movimente-se e acerte o queixo dele, garoto".

Foram mais umas trocas de golpes. Kalisson estava confiante demais para o gosto do treinador. Levou um soco no estômago, sentindo a potência de Carvão. Então, Kalisson despertou, pensou: *Se eu não o acertar, ele me acerta. Tenho que ficar longe dele.*

No quarto *round*, Kalisson tentou usar uma estratégia. Foi bem à frente dele, e quando ele veio, fez esquivas quase no último, atraindo o adversário para o ângulo correto. Quando Carvão deu o terceiro passo, sem que ninguém esperasse, Kalisson soltou um mata-cobra com toda a sua força em um arco descendente que pegou bem no queixo, fazendo o gigante joelhar.

Na contagem, Carvão se levantou, mas, como estava meio grogue, Kalisson deu mais três ganchos no queixo, nocauteando o gigante.

– É isso aí, garoto! – Rubens entrou no ringue como uma criança alegre. Abraçando-o e dando um beijo no rosto dele.

Os presos da penitenciária protestaram e ficaram surpresos: como Carvão tinha sido derrubado por aquele cara menor que ele?

O diretor de Piraquara se refestelava com a vitória. Seu plano era vencer a qualquer custo. Algum empresário viciado em jogo havia lhe prometido uma grande dádiva se o lutador que ele apontasse fosse vencedor.

Kalisson saiu da luta reconfortado de muitas emoções e inúmeras felicitações dos amigos.

Rubens San cada vez mais se afeiçoava ao garoto. Sabia que tinha diante dele um grande lutador com potencial suficiente para vencer aquele campeonato. O diretor ficou muito contente com o resultado. As pessoas que não gostavam de Kalisson ficaram torcendo contra. Inclusive, um político apostou contra, em razão da raiva pelo reboliço aprontado por Kalisson na vida política, com aquelas denúncias e vídeos. Na verdade, esse político gostaria de ver Kalisson morto.

Cada penitenciária havia escolhido o seu campeão. Eram cerca de dezesseis penitenciárias envolvidas, portanto teriam cerca de quinze lutas até o final. Todas as penitenciárias envolvidas eram de regime fechado, ficaram de fora as de regime semiaberto e aberto.

Das lutas, não foram todas as que tiveram embates difíceis para Kalisson, pois sua forma física, agilidade e precisão nos golpes suplantaram a maioria dos adversários. Em uma das lutas, porém, aconteceu algo desagradável. Alguns presos se rebelaram com a vitória de Kalisson e um deles, mais exaltado, agrediu o treinador de Kalisson com um soco no olho. A partir daí, os outros ficaram revoltados e quiseram invadir o ringue.

Kalisson, vendo o treinador agredido, ficou possesso. Desceu no meio deles e começou a distribuir socos. Virou uma briga generalizada, os agentes penitenciários tiveram que intervir para separar. Foi difícil conter o tumulto. A partir dessa briga, os agentes e os diretores tiveram que pensar melhor na questão da segurança.

Kalisson ficou muito preocupado com Rubens. O velho tinha saúde um tanto debilitada, no entanto, se recuperou bem.

– Como você está, treinador?

– Estou bem, estou bem, garoto. Já levei muitos socos na vida. Não vai ser esse que vai me derrubar.

– Ótimo. Fiquei preocupado.

– Não se preocupe, garoto! Não se preocupe comigo, se preocupe com sua luta! Bem, já que venceu, vamos embora daqui! Não temos mais nada para fazer neste lugar a não ser levantar e ir embora.

Aquela luta fora quente, até o Velho Xaréu levou uns bofetes. Lady Kate saiu com a camisa rasgada e perdeu a peruca. Nego Gato levou alguns arranhões e um soco no peito, que ficou doendo por três dias. Porém, Kalisson e Nego Gato, juntos, nocautearam uma porção deles.

A luta final foi na penitenciária que Kalisson cumpria a pena. Enfrentaria o melhor de todos os outros, que era conhecido por Soco da Morte. Era da penitenciária de Londrina, um cara muito grande e forte. A luta seria difícil, todos pensavam; até Kalisson ficou apreensivo, mas Rubens o acalmou, incentivando:

– Você não pode ter medo do inimigo, rapaz. Você tem que lutar e pensar que é melhor que ele. É só manter a guarda, se movimentar bem e socar na hora certa – orientou Rubens San.

Lady Kate, com seu otimismo inato, acreditava piamente na vitória de Kalisson contra Soco da Morte.

Velho Xaréu e Nego Gato estavam apreensivos, com medo. Seria uma sorte vencer um brutamontes daqueles. Kalisson sentiu uma adrenalina, um medo querendo vir à tona. A situação era intimidante, mas tentou concentrar-se nas palavras e lições de Rubens. Precisava mesmo de muita concentração, não poderia perder a cabeça.

Começada a luta, Kalisson levou algumas pancadas, sentiu e até caiu, mas se levantou rápido. Quase todos começaram a torcer contra ele. As apostas estavam quarenta por um contra Kalisson, porque, naquela penitenciária, havia muitas pessoas que não gostavam dele.

Levou alguns socos no estômago e caiu, foi quando percebeu que se não tomasse uma atitude perderia a luta. Rubens o instruiu:

– Você tem que usar a inteligência contra ele, garoto. Encurte a distância, use o *clinch e ups*. Ele é ruim na curta distância. Se encurtar a distância, Soco da Morte não tem potência para te derrubar. Não troque socos diretos com ele, ou fique longe ou encurte, se ele te acertar você já era.

Kalisson começou a colocar em prática a estratégia passada por Rubens. Esquivava-se e encurtava a distância, segurava os braços do adversário no *clinch*, foi tentando assim até o assalto sexto, quando, de repente, Kalisson acertou um cruzado de direita no queixo de Soco da Morte, fazendo o adversário dar dois passos para trás. Em contrapartida, fez com que o inimigo se irritasse, o qual veio com tudo para cima de Kalisson e acabou acertando um cruzado de esquerda que atirou Kalisson ao chão. Quando acordou, estava na contagem de cinco, Rubens e seus amigos estavam desesperados, gritando para ele se levantar. Aí foi que agarrou nas cordas e se levantou. Todos os espectadores gritaram, a torcida estava frenética.

Nego Gato batia palmas incentivando o amigo. Velho Xaréu arrecadava mais dinheiro das apostas. No corner, Rubens enxugava o suor e limpava nos pequenos ferimentos. O treinador perguntou:

– Você aguenta continuar, garoto?

– Sim.

– Nesse caso, acredite. Você pode vencê-lo. Castigue-o na linha cintura... Você vai ter que ser igual a um beija-flor. Você o bica e sai, bica e sai. Mine a resistência dele.

No sétimo *round,* Kalisson ficou correndo dele no ringue, provocando muitas vaias e muitos xingamentos: bicha, covarde, franguinho, viado, pau no cu, filho da puta etc.

Soco da Morte irritou-se com a evasiva e tentava pegar Kalisson a qualquer custo, acreditando que ele estava com medo do combate. No entanto, essa fuga era estratégia que obrigou Soco da Morte a se movimentar além de sua resistência para pegar Kalisson.

O grandalhão começava a se cansar e sentia-se frustrado por não conseguir acertar Kalisson e por aquela luta estar durando tanto. Normalmente, derrubava o adversário, no máximo, no segundo assalto.

No oitavo *round,* Kalisson fez como um beija-flor que bica e sai, castigou-o na linha da cintura e com *upers* ligeiros. Em um momento de distração, acertou um importante golpe. O oponente ficou desgastado fisicamente, sua resistência estava minada. A grande maioria vaiava Kalisson. Soou o sino.

– Você está indo muito bem, garoto. Você o cansou. Ele não está conseguindo mais acompanhar você. Agora é sua hora de reagir. Mas cuidado com os cruzados dele. Mesmo cansado, ele pode te derrubar.

Soco da Morte não aguentava mais acompanhar o ritmo de Kalisson. No entanto, o pugilista oponente estava protegendo bem o queixo, mas estava deixando a cintura livre e não conseguia mais se esquivar de Kalisson.

O garoto ainda estava inteiro, porém, derrubar aquele monstro apenas com socos na cintura seria um pouco difícil. O cara tinha uma impressionante resistência à pancada. Todavia, não conseguia respirar normalmente. Estava ofegante ao extremo. Isso foi o final do nono *round.*

Até aquele momento tudo bem, mas teria de partir para o tudo ou nada. Rubens San falou:

– Chegou a hora e dar tudo, garoto. Você tem que derrubar ele agora. Porque o pessoal não vai favorecer você na arbitragem.

– Eu posso fazer isso.

– Você pode, garoto. Você pode – encorajou Rubens.

– Você pode! Para cima dele! – gritou Nego Gato.

– Você pode, bofe – animou-se Lady Kate.

– Vamos lá, derruba logo esse cara! Vamos vencer, quero rapelar estes babacas que apostaram contra você. Vai lá e derruba aquele sem-vergonha – gritou Velho Xaréu, numa espécie de transe hipnótico.

Kalisson tinha que usar seu golpe mais forte, mas, para isso, tinha que abrir a guarda dele. Precisava fazer uma loucura, era tudo ou nada.

Foi se aproximando, se aproximando, chegou perto de Soco da Morte e abriu a guarda. Rubens San ficou perplexo.

– Não faça isso, garoto. Levante esta guarda. É muito perigoso, garoto.

Kalisson continuou concentrado, com a guarda aberta, esperando. Soco da Morte mordeu a isca e deu um soco direto, com toda a força, o qual passou raspando nas têmporas de Kalisson, mas, finalmente, o oponente abriu por três segundos a guarda. Kalisson, como um relâmpago, soltou um mata-cobra descendente direto com toda sua força e peso do corpo na ponta do queixo do adversário.

O brutamontes sentiu, mas ainda não havia caído. Então, Kalisson aproveitou a guarda baixa dele e soltou uma sequência de dois cruzados, um *uper* e um direto. Soco da Morte ficou no canto, enquanto Kalisson o castigava com uma saraivada de socos.

O cara tinha muita resistência, estava sentindo, mas não caía. Kalisson sabia que era sua última chance. Soltou outro mata-cobra, que desta vez foi certeiro, mas, ao mesmo tempo, levou um cruzado de direita que o jogou nas cordas.

Kalisson ficou escorado nas cordas no canto, enquanto Soco da Morte caía como uma árvore grande e velha, primeiro tocou ambos os joelhos no chão, depois prostrou-se com a cara na lona.

Iniciou-se a contagem. Kalisson estava mole, zonzo; tudo girava com o cruzado que tinha recebido no queixo. Aquilo tudo parecia um sonho, as pessoas gritando, tudo rodando, rodando. Via Soco da Morte estirado no chão, mas não entendia o que estava acontecendo. Apenas por instinto segurava com os braços na corda para não cair.

– Um, dois, três, quatro, cinco, seis...

Soco da Morte não reagia mais, estava liquidado; mas, para vencer, Kalisson precisava recobrar os sentidos, desenganchar-se das cordas e erguer os braços para mostrar que tinha vencido a luta.

– Vamos lá, vamos lá, garoto – gritava e gesticulava o treinador.

Os outros amigos de Kalisson ficaram na beirada do ringue gritando e o incentivando, os outros detentos também começaram a avançar e foram impedidos pelos agentes carcerários. Os ânimos estavam exaltados, não queriam que Kalisson acordasse.

Na contagem sete, Kalisson começou a recobrar os sentidos, lutava para se mover, mas não conseguia. Na contagem oito, recobrou os sentidos, mas parecia que estava colado. Na contagem nove, de um estalo, sua coordenação voltou e desvencilhou-se das cordas, erguendo os braços indo para o centro do ringue.

A gritaria se generalizou, e o juiz declarou Kalisson vencedor. Foi uma luta épica, dramática.

Os prisioneiros que não gostavam Kalisson ficaram muito nervosos por perderem a aposta. Velho Xaréu havia arrecadado uma porção de dinheiro. Kalisson estava com tudo dolorido, muitas dores pelo corpo.

Rubens comemorava eufórico, haviam vencido.

– Muito bom, garoto, muito bom. Você tem chance de fazer carreira no boxe. Se quiser, posso treinar você e seremos campeões juntos.

Kalisson nem percebeu as palavras porque estava completamente em estado de alívio e euforia, ainda não tinha caído a ficha de tudo o que havia acontecido.

O dinheiro das apostas foi dividido entre os quatro companheiros de cela; afinal de contas, foi um trabalho em equipe. Rubens não quis o dinheiro das apostas.

# De volta à rotina

Depois daquele evento, Kalisson teve que voltar à realidade do presídio. Aquelas paredes cinzentas, mornas ou frias, repugnantes expressavam sua rotina. Se de um lado estava eufórico por ter ganhado o campeonato, por ter saído da rotina, agora a realidade brilhava com força redobrada. Por um momento, refletiu que, ao sair da realidade, foi alijado da verdade, e foi bom apenas enquanto durou.

Elucubrou que não se pode sair totalmente da realidade porque depois ela vem com força redobrada, concluiu que era preciso enfrentá-la. A dele, agora, era uma cela minúscula, com três companheiros e um banheiro, milhares de presos que não gostavam dele e uma pena para cumprir em regime fechado.

A família distante, o namoro com Lathami terminado. Que fase! Os políticos corruptos e abusadores deviam estar dando risada dele agora.

Ficou, sim, com saudade dos treinos, foi muito bom ter treinado com o Rubens San. Gostaria mesmo de ser um boxeador em outra realidade, mas a dele era essa e agora não podia sair dali. Mesmo Rubens tendo conversado com o diretor, este disse que por vários motivos não poderia transformar Kalisson em boxeador profissional. Isso porque havia pessoas que não queriam que ele tivesse qualquer tipo de privilégio e notoriedade para fora do presídio. Ele havia causado muitos transtornos no setor político devido às investigações. Então, teria coercitivamente de cumprir sua pena quietinho, sem dar muita repercussão, até que o povo finalmente o esquecesse.

Kalisson voltava à rotina e pensava que aqueles meses de boxe foram muito bons, mas agora que a ficha havia caído com mais força, ele ficou algum tempo com um baixo-astral enorme. Por duas semanas andou muito tristonho. Depois de uma vitória ou de um evento único como aquele, sentia um grande vazio.

Os amigos de cela tentavam animá-lo com o dinheiro arrecadado ou relembrando os melhores momentos das lutas, porém ele não queria saber de ouvir. Houve momento até que se irritou, alterando a voz.

– Que luta boa, que nada! Nós estamos presos, estamos presos aqui. Nossa realidade é essa. Aquelas lutas não tiraram nossa realidade de nós...

Os colegas viram a zanga de Kalisson e pegaram leve. Passado o mês das lutas, estava muito difícil suportar toda a lida diária. Às vezes dava raiva, às vezes, tristeza ou depressão, ansiedade e revolta. Tudo o que se pode sentir de pior. Em sua mente, até cogitou uma fuga, entretanto pensava: *Fugir para onde? Fazer o quê? Como vou sair daqui? Depois, se eu fugir realmente, viverei foragido? A maioria dos foragidos fica trabalhando de servente de pedreiro ou em qualquer serviço braçal, quando não voltam ao crime. Não sei o que faria. Não posso ficar escondido para sempre. Acho melhor cumprir a pena, daqui a sete anos eu saio deste inferno.*

Ficou sabendo que havia programa de remição de pena, que a cada livro lido poderia diminuir dias de sua pena, desde que fosse entregue uma resenha. Então, pedia livros na biblioteca. Como gostava de ler pela influência de Mia, encontrava ali, em meio àquele caos todo, uma forma de lazer, até de prazer. Viajava em tudo quanto é romance que tinha. Tudo quanto é livro disponível na penitenciária Kalisson queria ler. Lia uma média de um livro por semana ou até mais, dependendo do número de páginas.

# Uma visita

Determinado dia, Kalisson terminava o banho de sol. Boliviano, um carcereiro, disse que teria uma visita de uma namorada. Kalisson estranhou, pensou imediatamente em Cíntia. *Será que ela resolveu voltar comigo?* Seu pensamento se encheu de alegria. Foi direto para a cela das visitas. Então, Boliviano disse baixinho que havia recebido uma gorjeta para colocá-los em uma sala mais reservada.

– Você tá com sorte, cara.

Kalisson não respondeu, pensou em muitas coisas. Conversar com Cíntia seria um misto de alegria e tristeza, alegria por ver uma pessoa tão querida e tristeza por estar naquele local e não poder sair dele.

A sala destinada ao encontro não era como aquela que tinha recebido sua mãe, seu pai e sua irmã. Havia um sofá, duas cadeiras, uma escrivaninha e outros objetos pequenos. Chegou antes da visita, sentou-se em uma das cadeiras, aguardando, sentiu o fechar das portas pelo Boliviano e sua voz.

– Espera aí, já vou fazê-la entrar.

– Tá.

Estava curioso, um pouco ansioso. Ao abrir a porta, esperava que Lathami passasse por ela, mas quem apareceu foi Glória Veruska.

Estava com óculos de sol, lábios carnudos com batom vermelho, os cabelos cortados curtinhos, tingidos de preto. Vestia uma blusinha bem sensual e uma saia curta que exibia aquelas imensas pernas brancas e lisas. Calçava uma sandália que dava para ver suas unhas bem cuidadas.

Quando adentrou a cela, recendeu o perfume. Havia muito não sentia perfume de mulher. Por que ela estava aqui? Veruska começou falar:

– Oi, Kalisson. Há quanto tempo. Estava com saudades. Pensou que iria esquecer você aqui? Nunca desisto do que quero.

– Não acredito. Você ainda pensa nisso?

– Sim. Penso muito e, depois que você foi preso, pensei ainda mais. Pensei em fazer uma loucura, sair da rotina e te ver.

– E como vai fazer com o pessoal da corporação para explicar que você esteve aqui comigo?

– Isso não é problema. Meus contatos são discretos.

– Não sei, não.

– Chega de conversa. Vem aqui perto de mim, Kalisson. Não quero perder tempo.

– O que você exatamente quer comigo?

Aquele dia Kalisson estava meio irritado. Devido a várias coisas em seu coração, ficou com raiva e um pouco de repulsa por Veruska ter vindo ali, daquele jeito, se oferecer para ele.

– Não tenho nada para falar com você, Glória. Quero sair daqui.

Sem falar mais nada, apenas o encarando com olhar malicioso, como se o estivesse comendo com os olhos, tirou a blusinha e veio para o lado dele.

– Você está ficando louca, Glória?

Sem dar atenção à pergunta, esfregou os seios no peito dele. Aquele cheiro de mulher saída do banho entrou nas narinas de Kalisson.

– Você não vai me deixar ir embora sem nada, Kalisson. Olhe o que está perdendo. – Esfregou os quadris nele.

Apesar da raiva, o instinto de homem estava falando alto. O cheiro daquele perfume, misturado à pele dela, a pele macia o tocando, os seios enormes à mostra, a perna torneada, aquele conjunto de pessoa na sua frente. De repente, ele não estava mais com raiva, e, sim, com um desejo latente e forte.

Ainda com um pouco de raiva, se atirou para cima dela, beijando-a, como um animal, como cavalo garanhão, sem carinho, só desejando, só querendo se saciar.

Ela também era só desejos. Exatamente isso que ela queria, ser amada sem pudor, sem regras, sem carinho, simplesmente queria ser objeto dele e queria que ele fosse o dela.

Foi para cima dela, tirou todo sutiã, roçou as mãos no seio farto e a boca sugou o mamilo dela.

Glória arrancou a camisa dele e suspirou como uma égua no cio. Estavam possuídos por um desejo animal.

Nunca tinha sentido tanta excitação, estava tão rígido que parecia que a qualquer momento explodiria. Um sofá ao canto veio a calhar.

Totalmente despidos, gemiam e se tocavam em uma frenética transmissão de energias.

Glória arrancou toda a roupa dele; admirava-o, querendo fazer de tudo o que o desejo mandava; e realmente fizeram várias coisas, várias posições, tudo. Acabaram-se de prazer naquele sofá.

Embora Kalisson tivesse sendo levado pelas circunstâncias e pelo momento, Veruska era viciada em emoções fortes, em sexo selvagem.

Pelo tempo de abstinência, Kalisson deixou-se levar pelo instinto animal e fez, sem perceber, tudo o que ela queria que ele fizesse. Ele fez três vezes sem parar, nunca havia conseguido tal façanha. Aquele tempo no presídio o levava a fazer sexo como se estivesse lutando pela sobrevivência ou algo do tipo.

Os dois estavam insaciáveis e não deu nem para contar quantas vezes Glória chegou ao orgasmo.

Por fim, ouviram o carcereiro bater à porta, havia acabado o tempo – duas horas em plena ação.

Glória não queria ir embora. Kalisson se sentia como um animal forte e poderoso, um macho alfa da natureza. Por outro lado, depois de passar o êxtase, sentiu-se como se estivesse sido usado por ela.

Glória Veruska estava alegre e sorridente...

– Valeu muito a pena ter vindo aqui. Valeu cada segundo e esforço. Espero voltar mais vezes.

Ela saiu sem beijo, nem nada. Foi embora. O negócio dela era sexo puro, nada de carinho e abraço.

Kalisson estava satisfeito, sentindo-se fisicamente bem, se bem que pensava que Glória era completamente louca e um pouco nojenta.

Agora, na cela, os colegas questionaram:

– Quem estava com você?

– Uma velha amiga.

– Sei, amiga. Você está cheirando a perfume de periguete. Estou com ciúmes, gato – falou Lady Kate.

– Foi uma visita íntima? – questionou Nego Gato.

– Sim.

– E como foi? – perguntou Velho Xaréu.

– Foi bem louca.

– Ah, moleque. Estou precisando de uma visita dessas – falou Nego Gato.

# Como estamos?

Quando foi embora, Glória planejava em sua mente vir todo mês para repetir a aventura com Kalisson. Mas, chegando no outro dia para trabalhar, em sua mesa estava assinado um gancho de trinta dias. Alguém a teria entregado, contaram que ela foi fazer visita íntima em uma penitenciária, algo inadmissível na corporação.

Ficou chateada e sem salário por um mês. Foi advertida pelo seu superior que se repetisse a ação, seria expulsa da corporação, sem direito a nada. Glória Veruska suspirou, não poderia mais experimentar aquela excitante visita. *Por que as circunstâncias nos cerceiam prazeres que não fazem mal a ninguém?*

Kalisson não sabia do ocorrido com Veruska. Percebeu, no entanto, que passou mais de um mês e nada de Glória Veruska reaparecer. Ela era uma boa companheira para saciar os desejos de Kalisson, mas doidinha de tudo, completamente doida. Ele desejou por um bom tempo ter outro encontro com ela, até que a rotina do presídio e as circunstâncias foram abafando as lembranças.

Em razão desse encontro, lembrou-se dos tempos das diligências que executava com Tony, Cíntia e Glória.

O que será que havia acontecido com seus colegas de trabalho?

Cíntia Lathami estava seguindo seu caminho, casou-se e foi nomeada para uma Secretaria Federal de Combate à

Exploração Sexual. Graças a Deus, alguém estava levando o trabalho em frente. Ficou sabendo disso em razão da carta escrita por Lathami.

Tony também havia se casado, mas não estava mais à frente do serviço de combate a abusos sexuais. Em contrapartida, havia passado as informações para outros promotores substitutos iniciantes, que estavam agora responsáveis por apurar aqueles crimes, ou seja, o Ministério Público havia criado um órgão específico para isso.

Glória Veruska estava agora no setor de narcotráfico. Depois da suspensão que havia tomado, ficou um pouco mais comportada, principalmente por dois motivos: sua carreira na polícia era mais importante que seus desejos e, por conta da idade e experiência, que a estavam deixando mais racional.

Na perspectiva de Kalisson, ficava cada dia mais difícil suportar aquilo tudo. Começou a ter vários pensamentos ruins. Não suportava mais as visitas de seus pais, ver mãe e pai chorando toda vez era dose para leão. Chegou a implorar que não viessem mais visitá-lo.

Volta e meia, Mia aparecia em seus pensamentos, como um velho fantasma desfigurado, mas que causava muito efeito. Ficava com muita raiva de ainda se lembrar dela, porque, de certa forma, por causa dela estava naquele lugar cinza. Por outro lado, lembrava do sofrimento dela e também que tinha feito um grande trabalho.

Kalisson se dividia entre momentos em que se achava o máximo e outros de aflição e desespero. E assim Kalisson passava os dias, às vezes parecia que não suportaria mais. Foi quando começou a participar de cultos e missas no presídio, descobriu na fé cristã um grande consolo e esteio, sem a qual teria enlouquecido. Leu também um livro chamado *Em busca de sentido*, de Victor E. Frankl, que lhe ajudou muito a suportar a pesada usualidade.

# A rebelião

O tempo passava dando ênfase à rotina. Todavia, não era uma rotina de todo previsível. Havia os percalços diários, não era usualidade simplesmente; além do trivial, precisava se preocupar naturalmente com seus inimigos, pois não podia dar bandeira, ficar isolado dos companheiros que de certa forma o protegiam.

Existia rivalidade entre grupos. Se alguém desse mole, poderia ser espancado, estuprado ou sofrer outro tipo de violência ou abuso, e até mesmo morrer por motivos fúteis.

Kalisson, nos momentos de recreação no pátio, assistia ao jogo de futebol e observava o ambiente, sempre perto de seus colegas de cela e de outros colegas do grupo. Ficava na dele, sem se dirigir a quase ninguém.

Depois de ter vencido o campeonato de boxe, ouvia comentários maldosos e olhares rapineiros o encarando, esperando uma chance de apanhá-lo desprevenido.

Em um dia, em um banho de sol, escutou, de repente, algo parecido com um tiro. Súbito, levantou-se um tumulto, uma turba, cerca de cinquenta presos. Capturaram dois carcereiros e os levaram para o meio do pátio; ameaçavam matá-los se não fossem atendidos.

Seguidamente, vieram outros trazendo colchões e ateando fogo a eles. O grupo mais numeroso e violento tinha se rebelado, queria bater nos outros grupos rivais.

Vieram para cima de Kalisson e de seus amigos. Cada um se escondeu, correu e se defendeu como pôde, virou uma guerra de pega-pega dentro do presídio. Os policiais e os guardas em cima das muralhas distribuíam balas de borracha sem dó.

Logo a briga tornou-se generalizada. Os grupos rivais se enfrentavam mano a mano. Espancaram um até a morte, e outro deixaram desfalecido, além de causarem ferimentos terríveis.

Após o grupo mais violento dominar o intermediário rival, dirigiram-se ao grupo dos amigos de Kalisson, que tinha aproveitado a briga entre aqueles grupos para ficar em um canto.

Alguém gritou no tumulto:

– O cana é meu.

– Vamos acabar com ele.

– Chegou sua hora, cana filho da puta.

Era o cara que tinha apanhado de Kalisson já no primeiro dia.

O grupo ao qual Kalisson pertencia estava resistindo bravamente, correndo, levando balas de borracha nas costas e lutando contra os oponentes. Kalisson pôde derrubar alguns com seus socos supertreinados.

De repente, apareceram detentos com pedaços de paus, facas; um com uma pistola, e outro com um fuzil. Kalisson não tinha ideia de como tinham conseguido aquelas armas, mas nem pensou nisso naquele momento, mal sabia o que poderia fazer.

Eles começaram a atirar, mirando em Kalisson, mas ele, muito veloz, corria entre os presos, e os tiros acertavam outros detentos.

Logo que a munição acabou, vieram com pedaços de pau para cima dos amigos de Kalisson. Todos correram, Lady Kate tinha sido deixada de lado por não ser inimiga de ninguém, outros também foram deixados de lado, pois à exceção de alguns, Kalisson era o alvo principal.

Houve um momento em que ficaram acuados em um canto do muro, muitos amigos de Kalisson lutavam bravamente.

Vieram os primeiros, que foram recebidos com socos certeiros de Kalisson. No entanto, eram muitos e veio um por trás. Kalisson deu uma cotovelada. Algo o fez se desequilibrar, mas se recuperou rápido, driblando-os. Saiu correndo, com mais de vinte pessoas no seu encalço.

A sorte de Kalisson era que ele tinha uma agilidade muito boa e corria feito um medalhista, além de estar em plena forma física por causa do boxe. Foi se esquivando deles, mas estava cansado, ofegante. Conseguiu chegar até um canto, perto dos aparelhos de musculação, pegou uma barra de ferro e começou a bater neles. Ele derrubava cada um que o atacava. Alguns amigos, vendo a pequena vantagem de Kalisson com a barra de ferro, foram ajudá-lo. Kalisson estava quase exausto e não estava conseguindo mais brandir a barra de ferro; sabendo que ela poderia ser usada contra ele, em vez de soltá-la no chão a jogou por cima do muro.

Sem saber em que, Kalisson escorregou, e alguém começou a chutá-lo no chão. Davam chutes nas costelas e no rosto. Kalisson tentava se levantar, mas eram muitas pessoas que o chutavam. Ficou naquela posição durante os cinco intermináveis minutos, levando pontapés e chutes. Kalisson, como um búfalo atacado por vários leões, tentava resistir bravamente, usando todo o instinto de sobrevivência possível.

Os amigos de Kalisson agora não estavam mais sendo páreos para aquele grupo, estavam sendo dominados completamente.

Kalisson continuava apanhando muito quando uma saraivada de balas de borracha atingiu vários deles, inclusive Kalisson, que levou tiros nos ombros, pernas e costas. Aquele foi momento que ele precisava para se levantar. Meio zonzo, levantou-se e ficou na posição de guarda.

Aquela rebelião era para exigir várias coisas, mas os inimigos de Kalisson também aproveitaram para tentar acabar com ele. Havia mais de vinte pessoas mortas. Matavam sem dó nem piedade, como animais, como homens que não são homens, como feras que não se importam com o semelhante em nenhum momento, matavam sem nenhum sentido.

Kalisson estava colado a um muro, encurralado como um gato. Cansado, espancado, contudo, aquela adrenalina toda permitia ainda que tirasse forças invisíveis na luta pela sobrevivência. Não sentia os ferimentos, apesar de ter sido muito espancado. Nem as balas de borracha sentia mais.

Quando a turba deixou Kalisson por causa da saraiva de balas de borracha, ele, recobrando a lucidez, apanhou um pedaço de pau que estava no chão e ficou no canto se precavendo enquanto olhava à distância de uns cinquenta metros um grupo de detentos reclamar da superlotação. Acabaram executando um terceiro grupo que era mais fraco que o de Kalisson, composto de pessoas velhas e doentes; também executaram vários estupradores.

Os dois carcereiros reféns estavam passando por uma dificuldade muito grande, cercados com facas e ferros de construção pontiagudos no pescoço. Havia atirador de elite posicionado no terraço; entretanto, não dava para atirar com segurança.

Coitado dos agentes carcerários, um pensava em várias coisas, em sua família, filha e sua esposa, e na morte iminente. O outro pensava por que diabos ficava ainda trabalhando naquele inferno, por que não arranjava outra coisa para fazer? Ser servente de pedreiro seria melhor.

Aqueles dois não tinham passado ainda por um perrengue desses. Existiam colegas que já tinham sido reféns, alguns até foram mortos. E o mais apavorado pensava que jamais sairia daquela situação.

*Tudo isso para nada*, pensava o mais crítico. A gente vê a fragilidade da vida na mão de outras pessoas, com qualquer coisa, com um pequeno objeto, uma pessoa pode acabar com a vida de outra.

De qualquer forma, ambos carcereiros pensavam que não escapariam isentos. Um estava desesperado por dentro, outro relativamente calmo, esperando, encarando o fim da vida como uma normalidade inevitável.

Por fim, permaneceram resignados como cordeiros. Provocava tristeza ver a situação deles. Kalisson assistia à aflição daqueles dois e, inflamado de divina ira por justiça, sem pensar na própria integridade, em um impulso digno de deuses da guerra, correu em disparada contra aqueles que aprisionavam os carcereiros, avançou sobre alguns com um pedaço de pau e começou bater para derrubar, mirava na cabeça, e a cada cacetada, derrubava um. Desferia golpes certeiros na fonte, ou estocadas no estômago. Parecia que estava incorporado, com uma força sobre-humana.

Gritou com tanta raiva, que de repente se transformou em um gladiador, um guerreiro inato, começou a abrir caminho por aquela escória, não deixaria aqueles safados covardes fazerem aquilo com os carcereiros.

Os amigos de Kalisson disseram que ele tinha ficado louco.

– Volte, você vai se matar – gritavam.

Kalisson não ouvia e continuava aquela luta insana. Por incrível que pareça, o ataque de Kalisson confundiu aquele grupo de covardes e o fez recuar. Quando chegou até os carcereiros, mandou paulada direto da cabeça de um preso que segurava a faca e libertou um dos carcereiros. Porém, o outro que estava com a faca rapidamente o esfaqueou. Kalisson sentiu uma dor estonteante e o gelo do aço em suas costas. Kalisson ainda conseguiu segurar a mão do estaqueador. Os demais daquele grupo começaram a espancar Kalisson. Mas ele, agora, num último fio de força, tomou a faca de um deles, esfaqueou um e feriu outro no braço.

Com a faca na mão e em pé, os demais o respeitaram e ficaram um pouco a distância. Não dava para facilitar com aquele louco.

Nesse momento da confusão, os carcereiros aproveitaram para fugir e correram para um canto. Uma multidão de presos, percebendo, foi atrás deles. Nesse exato momento, o pelotão de choque da polícia, aproveitando a distração causada por Kalisson, invadiu o local, distribuindo bala de borracha para todo lado. Iniciaram um espancamento coletivo nos presos que recuavam e deitavam no chão, levando metralhadas de cacetadas nas costas, cabeça, pernas e em tudo que era lugar.

Kalisson jazia caído com as mãos e costas sangrando, mesmo assim ainda levou uma cacetada de um deles. Não queriam saber da atitude heroica de Kalisson, só queriam bater e bater. Um policial aloprado começou a bater nele, mas foi impedido pelo carcereiro que Kalisson havia salvado. Ele ficou ao lado de Kalisson e disse que ele precisava de cuidados urgentes, porém, enquanto os policiais não dominaram totalmente o presídio, não foi permitida a entrada de enfermeiros e médicos.

Depois de controlar todos, mandaram-nos ficar no chão, de bruços, aí então chamaram os enfermeiros. Kalisson foi o primeiro a ser atendido, por insistência dos dois carcereiros. Depois dos primeiros-socorros, para estancar o sangue, foi levado rapidamente à enfermaria. Precisava de uma bolsa de sangue, tinha perdido muito. Outros com ferimentos graves também foram levados para a enfermaria. Os mortos foram recolhidos ao necrotério e submetidos a exames de *causa mortis*.

Aos que permaneceram no pátio, tiveram de arrancar toda a roupa, e com as mãos para trás ainda apanharam muitíssimo, muito além do razoável. Como foi uma rebelião rápida e não houve vazamento na imprensa, os policiais e alguns carcereiros aproveitaram para torturar os presos, muitos deles nada tinham a ver com a rebelião e estavam apanhando de graça.

O capitão, mesmo depois de dominados, chegou a abrir fogo de bala de borracha em alguns deles. Depois gritava:

– Vocês são um bando de lixo, são vermes, não servem para nada. Vocês têm que morrer mesmo. Só que agora esse pessoal dos direitos humanos fica protegendo essa cambada de lixo... Se fosse em outros tempos, faria como aquela limpeza do Carandiru e acabaria com todos vocês.

Como punição, o diretor mandou suspender as visitas por dois meses. Tirou todos os privilégios deles e os fez dormirem sem coberta e sem colchão por duas semanas em pleno inverno. A situação só normalizou depois de um mês, porque haveria visita do juiz e do promotor na penitenciária. Então, liberaram as visitas apenas após os presos terem sarado dos seus hematomas.

Kalisson, além da facada, estava com quatro costelas fraturadas. Sorte dele é que a facada não perfurou nenhum órgão vital e não causaria sequelas, a não ser uma cicatriz grande.

Capitão perguntou quem era o chefe da rebelião. Ninguém queria falar porque havia um código entre os presos, não poderia haver dedos-duros. O capitão, porém, era linha-dura e, como a imprensa não estava sabendo do acontecido, falou:

– Se vocês não abrirem o bico, vamos começar a acabar com todo mundo.

Pegou três que estavam ali no meio e atirou neles com uma arma velha, estava de luvas. E foi atirando, matou três.

– Vocês vão falar ou não? Quem vai ser o próximo! – disse e atirou em mais cinco.

Finalmente, os outros presos que prezavam por sua vida, depois de muita resistência, apontaram os responsáveis. Começou uma discussão entre eles, que logo foi calada por um tiro.

Depois de separarem todos os responsáveis por aquela balburdia, o capitão ordenou que alguns presos pegassem as facas e começassem a matar aqueles que tinham sido identificados como responsáveis.

Um deles quis se opor, afirmando que não mataria ninguém, porém, levou um murro na boca e um chute, além de várias cacetadas. No final, foi uma chacina sem limites de violência. Morreram setenta pessoas.

A imprensa não teve conhecimento do episódio. Conseguiram abafar as informações, ou melhor, resolveram passá-las de forma distorcida. Depois foram avisando as famílias – a maioria era pobre e nada pôde fazer, porque ninguém lhes dava crédito; e ainda chegavam a receber ameaças por parte dos policiais para não procurar a justiça.

Os laudos médicos favoreciam a polícia, então era perigoso se opor. Depois da rebelião, a rotina se estabeleceria mais ou menos como antes, exceto pela ausência de quase todos os inimigos declarados de Kalisson.

# Na enfermaria

Após a rebelião, Kalisson permaneceu inerte, em coma induzido, naquela enfermaria. Em uma espécie de torpor, não sabia nada o que estava acontecendo. Enquanto ele permaneceu naquele estado durante dois ou três dias, meio dormindo meio acordado por causa das fortes medicações, ao lado da cabeceira dele alguém colocou um vaso de flores, esse alguém foi um dos agentes carcerários, ou melhor, a esposa de um dos agentes carcerários tinha pedido insistentemente para que ele colocasse as flores lá. O outro agente daquela confusão ficou por algum tempo, cerca de dez minutos olhando para a fisionomia de Kalisson. Queria agradecer a ele, mas depois desistiu.

Kalisson jamais saberia que isso tinha acontecido enquanto ele estava dormindo.

Após mais alguns dias, Kalisson começou recobrar lentamente a consciência. Quando acordou, estranhou. O local à sua volta estava tão bonito, bonito demais para ser uma enfermaria. Permanecia deitado em uma cama disposta bem ao centro de uma sala com piso de madeira envernizada, móveis de bom gosto e paredes de vidro.

Olhando através do vidro via árvores grandes, muito verdes. Estaria sonhando? Percebeu que estava em um pavimento acima do nível do solo que, pela altura das árvores, devia ser o primeiro andar. O conforto daquele local era ímpar, não tinha chances de aquilo ser a enfermaria da penitenciária.

*Onde estou?* Finalmente percebeu que ainda estava conectado a uma bolsa de soro. Tentou se levantar, mas, sentado, uma tontura horrível se apoderou de sua cabeça e novamente foi forçado a retornar à posição inicial.

O relógio de parede marcava quinze horas. Lá fora dava para ver a claridade por entre as sombras daquelas frondosas árvores. Por um momento, começou a se sentir estranho e a se fazer muitas perguntas, aquele silêncio mortal, aquela sala ampla, ausente de outros seres humanos, aquilo tudo tão limpinho, tão cuidado. Teria morrido? Estaria sonhando?

A velha consciência voltava à tona paulatinamente, o soro já estava se esgotando quando viu de um corredor imenso uma senhora com roupas brancas e tapume na boca. Atrás dessa senhora de meia-idade vinha outra pessoa.

Os olhos de Kalisson estavam um pouco lentos, mesmo assim assimilou aquela silhueta. Não pôde acreditar no que estava vendo. Teve um frêmito, surtou. Rosnou, gritou, sentiu pavor.

– O que está acontecendo aqui?

Uma senhora vestida de enfermeira falou:

– Calma, calma. Acalme-se, Kalisson.

Em vez de se acalmar da histeria, o rapagão se debatia e ficava com os olhos arregalados e cheios de pavor. Com medo e euforia, ele falava aos ventos, com a voz muito alta.

– Isso não é possível, essa pessoa eu conheço. Eu conheço, sim. Essa pessoa é Mia. Mas não pode ser. Eu estou louco? Estou sonhando? O que está acontecendo, por favor, alguém me explique. Você é Mia?

A moça que vinha atrás da enfermeira retirou-se rapidamente, titubeante, mas voltou e pediu para que a enfermeira saísse.

Kalisson estava vendo Mia, aquela garota havia morrido. Lutava com todos os esforços de seu intelecto para entender a situação.

Aquela pessoa havia sido a razão de todos os seus esforços. A garota por quem ele tinha feito tanta coisa estava ali o observando um tanto cabisbaixa, intimidada pelo olhar brilhante dele.

Por um momento, os olhos dela se encontraram com os dele.

– Não é possível o que eu estou vendo, não é possível, não acredito...

– Calma, calma. Por favor, Kalisson. Tenha calma. Não me deixe pior do que eu já estou.

– Calma o quê? Eu acabo de acordar em um lugar diferente de onde estava há pouco, em uma sala hiperchique, vendo nada mais nada menos do que uma pessoa que para mim está falecida. Você ainda quer calma? Isso só pode ser brincadeira. Ou morri ou estou ficando louco. Você não é real...

– Eu sou real, Kalisson. Sou Mia. Não morri. Sinto muito, me perdoe.

– Nããão.

Kalisson, enfurecido, começou a tirar a agulha do soro que estava fincada na veia do braço esquerdo. Naquele momento, havia-lhe voltado toda a consciência. Agora pôde ver que era tudo real. Estava ali na frente dele com o mesmo rosto, o mesmo olhar, mas um pouco mais madura, aquela que lhe fez sofrer por muito tempo. Apoderou-se dele imensa raiva, muita raiva. Falou aos brados.

– Não é possível que você fez isso comigo. Sua, sua... Nem sei que palavras posso te adjetivar. Você me fez passar por tudo isso, não morreu... Ah, indecente, você é indecente.

Kalisson surtou novamente se debatendo na cama. Quis se levantar, teve um acesso de nervos tão grande que Mia ficou apavorada. Nunca havia visto Kalisson tão transtornado daquele jeito. Debatia-se, tremia e rosnava.

Chamou imediatamente a enfermeira, que estava a postos, visto o tamanho da barulheira da discussão. Ela chegou rapidamente.

– Ele está tendo um surto. Chame o médico – disse Mia, em desespero.

– Não dá tempo, temos que aplicar o sedativo nele agora. Me ajude aqui!

A enfermeira foi correndo, pegou a seringa e um vidrinho. Tirou uma dose do sedativo e ordenou que Mia segurasse o braço dele. Mesmo fraco pela convalescença, Mia e a enfermeira não conseguiam deixar Kalisson com o braço parado.

– Temos que aplicar na bunda mesmo. Não temos escolha. Agarre-o com toda a força que tiver. Segure-o com força, menina – ordenou a enfermeira.

Mia se jogou em cima dele e em uma luta corporal rolavam no chão, mas conseguiu afirmar um pouco ele, que de tão surtado nada via pela frente. A enfermeira, muito ágil, acabou aplicando a injeção na coxa direita dele.

Após aplicar o sedativo, a enfermeira também se lançou sobre Kalisson para evitar que ele se debatesse até o tranquilizante fazer efeito.

Cinco minutos depois, Kalisson dormia novamente.

– Esse sedativo é muito forte? O efeito dura quanto tempo? Ele vai ficar bem? – perguntou Mia à enfermeira.

– Não se preocupe, ele ficará bem. Não é muito forte. O efeito do sedativo dura de quatro a seis horas. É melhor preparar alguma coisa para ele comer. A hora que acordar, estará com muita fome.

– Ele não ficará nervoso novamente ao acordar?

– Colocarei um calmante no soro dele.

– Está bom. Faça isso, mas, por favor, não coloque calmantes que causem efeitos colaterais.

Quando foi oito da noite, Kalisson acordou. A enfermeira se aproximou com uma deliciosa sopa. Com muita fome, o rapaz sorveu a sopa. Calmo, pelo efeito dos sedativos, perguntou:

– Onde está Mia?

A enfermeira admirou-se de ele já estar raciocinando.

– Ela está ali no quintal, mexendo com algumas coisas – respondeu-lhe.

– Chame-a aqui! Quero conversar com ela.

– Você não pode passar por fortes emoções, querido.

– Faça o que eu estou pedindo! Estou mais calmo, fique tranquila, só quero conversar com ela. Quero conversar a sós.

– Você tem que repousar.

– Faz o que eu estou pedindo! Custa muito você chamá-la?

A enfermeira resolveu chamar Mia, que veio com o coração na mão. Entrou na sala e de cara avistou Kalisson sentado, olhando para ela com os olhos muito penetrantes.

Sentiu uma coisa estranha, um remorso enorme.

– Chega de mentiras, Mia. Pode me contar tudo! Tudo mesmo, não quero mais ser enganado. Você já me enganou uma vez com uma morte falsa. Agora me conte tudo! Pode começar.

– Você está sob efeito de calmantes. Não seria melhor deixar essa conversa para amanhã, quando o efeito do calmante passar?

– Não, já esperei demais. Quero que me conte tudo agora.

Bem mais calmo, Kalisson sentia agora um misto entre alegria, por estar vendo a pessoa que tanto gostou, e uma raiva muito grande por ela tê-lo enganado, se escondido dele durante todo aquele tempo.

– Por favor, me perdoe Kalisson. Tenha paciência comigo, por favor – pediu Mia, soluçando e derramando lágrimas dos olhos. – Me perdoe por você ter ido parar em um presídio, por você ter quase morrido e por você estar aqui passando por isso.

– Não é disso que você tem que pedir perdão. Essas coisas aconteceram pelo caminho que eu trilhei, pelas minhas escolhas. Fui eu quem quis ser policial. O que eu não te perdoo é você ter inventado tudo isso, essa morte fajuta, ter mentido para mim, ido embora. Isso, sim, é imperdoável.

– Me perdoe. Se eu não tivesse feito assim não conseguiria fazer. Também não pensei que você pudesse ir tão longe em seus objetivos. Pensei que você iria seguir sua vida normal e logo me esqueceria.

– Você não sabe do que está falando.

– Kalisson, você sabe muito bem que eu tenho um trauma psicológico muito forte. Não queria magoar você. Queria ver você feliz, vivendo feliz, mas você seguiu um caminho contrário ao que eu esperava e me surpreendeu muito. A cada dia, me fez me arrepender amargamente de minha decisão.

– Olha, essas questões não vêm ao caso neste momento. Eu quero que você me conte tudo, desde quando sumiu até agora. Estou esperando, pode começar.

– Kalisson, me perdoe.

– Ora, sua egoísta! Já fez tudo o que fez comigo e quer que eu te perdoe desse jeito, sem nem ao menos ter a dignidade de me contar tudo o que aconteceu. Eu tenho esse direito. Me conte tudo agora ou suma da minha frente de uma vez por todas e desapareça de novo, como é de seu feitio.

As palavras foram pesadas, fincaram fundo em Mia. Ela baixou a cabeça, respirou fundo e começou uma narrativa.

# Parte seis

# Conflitos e resoluções

# Contando tudo

*Tudo começou semanas antes daquele dia fatídico. Como você já sabe, meu padrasto tentou abusar de mim. Muita coisa naquela carta é verdadeira, a parte que ele tentou me abusar, que eu fiquei mal, é verdadeira. A parte que eu queria te deixar bem também é verdadeira...*

*Depois daquele dia da tentativa de abuso, coloquei desesperadamente o apartamento à venda. Por incrível que pareça, no outro dia apareceu uma pessoa e comprou-o à vista. Entregou-me o valor em cash. A partir daí, comecei a imaginar, com requintes, um plano maquiavélico de acabar com a vida daquele desgraçado.*

*Preparei tudo na minha cabeça. Liguei para ele propondo um encontro.*

*– Vamos nos encontrar hoje? Quero te ver – propus.*

*– O que é que está acontecendo? Finalmente a cadelinha resolveu aceitar que eu sou o macho da sua vida, que sou o seu dono e você é minha? Desde criança é minha.*

*O desgraçado ria como um demônio que não se importava com ninguém. Fiquei morrendo de raiva daqueles comentários e quase pus tudo a perder, retrucando-o, mas eu fui, tive que ser fria, mesmo com raiva lancinante. Tive que engolir friamente, muito friamente, com a mente pensando no destino final que aquele escroto ia ter. Continuei:*

*– Eu não tinha coragem de assumir, mas agora eu aceito que eu gosto mesmo. Sempre gostei daquilo. Quero te encontrar para você fazer de mim o que quiser.*

*Quase engasguei para falar isso. Ele me falou mais um monte de palavras obscenas. Sem dúvida nenhuma, ele topou. Aquele pervertido gostava de sentir poder sobre mim; imaginar que eu era o objeto dele. E eu, tendo confessado aquilo falsamente, deixei-o mais aceso ainda, como se estivesse triunfando.*

*Eu ainda tinha a vantagem de ele ser um imbecil, nem sequer passou pela cabeça dele, devido à sua grande pretensão, de que aquilo era uma cilada.*

*Cheguei a vomitar de relembrar as palavras que eu disse. Passei um dia inteiro me corroendo por dentro e fiquei muito triste. Mas a tristeza deu lugar à raiva e à vingança e fiquei revendo passo a passo tudo que teria de executar.*

*Fui ao encontro com o carro que fora me deixado por herança. Quando o peguei, o difícil foi aguentá-lo passando a mão em mim durante uma quadra. Então, eu encostei rapidamente no meio-fio.*

*– Vai parar aqui? Na beirada da rua? – disse eufórico.*

*– Calma, só preciso pegar uma coisa.*

*Tirei do porta-objetos do carro duas long necks e dei para ele.*

*– Abra pra nós! – falei.*

*– Estou gostando disso.*

*Enquanto ele abria as cervejas, saquei do meu bolso um aparelho de choque, que havia comprado para aquela ocasião, e descarreguei um choque nas costelas dele. Imediatamente, ele desmaiou. O choque estava na potência máxima. No entanto, para garantir o efeito, desferi mais três choques nele. Agora aquele homem repugnante estava desfalecido no banco da frente do carro.*

*Senti um imenso alívio quando ele tombou. Agora poderia executar o plano sem ter que aguentar as nojeiras dele. Aquele que por muito tempo havia me abusado jazia agora em minhas mãos. Vingança! Era a palavra que me vinha à mente. Dentro de mim sentia um desejo poderoso, como se o demônio tivesse entrado em minha mente.*

*Para ser sincera, não me arrependi do que fiz, porque aquilo que ele fez comigo durante toda minha infância também foi perverso. O que eu fiz foi uma barbaridade também, então, estamos quites.*

*Muitos moralistas – cuidado com eles – falarão que me tornei igual a ele, mas discordo. Não me tornei igual a ele, apenas executei uma vingança. Alguns dizem que a vingança é do Senhor, mas se eu pequei, eu carrego esse pecado. Se eu dissesse que me arrependi, estaria mentindo para você. Não me arrependo e não me julgo, dizem que não estarmos autorizados nem a julgar a nós mesmos.*

*Com ele ali do meu lado, paralisado pelo choque, aproximadamente 00h20, eu, friamente, muito fria, tirei um saquinho de plástico de material bem resistente do meu bolso, vesti-o em volta da cabeça dele e segurei até que ele não conseguisse respirar mais. Não demorou muito tempo, parece que cerca de um minuto já é quase suficiente, mas eu segurei ali por cinco minutos. Tinha que ter certeza.*

*Depois verifiquei, ele não respirava mais, agora havia outro problema. O que faria com aquele corpo? Todavia, eu já sabia muito bem o que fazer. Havia uma represa que eu conhecia há muito tempo e tinha um lugar onde o carro chegava perto de um penhasco de uns vinte metros de altura.*

*Seria muito fácil empurrar alguém de lá, porém era necessário planejar com cuidado para não acontecer nenhum contratempo.*

*Com o carro e o cadáver, sozinha, atravessei alguns canaviais. Felizmente, a estrada naquela hora era extremamente deserta. Tinha comprado uma corrente, um cadeado e um pedaço de ferro para fazer peso. Amarrei no corpo. Pude perceber como era pesado arrastar um homem falecido. Cheguei a pensar até que teria que cortar pedaços, mas com muito esforço consegui arrastar ele porque o local era um tanto inclinado e a gravidade por si só me ajudava arrastá-lo.*

*Já havia pensado em tudo. Era perigoso, eu poderia até ter caído no penhasco, mas tinha que me arriscar. Aí fui rolando ele devagar até chegar bem na beirada daquele paredão. Amarrei o peso no corpo.*

*Lá embaixo daquele paredão, a cerca de vinte metros, existia uma lagoa que tinha se formado pela escavação de uma pedreira, era muito profunda.*

*Havia lido algumas coisas a respeito e sabia que o corpo tendia a boiar, por isso amarrei o peso. Mas ainda havia uma coisa que eu tinha que fazer, que foi a pior. Já tinha lido que para o corpo afundar teria que rasgar a barrigada.*

*Por um momento hesitei, fiquei com um pouco de remorso. Porque a pessoa naquele estado, ainda que tivesse sido aquele monstro em vida, enquanto morto era só uma pessoa. No entanto, não poderia mais retroceder e me lembrei dos abusos que ele me tinha feito e, com uma raiva demoníaca, rasguei a barriga dele com uma faca e o empurrei para água. Joguei a faca junto.*

*Pronto. Fiquei olhando por uns dez minutos, estava escuro. Havia trazido comigo uma lanterna potente e iluminei onde caiu o corpo. Sucesso. O corpo afundou sem deixar vestígios. Havia acabado de concluir uma parte daquilo que eu tinha planejado.*

*Só faltava, agora, a segunda parte do plano. Voltei rapidamente para casa, ainda estava de madrugada, eram 2h30.*

*Felizmente, não cruzei com nenhum veículo naquela estrada de terra. Mas como tudo ali era terra vermelha, teria que tirar as pistas e a poeira dos pneus do carro e de meus sapatos. Até Londrina existe um pedaço de asfalto grande que acabaria com qualquer dúvida e as poeiras dos pneus sairiam.*

*Depois disso fui naquele local do acidente, aí eu teria que dar um jeito de enganar os peritos e a polícia, o que não seria muito difícil, não em razão da competência dos agentes, mas por causa da grande quantidade de serviço que os sobrecarregam diariamente, além de uma estrutura muito ruim. Portanto, certamente eles não iriam analisar a fundo a questão, seria mais um caso corriqueiro, vitimando alguém sem importância social e econômica.*

*Então, peguei vários pedaços de carne de porco que havia comprado e os coloquei no carro de forma estratégica. Coloquei apenas carne sem osso. Isso era apenas para que os resíduos do incêndio pudessem ter algum material orgânico.*

*Depois de tudo calculado, com o tanque cheio e aberto na parte de cima, coloquei os litros de gasolina que eram necessários para dissolver até ossos. E bem no meio da carne, com uma proteção para aguentar as chamas, coloquei um dente de siso que havia arrancado fazia tempo. Nunca tinha pensado que o usaria daquele modo, mas ele veio bem a calhar.*

*Ateei fogo no carro e sai daquele local, às pressas. Já tinha me arrumado e trocado de roupas no carro. Vesti uma peruca vermelha que se encaixou perfeitamente em mim, e uma roupa totalmente diferente do meu estilo. Como não sabia me maquiar, fiquei sem maquiagem mesmo. Coloquei nas costas a mochila com o dinheiro do apartamento.*

*Chamei um mototáxi com um telefone que não estava em meu nome. Pedi para ele me deixar na rodoviária. De lá peguei um táxi com destino a Foz do Iguaçu.*

*O taxista começou a fazer muitas perguntas, eu estava de óculos escuros. Disse que estava indisposta para conversar e se ele chegasse ao destino bem rápido eu pagaria a corrida dobrado. Falei que ia dormir e fingi boa parte da viagem que havia pegado no sono.*

*Em Foz, peguei outro táxi e desembarquei em Cidade de Leste. Lá me enfiei em uma pensão bem mequetrefe. Já eram dez da noite. Era perigoso circular por lá nessas horas. Fiquei alguns dias lá, até conseguir uma série de documentos falsos. Consegui tudo o que precisava. Identidade, passaporte e tudo que um cidadão precisa, e por uma bagatela.*

*Com os documentos de que precisava em mãos, me dirigi a uma cidade da Argentina. Depois fui para Buenos Aires, onde dormi por um dia. Finalmente fui para Montevidéu.*

*Durante essa transição, vivia com a mochila de dinheiro nas costas, receosa de que alguém me assaltasse, mas tudo correu bem, e os lugares que passei, por incrível que pareça, são muito mais seguros do que Curitiba, Rio de Janeiro ou São Paulo.*

*Tinha que ter o cuidado de não falar muito com as pessoas nas ruas, pois não sabia espanhol. É que, em meus documentos falsos, meu nome era Lourdes Mercedes Velásquez, uma suposta cidadã uruguaia. De modo que se alguém percebesse que eu não falava espanhol, poderia colocar tudo a perder.*

*Fiquei em Montevidéu em uma pensão que não exigia documentos, até que eu aprendi a falar a língua deles. Com um notebook e internete, em três meses já estava arranhando o idioma. Em seis meses estava falando, lendo e escrevendo. Estudava praticamente o dia todo.*

*Quando estava segura no idioma, aluguei um pequeno apartamento em um bairro não muito longe do centro. Já havia feito a conta, meu dinheiro daria para eu ficar por três anos sem trabalhar, mas também não poderia comprar nada além do básico.*

*Arrumei um bico em um supermercado, mas, um mês depois, deixei o serviço. Estava me tomando muito tempo. Como você sabe, eu tenho facilidade para estudar e tinha outros planos.*

*Comecei a seguir você pela internet, mas não tinha muita coisa sua. Então fiquei obcecada em saber o que estava se passando com você e comecei a me aprofundar em questões cibernéticas digitais. Aprendi muita coisa, muita mesmo. Do mesmo jeito que eu estudava História quando você me conheceu na faculdade, comecei a estudar Informática, sistema de computação e internet. Hoje, posso facilmente criar um aplicativo ou qualquer coisa do tipo.*

*Nessas incursões de conhecimento, comecei a participar de um grupo de hackers. Eu levava jeito para coisa. De todas as ligações que você fazia, eu conseguia saber. Tudo o que você estava fazendo ou que você tinha feito em ligações ou tematicamente, descobri.*

*Era muito fácil burlar o sistema e fazer muitas coisas, também é muito fácil desviar dinheiro de contas bancárias. Esse grupo de hackers que eu descobri e que consegui entrar era o grupo trinta. Na verdade, ninguém do grupo se conhecia pessoalmente, a sala de bate-papo do grupo continha trinta hackers, daí o nome.*

*Havia pessoas do mundo todo, vários nomes, como: Calblock, UbiIII entre outros, meu nome era simplesmente iCarly 2.*

*Aprendi muito com o grupo. Eles ameaçavam os sistemas e supostamente queriam revolucionar. Mas, na verdade, na maioria das vezes, só queriam brincar com o sistema, desviar dinheiro de grandes fortunas para suas contas particulares.*

*Em minhas invasões, rastreei as fortunas de grandes políticos brasileiros e comecei a investigar a procedência de tudo. E você não pode imaginar o que descobri: quase todos os políticos estavam envolvidos em esquema de propina subornando ou sendo subornados por empresas e o diabo. Era muito dinheiro do povo sendo jogado às traças.*

*A consequência disso eram pessoas e mais pessoas sofrendo na fila de hospitais, pistas com buracos, custos altíssimos e tudo o que você já sabe.*

*Aí, para sobreviver, comecei a desviar um pouco de dinheiro dessas fortunas para uma conta em um paraíso fiscal. Hoje tenho um fundo de ações no valor de 30 milhões de dólares.*

*Só de dinheiro desviado de empresários que pagavam propina e de grandes fortunas. Por princípio, não desviava dinheiro dos políticos, porque este dinheiro era da população; se eu tivesse desviando dinheiro deles, estaria também roubando o povo.*

*Então, eu me ative a desviar dos empresários bilionários, eles tinham tanto dinheiro que nem percebiam os desvios, e agora estou milionária.*

*Com todo esse dinheiro, não foi difícil tirar você da prisão.*

*Isso não é tudo. Quando comecei a te grampear e ver o que você estava fazendo, sentia uma grande alegria e também um grande remorso por ter feito você de palhaço, por tê-lo enganado.*

*Todo o seu esforço me deixava emocionada. Como ele poderia gostar tanto de mim? Eu não merecia tanto amor. Era isso que eu pensava e me transtornava todos os dias. Se não fosse tão focada em meus objetivos não teria conseguido fazer mais nada pelo remorso que sentia.*

*Sem alternativa, tive que procurar vários tipos de terapias para tentar superar aquele trauma que eu tinha, além de tentar superar o sentimento de culpa por ter mentido a você. Estava procurando ser uma pessoa normal, tentando ressignificar o passado para viver bem o presente.*

*Sempre te acompanhando, observando que você estava tendo sucesso, achei que logo se casaria, constituiria família e viveria bem com Cíntia Lathami. Não me olhe assim, eu também a grampeei. Sinto muito.*

*Quando vi que os políticos fizeram uma artimanha para barrar as investigações, fiquei indignada.*

*No início, me tornei hacker para poder seguir você, saber o que você estava fazendo, se você estava bem ou não. Entretanto, isso me conduziu para outras coisas, tudo isso que eu descobri por meio de e-mails secretos mandei para um pessoal da Polícia Federal que eu sabia que eram os agentes não corruptos. E foi assim que se desencadearam grandes operações que culminaram com um dos maiores escândalos conhecidos na história brasileira.*

*Só que tudo aquilo que você vê na televisão, na internet, na mídia, Kalisson, todas aquelas coisas horríveis, a corrupção sem medida e tudo aquilo que está sendo investigado, é só a ponta do iceberg.*

*Eu só dei a dica para polícia e para o Ministério Público de um pouco, mas ainda tem muita coisa para ser mostrada, muita mesmo.*

*Então, continuando... Como comecei a ganhar dinheiro e já sabia falar espanhol muito bem, novamente consegui documentos falsos, documentos de uma herança falsa que seria destinada a Mercedes Lourdes Velásquez.*

*Assim, o dinheiro todo que eu desviara estava limpo e poderia ser transferido para qualquer lugar sem o menor problema. Tudo isso consegui com alguns falsificadores de documentos e com os hackers. É muito fácil burlar o sistema com a internet e com conhecimentos adequados, há muitas brechas.*

*As pessoas comuns não conseguem porque não têm conhecimento necessário e porque é preciso um estudo verdadeiro e detalhado, uma grande obsessão para conseguir, mas aqueles que se aventuram a chegar às profundezas do sistema da informação, constatam o quanto é fácil invadir uma conta, ou dar uma coisa por outra. O sistema é débil, qualquer segurança pode ser quebrada.*

*Não há segurança efetiva na comunicação e como ela é feita quase sempre no modo on-line, portanto, é possível você descobrir praticamente quase tudo o que se passa. A única exceção, em partes, se dá em relação às pessoas que não se utilizam de nenhum meio eletrônico ou telemático. Mas hoje em dia é difícil existir pessoas totalmente desconectadas da parafernália virtual.*

*Havia chegado a um nível de conhecimento em informática que nunca imaginava, do grupo dos trinta que te falei, fui listada no grupo dos cinco melhores hackers do mundo. Chegavam àquele grupo apenas as pessoas que conseguiam fazer determinadas coisas. Era um sistema próprio criado pelo melhor hacker do mundo, que tem o codinome Wasp. Era um sistema considerado tão bom que quem o conseguisse invadir seria reconhecido como um dos melhores do mundo.*

*Além do criador do grupo, mais quatro pessoas apenas conseguiram entender o sistema, uma delas era eu. Um dos cinco hackers era amigo de Edward Snowden e passava informações para ele e para o Wikileaks.*

*Naquele grupo, nós conversávamos sobre algumas coisas que aconteciam ou aconteceriam no mundo, sobre mentiras mundiais, sobre guerras, sobre muitíssimas coisas, cada um se atinha mais a informações de seu país, sem negar a vocação mundial da rede, havia muita informação, muita sujeira neste mundo e, principalmente, muita mentira.*

*Muitos tentavam deturpar a todo momento as informações verdadeiras, tudo era um jogo de interesses. É horrível, o mundo se tornou um barril de pólvora e uma confusão generalizada.*

*Eu não me interessava muito por esses assuntos globais, apenas a critério de informação é que eu sabia dessas coisas. Apesar de ser interessante, o que me chamava a atenção ou me incomodava mesmo era a notória barbaridade que os políticos brasileiros fazem com nossa nação. É incrível, eles só servem para atrapalhar. Se a gente estudar a fundo e pesquisar, as ações políticas devem ter atrasado o país por cerca de trezentos anos.*

*A par de tudo isso, continuava te observando e vendo a sua evolução. Quando vi que aqueles políticos tinham proibido as investigações que você, com tanto êxito, fazia, fiquei possessa. E como eu já sabia da sujeira usual deles, comecei a investigá-los mais intimamente...*

*O resultado foram aqueles e-mails que você recebeu. Sim, eu os enviei. Mas em nenhum momento imaginei que aquilo tudo fosse culminar na sua prisão. Fui ingênua e imatura. Quando fiquei sabendo que você estava preso, então fiquei muito preocupada.*

*Tentei proteger você por meio de informantes. Fiquei sabendo de tudo o que aconteceu desde seu primeiro dia na prisão. Paguei propina aos funcionários para colocá-lo naquela cela com Lady Kate, Nego Gato e Velho Xaréu.*

*Eles foram escolhidos a dedo para ficar com você para não dar nenhum problema. No entanto, não pude prever a sua participação em um campeonato de boxe, nem que você teria tantos inimigos. Aquela rebelião estava longe até da força do meu suborno.*

*Quando fiquei sabendo que você quase morreu, meu mundo caiu por um momento. Sabia que teria de tomar uma atitude real, e não virtual, intervir diretamente, senão você poderia acabar morto naquele inferno.*

*Subornei toda a enfermaria e os médicos que serviam na penitenciária. Entretanto, ainda teria que planejar o que teria que fazer para tirar você de lá...*

*Minha vida em Montevidéu foi tranquila e rotineira. Como sou um tanto antissocial, não tive dificuldades em ficar sozinha. Não fiz amigos porque prefiro ficar sozinha mesmo. Você me conhece.*

*A atividade de hacker exige muito tempo de solidão. Para não dizer que não tinha amizade, um cachorro de rua chamado Cusco fez amizade comigo. Sempre dava pão português para ele comer. Cusco me seguia até certa altura, depois voltava para o seu território. Era um cachorro muito simpático, amarelão e grande.*

*Às vezes, caminhava pelas ruas ou em algum parque. Procurava sempre variar os meus locais de compra para que não ficasse muito conhecida e não criasse vínculos. Fazia minha própria comida ou comia em algum restaurante.*

*Confesso que Montevidéu é um lugar muito bom para se viver. Morava em um bairro muito bom. Comprei um carro modesto, mas quase nunca o usava, preferia os transportes públicos ou táxis.*

*Estava com toda estrutura necessária para viver bem. E realmente vivia.*

*Tinha planejado ficar ali até que você cumprisse a pena com segurança, depois viajaria pelo mundo e moraria um pouco em cada capital ou cidade que achasse interessante, e assim viveria os meus dias, com meus livros e uma vida confortável, mas modesta. Depois que você tivesse cumprido a pena em segurança, também planejava abolir a atividade de hacker.*

*Incomodava-me muito saber que eu tinha te enganado descaradamente, que você ainda assim estava demonstrando que se importava comigo e que a cada dia se importava mais, fazendo tudo que você fez. Isso me deixou em parafuso, muito mal.*

Deixava-me mal todo dia. Sabia que eu tinha que lidar com isso. Quando você faz uma coisa injusta para uma pessoa injusta isso não te afeta muito porque você sabe que a pessoa também agiu do mesmo modo, e a sua injustiça não fica tão pesada. Mas quando você faz uma coisa injusta a uma pessoa justa, e essa pessoa, apesar da sua injustiça, ainda continua fazendo coisas boas para você, então se está diante do pior dos remédios, faz você enxergar que injustiçou de verdade uma pessoa que realmente era boa e faz o sentimento de culpa e autoacusação se aflorar demais.

Levando em conta tudo o que falei, minha vida em Montevidéu era pacata, entre aspas, mas, psicologicamente falando, o meu sentimento de culpa em relação a você me atormentava dia e noite.

Tive que passar por diversas terapias para suportar esse peso. Porém, não entrei com tratamento com psiquiatras e neurologistas. Procurei terapias alternativas porque sabia que alguns remédios causam inúmeros efeitos colaterais.

Apelei para análise psicanalítica. Descobri muitas e muitas coisas sobre mim que nem imaginava. Descobri coisas da infância e até mesmo antes dela, da grande carga de informações genéticas e emotivas que nos é transmitida pelos pais biológicos no momento da concepção.

Como se não bastassem nossos próprios problemas, havia problemas mal resolvidos dos antepassados que nos eram transmitidos pela memória genética, o que gera muitos efeitos psicossomáticos.

Foi surpreendente quando descobri que coisas que atribuímos a nós, na verdade, são coisas mal resolvidas dos antepassados, transmitidas a nós pela memória genética. Na terapia, você aprende a ressignificar tudo isso e fazer um registro diferente em seu cérebro, fazendo com o que o inconsciente *interprete a informação de forma diferente, nos liberando de muitos traumas.*

*Procurei todo o tipo de terapia alternativa que você possa imaginar, e descobri muitas e muito interessantes. Antes não dava muito valor nisso, mas vi que realmente funciona, hoje estou muito melhor. Ainda não superei aquele trauma sexual, nem o sentimento de culpa que sinto em relação a você. Mas as terapias e a psicanálise me ajudaram muitíssimo.*

*Mesmo evoluindo emocional e sentimentalmente, o fato de saber que você estava preso por minha causa era uma coisa que me incomodava muito. Então, tinha que resolver. Claro que não contava tudo o que aconteceu comigo aos psicanalistas, usava nomes fictícios e histórias ilustrativas.*

*Alguns deles, com visão limitada, achavam que eu delirava em meus pensamentos, aí ia trocando de terapeuta, até encontrar uma muito boa. Ela também tinha passado pelo trauma do abuso sexual. Ela me ajudou muito.*

*Depois de muito tempo entendi que, em relação a você, não resolveria com terapias, porque era coisa que eu teria de resolver diretamente contigo, o que me dava medo. Martelando em mim como uma questão que nunca se resolveria, como uma coisa incompleta que tinha que se resolver, mas para isso precisava te enfrentar cara a cara e contar tudo, dizer tudo, me desculpar por tudo.*

*Quando você foi preso, já tinha pensado em dar um jeito de você fugir, mas fiquei com medo de você se revoltar contra mim. Acabei acreditando que cumprir toda a pena seria o melhor para você.*

*Tirar você de lá, com um bom suborno, não seria muito difícil, mais difícil seria te olhar nos olhos como estamos fazendo aqui e ter esta conversa. Isso, sim, seria difícil, e eu estou ciente de que talvez tenha que viver sem o seu perdão.*

*Eu estou consciente disso, porque a questão de você me perdoar ou não vai depender exatamente de você, e não de mim. Agora estamos aqui, eu contando a minha história pela minha visão e você me ouvindo. Não sei como estou conseguindo te falar tudo isso que estou contando com você me olhando desse jeito.*

Alguma coisa nos olhos de Kalisson tranquilizava Mia e lhe dava coragem necessária para que ela falasse com naturalidade. Por sua vez, Kalisson ficou observando e ouvindo atentamente tudo que ela dizia.

A cada palavra que ela proferia, se admirava mais dela. Ficou impressionado e admirado por saber que foi ela quem propiciou uma das maiores investigações policiais da história.

Mia tinha prestado um serviço social imenso à população brasileira. Quantos bilhões já haviam sido repatriados. Olhando por esse lado, a raiva que ele estava sentindo por ela começou a diminuir.

Vendo-a falar, prestando atenção nos olhos dela, na boca, apesar de ser a mesma Mia, razão de sua glória e sua queda, que havia conhecido há muito numa excursão de faculdade, alguma coisa nela estava diferente. Na impressão de Kalisson, ela tinha amadurecido e realmente aparentava ter superado muita coisa. Estava mais desinibida e mais segura de si, apesar da circunstância incomum enfrentada por ambos.

Aquilo tudo lhe dava a sensação de estar vivendo um momento único, singular, um acerto de contas esperado e merecido.

Apesar da segurança transmitida por sua fala e gesto, por dentro, Mia, por sua vez, estava ansiosa para saber se Kalisson a perdoaria ou não. Inobstante, os olhos dele serenos, sem expressar raiva ou desprezo, apenas prestando atenção ternamente, deram-lhe a segurança para que contasse a vida que teve em Montevidéu.

Foi quase exatamente o que ela contou, muita terapia, de vez em quando passear nos parques, conhecer a cidade, os museus. Frequentou algumas lanchonetes, mas sempre naquele limite dela, naquela necessidade de estar sozinha. Não teve nem um encontro amoroso, nem sequer um flerte.

Não tinha amigos, às vezes conversava um pouco com o porteiro. O pessoal do prédio, super na deles, respeitava o jeito casmurro de ela ser. Ninguém se intrometia na vida dela, o que era muito bom.

Aventuras virtuais e muito estudo foram necessários para ela chegar se tornar uma *hacker*.

Teve que aprender espanhol muito rápido. Devido à sua competência em se concentrar e estudar, conseguiu sem empecilhos.

A vida de Mia foi assim desde aquele trágico dia até o dia da prisão de Kalisson, fato que a deixou muito aflita. Sem saber o que fazer, por algum momento ficou completamente perdida, sem diretriz. Ficou pensando em vão, até o momento da rebelião, que foi o fato determinante para ela agir.

Apesar de sempre ter ensaiado em seus pensamentos, desde a prisão, em tirar Kalisson da cadeia, pois pensava muito nisso e havia consultado seus amigos *hackers* sobre as possibilidades de êxito, foi o fato de ele ficar ferido que a movimentou de verdade.

Depois de pensar milhares de vezes no assunto, constatava o risco da operação. Mas considerava o maior risco o de Kalisson nunca a perdoar. E se ele não quisesse fugir ou não aceitasse a proposta dela, se não quisesse nem a ouvir? Essas coisas a atormentavam mais do que o normal e a fizeram regredir em sua terapia.

No entanto, agora que estavam lá, frente a frente, Kalisson apenas a ouvia calmamente. Ouvindo Mia, se admirava de muitas coisas.

Mia, não tendo uma interlocução com ele, perguntou se Kalisson não queria falar. Por sua vez, o rapaz apenas fez um sinal para que ela prosseguisse e que depois que ela contasse tudo é que ele falaria.

– Presumo que você também quer saber como escapou do presídio.

Kalisson apenas fez um sinal afirmativo com a cabeça. Mia respirou fundo, olhou nos olhos dele e iniciou novamente a narrativa:

*Inicialmente, tive que entrar em contato com uma pessoa no Brasil e, depois de alguns outros contatos, já estava sabendo quais eram os agentes penitenciários que eu poderia contar para realizar meu plano.*

*Enviei um e-mail para um daqueles agentes que você tinha ajudado na rebelião. Ele apenas me informou um número de telefone. Liguei.*

*– Não trato de negócios por telefone – falou um homem.*

*– Então marque um local – respondi.*

*Ele marcou, mas quem foi ao encontro dele foi um contato antigo, de minha confiança, e ofereceu um valor.*

*À primeira vista, o agente afirmou ser muito arriscado, mas – quase sempre existe um "mas" – se a quantia fosse boa, ele poderia fazer vista grossa para algumas coisas.*

*Foi oferecido 50 mil reais, e ele aceitou de cara. Com certeza teria aceitado por bem menos. Corromper alguém no Brasil não é caro. Apesar de que, não fosse pela corrupção, não poderia tirar você de lá numa boa.*

Esse agente teria que conversar com mais outros e corromper mais 16 pessoas para que tudo desse certo, os subornos foram de 10 a vinte mil. Além disso, tive que custear suborno para comprar a enfermaria toda, principalmente para os enfermeiros que estariam de plantão.

Contratei também duas enfermeiras e um médico particular para atender você. Nem fiz a conta de quanto gastei, mas valeu a pena, o plano deu certo e você está aqui.

A enfermeira, quer dizer, o enfermeiro da penitenciária, teria que aplicar uma droga que simulasse em você um ataque que precisasse de urgência de atendimento. Fiquei apreensiva, no começo, com essa ideia, e se errassem na dose e você não resistisse... Não gosto nem de pensar nisso.

Porém, já havia estudado e repisado tudo a respeito, além do mais, os enfermeiros e o médico sabiam fazer isso com tranquilidade, pelo menos me garantiram isso.

Foram aplicados cinco miligramas de uma droga que simula estado de coma. Aí você foi conduzido para o médico e este te encaminhou para a UTI.

O pessoal do transporte, sem saber o que se passava, levou você para um hospital em uma ambulância.

Havia contratado mais umas seis pessoas. Elas abordaram a ambulância em um local estratégico e a renderam, veio um carro funerário com dois agentes, colocaram a maca com você dentro e foram até um local, onde você foi transferido para uma van. Examinada as condições de sua saúde, seguiu viagem até aqui, um local do Rio de Janeiro.

Optei pelo Rio para não dar nenhuma pista. Além disso, o pessoal que contratei segurou os motoristas da ambulância em cárcere privado até que você estivesse seguro aqui. Este local é bem grande, é tipo uma fazenda com uma casa grande alugada por mim. Era de uma pessoa famosa. Fica próxima à cidade.

*Paguei o médico com garantia de sigilo absoluto para tratar de você. O médico logo deu o diagnóstico que dentro de alguns dias você se recuperaria.*

*Noticiários estão falando que você foi raptado e que ninguém sabe o que aconteceu. Estão especulando se você estaria vivo ou morto. A notícia passou nos jornais mais famosos.*

*Nesse ponto Kalisson interveio:*

– Você ficou louca. Não pensou em minha mãe e em meu pai. Devem estar muito preocupados, achando que eu estou morto ou alguma coisa assim. Você é muito irresponsável e leviana.

– Calma! Calma, acalme-se, Kalisson. Avisei sua mãe que você está bem e que daqui a aproximadamente vinte dias eu daria notícias.

– E ela acreditou em você?

– Foi difícil convencê-la. Mas, no final, ela acreditou, concordou e prometeu que ficaria bem tranquila.

Ouvindo isso, Kalisson se acalmou.

*Então – continuou Mia – foi basicamente isso que aconteceu. Tive que subornar muitas pessoas, contratar médico, enfermeiras e tudo mais, inclusive pessoas barras-pesadas.*

*Acho que gastei mais ou menos um 1,5 milhão para toda a operação.*

*Felizmente, está tudo certo. Eles estão procurando você no Estado do Paraná, quando, na verdade, você está aqui, no Rio de Janeiro. Dentro de dois dias, nós poderemos ver como ou o que vamos fazer.*

*Kalisson, eu sei que tudo isso que te disse não vai amenizar nada que eu te fiz. Me sinto muito mal, muito mal por ter feito tudo isso com você, de ter te enganado, de ter te traído. Agora não sei o que eu faço mais...*

*Tão certo como essa luz que nos ilumina, você não pode voltar para aquele lugar, para aquelas pessoas. Descobri que muitas encomendaram sua morte, muitos políticos estavam torcendo para que isso acontecesse.*

*Antes da rebelião, eu tive que subornar várias pessoas para cuidar de você e pagar um valor mais alto para algumas deixarem você em paz. Contudo, mesmo assim, as coisas chegaram a um ponto que eu não estava mais conseguindo controlar tudo.*

*Ainda bem que deu para segurar o quanto eu podia.*

*Como estava dizendo, você não vai poder mais voltar lá. Vai ter que viver como foragido, e isso é difícil. Portanto, temos que pensar juntos em uma estratégia. Na verdade, já pensei em tudo. Sem querer ser pretensiosa, mas já sendo, o meu plano vai depender em grande parte do seu perdão...*

Mia ficou por uns três minutos em silêncio, com a cabeça baixa, não ousava encarar Kalisson. Até que ele se pronunciou:

– Olha, essa história que me contou, é bem interessante, incrível. E agora eu sei que não precisava ter acontecido nada disso. A gente poderia estar vivendo bem e não precisaria ter passado por nada disso; mas, por outro lado, aquele teu trauma era muito grande, e por tudo que eu estudei sobre traumas, sei que você provavelmente não se superaria, talvez até agora estivesse mal.

"Por meu lado, também eu nunca teria colocado tanta gente, tantos bandidos na cadeia. E também você não teria conseguido dar início, mesmo que ninguém saiba disso, na Operação Lava Jato, que está colocando muito corrupto em maus lençóis...

"Essa da Lava Jato me deixou de boca aberta. Estou entendendo que por razões indiretas nós acabamos promovendo o bem para muita gente.

"É claro, confesso que fiquei com muita raiva de você, mas, posteriormente, admito que enquanto ouvia você falar, prestava atenção na sua voz, no seu gesto, no seu olhar, a raiva já estava indo embora rapidinho; porém, quando eu ouvi toda a história, aí eu nem senti mais nada obscuro.

"Fui ouvindo seus esforços, vendo as razões e, ainda, levando em conta tudo por que passei, na verdade, tenho que agradecer. Agradecer a Deus porque eu estou aqui vivo e porque você está viva.

"Sei que é uma história um tanto quanto inusitada. Me pegou de surpresa, nunca imaginaria isso; se bem que eu tinha esperança e, na minha ânsia do amor que eu sinto por você, vivia achando ainda que, irracionalmente, você voltaria de alguma forma.

"Sabia que era impossível. Volta e meia sonhava com você. Como dizer com palavras aquilo que está dentro da gente? Poderia usar muitas palavras sem sucesso, mas você deve imaginar do que estou falando. Quero te perguntar uma coisa, você me ama?"

Mia ficou completamente sem jeito e ruborizou.

– Puxa, Kalisson. É difícil pra mim falar dessas coisas. Você sabe.

– Sim, entretanto, com todas as terapias que me disse que fez, por tudo isso que a gente passou, por tudo que está acontecendo agora, seria tão difícil? Ou seja, não seria um esforço sobre-humano, e eu mereço essa resposta. Você me deve isso.

Mia ficou por um momento cabisbaixa, olhando-o de esguio, pensativa. O coração ficou aflito. A resposta, ela já sabia muito bem. Mas como era difícil falar dessas coisas. Parecia que a palavra chegava até a garganta e retornava covardemente para dentro, como um ruminante.

– Kalisson, como é difícil pra mim falar certas coisas... Muitas pessoas usam essa palavra de qualquer maneira. Pra mim, porém, é uma palavra especial, que não deveria ser dita a qualquer hora, a qualquer momento. Deveria ser dita apenas em momentos especiais.

"Você se lembra daquela carta que eu te mandei? Das palavras que eu disse? Algumas palavras eram mentira, mas outras não. A parte que escrevi sobre você, sobre meus sentimentos por você, são todas verdadeiras."

– Essa carta é antiga, faz muito tempo. Eu quero saber, com toda sinceridade e com verdade, o que você sente por mim hoje.

– Tenho medo de falar.

– Eu quero que você fale. Eu tenho o direito de saber, de ouvir.

Relutantemente, aflitíssima por dentro, Mia fechou os olhos, inspirou por três vezes profundamente e falou:

– Eu sempre te amei. Eu te amo. Te amei desde as primeiras conversas na faculdade. Te amei desde quando senti confiança em você e pouco a pouco me apaixonei. Nunca te esqueci, nem por um dia sequer.

"Fiz toda essa bobagem... Se não te amasse, não teria feito. Mas achei que seria melhor. Fiz tudo porque achei que me lavaria de meu trauma, também porque achei que seria melhor para você.

"Te amei sempre, durante todos esses anos te amei. E quando soube do seu esforço, de tudo o que você estava fazendo indiretamente por mim, eu te amei mais ainda. Eu te amo muito, muito Kalisson. Não tem como explicar o que eu sinto por você. Você esteve comigo todos os dias em meus pensamentos, desde quando acordava até quando ia dormir. Apenas nos meus momentos de concentração e estudo é que você me deixava. Kalisson, você está ouvindo?"

Kalisson, apesar de estar olhando para ela, parecia que não a via mais, como se estivesse em transe.

– Você espera que depois de tudo que eu passei, depois de tudo que você me fez, que vou simplesmente passar uma borracha em cima de tudo isso e te abraçar e te beijar? É isso que você está esperando?

– Não, Kalisson. Eu esperava que você ficasse muito raivoso mesmo... Só gostaria muito que você me perdoasse porque estou me sentindo muito mal e sempre me senti assim. Se você me perdoar, não precisa nem olhar mais na minha cara, apesar de que seria ruim. Entretanto, mesmo seu perdão eu não posso exigir porque isso é uma coisa pessoal; parte de você para mim, não de mim para você. Eu o desejo, mas quem decide se vai dar ou não é você.

– É uma questão difícil. Perdão não é uma coisa que você quer. Você pode até querer, mas perdoar ativamente já é outra coisa. Tem que se estar sentido aquela vontade genuína de que aquilo não mais incomoda ou não faz mais diferença.

– Então quer dizer que você não me perdoou. Sinto muito, sinto muito mesmo, mas eu entendo.

– Não foi isso que eu disse. Você está concluindo errado. Antes de eu terminar de falar, você já concluiu, você já se condenou. O que aconteceu já está feito, mas o que não aconteceu pode ser modificado. Mia, não tem como te dar perdão...

– Eu sei, eu errei muito e não tem mesmo como uma pessoa perdoar outra nesta situação.

– Espera eu falar primeiro antes de tirar suas conclusões. Como eu estava dizendo, não tem como te dar perdão porque eu nunca te condenei. Porque você não fez nada com má intenção contra mim... Você está perdoada, verdade! Depois de tudo que você falou, por suas razões e tudo o mais, percebi que meus sentimentos por você continuam acesos como antes. Mia, eu te amo também, te perdoo e quero me acertar com você.

"Sei que durante todo esse tempo a gente ficou longe e que a gente vai ter que acertar as coisas devagar até podermos confiar novamente um no outro. Só que não tenho dúvidas, quero ficar com você e desta vez vai ser pra sempre. Quero para sempre. Ouviu? Nunca mais quero deixá-la, nunca mais quero que você vá embora de mim e nunca mais quero que você minta para mim."

Mia ficou emocionada e chorava sem parar, não conseguia imprimir em palavras o que estava sentindo. Era maravilhoso demais saber que um homem a amava tanto daquele jeito. Não entendia por que ele a amava assim, mas, mesmo sem entender ou compreender o porquê do amor dele, era muito gratificante e benéfico a ela o efeito de saber que era amada de todo o coração por alguém igual a Kalisson.

Nunca se entendeu digna de amor, mesmo após tantas terapias. Era incrível o tanto que Kalisson a amava. Um amor que a transformou para sempre, um amor que fez ela se tornar uma pessoa melhor, mas como ela corresponderia àqueles sentimentos?

Será que poderia corresponder plenamente, fazê-lo feliz, ter uma relação normal com Kalisson? Ou seria como antes? Não poderia aceitar ser como antes.

Aquilo tudo era grande desafio. A possibilidade de viver um amor verdadeiro lhe dava medo. A possibilidade de ter um final feliz lhe dava medo. Muitas pessoas, como Mia, não se julgam dignas de ter um final feliz, de ter uma vida realmente boa. E era isso que estava acontecendo com Mia.

O desafio era grande, aquele homem que ela amava com todo o amor do mundo, dizendo que a amava e que queria ficar para sempre com ela.

O primeiro impulso foi sair correndo, entrar e não sair mais. *Não seja covarde, Mia*, pensava. Entretanto, desta vez, sim, enfrentaria os obstáculos e os medos paralisantes.

– Mas e se eu estiver como antes, Kalisson? E se eu não conseguir ter relações com você? Como vai ser? Aquela situação me deixava muito mal, não poder ter relações com você. Temo que eu não possa te fazer feliz de verdade.

– Acalme-se, Mia. Nem estou pensando nisso agora. Não quero você só pelas relações... Quero ficar com você, estou disposto a pagar o preço que for; e, mais uma coisa, não vou forçar a barra em nada, nem mesmo vou te tocar. Até que você esteja pronta me contentarei com abraço e carinho.

– Kalisson, você é fabuloso, incrível. Não sei se mereço tudo isso.

– Pare de falar assim! É claro que merece. Além do mais, eu mereço ficar com você depois de tudo. Só falta uma coisa... Vem aqui perto de mim!

Mia aproximou-se, teve uma explosão de emoções. Os dois envolvidos por sentimento sublime não puderam conter o inevitável abraço, mesmo ele sentado na cama e um tanto debilitado.

Abraçada a ele, sentiu-se a pessoa mais segura do mundo.

Naquele abraço Kalisson sentia que finalmente estava perto de alcançar aquilo que tanto desejou durante a vida. Ainda que de forma incompleta, sentiu ali um recomeço de onde tudo poderia mudar, ter sentido e que talvez agora fosse o momento de, enfim, ele ser feliz.

O que ele sentia era sublime, imenso. Ultrapassava a compreensão humana. A raiva que sentiu antes por Mia era insignificante perto daquela transcendência.

Aquilo tudo era um presente, uma chance para viverem tudo de novo, de serem felizes. O desejo de ser feliz havia ressuscitado.

Uma nova vida eles poderiam viver juntos, no entanto, precisavam acertar algumas coisas. Ver como seria dali para a frente... No entanto, naquele momento não pensavam nessas coisas racionais. Apenas se sentiam envolvidos por uma suave e terna emoção que os transportaria ao mundo sentimental ideal.

Permaneceram assim por muito tempo, abraçados em uma posição que não era muito confortável, até porque Kalisson estava sentado na cama, e Mia meio inclinada, mas foram se ajeitando até ficarem em uma posição um pouco melhor.

Em certo momento, a enfermeira adentrou o quarto; como viu que estavam abraçados, recuou. Aguardou mais meia hora, o que seria o horário de aplicar o remédio no soro.

Kalisson, devido ao cansado e aos efeitos dos calmantes, acabou adormecendo nos braços de Mia. Ela o deitou suavemente na cama; enquanto o observava dava beijos nos dois lados do rosto, alternando, e dava uns selinhos na testa. Beijava também as mãos e inalava o cheiro dele, não de perfume, mas o cheiro próprio de Kalisson.

Mia inebriava-se de felicidade, tinha vontade de dormir abraçada a ele naquela cama, porém sabia que isso não poderia ser feito.

A paz de espírito alcançada pelo perdão e a suavidade de Kalisson davam a Mia um estado de leveza e de paz de espírito, o qual nunca imaginou ser possível sentir.

Sentia-se leve. Com os olhos vibrantes olhava para ele, sentindo-se inexplicavelmente feliz e com vontade de proteger e de cuidar dele como se fosse uma parte de si mesma.

Como uma ursa selvagem que protege os filhotes a qualquer custo, Mia, naquele momento, não hesitaria em dar sua vida ao seu querido Kalisson.

Pensava em tantas coisas que ele havia feito por ela e por tudo que enfrentou tendo como pano de fundo um grande amor passando por poucas e boas. Sofreu muito, foi preso, quase morto e, mesmo assim, estava lá e, momentos atrás, disse que a amava e que gostaria de ficar para sempre com ela.

O que mais Mia poderia querer do mundo? Era tão bom, tão incrível, tão surreal que chegou a ficar com medo de ser feliz, mas prometeu a si mesma que desta vez não fugiria e enfrentaria tudo o que fosse necessário. Estava pronta para o que desse e viesse sempre ao lado de Kalisson.

A razão vinha também à tona. Mia, legalmente, estava morta, e Kalisson era foragido. *Tenho que resolver isso rapidamente*, pensou. O mais rápido possível, é perigoso esperar demais...

Kalisson se recuperou muito bem dos ferimentos, era o veredicto do médico e das enfermeiras. Aproximadamente mais três dias de repouso estaria pronto para sair.

A enfermeira adentrou no quarto.

– Hora de trocar a bolsa de soro e aplicar os medicamentos.

Mia jazia absorta olhando para Kalisson. Permaneceu paralisada cerca de cinco segundos, finalmente respondeu:

– Sim, por favor. Fique à vontade.

– Você gosta muito dele, não?

– Sim, gosto demais.

– Vocês formam um belo casal. A impressão que tenho é de que há uma energia fantástica que vem de vocês dois.

– Obrigada.

– O que aconteceu com vocês de tão especial assim?

– Bem, acho que não contratei a senhora para me interrogar...

– Sinto muito, senhora, me desculpe.

– Tudo bem, só pergunte menos, por favor. E não precisa me chamar de senhora. Sou mais nova que você.

– Sinto muito, madame. Não quis ser inconveniente, perdão.

– Assunto encerrado. Pode medicá-lo, por favor!

– Perfeitamente.

A enfermeira tinha ficado sem graça com a repreensão. Nunca tinha participado de uma coisa dessas, mas estava sendo bem paga para cuidar e manter sigilo de tudo.

Foi escolhida por sua fama de sigilosa ao extremo; no entanto, cometeu essa gafe porque viu que entre os dois havia muito sentimento, então não resistiu.

*O que quer que tenha acontecido entre estes jovens era uma coisa muito profunda.* Ficou curiosa para saber. Teve certeza de que se tratava de um grande amor e sentiu um pouco de ciúmes ou inveja branca, por que nunca teve um amor verdadeiro, sempre sonhou com o príncipe encantado, com esses amores de romance.

Havia lido muitos romances da Coleção Sabrina, entre outras, mas nunca, nunca tivera o amor esperado, alguém que a amasse de verdade. Era uma sonhadora inata; porém, olhava-se no espelho, e via que agora seria difícil haver algum príncipe interessado por ela, pois achava que havia passado da idade.

*Tudo tem o seu tempo, o seu momento e se não for feito no momento certo, a chance passa.* Resignou-se, pegou a bolsa de soro, trocou-a e injetou em uma nova os antibióticos, analgésicos e anti-inflamatórios. Na sequência, mediu a pressão e tirou a temperatura de Kalisson. Estavam normais. Os batimentos cardíacos também estavam.

A enfermeira se retirou, informou Mia que era melhor apagar as luzes para ele descansar de verdade. Durante a noite passaria a cada meia hora verificar o estado de Kalisson.

Mia apagou a luz e ficou no canto da sala ainda por muito tempo olhando para aquela cama. Refletindo, olhava pela vidraça as estrelas no céu e olhava para Kalisson ali naquela cama. Qual estrela do céu teria mais brilho que Kalisson?

Mia passou quase a noite inteira acordada, conseguiu pegar no sono a partir das 5h30 da manhã. Quando acontece uma coisa tão boa com a pessoa e a pessoa fica revivendo aquele pensamento, o cérebro fica tão animado que ela não consegue dormir. Mia estava eufórica, muito feliz, como nunca esteve antes e com uma pontinha de medo, já se cobrando.

*Será que eu vou conseguir? Desta vez será que eu não vou travar? No momento certo, no momento oportuno... Acalme-se, Mia. Deixe tudo para hora certa! Não fique pensando nessas coisas agora.*

Finalmente, esgotada, adormeceu. Sonhou muitas coisas boas.

# Acordando

Ao acordar, Mia dirigiu-se ao lavabo, molhou o rosto e encarou-se por um breve momento. Imaginou o quanto a vida pode parecer surreal. Vestiu-se singelamente, como de costume, e foi até a cozinha ver como estavam os preparativos do café.

No caminho, encontrou Kalisson, sentado no sofá, pensativo. Um tanto assustado. Talvez pensasse o mesmo que ela: o quão estranho era aquilo tudo.

– Já acordou?

– Bom dia.

– Desculpe, Kalisson. Força do hábito. Bom dia! Achei que iria acordar um pouco mais tarde.

– Já são sete horas. Não costumo passar desse horário.

– Ah, sim. Bom acordar cedo.

– Muito bom esse frescor da manhã, e a tonalidade da luz do sol é prazerosa.

– É verdade, os pássaros cantam muito também. Escute, tem sabiás, corruíras, bem-te-vis.

– Deve ter mais. Interessante.

– Interessante o quê?

– É que durante muito tempo não percebia essas sutilezas do dia.

– Nem eu.

– O excesso de afazeres acaba nos aprisionando.

– Sufocando. É isso que está escrito naquela parábola famosa.

– Sim.

A porta se abriu e, com um pequeno rangido no assoalho, a funcionária, toda formal, dirigiu-se para perto de Mia e lhe disse:

– O café está à mesa, senhora.

– Muito obrigada.

A mulher, olhando para baixo, virou as costas e foi para o interior da cozinha.

– Desde quando você está acostumada com essas mordomias? – disse Kalisson.

– Desde nunca. Acho superestranho ela me tratar assim.

– Mas não fez nada para mudar.

– Não posso.

– Por que não?

– Ela deve acreditar que eu sou uma madame.

– Entendi, é parte de um disfarce.

– Como é mesmo o nome que está usando agora?

– Shhh, fale baixo.

– Desculpe! É estranho para mim ver essas coisas. Uma pessoa ser treinada para ser submissa a outra.

– Não sei nem o que dizer. O mundo é uma droga.

– Não o mundo. O sistema e algumas pessoas o são.

– Apesar de tudo, você continua mais otimista que eu.

– Depois de saber que você está viva, como eu poderia ser pessimista.

Mia corou. Cabisbaixa, disse:

– Vamos tomar café!

– Vamos. Maravilha, estou com uma fome... Você não ouviu o barulho?

Mia sorriu.

Levantaram-se sorrindo um para o outro, atravessaram a antessala e um corredor, e foram até a cozinha onde a farta mesa estava com uma toalha branca e comprida. Uma das paredes era de vidro e dava a visão para as árvores de Mata Atlântica existentes no quintal. Parecia um pedaço de floresta. O local era inspirador.

– Nossa. Não achei que estivesse em um hotel cinco estrelas.

– O que foi? Não gostou do café, Kalisson?

– Na maior parte das vezes, meu desjejum é café com leite, pão e manteiga. De vez em quando ovo frito ou cozido.

– Eu também não sou muito de incrementar o meu café, mas já que a mesa está posta, vamos comer.

Kalisson serviu-se de um copo de suco de melancia, pegou meio kiwi, um pedaço de melão e um de mamão.

– Não sabia que gostava de frutas.

– Depois de todo aquele tempo na cadeia, estou amando frutas.

A mesa estava realmente farta. Eles comeram frutas, pão e alguns frios. Beberam suco e café com leite.

Mia, mais comedida, comeu pouco. Kalisson comeu tudo o que podia. Ficou meia hora à mesa.

Levantaram-se e foram para o jardim. Sentaram-se cada um em um banco, de frente para o outro. O cheiro das árvores que tinham sido molhadas por uma chuva à noite estava especialmente agradável.

– Precisamos conversar seriamente – disse Mia.

– Hum... Achei que estaria na hora mesmo.

– Agora você está recuperado, temos que sair do país o quanto antes. A qualquer momento, alguém pode descobrir você ou falar algo que não deve por aí.

– Sei. E quanto a você?

– Ninguém sabe que eu existo, muito menos que estou com você. Portanto, não se preocupe comigo.

– Você já pensou algo?

– Enquanto você era tirado da cadeia, pensei em tudo. Confesso que às pressas, mas pensei.

– Posso saber alguma coisa de antemão?

– Seria melhor você não saber tudo, porque temos que ser o mais convincente possível. Mas para tirar da agonia, posso adiantar que meu plano tem a ver com o Canadá.

– Será que lá vai estar frio?

– Não se preocupe com isso. Tenho que ir hoje ao centro pegar nossos documentos e passaportes.

– E eu?

– Fique atento, a postos. Temos que sair daqui amanhã, às dez horas.

Mia despediu-se. Foi acertar tudo. Kalisson ficou pensativo. Imaginando como seria tudo a partir dali.

# Acertando a papelada

Mia pegou um calhamaço de documentos constantes em uma pasta.

– Está tudo aqui?

– Sim, costumo cumprir com o meu trato. E o faz-me rir está onde?

– Tome, está aqui.

Pelica – apelido com que o falsário se identificou – olhou para uma pequena pasta de couro. Olhando as cédulas, sorriu com o olhar.

– É, está tudinho aqui. Boa sorte!

– Espere. Preciso conferir a encomenda? – disse Mia.

Pelica olhou-a desconfiado.

– Fique sabendo que não erro nunca, senhora. Todas as encomendas são de alta qualidade e passam por qualquer controle.

– Não por isso, confio nos seus serviços. É que preciso me certificar, vai que me recordo de que preciso de algo mais.

– Pode pedir o que quiser.

– Tudo o que eu preciso está aqui. Obrigado.

Mal Mia falou obrigado e Pelica saiu depressa com a pastinha sorrindo e olhando com olhos ligeiros para todos os lados. Momentos depois sumiu na multidão. Mia o seguiu por instantes. Depois foi para o meio da multidão novamente.

Haviam se encontrado em um bar-lanchonete. A negociação foi em uma mesa. Ninguém percebeu nada de anormal.

*Tudo certo. Agora é só ir embora e aguardar até amanhã.*

Mia voltou a casa e contou, em detalhes, o restante do plano a Kalisson. Ele surpreendia-se cada vez mais com Mia. A inteligência dela às vezes o deixava perplexo e com um pequeno sentimento de inferioridade. *Ela está muito melhor que antes*, pensava.

– Amanhã é o grande dia, não é? – perguntou Kalisson.

– Sim. Está preparado?

– Estou.

– Ótimo. Você pegou tudo de que precisa. Viu suas malas?

– Sim, vi. Mas por que você tomou cuidado de me fazer malas e comprar roupas?

– É óbvio que poderiam desconfiar se você não tivesse bagagem.

Kalisson refletiu. Era verdade, precisavam ser convincentes.

No momento certo, partiram.

# A fuga

A Polícia Federal estava à procura de Kalisson, um de seus informantes constatou algumas informações e as repassou por algum dinheiro de recompensa. Kalisson fugiria para o Canadá, estava com uma companheira de nome Vick.

– Você tem certeza disso? – perguntou o delegado.

– Tenho as informações da passagem.

– Correto, eles já embarcaram. Teremos que contatar a Interpol para capturá-los na chegada ao Canadá.

O delegado, eufórico com a notícia, ciente de que teria um furo de reportagem por capturar uma pessoa como Kalisson, fez vazar a informação para a imprensa. Finalmente, a história toda da rebelião na penitenciária e o desaparecimento de Kalisson tinham vindo à tona.

A Interpol pegaria um fugitivo de alta periculosidade na chegada do aeroporto em Toronto. Seria um furo e tanto. Especulações de todo o tipo chegaram. Como ele tinha conseguido? Quem era Kalisson? O que havia feito? Muitos já tinham se esquecido do que ele tinha feito de benefício ao país. Memória popular superficial demais. Alguns poucos que se lembravam comentavam nas redes sociais que torciam para ele escapar, que era um herói e não um bandido, que existem nomes de ruas, estradas e prédios públicos com nome de chacais, e que Kalisson era um herói de verdade.

O cerco estava feito. Um rádio foi passado para o comandante do avião. Um setor do aeroporto foi esvaziado. Um portão de desembarque foi destinado exclusivamente à captura de Kalisson e Vick.

Estaria ele armado? Era tão perigoso a esse ponto?

Por ordem do comandante, a aeromoça identificou o suspeito e deu a descrição completa dele.

Saindo os passageiros após o desembarque dos portões, dois agentes deram voz de prisão. Enquanto isso disparavam flashes de luz das câmeras dos repórteres. Como estavam sendo filmados fizeram pose. Agarraram o suspeito e o algemaram. Começaram a fazer perguntas em inglês ou francês.

– Quem é você?

– Não estou entendendo. Não falo gringo.

– Chame o tradutor.

Havia algo errado, a pessoa era negra. Não viram a tal de Vick, nem Kalisson.

O tradutor, com expressão assustada, aproximou-se. Os repórteres tiravam fotos e também outros passageiros. Os outros passageiros acharam que a inesperada abordagem era por apreensão de droga.

– Já disse, meu nome é Rodrigo Elizário. Moro na comunidade da Rocinha.

– E como foi que você veio parar aqui?

– Me pagaram a passagem e mais um dinheiro. Disseram que era para eu vir acompanhando Kalisson e Vick, que estariam nas bagagens.

– Isso não é possível – disse o policial, em francês.

Bloqueiem todas as bagagens.

Foi aquele turbilhão de gente atrás da bagagem. Finalmente, as localizaram. Um dos policiais riu, outros estavam indignados. Uma policial apareceu rindo empurrando algo na bagagem.

– Encontramos os suspeitos.

– O que é isso?

Ela segurava, em cada braço, uma pequena caixa de transporte de cachorros. Um macho e uma fêmea bem felpudos e bem cuidados, com uma inscrição na coleira.

A inscrição trazia o nome dos cachorros, Kalisson e Vick.

– Que palhaçada é essa? – gritou um dos policiais canadenses.

Na coleira estava escrito também: "Até a próxima".

Enquanto isso, ainda no Brasil, Kalisson e Mia assistiam aos noticiários e caíam na gargalhada.

Brindaram o acontecimento com guaraná.

– Você conseguiu enganá-los direitinho – disse Kalisson.

– Não foi muito difícil.

Mia explicou que tinha vazado as informações de propósito e armado tudo para que eles perdessem a pista de vez.

– Você foi muito esperta.

– Só pensei com calma.

– Além de tudo é modesta.

Os olhos deles se cruzaram.

No momento de euforia se abraçaram, mas logo se recomporam.

– Ainda precisamos fazer uma última coisa.

– Concordo com você. Mal posso esperar para ver a cara deles.

Ficaram ainda um tempo olhando os jornais. Estavam sem redes sociais e sem *smartphones*. Não queriam correr o risco de serem rastreados.

– Como estamos perto do Pantanal, não podemos dar uma volta por lá?

– Não acho uma boa ideia, Kalisson. Vamos fazer tudo o que temos que fazer. Só depois disso acho que posso conseguir relaxar.

– Tem razão. Temos que esperar. Estou aflito para falar com minha mãe.

– Sinto muito, mas isso você terá que deixar para depois de tudo. É muito arriscado. Eles devem estar rastreando sua família 24 horas por dia.

– Entendo. Prometo que vou controlar meus impulsos.

– Fique tranquilo, ela entendeu meu recado com nitidez, da última vez. Sabe que você está bem. Só não sabe que eu estou viva.

– Nesse ponto acho melhor ela nem saber.

– É verdade. Como nunca apareci com você perto dela, não há com o que se preocupar. Ninguém de sua família vai se lembrar de mim.

– Mas uma hora ou outra teremos que contar tudo.

– Não quero pensar nisso agora.

Viajaram com um carro alugado em nome de Cássia e chegaram a uma casa de campo. Lá estava um equipamento de informática de última geração.

– Então, esse equipamento é fera. Como conseguiu?

– Dinheiro.

– Deve ser interessante contar com dinheiro para fazer qualquer coisa.

– É muito interessante, sim. Faz bem.

– Você vai começar a fazer hoje?

– Não, quero dormir um pouco, descansar. Amanhã mexemos com isso.

Prepararam as coisas, ficaram na varanda conversando por algum tempo, escutando grilos e barulho de mato. À tarde estava muito quente, mas à noite deu uma refrescada.

Mia e Kalisson sentiam o quanto era calmante ouvir aqueles sons da natureza e ver o céu bem escuro e estrelado.

# Preparando o xeque-mate

Paisagens lindas de campos, árvores e revoadas de pássaros. Muito linda a paisagem da fazenda que estavam usando. Mas, ao que tudo indicava, somente os dois estavam ali.

– Como você conseguiu um lugar deste com exclusividade e com tudo montado? – perguntou Kalisson.

– Você não sabe ainda o que o dinheiro pode fazer?

– Tinha uma ideia, mas nunca vivenciei na prática.

– É o deus deste mundo, matam, roubam, trabalham, enlouquecem por ele.

– Você não é assim, nem eu.

– Realmente, só subloquei um pouco para minha conta e estou usando-o.

– Sabe, Mia, pensando em todas essas coisas que me disse, vendo o tanto de poder financeiro que detém, confesso que fico meio com medo de você. Parece que você é uma supermafiosa ou algo assim.

– Pare com isso! Sabe que por dentro sou a mesma. Esse dinheiro é só um instrumento que estamos usando. Até parece que você está com um pouco de preconceito, tipo, a mulher não pode ganhar mais que o homem. Complexo de macho alfa. – Mia riu.

– Pensando bem, pode ser isso mesmo. É duro para alguém orgulhoso como eu aceitar que existe alguém melhor que eu em vários sentidos.

– Quem disse que sou melhor do que você? Eu não aguentaria tudo o que você passou, nem teria sua obstinação. Kalisson, para mim, você é um herói, um super-herói. Me salvou de mim mesma, me deu uma luz, um sentido. Além de ter feito algo incrível às pessoas. Eu não teria conseguido.

– Que isso! Você quem me tirou da cadeia, me passou as informações daqueles pilantras, iniciou a Operação Lava Jato. Parece que você é uma superespiã, saída de um filme do 007. E muito linda.

– Que nada. Sou apenas uma *hacker*. Você é...

– Vamos combinar uma coisa, não vamos nos comparar. Cada um tem sua parte de grandeza. Está bem assim?

– Se fosse a algum tempo atrás, nunca me veria como alguém grande ou digna. Mas agora tenho um pouco de amor por mim.

– Fico muito feliz por você.

– Temos que iniciar os trabalhos.

– Temos? Não tenho essa habilidade que você tem.

– Ainda assim pode me ajudar com muitas coisas.

– Estou disposto a ajudar...

– Só uma coisa, não perca tempo assistindo aos vídeos. São muitos repugnantes.

– Foi muito duro para você ver todos esses vídeos?

– Não vi todos. Paguei uma equipe para fazer a organização e a conferência do material. Pedi para fazerem relatórios escritos. Eu os li, não precisei assistir.

– Não me diga que fez tudo isso enquanto planejava minha fuga.

– Não, já tinha organizado isso antes. Pensava se usaria isso ou não.

– E decidiu se vai usá-los?

– Sim. Eles não perdem por esperar.

Passaram quatro dias organizando tudo. Era muito material. Tinham que organizar tudo em uma sequência e programar em uma linguagem de computador que Kalisson não conhecia. Na sala de bate-papo com os maiores *hackers*, eles a felicitaram, disseram algumas coisas que deveria fazer e que era arriscado o rastreio.

Mas Mia tinha um plano diferente, uma programação a qual eles não haviam testado ainda. Tinha apenas que conseguir acesso a algumas coisas específicas.

*Como Mia sabe de tanta coisa desse jeito, como chegou a este nível? Se bem que do jeito que ela lia... Afinal de contas, alguém disse que se lermos por duas horas por dia sobre determinado assunto poderemos, em cinco anos, ser doutores nesse assunto. Se ela fez o mesmo com informática, certamente não me surpreende onde chegou*, pensava Kalisson.

Como que adivinhando os pensamentos de Kalisson, Mia disse:

– Nada é realmente seguro nos sistemas de comunicações e informações. Apenas é seguro porque a grande maioria das pessoas não sabe absolutamente nada sobre o sistema. Uma vez você sabendo, tudo fica até óbvio muitas vezes.

– Não imagino que seria óbvio aqui, mas um pouco acho que compreendo você.

Mia sorriu. Continuaram o trabalho. Kalisson a teve que interromper para comer nas horas do almoço, café e jantar. Ela se concentrava de forma quase religiosa. Kalisson, vendo que tinha pouca utilidade, resolveu mexer com as refeições e levava sucos e outras coisas a Mia.

Em uma tarde, caminhou um pouco e olhava a imensidão e o céu azul com nuvens. Tudo era lindo, a vida era linda. Ele estava ali com a mulher da sua vida em uma casa linda e agradável. Era um homem de sorte. Não fosse o fato de ser um foragido, estaria se sentindo em estado de alfa.

Mas refletiu que quando estamos felizes e relaxados demais ficamos um pouco moles e paramos de nos preocupar com outras coisas. Havia percebido isso. *Não esmoreça ainda, Kalisson. O mundo lá fora ruge como um leão e ainda não estamos seguros.*

– Pronto – disse Mia, sorridente, vindo em direção a Kalisson.

– Tudo pronto? Já botou no ar?

– Ainda não. Vamos embora amanhã e iremos dar o enter de outro local.

– Mas está tão bacana aqui.

– Ei, acorda! Você é um fugitivo. Nada de corpo mole por agora.

– Você vai conseguir acionar isso tudo longe daqui?

– Sim, isso não será problema. Só preciso que os aparelhos estejam ligados a tempo.

– E como vai se assegurar disso?

– Tenho alguém contratado para essa função.

– É preciso tudo isso?

– Se não quisermos deixar pistas, tem que ser assim.

– Confio em você.

Passaram mais uma noite naquele lugar. Cedo, foram até a locadora de veículos e devolveram o carro alugado. Pegaram um táxi para uma cidade adiante, e na rodoviária tomaram o ônibus a Santa Cruz de La Sierra.

# Dando enter

Kalisson observava as paisagens com entusiasmo, medo e admiração.

– O que foi que você está tenso? – perguntou Mia

Kalisson a olhou, mas hesitou em responder.

– Pode dizer, Kalisson. Não tem ninguém no banco de trás nem no da frente para te ouvir.

– É que não gosto de viajar de ônibus.

– Essa é boa, por que não? Tem alguma fobia?

– Nada disso, é que você sabe. Pela situação atual que estamos, pode aparecer alguém do nada.

– Muito difícil, nós não somos nós, lembra?

– Sim. Mas ainda não tenho tanta confiança nesse tipo de coisa.

– Relaxa, seja um pouco mais otimista!

– É que depois que fui policial e presidiário, fiquei bem temeroso e detalhista, pensando sempre no pior.

Mia ficou triste e baixou a cabeça. Sabia que ele havia passado por aquilo tudo por causa dela.

– Não fique triste. O que foi? Estava tão alegre há pouco.

– Lembrei-me de minha avó.

Kalisson a abraçou com o braço direito. Mia esboçou meio sorriso.

Kalisson estava cada vez mais impressionado com Mia. Olhava para ela, e a cada dia via que seu amor por ela aumentava. Mia era incrível, linda, discreta. Aquele tom de discrição que tanto lhe fascinava. Inteligente, superinteligente. Parecia uma agente secreta, às vezes sentia-se impotente, havia momentos em que parecia que era inútil, pois dava a impressão de que ela cuidava de tudo e não precisava dele. No entanto, logo abandonou essa sensação e a admirava com olhos cada vez mais apaixonados.

Kalisson desejava tê-la. Devido à grande quantidade de tempo que ficou sem sexo, achava que era melhor esperar o tempo dela. Sabia que com Mia – se é que ela ainda era a mesma pessoa – não funcionaria qualquer tipo de imposição, o melhor era esperar mesmo. Esperar até o tempo certo. Já havia esperado tanto, passado por tanta coisa, um momento a mais de espera não faria diferença.

O que seria da vida dele dali para frente? Como estaria a sua mãe, sua irmã e seu pai? Como poderia falar com eles, contatá-los? Seria sempre fugitivo, ficaria sempre correndo e nunca encontraria paz?

Evidentemente estar com Mia estava sendo bom, no entanto, o fato de ser um fugitivo era uma coisa um tanto amarga. Ter que viver foragido em país ao qual dedicou tanto empenho para fazer alguma coisa de valor para a sociedade, ter que ficar longe de sua mãe e de seu pai...

Parece que agora, após ter saído da prisão, sentia que sua família era realmente importante. Lembrava o quanto se afastou deles durante toda sua saga. Porém, ainda dava tempo de aproveitar com eles; afinal, estavam vivos. Sabia que tudo o que tinha de fazer, teria de ser em vida, depois da morte não adiantaria mais lamentar.

Sua vida dali pra frente era uma incógnita. O que esperava certamente era viver com Mia. Mas viveria de que jeito? Até agora não tinha dado nenhum beijo na boca dela. Estavam agindo como se fossem bons amigos fraternos, talvez algo instintivo, pois sabiam que teriam que fugir. Teriam que morar em outro lugar, viver com outros nomes para sempre, teriam que mudar tudo em suas vidas. Será que se adaptaria? *Certamente, sim*, pensava: *com uma mulher como a Mia, com todo esse dinheiro, em um país diferente e fora da cadeia, não seria difícil adaptar-se.*

Kalisson pensava nessas coisas nos momentos em que estava relaxando e olhando para ela, de longe. Observava a concentração de sempre de Mia, era impressionante o quanto ela era focada; entretanto, ele também foi muito focado em seus objetivos, mas agora não estava tanto, apesar de foragido e procurado.

A palavra "procurado" o irritava. Era perseguido pelas autoridades quando deveria estar sendo aplaudido. *Os verdadeiros bandidos são as autoridades, não apenas aqueles que eu perseguia. Os bandidos eram bandidos, as autoridades, de certa forma, também eram bandidos por referendar essa porcaria toda.*

Por sua vez, Mia, concentrada como sempre, revisava em sua mente todos os pontos de seu plano. Estava com tudo engatilhado, os arquivos prontos para serem acionados. *Aqueles caras vão pagar*, pensava. Ela gostaria que pagassem caro. Pensava nas consequências de mexer em um vespeiro. Seria muito difícil alguém os rastrear, a não ser que estivesse pelo menos no nível dos cincos melhores *hackers* do mundo; sabia que não havia ninguém nas autoridades com esse talento. Tudo estava pronto, seria uma questão de tempo e nem mesmo os melhores *hackers*, amigos virtuais de Mia, poderiam prever o que ela tinha em mente e saber como realmente seria o ataque, muito menos o que realmente ela estava fazendo.

Finalmente Mia terminou.

– Temos que sair daqui. Está feito.

– Hoje vamos para onde?

– Tomaremos um táxi para a cidade mais próxima e depois para outra.

Chegaram a uma pequena pousada, havia bastante plantas na frente e um banco de madeira escurecida. Enfeites em cada lado da porta e das janelas; decoração rústica e por dentro assoalho encerado, uma mesa azul com toalhas brancas, vaso branco adornado e alguns lírios de plástico.

Uma tal de Vanessa os atendeu.

– Precisamos de um quarto.

– Cama de casal, senhor?

– Não, pode ser duas camas de solteiro, moça.

Era difícil para Kalisson ficar no mesmo quarto que ela sem imaginar coisas, mas conseguia conter-se.

Dentro do quarto, era uma da tarde, inspecionaram toda a parede para verificar se não havia nenhuma câmera escondida.

Das mochilas, tiraram seis notebooks. Plugados os filtros de rede, ligaram todos eles.

– Como é que você sabe que essa internet vai dar conta de tudo?

– A conexão não precisa ser muito boa. Nós aqui somente daremos o sinal e ficaremos acompanhando os *uploads*. A internet do local que a gente estava é que precisa ser boa...

– Entendi, interessante. E você precisa dos seis notebooks?

– Sim, preciso. Além de ter de mascarar os sinais, são vários arquivos e cada um precisa de um sinal específico para ser acionado.

– Quanto tempo vai demorar para acionar tudo?

– Daqui a aproximadamente nove horas começa a entrega das encomendas.

– Quero assistir de camarote.

– Kalisson, você não está com fome?

– Sim, um pouco.

– Faz o seguinte, procure um mercado e compre alguma coisa para nós. Não quero deixar esse notebook aqui sozinho. Pode ser que algum camareiro entre aqui.

– Bem pensado.

– Nós não podemos deixar nenhum tipo de suspeita.

– Você quer comer o quê?

– Me deu vontade de comer bobagem.

– O que você acha de pão, presunto, queijo e maionese?

– Ótimo. Compre também um refrigerante de laranja.

– Ei, isso não é nada saudável.

– Sei, mas hoje isso me basta.

– Estou só brincando...

– Vamos comer aqui hoje no quarto, não sairemos daqui até que tudo esteja concluído.

Enquanto Kalisson foi ao mercado, Mia tomou um banho. Isso já era umas cinco horas da tarde.

Kalisson foi a um pequeno mercado, tinha uma padaria no fundo. Além dos pedidos de Mia, comprou uma barra de chocolate e alguns iogurtes. Logo retornou cruzando a praça central. Estava quente.

Quando chegou, viu que Mia já tinha tomado banho, vestia uma camiseta larga e um short comportado. *Puxa, como as pernas dela eram bonitas.*

– Você trapaceou. Enquanto fui ao mercado, você tomou banho. Isso não vale.

Ela ficou vermelha, depois falou, sem graça:

– Você tem que manter o foco.

– Acalme-se, Mia. Só estou descontraindo.

– Você está precisando de um banho também.

– O quê?

Então, ele se deu conta de que estava transpirando e com um cheiro um pouco forte.

– Depois que você tomar banho a gente come. Vou dar uma saidinha enquanto você se lava.

– Pode ficar aqui. Você não me incomoda.

– Eu sei que você não se incomoda, mas eu sim. Lembre-se, você prometeu se comportar e focar em todos os passos do plano.

Saiu do quarto, mas não saiu do hotel. Foi até a sala de espera, aguardou meia hora e voltou. Então comeram o pão com presunto, queijo e maionese. Mia comeu dois, Kalisson três.

Já passava das dezoito horas. Os monitores dos notebooks demonstravam que a transferência de dados estava quase finalizada.

– Mais duas horas, Kalisson.

Ele pensava no que fazer nas duas horas seguintes... Mia sacou de sua mochila um pequeno livro e começou a leitura.

– Você ainda costuma ler, Mia?

– Claro que sim. Sinto falta de algo quando não leio.

– Você tem outro livro contigo?

– Não tenho.

– Então vou assistir a um pouco de televisão.

Em um canal de TV a cabo estava passando o filme *Coração de cavaleiro*. Felizmente, era um filme muito interessante. Mia o avisou que faltavam apenas alguns minutos para o *upload* finalizar.

Mia pediu para Kalisson sintonizar a TV no *Jornal Nacional*. Enquanto passava o jornal, de repente a imagem ficou preta e surgiram na tela letras brancas escrito o seguinte:

"Interrompemos esta programação para anunciar ao Brasil e ao mundo o rosto e o nome de todos os políticos e empresários do Brasil envolvidos em tráfico de drogas, prostituição infantil, abusos sexuais e toda a leviandade existente neste mundo podre. Aviso a todos que as imagens contêm cenas muitos fortes. Tirem as crianças da sala! São pessoas do alto escalão envolvidas em todo tipo de crime. Assistam ao vídeo e tirem suas conclusões."

Aquilo parecia um circo de horrores interminável. Cenas de desvios de obras, áudios de confirmação de corrupções, cenas sexuais, escândalos e mais escândalos, e foi passando muita gente graúda ali. Pessoas da alta cúpula de muitos setores, até mesmo a televisão e a mídia não foram poupadas, havia alguns que tinham um rabo preso naquela porcaria toda.

Um mar de lama sem precedentes. E as pessoas começaram a assistir e os telefones tilintaram.

– Tirem isso do ar – gritou alguém da Rede Globo.

Os técnicos faziam o que podiam e não conseguiam cortar o áudio e o vídeo.

– Não sei quem fez isso, mas é coisa de profissional – diziam os técnicos.

– Não quero saber nada disso, só quero que tirem toda essa imundície do ar. Tem gente que não pode ser exposta desse jeito.

– Hei, chefe, estamos recebendo ligações de outras emissoras. A informação está em cadeia, todas estão transmitindo e ninguém está conseguindo tirar do ar – disse uma secretária.

– Realmente, é coisa de profissa – falou um deles.

– Cala a boca! Não está vendo que podemos ser arruinados?

– Não vejo por que tanta preocupação. Se fosse só nossa emissora seria ruim, mas são todas.

– Olha, estão ligando aqui políticos, deputados, prefeitos, senadores e até o presidente. Tira essa porra do ar!

– Não dá, não tem jeito. Parece uma coisa.

– Não é possível, quem está fazendo isso?

– Talvez o Edward Snowden.

– Cala a boca!

Muitos tentavam, como loucos, fazer as transmissões serem interrompidas; no entanto, não conseguiam, tampouco conseguiam se concentrar, pois havia vídeos que realmente chamavam a atenção. Eram de pessoas muito famosas e em evidência nacional ou estadual. A sala toda da emissora parou para assistir.

– Parem com isso, parem de assistir! Se não derem um jeito de tirar isso do ar, vocês vão ser todos demitidos.

– Acho que você deve deixar passar todo o vídeo. São denúncias importantes para o Brasil – disse um deles.

– Você não sabe do que está falando. Você aqui é empregado, não decide nada.

– Ainda não vendi minha alma.

– Ajude o pessoal senão vou te despedir.

– Vem me despedir à força, seu otário. Estou esperando, bichinha. Teve que dar para quantos para chegar ao cargo de diretor?

O diretor explodiu e passou a agredir o atrevido. Os seguranças entraram em ação. Tiraram o rapaz, que saiu berrando pelos corredores da emissora, falando tantos palavrões quanto permitia o seu vocabulário.

– Bando de diabos. Ainda bem que saí. Não vendi minha alma nem meu corpo.

A confusão se generalizou na emissora.

Enquanto alguns olhavam pasmos aqueles vídeos, outros tentavam tirar do ar. Os telefones tilintavam em todos os lugares, e o burburinho era enorme. Nas outras emissoras o desespero não era diferente.

Muitos técnicos estavam até admirando aquele trabalho de transmissão em cadeia. Tratava-se de alguém que deveriam cultuar, um feito tão engenhoso que conseguiu interferir em todo aquele sistema, em toda aquela engrenagem.

Fazia mais de uma hora que estava enfrentando essa situação. As pessoas nas residências tiraram as crianças da sala e ficaram vidradas observando o que para alguns seria inimaginável. Muitos ligaram para amigos ou conhecidos, dizendo para ligarem a televisão e verem o que estava ocorrendo. Indignaram-se, enraiveceram-se, postaram comentários de desabafo nas redes sociais... Em menos de duas horas, as postagens atravessaram o mundo. Alguns fizerem questão de gravar aquilo tudo para, na hipótese de tirarem do ar, poderem compartilhar aquela sujeira toda.

Enquanto no Brasil as informações passavam forçadamente em razão da façanha de Mia. No exterior fizeram, em muitos países, um canal ao vivo, e todos os plantões telejornalísticos do mundo estavam ligados agora àquele fenômeno, naquele escândalo sem precedentes, revelando podres em todos os poderes e setores da sociedade, com diversos crimes.

Como alguém poderia ter juntado tanta informação assim? Quem estaria por trás disso tudo? A pessoa era um gênio.

As imagens continham com uma tarja dizendo: "Censurado para menores de dezoito anos". No cantinho esquerdo do vídeo via-se um rosto de um piratinha rindo.

Os *hackers* do mundo inteiro assistiam atentos e vibravam. Alguns quase tendo orgasmos de satisfação com o sucesso do ataque. Em seus quartos, pensavam quem poderia ter feito aquilo tudo.

Somente o grupo dos cinco melhores é que sabiam que era iCarly 2 quem preparou todo esse espetáculo. Ficaram admirados, com uma ponta de inveja por não terem feito algo parecido. Com certeza, se tratava da obra do maior *hacker* do planeta.

O presidente corrupto do Brasil ligou, exigindo:

– Parem com a transmissão, senão corto todas as suas verbas.

– Estamos tentando, Excelência.

Ligou para o comandante das Forças Armadas, mas este disse que não se meteria em assuntos civis e, quem sabe, não seria bom aqueles vídeos continuarem a ser exibidos.

Àquela altura, ninguém mais no Brasil era alheio àquilo tudo.

Muitos jovens nas universidades saíram às ruas protestando. Foi gritaria para todo o lado.

Os políticos e as pessoas que estavam sendo denunciados estavam totalmente apavorados, mal conseguiam respirar. Se pudessem, entrariam em um buraco debaixo da terra.

Passaram-se duas horas em meia de exibição. Até que alguém teve a ideia de dizer:

– A única maneira de desconectar isso é desligar a emissora e todos os sinais.

– Como? Ficou louco? Imagina o prejuízo.

– Que prejuízo? Mais do que este? Quem está louco é você. Enfim, você que escolhe, sou só um subalterno.

Após um momento de hesitação e com ordem suprema de desligar, desligaram todas as transmissoras, muitas nunca tinham sido desligadas. Tentaram desligar só pelos botões, mas não teve jeito. O programa e os vírus eram tão bem projetados, que o único jeito de parar era cortar os cabos.

Tiveram de fazer a mesma coisa com as emissoras de rádio. Mas muitas não queriam cortar seus cabos, então mantiveram a transmissão, pelo menos as rádios locais fizeram isso. Mas as grandes emissoras tiveram que fazer, pois também estavam debaixo do jugo.

Logo depois foi a vez da internet. Tudo estava infectado, todas as redes sociais transmitiram sem querer, invadindo computadores, celulares e toda a parafernália eletrônica.

Mia sabia que muitas crianças iam ter acesso a imagens grotescas, mas que isso não era tão mal quanto sofrer um abuso de verdade. Foi tudo uma grande confusão, tudo estava travado. Tentaram, mas não conseguiam desligar a internet.

Ligaram para o governo dos Estados Unidos, que disse não se tratar de assunto americano, portanto não iam cortar nenhum sinal.

Todos os vídeos foram transmitidos até as três da madrugada. O presidente resolveu dar ordem para que todas as distribuidoras de energia elétrica suspendessem o fornecimento.

Muitas delas desligaram e as que se recusavam eram ameaçadas. Muitos hospitais tiveram de funcionar com geradores.

O circo de horrores continuava. Foi decidido pelo corte de energia, mas em razão de que havia riscos hospitalares, depois de duas horas, as distribuidoras resolveram desobedecer as ordens do presidente.

– Vocês estão loucos, o presidente está ordenando para gente um absurdo. Vocês acham que ele vai ser incluído no polo passivo de uma ação depois que a bomba estourar? Vocês acham que vai sobrar indenização para quem pagar? – disse um dos administradores de uma companhia de distribuição de energia.

– Tem razão, vamos religar a energia – concordaram de forma unânime. Em pouco tempo, conseguiram entender que teriam menos prejuízos se descumprissem a ordem do presidente do que outra coisa.

Religaram a energia. Os vídeos tinham já parado. Mas estavam agora sendo redistribuídos em muitas emissoras, e os jornalistas do mundo todo comentavam sobre o escândalo do dia anterior. Descreveram o feito como o maior lamaçal de podridão do poder jamais visto no mundo todo.

Alguns jornalistas afirmavam que era um horror, uma anomalia, uma evidência da podridão e da desqualificação, técnica e moral dos ditos poderosos.

As transmissões ainda continuaram via móbile através do WhatsApp e outros aplicativos de mensagem instantânea. No outro dia, não se falava em outro assunto nas escolas, nos botecos, nas universidades, nas ruas, nos hospitais e em todo o lugar. Lançaram uma campanha nas redes sociais chamada Brasileiros em Luto, com os perfis pretos. Muitos colocavam tecidos pretos nas janelas de suas casas e em todo o lugar.

As Forças Armadas ameaçaram tomar o poder se alguns políticos não renunciassem. A queda de braço foi grande, mas, no fim das contas, ninguém renunciou, deviam ter comprado as Forças Armadas também. Enquanto isso, Mia e Kalisson viam a repercussão de tudo no dia seguinte. Riam dos comentários idiotas que apareciam. Era incrível como as pessoas distorciam as coisas!

– Você é muito fera, Mia. Conseguiu fazer uma façanha inigualável – disse Kalisson.

– Gostaria é de ver a cara daqueles cretinos quando se viram na TV.

– Verdade, imagine a vergonha deles, sendo expostos desse jeito.

– Acho que a vergonha maior é a exposição para a família, cônjuges e filhos.

– Acho que virá uma avalanche de divórcios por aí.

– Pode ser.

– Será que por ser tão grande a repercussão disso, eles não virão, de alguma forma, atrás da gente?

– Pelo menos nos procurar eles vão.

– E você não está preocupada?

– Duvido muito que irão nos achar. No programa que eu fiz estão mascaradas as informações. Se eles verificarem, verão que muitas informações vieram dos Estados Unidos, da China, da Rússia, do Paquistão e de outros lugares. Muito difícil eles nos rastrearem.

– Mas poderiam encontrar, em tese, os lugares de onde partiu tudo isso?

– Poder, poderiam, mas demoraria um pouco até eles conseguirem, mas tem que se utilizar dos melhores agentes ou *hackers* existentes, e isso as autoridades brasileiras não têm.

– Ainda assim é um risco, alguém disse que tudo o que um homem fecha, o outro pode abrir.

– Calma, já pensei nisso também. Por isso hoje partiremos para Salvador. Você parece estar agindo como policial. – Mia riu.

– Ser desconfiado virou uma segunda natureza para mim. Ainda estava absorvendo a situação que nós estamos vivendo estes dias, por isso fiquei mais relaxado, mas agora caiu a ficha.

– Não se preocupe! Está tudo nos planos.

– Você diz isso, mas quem é o foragido por aqui sou eu. Você está, pelo que me consta, oficialmente morta.

Mia ficou triste com o comentário, baixou a cabeça e seus olhos brilharam.

– Desculpa, você está aqui por minha causa.

– Não, Mia, não me interprete mal. Só estou comentando, pensando alto. Prometo não tocar mais no assunto.

Kalisson percebeu o deslize que tinha feito. Se quisesse conquistá-la de verdade, teria de esquecer todo o passado e nunca mais tocar nele; afinal, perdão é esquecimento.

Tentou retomar o diálogo:

– Mia, por que Salvador?

– É um local de muitos turistas. Um casal de pessoas a mais, ninguém perceberá, não causará qualquer suspeita.

Causava arrepios em Kalisson o fato de irem para um hotel e usar aqueles documentos falsos todos. Se alguém perguntasse a ele sobre certas coisas, como responderia? Não estava habituado a ser falsário. Quase nunca ninguém faz qualquer tipo de perguntas a hospedes, mas quando a pessoa fica preocupada ou com medo de algo, a tendência é atrair aquela situação.

Kalisson não gostava de se sentir impotente, então conversou com Mia e fez um roteiro histórico de quem ele agora era, para alguma eventualidade.

Mia disse que não precisava se preocupar tanto, pois logo, logo, teriam que mudar de identidade novamente. Por outro lado, já conhecia Kalisson o suficiente para saber que ele não desistiria assim tão fácil de uma coisa que colocou na cabeça.

Acertaram as taxas excedentes da pensão, embarcaram em um táxi e foram para uma cidade próxima. Depois pegaram outro táxi e se dirigiram para uma cidade um pouco maior, pegaram um ônibus e percorreram os últimos quinhentos quilômetros até o destino. Esse tipo de coisa era para disfarçar o rastro deles o máximo possível. Em Salvador, ficaram apenas três dias, visitaram alguns locais históricos e foram para Fortaleza.

Há quatro dias do grande escândalo, os comentários estavam perdendo força. Mia estava completamente decepcionada com a repercussão, até ficou chorosa certo dia.

– O que está havendo com você? – Kalisson perguntou.

– Tudo isso que fizemos, essa exposição toda desses perversos e nada aconteceu. Em vez de se manifestar e fazer uma revolução, a população não fez nada.

– Exatamente o óbvio.

– Você acha isso óbvio?

– Depois do que aconteceu comigo, achei sim. Ninguém veio em minha defesa na cadeia, lembra-se?

– Nem tinha me ligado nisso.

– Então, acho que somos um país de bananas.

– Mas é tão frustrante.

– Verdade, mas temos que tentar pensar de outra forma. Ver que fizemos o melhor de nós mesmos. Ninguém vai poder cobrar isso de nós, nem nos acusar de que não fizemos tudo o que deveríamos.

– Mas revolta saber que nada deu certo.

– Alguma coisa deu certo sim. Veja que muitas pessoas passaram vergonha, essas coisas serão lançadas em todas as campanhas, e alguma denúncia surgirá disso tudo.

– Acho que o maior problema é que a grande maioria dos parlamentares está envolvida. Se fosse uma minoria, acredito que, pelo menos, haveria cassação por falta de decoro.

– Se fosse a minoria, o Brasil não seria tão corrupto assim. O povo é culpado também, é culpado por não gritar, por aceitar tudo como está, por não verificar o candidato na época de eleição, por não se candidatar se tiver ideias boas, por não estudar, não ler nem dois livros por ano e muitas outras coisas. O povo merece o governo que tem.

– Não sei se acredito nisso. Acho que o povo é tão fraco e debilitado que acha que não vale a pena lutar, é melhor se resignar.

– Se você pensar nos derramamentos de sangue que tiveram nas revoluções, talvez tenha razão. Talvez nenhuma causa valha o sangue derramado de um ser humano.

– Sabe de uma coisa, não chegaremos à conclusão nenhuma discutindo isso e também não vale a pena ficar mal por isso.

– Isso mesmo, gostei de ver.

– Vamos terminar o que começamos e ir embora deste país de uma vez por todas.

– Sim. Ficar pelas sombras já está ficando preocupante.

# Distribuição de renda

Estava muito calor em Fortaleza. Kalisson estava louco para entrar no mar, até deu um mergulho. Queria que Mia viesse também, mas sem chance. Ela estava focada e agora, com um novo notebook, iria finalizar seu intento. Ela já havia jogado fora os outros.

Kalisson tirou um dia para ir à praia, ficou embaixo do guarda-sol, tomou água de coco, comeu milho-verde, bebeu duas latinhas de cerveja. Mergulhou, pegou jacarés. Isso o fez lembrar-se dos tempos em que passava as férias com os pais nas praias do Paraná. *Ai, que saudade. Antes a vida era bem mais romântica, tudo agora era prático.*

Queria ter ficado com Mia lá no passado, sem ter que passar por tudo aquilo, mas agora estava tudo diferente. Se de um lado tinha, mesmo não tendo, Mia, do outro faltava a família, sua santa mãe, seu pai e a irmã. Sentia muitas saudades deles. Como estariam agora?

Tinha que resolver tudo o quanto antes. Não via a hora de definir essa situação inconstante. Precisava se acalmar, acalmar seus pensamentos. *Calma, Kalisson.* Mergulhou novamente no mar, a água estava uma delícia.

Mesmo tendo enfrentado uma decepção pelo fato de não haver manifestações sérias em relação àquele escândalo, Mia sabia que os políticos corruptos iam ficar muito nervosos em saber que suas contas no exterior estavam com um saldo mínimo.

Mia havia feito deslocamentos de valores e os remanejado, de sorte que deixou apenas, ironicamente, o valor de um salário-mínimo em cada conta invadida. A quantia transferida da conta dos corruptos era exorbitante. Agora teria que fazer alguma coisa com todo esse dinheiro. Mia já havia pensado nisso, e seria a próxima e última ação dela no mundo dos *hackers*.

Muitos pilantras, ao verificar suas contas no exterior, choraram de desgosto ao ver que nada mais restava, exceto o valor simbólico de um salário-mínimo. Ainda restava pleitear ações de indenização contra a falha na segurança do paraíso fiscal, mas era um paraíso fiscal, e se ajuizada ação, teria de discriminar a procedência do dinheiro, e tal coisa não era viável aos safados. No entanto, isso não era problema de Mia. Em sua visão, tanto o banco do paraíso fiscal como o pilantra que depositava dinheiro lá eram safados e deveriam os dois ser punidos.

Sabia Mia que todo aquele dinheiro era um chamariz que deveria ser descartado logo. Mais cedo ou mais tarde, esse volume de bilhões chamaria atenção. Queria se livrar logo.

De Fortaleza foram para Altamira e depois para Belém. Kalisson gostou muito de Belém, exceto pelo calor, que às vezes incomodava. Era uma cidade muito peculiar, com costumes diversos, parecia outro país.

– Hoje termino tudo, Kalisson.

– Ainda bem. Já está na hora de tudo isso acabar.

– Concordo. Deve estar enjoado de tanto viajar.

– Confesso que nunca conheci tantos lugares. Mas até que é bom. – Sorriu.

Mia utilizava agora outro notebook. Cada vez que usava um, logo depois de fazer o que precisava, o descartava para não deixar pistas desnecessárias. Geralmente, os comprava usados para não ter que se identificar... Agora só faltava mais um enter.

Mia deu o enter e aquele dinheiro todo foi transferindo para as contas das pessoas mais pobres do país, geralmente as que recebiam de um a dois salários-mínimos.

Mia transferiu cerca de 10 mil reais para cada conta. Quando as pessoas iam verificar o extrato, ficavam assombradas com o valor e não podiam se conter. Algumas deram testemunhos nas igrejas, achando que era milagre. A maioria ficou com o medo de o banco tomar de volta. Então, sacaram e fizeram compras.

Foram dois meses de aquecimento da economia com venda de eletrodomésticos, roupas e outras coisas. A projeção econômica espantou os economistas. As agências bancárias estranharam um pouco, mas devido a toda a correria, apenas no outro mês perceberam o que estava acontecendo. Depósitos provenientes de um paraíso fiscal estavam sendo direcionados para a conta de muitas pessoas.

O sacana do presidente aproveitou os bons índices econômicos e ainda pagou de herói, afirmando que seu governo estava no caminho certo e que havia feito a economia reagir daquele modo. *Como esses políticos são sacanas, usam tudo a seu favor*, pensou Mia, com nojo daquela atitude.

O pessoal do Banco Central não quis averiguar mais nada, eram depósitos legais e as pessoas estava aproveitando, tendo até dado um incrível superávit na economia nacional.

O superávit chamou atenção de investidores e economistas internacionais. Queriam saber o que estava acontecendo ou tinha acontecido. Mas tudo ficou só em especulações. Nem de perto passou por eles o que seria a verdade.

Mia respirou fundo e sentiu-se bem quando terminou e viu que depois de duas semanas muitas pessoas de classe pobre puderam comprar uma geladeira nova, televisões etc., enfim ter um pouco de conforto em suas casas. Isso a deixou com a sensação de ter realmente feito a coisa certa. Kalisson a chamou de Robin Hood. Mia retrucou, ela não roubava dos ricos, apenas estava devolvendo o dinheiro roubado do povo. Kalisson concordou, realmente havia uma diferença entre o herói medieval inglês e Mia.

# Reflexões pessoais

Finalmente concluiu tudo o que tinha planejado. Mas agora havia uma parte ainda a resolver, sua vida com Kalisson. Poxa, havia tentado adiar ao máximo tudo, agora não teria mais como segurar. Teria que dar prosseguimento. Isso lhe dava um pouco de calafrio, de medo do desconhecido, um aperto no coração, vindo não sabia de onde. Mesmo com todas as terapias, programação neurolinguística e outras técnicas, havia coisas difíceis de se resolver.

Pensava no que Kalisson pensou dela esse tempo todo. Viu também o quão gente boa ele se mostrava, tendo paciência, não a atacando, nem de brincadeira, mantendo o respeito e a distância. Pensou no quanto era difícil para um homem apaixonado fazer isso.

O bom comportamento dele a fazia pensar que estava cada vez mais em dívida com ele, e a fazia pensar, agora, que não estava focada em outras coisas, em como sua atitude com Kalisson foi reprovável, ter se escondido dele o tempo todo. Sentia um forte sentimento de culpa e sabia que, pelas sessões de análise, fazer isso era altamente prejudicial.

Necessitava resolver tudo, e a hora da verdade se aproximava, logo sairiam do país e teriam que enfrentar seus maiores medos. Medo de relacionamento, medo de ser feliz, sentimento de culpa e ainda um pouco de sentimento de inferioridade, pois, não importava o que ela tinha feito, achava que era inferior a Kalisson. Precisava de ajuda para se curar disso.

Kalisson já encarava de outro jeito, imaginando o que iriam fazer dali para frente. Sabia que estava evitando, conforme combinaram, de abraçá-la, entre outras coisas. Por vários momentos já se pegou pensando libidinagens com ela, afinal, era uma coisa que nunca pôde fazer e que agora estava ao alcance de suas mãos. Porém, sempre que a libido lhe vinha à tona, desviava o foco e pensava em primeiro lugar: *ainda sou fugitivo, preciso me concentrar, e, pior, tenho que respeitá-la como a uma irmã. Da última vez que forcei a barra, deu no que deu.*

No fundo, Kalisson achava que tinha forçado um pouco a barra com Mia no passado, que se fosse mais carinhoso e tivesse mais paciência teria conseguido. Desse modo, sentia um pouco de culpa em relação a tudo o que havia acontecido. Culpava-se por uma falha sua. Coisas mal resolvidas sempre voltam a atormentar a consciência.

– E agora para onde vamos?

– Para Manaus.

– E depois?

– Apenas mais uma cidade no Brasil, depois vamos para algum lugar da Europa.

– Posso saber onde?

– Nem eu sei ao certo, vamos decidir isso depois.

Conversaram mais um pouco, pegaram as poucas malas que tinham e despediram-se de Belém comendo um peixe com açaí e suco de taperebá.

# Caminhos na floresta

Naquele dia de chuvas densas, haviam pegado o avião com destino a Manaus. Kalisson, sentado à janela, olhava os imensos rios da gigantesca floresta antes que as nuvens encobrissem tudo.

Como era bom ter um lar, agora notava. Ficar andando de um lado para outro é interessante quando se sabe que existe um lar, no entanto, não tinham mais. E agora tudo o que restava era ele e ela e um destino incerto.

Por que às vezes determinados medos sobem ao coração? Era uma pergunta a qual Kalisson não tinha a menor ideia. Mia sabia um pouco mais das razões de certos medos devido a toda psicanálise que fez. No entanto, muitas coisas dentro de si restavam a resolver; isso era uma incógnita.

A espera de uma coisa futura gera a expectativa e pode gerar a ansiedade. Estavam ansiosos por dentro, por mais que por vezes não aparentavam. O inconsciente estava lá, empurrando algum trauma preexistente que foi disparado por um gatilho atual.

Estavam ambos silenciosos e contemplativos. Os olhos se cruzavam de vez em quando.

Já em Manaus, a chuva ainda caía. O que fariam nesse dia? Resolveram visitar alguns lugares no centro. Pegaram o táxi e seguiram. Estavam distraídos com as coisas. Olhando algumas coisas típicas dali. Nem Mia nem Kalisson estiveram antes em Manaus e agora estavam turistando um pouco, já que uma parte de toda aquela carga os tinha deixado. Um pouco de ansiedade estragava muita coisa. Ficavam meio tensos o tempo todo, mesmo sem perceber.

Mas não tinha remédio, teriam que passar mais aquela etapa; afinal, no outro dia, pegariam um barco até um pequeno povoado ribeirinho.

Ainda no centro de Manaus, estavam visitando um museu de História. Mia conseguia relaxar um pouco quando se concentrava em História e nos estudos. Lembrou-se com carinho dos primeiros livros de faculdade.

Kalisson, como sempre, foi estudioso por obstinação, a coisa não lhe era nata, por isso olhava as coisas a grosso modo, sem se importar muito com detalhes, nem mesmo ler todas as informações do objeto.

O museu não era grande, nem era o principal da cidade. Havia outras pessoas visitando-o.

De repente, em um momento em que estavam muitos distraídos, ouviram uma voz feminina atrás deles dizendo: "Kalisson!".

Antes que o gelo do coração acabasse, Kalisson, por impulso, deu dois passos rápidos em direção à pessoa e falou-lhe no ouvido:

– Não fale o meu nome, por favor.

Mia ficou estática, olhando para Kalisson e a interlocutora. Os olhos se cruzaram. Kalisson disse à Mia:

– Preciso conversar um pouco.

– Entendo. Tome cuidado!

– Pode deixar.

– De quanto tempo precisa para terminar essa conversa?

– Não sei. Uma ou duas horas.

– Podemos confiar, não seremos denunciados?

– Não. Fique tranquila.

– Temos que combinar o lugar para nos reencontrarmos, estamos sem celular.

– Faz o seguinte, fique no museu mesmo. Tentarei ser o mais breve possível.

Kalisson virou as costas à Mia e dirigiu a palavra àquela pessoa.

– Vamos a um lugar mais reservado para conversarmos.

– Onde?

– Tem uns bancos no saguão. Vamos lá.

Estavam ainda se dirigindo para o lugar quando foi abordado por Mia que lhe cochichou no ouvido.

– Cuidado para não se expor para as câmeras. Melhor vocês irem até aquele canto. Lá não tem nada suspeito.

Kalisson assentiu com a cabeça.

– O que ela disse? É sua namorada? Está com ciúmes.

– Calma, Cíntia. Vamos conversar com calma. Nem poderia estar conversando com você agora.

– E por que não?

– Você só vê o seu lado – resmungou Kalisson, inaudível, mas se controlou, não podia aborrecê-la. Confiava nela, mas vai que ela se ressentisse e falasse algo para as autoridades.

– O que você disse?

– Nada.

Sentou-se em um estofado perto de outro e esperava que Cíntia Lathami fizesse o mesmo. Ela ficou em pé olhando para ele.

– Você não acha que vou me sentar sem antes você me dar um abraço, né?

Ela o abraçou fortemente e sentiu seu cheiro. Lembrou-se das coisas boas pelas quais passaram juntos. Não havia amargura da parte dela, estava bem, feliz. Pessoas felizes não incomodam, dizia uma velha amiga.

– Como foi que você me reconheceu com boné e óculos escuros?

– Seu pescoço e seus cabelos.

– Puxa. Pensei que estava disfarçado. Não sabia que ia se atentar a esses detalhes.

– Tem coisas que uma mulher nunca se esquece.

– Como você está? O que está fazendo aqui no Amazonas?

– Meu marido está participando de um congresso de educação. Peguei uns dias de folga e vim com ele.

– Que bom que você se acertou. Fico feliz.

– Não é bem o que eu queria, quer dizer, a pessoa.

– Não fale assim. Desse jeito você me deixa sem graça.

– Você não precisa ficar sem graça por causa de meus sentimentos por você.

– Pior do que sem graça, me faz ter um sentimento de culpa.

– Não é culpa de ninguém. Ninguém escolhe, pelo menos conscientemente, de quem gosta. Precisamos apenas mudar o padrão de pensamento.

– Você não vai me denunciar, vai? – falou baixinho.

– Você me ofende se pensa isso de mim. Jamais farei isso. Parece que não me conhece.

– Desculpe, é que estou um tanto ansioso, afoito.

– Entendo você. Imagino o tamanho da incerteza que tem passado.

– Me diz uma coisa, como você conseguiu sair daquele lugar?

– É complicado falar disso agora.

– Entendo.

– Você teve filhos?

– Tenho um, por enquanto. Quero ver se ano que vem engravido novamente.

– E o seu cargo?

– Sabe como são essas coisas...

– Decepcionantes.

– Exato.

– E o que fará com sua vida? Vai ficar indefinidamente nesse cargo?

– Nem em sonho. Quero viver minha vida, me dedicar à família. Tenho um bom marido que pensa muito na família também. Pedirei exoneração no final do ano. Quero ficar livre, ser escrava das coisas não é comigo.

– Bela e inteligente decisão. Muitos não conseguem enxergar e ficam presos a vida toda. Ainda bem que estamos tendo essa visão na época certa.

– Verdade, mas existem aqueles que não têm opção.

– Pode ser, mas temos que aprender uma coisa: não podemos resolver o problema de todo mundo. E, outra, ultimamente, tenho entendido que a pessoa pode, sim, mesmo que a duras penas, melhorar o seu destino. É preciso ter inteligência e planejamento a longo prazo.

– Falando em planejamento, o que você fará com sua vida daqui por diante? Vai mudar de país? Deve ser ruim ficar vivendo escondido.

– Não estou gostando de viver nas sombras, é ruim mesmo. Porém, asseguro que logo as coisas vão se resolver. Posso dizer que estou bem assessorado.

– Você está falando daquela garota que está com você?

– Também.

– Quem é ela?

– A conheci depois da fuga.

Kalisson não mencionou, em hipótese alguma, que se tratava de Mia. Não saberia qual a reação de Lathami. Afinal de contas, a relação entre os dois tinha acabado por causa de sua paixão desenfreada por Mia.

Não deu detalhes quanto à fuga ou como foi ou seria a vida dali para frente.

– Cíntia, desculpe, certas coisas não posso contar.

– Entendo, só me responda uma coisa. Você tem algo a ver com os últimos escândalos.

– Não, nada a ver.

– Gostaria de acreditar, mas é difícil achar que não foi você. Na primeira vez, já foi preso por causa disso.

– Sim, mas você lembra que eu tinha recebido um e-mail misterioso, não lembra?

– Fico imaginando quem seria essa pessoa e por que estaria agindo assim.

– Eu também.

– Foi um escândalo e tanto, não se falava em outra coisa neste país.

– O que me chateia é que, no final das contas, aqueles canalhas sairão ilesos.

– Pois, é. Isso é endêmico.

– Será que isso não vai mudar nunca?

– Não sei, é muito complexo, tem que estudar muito para se ter uma resposta satisfatória.

– Vamos mudar de assunto. Foi uma surpresa ter encontrado você.

– Não, foi eu quem encontrou você. Mas diga, foi uma surpresa boa ou ruim?

– Evidentemente boa. Você sabe que tenho muito carinho por você.

– Só carinho?

– Não me faça me sentir mais culpado...

– Por favor, Kalisson. Nunca se sinta culpado, e em hipótese nenhuma sinta pena de mim, entendeu?

– É que...

– Sem desculpas. Está tudo certo entre nós. Tivemos momentos bons. Isso me basta.

– Sim, foram momentos bons. É uma pena...

– Já disse para não ter pena de nada. Terá que fazer terapia, mocinho. Senão sou eu quem vai ficar com pena. Entenda que a culpa pode atrapalhar você pelo resto de sua vida.

– Tem razão. Foi muito bom ver e ouvir você. Estou me sentindo muito bem com suas palavras. É reconfortante saber que está tudo bem contigo. Gosto muito de você.

– Também gosto muito de você, Kalisson.

Fazia algum tempo que estavam conversando e viu que Mia, de longe, tinha por duas vezes passado os olhos neles. Parecia preocupada, tensa. Acreditava que não confiava em Cíntia. Mas, ao olhar no relógio, viu que as horas tinham passado. Era quase hora de fechar o museu. Não era à toa que Mia estava tensa. Esperar duas horas não era fácil.

Cíntia também nem percebeu o passar das horas.

– Você está com seu marido? Que horas ele vai te pegar?

– Nossa, já passou do horário. Conversamos bastante.

– Verdade. Preciso ir, Cíntia.

– Se pudesse, ficava uns dias conversando com você.

– Eu também, mas nessas circunstâncias fica difícil.

– Acho que temos que ir embora mesmo. Sua amiga está me olhando com uma cara...

– Ela é um pouco fechada mesmo.

– Sei muito bem quando uma mulher está com ciúmes.

– Tem certeza?

– Está evidente.

Kalisson gostou de ter a opinião de outra mulher sobre o possível ciúme de Mia.

– Antes de irmos, me dê um abraço – disse Lathami.

Abraçaram-se com muito fervor, num abraço muito longo. Kalisson sentia gratidão por Lathami e um respeito muito grande. Quando estava na pior, era ela quem tinha sido um alento na vida dele. Além disso, havia certa química entre eles.

Os olhos de Cíntia estavam brilhosos. E Kalisson queria poder dar mais atenção a ela. Mas as circunstâncias exigiam outras medidas.

– Adeus, Kalisson. Boa sorte. Quem sabe nossas famílias possam um dia ser amigas.

– Quem sabe. Adeus.

Mia e Kalisson deixaram rapidamente o museu. Mia apressou o passo.

– Nossa, até que enfim. Pensei que não viria mais.

– Desculpe, é que ela é uma pessoa com quem eu tive uma história.

– Eu sei, você deveria ter ficado com ela. Teria evitado tudo isso. Eu ficaria morta para sempre e você teria uma vida feliz.

– Não fale assim. Você não sabe do que está falando.

– É verdade, você estaria bem, e eu, como sempre, enfiada no meu buraco, de onde nunca deveria ter saído.

– Pare com isso, Mia. Parece que você está com ciúmes.

– Não diga besteiras. Nem sei o significado desse sentimento.

– Como é que você sabia que Cíntia era minha namorada?

– Sou *hacker*, lembra-se?

– Andou me espionando?

– É isso que os *hackers* fazem. Mas não fiquei bisbilhotando por causa de sentimentos tolos. Eu tinha que te acompanhar, e estava acompanhando a sua evolução no seu trabalho. Saber sobre ela foi um efeito secundário de meu monitoramento.

– Está bom, vamos parar de discutir por uma coisa boba dessas. Só me diga uma coisa, se não está com ciúmes, por que ficou tão irritada.

– Porque a gente tinha combinado de sair do museu às quatro em ponto. E olha que horas são.

Kalisson olhou para o relógio e assustou-se.

– Me desculpe.

– Tá, tá, tá. Você não sabe muito bem, porque não me conhece direito, mas eu me irrito muito com atrasos. Além disso, você foi irresponsável, pois estamos em um processo de fuga, não se lembra? Foi descuidado.

– Ok, Mia, me desculpe. Tem razão. Mas não podia virar as costas para ela.

– Mas não precisava se esquecer do horário.

– Olha, sinto muito. Não estou acostumado a ser um fugitivo, viajar por tantos lugares e fazer tudo o que você faz. Isso também cansa.

– Me desculpe, acho que estou exigindo demais...

– Tudo bem.

– Logo estaremos fora daqui.

– Estou com fome. Vamos comer alguma coisa.

Saíram pelas ruas, foram olhando os bares do centro da cidade. A hora que viram um boteco simpático, entraram. Ele pediu um café e um pastel. Ela uma coxinha e um pingado.

A estadia deles no Brasil estava acabando, seria a última noite em Manaus.

Na manhã seguinte, foram até o cais com suas pequenas mochilas a tiracolo. Pegaram um navio ribeirinho. Estava apinhado de gente, eram famílias inteiras. Pessoas e alguns animais prontos para ser transportados. O barco era grande, havia coletes salva-vidas.

Mia se perguntava se haveria coletes para todos os passageiros. O rio parecia um mar, de tão imenso. Cair ali, à noite, seria amedrontador. Mia pensou em jacarés e sucuris.

Kalisson olhava para as crianças brincando, muitos ali tinham certa descendência indígena, ficava vislumbrando as semelhanças. Era reconfortante ver as crianças brincarem, alheias a tudo o que era o mundo adulto, alheias às responsabilidades, aos interesses econômicos, à abundância, aos perigos, à miséria. Viviam um momento mágico, como deveria ser a vida de todo adulto verdadeiramente evoluído e feliz.

Lentamente, os passageiros foram se acomodando, cada um ao seu lugar. Havia várias compras e produtos no navio. Parecia que estavam ora em um mercado, ora em uma feira ambulante, porém sem que os produtos estivessem à venda. Muitas pessoas se acomodaram em redes. Alguém perguntou à Mia e Kalisson:

– Vocês não trouxeram redes?

– Não, por quê? – disse Mia.

– Por que não tem cama neste navio. A viagem é de dias. E vocês vão dormir onde?

– Nossa. Nem pensamos nisso – disse Kalisson.

– Vou ver se acho uma rede extra por aqui. Se achar, eu passo para vocês.

Meia hora depois, aquele jovem, de cerca de vinte anos, apareceu com uma rede.

– Olhe, essa aqui é para casal. Tem uma mantinha fina no meio.

Mia ficou surpresa pela atenção e solidariedade do rapaz de feições rudes.

– Muito obrigado – disse ela.

Mia não estava acostumada a gentilezas, muito menos com pessoas que estavam ajudando sem pedir nada em troca. Se bem que ficou apreensiva, será que ele não queria nada em troca mesmo? Durante sua vida, apenas uma pessoa a tinha ajudado sem querer nada em troca, mas era Kalisson e a situação era diversa. Além disso, Kalisson tinha o interesse de namorá-la.

Mia comentou do assunto com Kalisson. Ele disse que, embora pareça estranho, existem, sim, muitas pessoas boas no mundo. O problema era que o foco das coisas nunca estava sobre elas e que muitas seriam humildes e verdadeiramente felizes, porque não aspiravam coisas grandiosas, pois a vida já lhes era grandiosa.

– Será que a gente pode colocar a rede em qualquer lugar? – perguntou Mia.

– Coloque aqui perto da minha. Tem um local vago aqui.

Colocaram e deitaram-se, passaram muitas partes da viagem conversando com o rapaz, que morava em uma cidade ribeirinha, vivia da extração da floresta, da pesca e de alguma lavoura. Pretendia se casar logo, com Ana Fulô. A história dele era interessante. Dava vontade de ficarem mais um pouco lá, de terem uma vida simples e despretensiosa daquelas. Parecia que o homem, a floresta e o rio eram uma coisa só.

A viagem de Mia e Kalisson demoraria quatro dias rio acima. A de Gueleno foi dois dias depois. Antes de se despedirem, Mia quis dar um valor em dinheiro para Gueleno. Foi repreendida.

– Não fiz aquilo para receber nada. Você me ofende me dizendo isso, moça.

– Mas é de coração, pegue. Você não vai fazer a festa de casamento? Isso pode te ajudar.

– Não preciso de nada, tenho tudo de que preciso.

Mia ficou desconcertada com a negativa de Gueleno e teve certeza de que estavam diante de uma pessoa especial. Enquanto Gueleno falava e repreendia Mia, Kalisson, com o raciocínio rápido, pegou, sem Mia notar, o dinheiro dela e o enfiou rapidamente em uma mochila dele.

Depois o ajudou a descarregar suas coisas.

O resto da viagem foi normal. Se é que aquilo poderia ser considerado normal. Era uma vigem surreal, adentrando cada vez mais na floresta por aquele rio. Em um barco daqueles, com pessoas mais variadas, com sotaques diferentes, com choro e risos de crianças entre outras coisas.

Mia refletiu muito sobre aquela viagem, algo lhe tinha tocado o coração. A simplicidade da vida era uma dádiva e um milagre. Desejou ter um coração simples e sábio.

Kalisson apreciava as paisagens, o rio, as margens e tudo o mais. Pôde ver, em quatro dias, jacarés, uma sucuri e até uma onça, além de pássaros e outros animais pequenos, como macacos e ouriços. Sentiu vontade de nunca mais sair da floresta.

No final da viagem de barco desceram em uma comunidade ribeirinha. Não deu tempo para conhecerem tudo, alguém veio na direção deles. Havia um homem baixinho, com uma barriga um pouco saliente, uma camisa de mangas curtas branca com listras prateadas, calças pretas, sapatos pretos. Mantinha no rosto um bigode grosso e negro. Além disso, sua cabeça era coberta por um chapéu esquisito.

– Senhorita, por aqui. O piloto está esperando na pista de voo.

Mia achou estranho ele a abordar antes de se apresentarem, mas achou melhor não comentar.

Kalisson entreolhou Mia e achou estranho. Porém, nada disse, apenas a seguia.

Entraram em um carro antigo azul e seguiram por cerca de trinta quilômetros floresta adentro. Depois de parecer que iam ser totalmente engolidos pela mata, chegaram a um descampado, meio desordenado. Havia um hangar improvisado e cerca de cinco aviões de pequeno porte.

– Nós fazemos negócios na selva. Transportamos passageiros para vários lugares, e melhor, senhorita, nunca perguntamos de onde vêm nem para onde vão. Apenas realizamos o nosso trabalho.

O motorista falou isso, parecendo antecipar as dúvidas na cabeça dos dois. Mia assentiu respeitosa e atenciosamente a fala, em uma tentativa de empatia.

Por vezes, sentiu Kalisson que era encarado de rabo de olho. Se bem que estava disfarçado, mas a aparência dele poderia sugerir uma ameaça para as pessoas.

Certamente, o lugar era utilizado para fins lícitos e ilícitos. Pensou Kalisson que aquilo poderia ser um imenso tráfico de drogas ou algo do gênero. Uma organização criminosa ou outra coisa do gênero. Era um pouco estranho. Uma pista aberta no meio da selva. Tudo o que podiam ver era a pequena pista cercada por imensas, densas e verdes árvores.

– Chegamos, senhorita. O piloto está no avião esperando para a decolagem.

– Sim, obrigado.

Fez o som com a garganta.

Mia entendeu a mensagem. Enfiou a mão em um dos bolsos.

– Aqui está o combinado.

Entregou um pacotinho de dinheiro.

– Muito obrigado, senhorita.

Kalisson observava e pensava que era muito arriscado estar ali. Durante toda a viagem com Mia e as últimas aventuras, aquele era o lugar que menos se sentia seguro. Aqueles homens poderiam dar fim à vida deles a qualquer momento. Entretanto, resolveu confiar nos julgamentos e na escolha de Mia. Teria que confiar nela, aprender a confiar nela. *Ela não havia mostrado o suficiente que era boa em tudo o que fazia? Sossegue, Kalisson, aprenda a confiar nos outros de vez em quando. Não vai chegar a lugar algum carregando tudo em seus ombros.*

O piloto estava esperando, parecia que seguia o padrão normal da civilização, tinha uniforme e tudo. Talvez não estivessem em uma organização criminosa. Por um minuto Kalisson pensou isso, mas logo se condenou.

*Pare de ser idiota, quem disse que não existe uma organização criminosa legitimada e que parece ser civilizada? Não está acostumado a ver os noticiários? Impressionante como os raciocínios impostos por algumas tradições, preconceitos e conceitos errôneos tendem a conduzir nosso pensamento sem que percebamos.*

– Pronto para voarem? – disse o piloto.

– Prontos – respondeu Kalisson.

– Podemos partir – disse Mia.

– Então vamos lá, antes da chuva da tarde.

Mia lembrou-se de que todos os dias chovia naquele local. Algumas nuvens estavam se formando.

O motor ligou, o avião percorreu a pista e voou numa decolagem um pouco instável.

Mia estava serena, Kalisson perguntava-se se aquela decolagem era normal.

Logo que ganharam atitude, puderam perceber uma grande devastação na floresta. Estavam perto de garimpos e extração de madeira. A imagem dava pena. No lugar da floresta deitada observava-se uma terra que havia sido judiada pela ação dos homens, em um cenário horroroso.

A natureza demorara tanto tempo para produzir uma floresta tão complexa, harmoniosa e bela, e as ações humanas em pouco tempo faziam um estrago. O pior era que não sabem como recuperar, ou melhor, não querem recuperar a devastação.

Por outro lado, sabiam que até nos países ditos desenvolvidos houve, no passado, muita devastação. A impressão era de que o homem tem que devastar para sobreviver. No entanto, Mia chamou atenção que isso era uma falsa impressão e fruto de ignorância, pois havia estudos experimentais de manejamento de ecossistemas que provavam que era possível o homem interferir na vida selvagem de maneira sustentável e positiva sem causar danos.

Durante o voo não conversaram, o barulho era ensurdecedor. Era desagradável conversar nessas circunstâncias. Por um momento, Kalisson apertou a mão de Mia, que gentilmente o retribuiu. O piloto permanecia concentrado.

Voaram cerca de quatro horas e aterrissaram em uma pista do que parecia uma fazenda.

Estavam em algum lugar da Bolívia. Pessoas vieram recepcioná-los. Falavam espanhol em um sotaque estranho. Kalisson admirou-se ao ouvir Mia falando espanhol perfeitamente. Precisava aprender o idioma também.

– *Bienvenidos.*

– Precisamos de um banheiro.

– Pois não, senhora. Está lá adiante.

– Precisamos comer também – lembrou Kalisson.

O boliviano fez sinal afirmativo com a cabeça e disse que havia uma sala em que serviam aos passageiros antes do outro voo.

– Mia, você está nos levando para o fim do mundo? – perguntou Kalisson, querendo ser engraçado.

– Você não está gostando?

– É inusitado.

– Calma, logo estaremos no destino.

– Fique tranquila, estou brincando. A viagem está interessante.

– Mais trinta dias chegaremos.

– Capaz, sério?

– Brincadeira. Só queria ver sua cara. Pelo jeito, a viagem não está nada boa, pois fez uma expressão de desespero que só.

Kalisson corou.

– Me pegou. Ainda bem que está de brincadeira.

# América espanhola

Aquela viagem sobrevoando parte da Amazônia foi inusitada com muitas paisagens lindas, passando por entre morros e nuvens. A exuberância da paisagem contrastava com vários garimpos e derrubada de madeira.

Em certo trecho, o piloto fez sinal para olharem para baixo. Viram uma tribo de indígenas com malocas interessantíssimas. Deviam ser uma das últimas tribos isoladas... Depois daquela viagem, Kalisson estava se sentindo bem agora que finalmente tinham saído Brasil, estavam em terras bolivianas.

Da Bolívia, passaram pelo Chile e depois fizeram escala na Argentina, para, enfim, chegar ao Uruguai, indo direto a Montevidéu. Mia precisava passar no seu apartamento para pegar umas coisas. Foi cumprimentada pelo porteiro, que a saudou em espanhol.

– Como vai, senhora Lourdes?

– Bem.

Kalisson achou estranho. Agora teria que se acostumar a chamar Mia de Lourdes Mercedez Velásquez. E qual seria o seu nome novo?

Mia pegou algo em uma caixa de documentos, em dois dias acertou todas as contas e deixou tudo certo na imobiliária, disse que rescindiria o contrato naquele dia.

– Corremos boa parte da América do Sul.

– Verdade, Mia. Foi interessante... Gostei do lugar que mora.

– É simples, mas aconchegante. Só dá um pouco de tristeza quando o tempo está nublado.

– Sei muito bem o que é isso. Morei em Curitiba. Fiquei imaginando você morar aqui por todo esse tempo sozinha, não era ruim?

– Estive bem ocupada durante minha estadia aqui. Ocupava praticamente o meu dia inteiro.

– Bom, Mia, já estamos aqui, estamos rodeando a conversa, mas agora temos que resolver nossas vidas. Para onde vamos?

– Ficar por aqui mesmo no Uruguai acho um pouco arriscado. É muito perto do Brasil. Mia pegou um livro de espanhol e o nome de um aplicativo, mostrou para Kalisson e disse: – Você terá que aprender urgentemente a falar espanhol corretamente. Seu nome agora é Juan Carlos Gouveia.

– Gostei do nome. Tem razão, é um risco eu não saber falar o idioma, alguém pode desconfiar. Se perguntarem alguma coisa não saberei responder.

– Nós iremos para Espanha. Não iremos de avião, mas de navio, em um cruzeiro.

– Não conheço nada na Espanha. Por que a Espanha?

– Porque há uma afinidade especial entre Uruguai e Espanha, de modo que será muito difícil alguém desconfiar de alguma coisa. Além disso, sou Lourdes Mercedez, é mais fácil ser invisível na Espanha.

– No navio seria arriscado, não acha? Alguém poderia vir conversar com a gente.

– É só ficarmos mais dentro da cabine. Fique tranquilo, as pessoas reparam pouco nesse tipo de lugar e, como tem muita gente no cruzeiro, não terá maiores problemas.

– Já entendi. Mudando de assunto, o que vamos fazer depois que a gente chegar lá?

Mia ficou quieta por um momento. Refletia um pouco, estava com medo de dizer sua intenção.

– O que foi, Mia. Você não está querendo dizer?

– Estou meio sem jeito.

– Pode falar, confio em você.

Ela respirou profundamente e disse:

– Então, Kalisson, nós vamos ter que começar tudo de novo, você sabe. Então pensei que fazer uma coisa que muitas pessoas fazem. Há muito tempo fiquei com vontade de fazer isso, é uma peregrinação.

– Peregrinação?

– Sim, uma peregrinação pelo Caminho de Santiago de Compostela. Dizem que aqueles que o percorrem mudam a sua vida ou maneira de pensá-la. Eu gostaria de fazer uma reflexão de toda minha vida nessa peregrinação.

– Você está propondo uma peregrinação? É isso mesmo?

– Você não gostou da ideia? Desculpe-me, a peregrinação é individual, mas mesmo que você não queira vir comigo eu irei, pois preciso fazer isso. Preciso fazer essa reflexão de vida.

– Mas é claro que quero fazer. Uma vez, há muito tempo, li uma história desse caminho no livro *Diário de um mago*. Na época, fui muito atraído pela história. Pensei em realizar isso algum dia, mas a ideia me abandonou com o tempo, nunca achei que pudesse ter essa oportunidade. Também, depois disso, não me aprofundei para saber como é a rota e nunca mais tive contato com isso, era um sonho esquecido.

– A rota pode ser feita de várias maneiras. E eu pretendo fazer a pé; são mais de cem rotas. Precisamos escolher uma. Há algumas que chegam a ter mais de oitocentos quilômetros.

– Nossa, parece muita coisa para se andar a pé. Quanto tempo demora?

– Em média trinta dias. Temos que lembrar que se trata de uma peregrinação, não é para ser fácil mesmo.

– Estou muito contente de saber que vamos fazer essa peregrinação. Quando li o livro, lembro-me de que fiquei todo empolgado. Parece que um sonho antigo renasceu dentro de mim. Isso é bom.

– Talvez o livro não seja tão empolgante quanto o caminho ou vice-versa.

– O que quer dizer com isso?

– Quero dizer que a realidade pode ser bem diferente.

– Quer dizer que eu posso me decepcionar?

– Não, só quero dizer que a finalidade ou realidade da peregrinação não estava escrita nesse livro.

– Você sabe alguma coisa concreta a respeito?

– Sei, sim. Pesquisei isso. São várias histórias e testemunhos. Tudo muito místico, simples e transcendente. Pelo menos é isso que eu entendi enquanto pesquisava.

– O que precisamos levar na caminhada?

– Só uma mochila com alguns objetos necessários, bons sapatos, um cajado e nós mesmos.

– Para que cajado?

– Dizem que ajuda a caminhar.

Kalisson estava empolgado com a ideia. Realmente, seria uma boa passar trinta dias caminhando ao ar livre, ao contato com a natureza e com questões religiosas. Seria bom para sair daquele ranço da cadeia, para se limpar daquilo tudo. Em relação à Mia, também acreditava que seria ótimo ela fazer uma flexão profunda e depois, talvez, livrar-se de todos os traumas e, finalmente, amá-lo.

Mia alegrou-se por Kalisson ter topado fazer a peregrinação junto a ela. Seria muito bom. Agora faltava pouco para chegarem a um destino, a uma rota. Já estava cansado de viajar sem destino. A incerteza é uma das piores coisas na vida de alguém; queria uma certeza, um norte, um rumo, e agora teria o Caminho de Santiago como uma possibilidade de acertarem todas as pendências.

Com os documentos necessários, Mia preparou tudo que tinha de acertar no Uruguai e dentro de três dias embarcaram no navio. Estavam muito cansados fisicamente de tudo aquilo, de todas as viagens e de tudo que fizeram até o momento. Então, na viagem, decidiram descansar e dormir. Dormiam bastante, comiam e voltavam para a cabine para descansar novamente.

Kalisson estudava um pouco de espanhol. Assistiu a vários vídeos e dentro da cabine permaneceu estudando o quanto podia. Aprendia muito rápido. Devido ao seu histórico, havia aprendido a se concentrar em um objetivo. Difícil, às vezes, era a noite, quando olhava para a outra cama sem poder ir ao encontro dela.

Tinham tratado entre eles que respeitariam os limites até o final da peregrinação. Então, até lá, nada de toque, nada de beijos, no máximo um abraço e um beijinho no rosto. Na passagem dos dias, às vezes contemplavam um pouco o mar.

Aproveitaram a viagem para se refazer. Estavam cansados. Ambos queriam, a partir do desembarque, começar vida nova. O Caminho de Santiago de Compostela seria o portal que os dois esperavam atravessar para que a transformação pudesse ocorrer.

Pensaram muito sobre tudo o que fizeram, sobre todos aqueles escândalos, estavam um pouco frustrados. Como é que pode ninguém ter tomado nenhuma atitude, querer mudar de verdade, como é que pode existir tanta sujeira? Por que as coisas eram assim? Será que existe uma solução para tudo aquilo? Será que existe uma maneira de mudar de verdade? Será que o resultado das urnas seria diferente nas próximas eleições?

Ao que tudo indica, não, porque parece que as pessoas se preocupavam apenas com seus interesses, e pessoas realmente altruístas eram poucas, infelizmente.

– Acho que a gente mexeu no vespeiro. Pudemos incomodá-los durante um pequeno período, mas agora as vespas se assentaram novamente em seu ninho.

– E continuam a ferroar as pessoas...

– Não devíamos ter sequer iniciado tudo isso. Não adiantou nada.

– Pelo menos estamos juntos, para isso serviu bem. Estou contente da minha parte porque eu fiz isso. Queria descobrir uma forma de entender o que você sente. Durante todo esse tempo, eu descobri muito e, por meio disso, dessas cabeçadas minhas e suas aqui e agora, podemos ter a chance de viver uma nova vida, afinal de contas.

– Verdade, Kalisson. O que fizemos está bem-feito, pelo menos se mudou a vida de apenas uma pessoa já estarei contente e o que está feito, está feito.

– Não devemos viver de passado, precisamos continuar caminhando e agora não temos mais volta. A vida que nós tínhamos, no momento que cruzarmos o mar, jamais será a mesma.

– Teremos que nos acostumar com nossos novos nomes.

– Estou ciente disso. A única coisa que ainda está me incomodando um pouco é o fato de eu não poder ver minha família...

A viagem continuou e o espanhol de Kalisson ia se aprimorando cada vez mais. Durante os dias, trocaram alguns diálogos e reflexões.

# Na Via de La Plata

Terminaram a viagem. Desembarcaram em uma parada e não voltaram mais ao navio. Era um cruzeiro, mas Mia já havia contratado esse tipo de viagem, dizendo apenas que queria ir para Europa de navio. Sem problemas se houvesse o pagamento. A linguagem do dinheiro era universal.

Passaram um dia no local do desembarque, frequentaram um café, viram algumas coisas. Compraram sacos de dormir, mochilas, roupas bem leves. Estavam preparando-se para o caminho.

De onde sairiam, isso não importava muito, pois a peregrinação a Santiago pode ser iniciada em qualquer lugar. Há os caminhos tradicionais, como o francês e também o português; entretanto, Mia não queria passar pelos tradicionais, onde poderia haver mais pessoas. Queria mesmo ter contato com poucas pessoas. Poderia ser que alguém reconhecesse Kalisson ou então puxassem conversa com ela e tirassem a concentração da caminhada.

O clima estava ameno, seria ótimo caminhar naquelas condições.

– Quando iremos começar a caminhar, Mia?

– Depois de amanhã. Vamos de táxi até Sevilha e caminharemos de lá.

– E é só a gente começar, não precisa de burocracia nenhuma?

– Se quisermos, podemos pegar a credencial do peregrino.

– O que é isso?

– Um documento que era utilizado desde a Idade Média pelos peregrinos como salvo-conduto.

– Hoje ainda precisa de salvo-conduto?

– Não, evidentemente não temos mais feudos. Atualmente, serve para comprovar que você percorreu o caminho.

– Como funciona?

– Em cada local que você passa, pega o carimbo; no final do caminho, se você andar pelo menos cem quilômetros a pé ou duzentos de bicicleta, tem o direito de receber a Compostela em Santiago, que é um certificado que comprova que você peregrinou pelo Caminho.

– Interessante.

O semblante de Kalisson agora estava mais leve. Talvez porque naquele local estivesse mais seguro. Afinal de contas, para todos os efeitos, ele agora se chamava Juan, ao passo que Mia se chamava Lourdes Mercedez.

Foi um pouco difícil ter que se acostumar a chamar Mia por outro nome e ouvi-la chamando-o por outro – se bem, que no fundo, era bom. Agora ele estava mais solto, mais leve, mas ainda o fato de ser foragido o incomodava como uma pedra no sapato.

Fez de tudo por um país e agora era perseguido por ter feito algo bom. E sua família também fazia com que uma pequena dor apertasse o coração, como se tivesse que fazer algo que não sabia ao certo o que era.

Por outro lado, Mia, só pensava em conseguir se libertar do trauma. E se não conseguisse? Teria que deixar Kalisson, não seria justo. Depois se repreendeu e se programou para não pensar nisso, sabia que sentimentos e pensamentos negativos tendem a concretizar-se. Devia começar a peregrinação com o coração vazio, sem pensar em nada, esperando colher da caminhada os ensinamentos que mudaram a concepção de vida de muitas pessoas.

Foram cedo para Sevilha, pegaram a credencial de peregrino e começaram a caminhar. Prenderam as mochilas nas costas e a vieira, que era um símbolo dos peregrinos. Não compraram cajados, acharam desnecessário.

Kalisson teve uma infância de católico praticante, por isso disse:

– Se vamos fazer um caminho de peregrinação católica, vamos começar direito. Vamos pedir uma bênção para cumprirmos o caminho.

– Será que é preciso?

– Não conheço os detalhes do caminho como você, mas conheço bem de religiosidade. Minha mãe me ensinou e dava exemplo. Se quisermos fazer um caminho de peregrinação de fé, temos que mergulhar na fé, no místico.

– Mas nunca vi isso nos relatos.

– Ora, isso porque tem gente que vem apenas para caminhar, fazer uma aventura, desafiar limites e outras coisas mundanas. Mas temos que completar esse caminho contemplando a espiritualidade.

– Não havia pensado nisso.

– Se percorrermos o caminho apenas por percorrer, de nada adiantará.

Mia ficou surpresa com a sabedoria de Kalisson. Ele tinha razão, como ele era inteligente! Ela não havia percebido que a maioria dos vídeos e depoimentos de peregrinos na internet não tinha nada de espiritualidade e, como estavam em um caminho de fé cristã, era isso mesmo que Kalisson havia comentado.

– Você fala com o padre. Meu espanhol ainda está bem ruim.

Mia assentiu, balançando a cabeça. Perguntou para a mulher de óculos que lhes tinha dado as credenciais de peregrinos:

– Oh, senhorita, sorte está. O padre Quintilho está atendendo ali. Pode ir até ele.

O sacerdote os recebeu meio sisudo e os abençoou dando um sorriso depois, pedindo a interseção de alguns anjos e santos.

Começaram a caminhar às nove horas da manhã. Pretendiam percorrer vinte quilômetros por dia, para não cansar muito. Depois que se acostumassem, pretendiam percorrer um pouco mais, quem sabe poderiam percorrer trinta quilômetros por dia.

A distância entre Sevilha e Santiago era de quase mil quilômetros. A via era uma das mais longas e chamava-se Via de La Plata. O número impressionava Kalisson; afinal, nunca tinha andado tanto em sua vida. Teriam que atravessar nada menos que sete províncias.

Antes de seguirem para a catedral, pegaram na Associação dos Amigos do Caminho de Santiago, em Sevilha, um guia do caminho com mapas e alguns dizeres. Foram convencidos a levar um cajado, mas, mesmo achando desnecessário, acabaram comprando.

No marco zero no Portal de Asunción partiram.

Atravessaram Sevilha, pegaram um pouco de caminho pelo asfalto e depois um caminho rural. No início, não havia muita sinalização, logo depois as setas amarelas foram aparecendo.

Caminhavam leves e contentes, observando as paisagens, pássaros e pequenos animais que eventualmente viam, como algumas lebres e animais domésticos. Alguns cachorros ladravam. Mas logo desistiam da perseguição.

Conversaram durante um bom tempo do trajeto, mas, depois do décimo segundo quilômetro, a coisa começou a ficar complicada, a mochila pesava. Andaram em um ritmo lento, não almoçaram aquele dia, tomaram apenas água, comeram algumas frutas e um sanduíche natural cada e algumas castanhas-de-caju. A paisagem era reconfortante.

Até Kalisson, que estava acostumado com esforço físico, sentiu o caminho. Seis horas depois chegaram a Guillena, exaustos.

– Desse jeito não iremos aguentar – disse Kalisson. – Algo está errado, cansei demais.

– Acho que estouraram algumas bolhas em meus pés. Erro meu, devia ter escolhido melhor os sapatos e as meias.

– Acho que temos que nos livrar de algumas coisas.

– Você tem razão. Esqueci desse detalhe. Para uma viagem confortável, as mochilas devem ter no máximo 10% do peso do corpo.

Concordaram que trouxeram muita coisa e prometeram que iriam organizar isso à noite no albergue, e na manhã seguinte partiriam.

Mia teve que estourar as bolhas dos pés; tomou um banho e se esticou. Kalisson alongou-se um pouco.

Jantaram. De entrada, pão, água e vinho, uma saladinha, massa e um pequeno pedaço de carne. Aquela comida era revigorante depois da caminhada. Decidiram também que o fato de não terem almoçado não tinha sido boa ideia. Ter caminhado seis horas quase ininterruptamente os fez cansar muito.

Desfizeram-se de algumas coisas até as mochilas ficarem no peso ideal. Desapegaram-se; uma das lições do caminho era levar nada mais que o necessário, desapegando do resto. O interessante era que tinha que se desapegar na marra ou não conseguiriam fazer o caminho todo. O esforço era bem maior do que o previsto.

– Vamos nos programar para sair daqui às 9h30. Poderíamos sair mais cedo, mas precisamos pegar o carimbo na catedral.

– Isso pode ser feito nos últimos duzentos quilômetros, não é tão importante assim.

– Já que estou aqui, quero fazer tudo o que tem para fazer. Não gosto de deixar arestas.

Mia olhou para Kalisson e viu ali uma obstinação grande e uma força incrível, gostaria de ser como ele. Kalisson tinha razão, tudo o que era para fazer, tinha que ser bem-feito.

Dormiram no albergue; nele só havia beliches, colchão e lençóis. Tiveram de usar os sacos de dormir, naquela noite a temperatura caiu a dez graus. Mas Kalisson até passou calor no saco de dormir, e Mia ficou confortável, dormindo de blusa.

Estavam um tanto exaustos para pensar. Ainda bem que apenas uma bolha d'água surgiu em Mia e era em um local que acreditava que não iria incomodar muito.

No outro dia, saíram às nove, caminharam até meio-dia, almoçaram em vinte minutos uma comida leve, descansaram por quarenta minutos, deitados debaixo de uma pequena árvore. Kalisson até adormeceu.

Naquele dia ainda conversavam, mas menos que nos outros. O caminho já estava fazendo efeito. À tarde, passaram por um campo de oliveiras, depois serpentearam uma plantação de laranja, cruzaram rios pequenos por sobre as pontes, viram muitos coelhos e lebres e até alguns bovinos.

Caminhando mais três horas chegaram a Castilblanco de Los Arroyos. Lá se dirigiram ao albergue, tomaram banho, foram ao mercado, compraram pão e frios e um suco. Comeram e logo dormiram.

Kalisson e Mia sentiam-se muito exaustos, as coxas e panturrilhas doíam muito. Sabiam que tinham de se alongar para o outro dia, mas não conseguiram. Às oito da noite já dormiam profundamente. Acordaram às sete da manhã comentando que tiveram sonhos ruins e assustadores.

Naquele dia, pretendiam andar cerca de trinta quilômetros. Foram em um ritmo ameno, para não forçarem. Durante o trajeto, pegaram um trecho de via asfáltica e cruzaram pelo Parque El Berrocal e subiram o Cerro Del Calvário.

Do alto do cerro, contemplaram a beleza. Cruzaram com alguns pequenos animais, uma cerva e seu filhote. O corpo ainda estava em fase de adaptação, cumpriam a caminhada com sofreguidão.

– Gostaria de ir mais rápido – disse Mia.

– Não se preocupe com isso, é melhor fazermos devagar até o corpo se acostumar. Melhor devagar do que desistir no caminho.

– Desistir nunca. Nem que tenha que andar um quilômetro por dia.

– É assim que se fala. Temos todo o tempo do mundo.

Iam com os cajados. Em um momento, Kalisson pensou em atirar fora o seu cajado, mas, em uma curva, depois de um monte de pedra, um mastim napolitano enorme rosnou e ameaçou um ataque.

– Kalisson, esse cachorro vai nos atacar.

– Não vai, vamos seguir firme que ele nos ignora.

Mas não foi o que aconteceu. O imenso cachorro veio em direção a eles. Mia foi correr.

– Não corra. É pior.

O cachorro veio em disparada, não havia o que fazer. Era daqueles cachorros muito fortes que podiam matar um ser humano.

Foi aí que Kalisson adiantou-se na frente dela, pegou o cajado e deu uma cajadada; o cão se esquivou e abocanhou a barra da calça dele, que felizmente rasgou. Mia, em desespero, desferiu uma estocada na cabeça do cachorro, mas não surtiu efeito. Kalisson, que ainda tinha um pouco de pena do cachorro, perdeu toda a dó naquele momento, pois viu que poderiam sair os dois muito machucados.

Como percebeu que cajadadas no modo tradicional não surtia efeito, cutucou o cão que avançava em Mia e, hora que este virou-se para atacá-lo, Kalisson deu uma estocada de ponta bem dentro da boca do cachorro, pegando em sua garganta. O bicho sentiu e afastou-se. A partir daí, Kalisson mantinha o cajado em riste apontado para a cara do cachorro.

Em razão da dor que estava sentindo pela estocada na garganta, o cachorro foi recuando com a língua pingando sangue. Kalisson começou a gritar, lembrou-se de que, nas artes marciais, o *kiai* era utilizado para intimidar o inimigo.

Aos berros e com a dor do ferimento, o cachorro recuou e sumiu nos arbustos, meio que tossindo com o golpe.

– Nossa, graças a Deus ele se foi.

– Era ele ou nós. Não queria machucá-lo, mas não tive escolha.

– Às vezes, a lei da sobrevivência se mostra a única a ser seguida, pelo menos naquele momento.

– Vamos sair daqui o quanto antes, quem sabe ele resolve voltar. Aquele cachorro parecia possuído.

Mia sentiu um arrepio ao pensar que o cachorro pudesse estar realmente possuído. Seguiram depressa e quando chegaram a um vilarejo, pararam um pouco, estavam trêmulos, sentindo-se fracos por causa da adrenalina que gastaram. Almoçaram e tomaram uma garrafa de vinho que acompanhava a refeição. Vagarosamente, tranquilizaram-se, e agora Kalisson agradecia por não ter jogado o cajado fora minutos antes do ocorrido.

No período da tarde, Mia, que já havia estudado sobre o caminho, pensava que os romanos já estiveram por lá, depois houve a conquista dos árabes e, em seguida, a retomada pelos cavaleiros de Santiago. Imaginou como seriam as batalhas e os rostos das pessoas que morreram em combate.

A força da tradição e a marca indelével do tempo estavam por toda a parte no caminho.

Finalmente, chegaram a Almadén de La Plata e se alojaram em um albergue um pouco mais confortável, que fornecia cobertores e calefação.

Estavam exaustos, mas reconfortados. O susto que passaram fez com que não tivessem sentido tanto o cansaço.

No outro dia de manhã, após o café, começaram a caminhar às sete horas da manhã. Mas uma hora e meia de caminhada, ameaçava cair uma chuva. Mia parou e tirou de sua mochila uma capa de chuva. Kalisson se lamentou, pois havia se esquecido desse detalhe.

– E agora?

– Vamos continuar, não tem nada daqui a dez quilômetros.

Andando, vinha uma garoa logo, logo. Estava um pouco frio. Mia sentia vontade de tirar sua capa e dar a Kalisson. Ele ia com sofreguidão, mas resignado, sabia que iria se molhar.

Quinze minutos de sereno fino, passaram alguns ciclistas que faziam o caminho. Um deles virou-se para Kalisson e disse:

– Esqueceu a capa, amigo?

Sem esperar resposta de Kalisson, o ciclista abriu sua mochila e deu uma capa a ele.

– Tome esta, faça bom uso.

Kalisson, pego de surpresa pela atitude inesperada, respondeu em bom e velho português.

– Muito obrigado.

O ciclista respondeu ao cumprimento e se foi pedalando para alcançar os amigos que o aguardaram a cem metros à frente.

Kalisson vestiu a capa e sentiu-se tão bem com aquela atitude que nem sabia o que dizer. Mia se alegrou com o acontecimento.

Continuaram o caminho. Nesse dia, resolveram não almoçar. Caminharam o tempo todo debaixo de chuva e no final da tarde as águas tinham aumentado.

Distraídos, passando por uma pequena ponte, um galho de uma árvore quebrou e caiu levemente sobre Mia, que escorregou pelo barranco e ia se precipitar na correnteza do arroio cheio pela chuva. Kalisson deu um pulo e pegou nas pernas dela, a cabeça estava mergulhada na água e ela não encontrava apoio. Kalisson não podia soltar. Tinha que fazer algo imediatamente. Fez uma força sobre-humana e fincou um dos braços no barro enquanto a puxava. Mia achou apoio com os braços e conseguiu tirar a cabeça do riacho, tossindo por ter engolido água.

Ao saírem do liso barranco, abraçaram-se muito forte. Kalisson estava aflito, caíram-lhe lágrimas e a apertava, agradecendo por não ter acontecido o pior. Mia se acalentou por um pouco nos braços dele e disse:

– Está tudo bem. Vamos continuar, foi só um susto.

– Você quase se afogou.

– Esqueça isso.

Durante o resto do dia passaram por paisagens interessantes, inclusive por um castelo medieval. Mas sequer notaram muita coisa em função do grande susto. Além disso, caminhavam mais rápido porque estavam parecendo porcos pelo tombo no barro.

Ao final do dia chegaram ao Monastério e ficaram surpresos porque tinham andado 38 quilômetros.

Chegando ao local, tomaram banho e lavaram as roupas, sorte que havia equipamentos para lavar as roupas e, depois de centrifugar, ficavam quase secas. Pousaram no albergue, fizeram as refeições por lá mesmo. Estavam muito cansados e não conversaram muito. Decidiram deixar para manhã para resolverem alguma coisa.

Kalisson, porém, não aguentou ficar até o outro dia para colocar Mia a par de algumas ideias que teve sobre os episódios. Levantou-se e foi acordá-la. Mas, ao tocar no saco de dormir, ela apenas abriu os olhos, revelando que também não havia dormido.

– Temos que conversar – disse ele.

Mia saiu do saco de dormir e sentou-se na cama, sussurrando.

– Temos que conversar em outro lugar. Tem dois peregrinos dormindo aqui.

Ele assentiu balançando a cabeça.

Em um pequeno, apertado e escuro saguão de espera, Kalisson começou:

– Mia, esses dois últimos dias, com o episódio do cachorro e com a queda do galho e seu quase afogamento, acho que temos que tomar uma atitude. Está muito perigoso para o início da jornada.

– Se você está pensando em desistir, nem termine a conversa...

– Não, imagine. É outra coisa. – Kalisson olhava cabisbaixo, como quem tem algo a dizer, mas está sem jeito de chegar ao ponto.

– Pode falar, Kalisson. Parece que está meio, eu diria, com vergonha de falar.

– É que algumas coisas são muito pessoais e subjetivas, não é muito indicado partilharmos com outras pessoas.

– Não estou entendendo aonde quer chegar, mas acredite, qualquer coisa que falar, eu estou pronta para ouvir e refletir sobre.

– Estamos em um caminho de fé cristã. Todos os dias temos sonhado com coisas sinistras e estranhas. Aconteceram esses dois episódios perigosos...

Mia prestava atenção, Kalisson parou por um momento até que Mia o incentivou:

– Episódios perigosos...

– Desculpe, é que essas coisas são difíceis de falar para alguém que não acredita nas mesmas coisas que você.

– Kalisson, se você não falar logo, vou ficar brava com você. Está com medo de que a esta altura, de eu te ridicularizar?

– É que eu acho que tudo isso que está acontecendo é uma força espiritual contrária que está nos tentando.

– Você sabe que nunca dei nem muita atenção a coisas da igreja. Desde a minha primeira comunhão, que fiz por causa de minha avó, nunca mais fui à igreja...

– É por isso que estava receoso em dizer.

– Mas, por mais estranho que possa parecer, acho que você tem razão. Esse caminho é fundado na fé cristã. É até um milagre ou inexplicável eu ter sentido a vontade de fazê-lo. Nem mesmo sei por que a tive, mas estou aqui.

– Não é sua vontade, foi um chamado. O caminho é um chamado aos corações que precisam ser trabalhados.

– Ok, suponhamos que você tenha razão que estamos sendo vítimas de alguma força contrária. O que faremos? Desistir não está em meus planos.

– Vamos fazer tudo como manda o figurino.

– Como assim?

– Já que é uma viagem espiritual, temos que fazer as coisas espirituais...

– Continue.

– Em minha opinião, temos que nos confessarmos com um padre para poder prosseguir o caminho limpos de culpas e outras coisas...

Mia ficou pensando.

– Eu nem sei como se faz isso e, particularmente, tenho certos receios de contar coisas a outra pessoa.

– Você fez terapia, não vai ter muita dificuldade.

– Não sei se consigo.

– Você não quer mudar sua vida com essa peregrinação? Então acho que todo esforço é válido. Além do mais, pelas andanças da vida, aprendi que quando a intuição nos sopra para fazermos algo, é porque devemos fazer.

– Não estou certa se devo, afinal, há tantos escândalos envolvendo sacerdotes.

– Aí é que está. Você não deve pensar que eles são perfeitos, e sim que está falando a Deus, como se fosse a Ele. Se eles têm alguma dívida, vão pagar, pode ter certeza disso.

– Não sei.

– Faça isso por mim, por favor. Vamos fazer isso juntos. Amanhã, antes de partirmos, procuraremos um padre e confessaremos. O que me diz?

– Tudo bem, Kalisson. Vamos fazer, afinal, mal não irá fazer.

Kalisson alegrou-se com a decisão de Mia. De manhã, foram a uma igreja e procuraram pelo atendimento. Às 9h30 conseguiram um padre para confessarem. Primeiro foi Kalisson, falou de várias coisas que achava que não eram muito erradas e do episódio do homem que havia capado e falecido. O padre ouviu atentamente do outro lado do confessionário. Quarenta minutos depois, deu absolvição a Kalisson, recomendando alguma penitência.

Mia pensava, insegura, como seria a confissão. Entrou no confessionário e ficou um pouco tensa, mas o padre era experiente e a estimulava. De sorte que, quando percebeu estava falando daquilo que mais a atormentava e chorando, o padre afirmou que nunca foi sua culpa. O atendimento a Mia durou uma hora e meia. Quando ela saiu, foi para perto de Kalisson, com sinais de que havia chorado.

O padre os chamou e deu uma bênção para seguirem o resto do caminho.

Kalisson passou na lojinha da igreja e pediu dinheiro para Mia para comprar dois terços. Entregou um a Mia.

Já se aproximava o horário de almoço. Decidiram almoçar e seguir viagem.

Os corpos agora estavam mais acostumados ao esforço, e a caminhada não estava sendo muito dificultosa. Durante aquele dia caminharam calmamente e seguiram o conselho do padre: "Durante o caminho, rezem um terço de manhã, e outro depois, à tarde, também enquanto caminham. Isso não é uma penitência, é uma forma de vocês se aprofundarem no espiritual e aproveitarem a espiritualidade do caminho, que é a verdadeira razão de ele existir".

Rezaram o terço juntos. Não lembravam mais como se fazia isso, mas conseguiram um guia em português e faziam as orações.

Por aquele resto de dia passaram por campos de plantações de cereais e outras paisagens interessantes. Estavam mais introspectivos. Mas, por dentro, sentiam-se bem. A confissão tinha sido uma ótima ideia.

Às seis horas da tarde chegaram a Fuente de Cantos.

Arrumaram-se rapidamente e tomaram banho. Viram que teria missa às 19h30.

– O que acha de irmos à missa?

– Faz tanto tempo não faço isso.

– Vamos comer algo rápido e vamos assistir.

– Está bem. Hoje o dia está sendo bem religioso.

Eles se entreolharam e riram.

Assistiam à missa normalmente, não havia muita gente na igreja, estava metade cheia. Na hora da comunhão, Kalisson disse.

– Vamos?

– Comunguei apenas na primeira comunhão, fiquei até sem jeito.

– Vamos lá, Mia. A gente já se confessou hoje. Vamos fazer o serviço completo.

– Tá bom...

Foram para a fila de comunhão. Kalisson não comungava desde a notícia falsa da morte de Mia. Ele estava com o coração sereno, como se voltasse para uma paz que há muito havia perdido.

Mia, por seu turno estava se sentindo estranha. Comungou, ajoelhou um pouco e em sua mente veio toda a lembrança de sua avó que, com tanto carinho, queria que ela fizesse a primeira comunhão. Lembrou-se de alguns momentos felizes, mas as outras lembranças terríveis de sua infância lhe assaltaram e ela começou a lacrimejar.

Não via a hora de a missa acabar, felizmente foi daquelas missas rápidas. Voltou para o albergue em prantos. Estava muito transtornada. Kalisson quis ajudar.

– Me deixe. Preciso ficar só.

Ele pensava o que estaria acontecendo com ela.

Mia ficou perambulando até meia-noite, chorando ou lacrimejando quieta em um canto. *Minha infância foi uma droga, terrível. Por que eu tive que passar por isso?*

Andava também pelo vilarejo escuro. Kalisson ficou de longe a observando, com medo de que ela pudesse fazer alguma besteira, visto que estava em um nível de transtorno muito alto.

Perto da meia-noite, Kalisson se aproximou de Mia e a muito custo a convenceu a entrar.

Muito transtornada e atormentada pelas lembranças terríveis do passado, Mia, num gesto de desespero, começou a rezar e pedir para Deus, São Tiago, ou algum anjo que retirasse aquilo tudo dela.

Meia hora depois, como que por encanto, adormeceu. Mas teve um sonho.

Vinham as sombras de suas lembranças em sua mente tentando sufocá-la. De repente, brilhou uma luz e as sombras se dissiparam. Uma voz de todos os lados dizia:

– Você não teve culpa. O corpo se corrompe, o espírito nunca. Você é espírito, seu corpo apenas uma casca. – A voz continuou, dizendo: – Esse mal que te aflige te deixará se você entregar tudo e enxergar que aquilo não te corrompeu. O que acontece com o corpo não corrompe a alma. Você ainda sente culpa por ser abusada, raiva de sua mãe e do abusador, e se sente suja e indigna. Você precisa se livrar disso, precisa perdoar.

– Eu não consigo me livrar disso, não consigo.

– Você realmente quer se livrar?

– Eu quero, mas não tenho forças.

– Você acredita que pode ser feito?

Mia ficou quieta.

– Você acredita que pode ser feito? – repetiu a voz.

– Oh, por favor, sou incrédula. Ajude-me.

– Se pedir de todo coração, e acreditar de todo o coração, e sentir de todo o coração, o milagre acontecerá.

– Eu quero, eu quero, eu quero.

– Então será feito.

– Quem é você, como posso saber se isso é real?

– Sou o anjo do caminho. Amanhã alguém te dará uma instrução e acontecerá um sinal.

A voz e a luz desapareceram, e Mia acordou. Kalisson estava dormindo. Eram quatro horas da manhã. Mia ficou sem sono e gostaria de pegar o caminho naquela hora mesmo, mas esperou até as seis para acordar Kalisson.

Já era o sexto dia caminhando. Àquela altura, os músculos de ambos já estavam acostumados ao esforço, além do que os dois sempre na hora que terminavam a caminhada faziam um bom alongamento.

Começaram a andar e, desta vez, estavam andando mais rápido. Mia estava extremamente introspectiva, mas do que o de costume. Kalisson percebeu e não puxou assunto com ela. Em vez disso, observava a paisagem, o sol, as nuvens, as construções, as pessoas, os animais. Ficou o dia entretido com isso. Ao passo que, na parte da manhã, apenas ouviu a voz de Mia para lhe ajudar com o terço.

No início, Kalisson ficou tentado interferir, mas pensou que talvez seria um dos efeitos do caminho e por isso deixaria ela resolver; afinal de contas, há coisas que devem ser resolvidas apenas de você para você.

No almoço, comeram um lanche típico e um suco de laranja e continuaram a caminhar, seguindo as setas amarelas. Os passos das pernas se alternavam com o movimento dos cajados.

Eram quatro horas da tarde, quando, depois de uma curva, apareceu um touro miura bravio e atrás dele alguns cavaleiros. Quanto o touro viu Kalisson e Mia, se precipitou em cima deles. Kalisson escorregou e caiu. Mia fechou os olhos e virou-se de lado. O touro parou momentaneamente e cheirou a vieira da mochila de Mia. E seguiu calmo andando. Os cavaleiros ficaram admirados e pararam para observar. Um deles ia laçar o touro, mas foi impedido pelo mais velho.

– Isso é obra divina. Não vamos laçá-lo, está voltando ao pasto. Veja.

O touro foi voltando para o pasto.

– Você foi salva, senhorita. Esse touro é o mais bravio da estância. Agradeça a Santiago por mim e por ti. *Adiós*.

Mia abriu os olhos, olhou no chão e viu uma fitinha em seus pés, vermelha, do Caminho de Santiago. Imediatamente, lembrou-se do sonho que tivera. Pegou a fitinha e amarrou em seu pulso.

Kalisson chegou próximo a ela e disse:

– Seu anjo hoje trabalhou bem.

Mia sorriu e um arrepio lhe invadiu o corpo. Durante o resto da caminhada, olhava para a fita do pulso imaginando se este seria o sinal profetizado em seu sonho.

Chegando depois de dez horas de caminhada a Villafranca de los Barros, uma senhora veio na direção de Mia e deu um botão de rosa amarelo com um bilhetinho que dizia: "Faça agora o que seu coração diz e bom caminho".

Mia sentiu um arrepio e sem falar nada a Kalisson dirigiu-se à igreja. Kalisson perguntou aonde ia. Mia não respondeu, estava em êxtase. Kalisson se tranquilizou quando viu que ela havia adentrado a igreja.

A primeira coisa que fez foi procurar um padre.

– Por favor, preciso me confessar.

– Já é um pouco tarde, senhora.

– Por favor, é urgente.

O pároco, abrindo uma exceção no horário de atendimento, resolveu escutar Mia.

Mia revelou o sonho que teve e tudo o que a incomodava.

– Eu matei um homem...

O padre arregalou os olhos, ouvia atentamente.

– ... ele me abusava quando menor.

O padre foi prestando atenção, cada vez mais interessado na história, que era triste, mas que ao mesmo tempo fabulosa, visto que a vítima conseguiu tomar as rédeas de sua vida e estava ali por divina revelação.

Mia desta vez falou com sinceridade, sem se abalar, contou tudo. Apenas não foi tão detalhista, nem revelou que estava usando nomes falsos, pois, apesar de os padres terem juramento de não revelarem a ninguém sobre a confissão, eles são humanos, pensava Mia.

Afinal de contas, os detalhes não precisavam serem ditos. Enquanto Mia falava, o seu coração esquentava, como se estivesse vomitando, se limpando de tudo. Agora entendia que os abusos não eram culpa sua, nem a falta de amor da mãe. Nem tampouco era Deus o culpado. Estava sentindo-se mais leve, sem culpa. Mas revelou uma coisa ao padre:

– Não me arrependi de tê-lo matado. Depois que fiz aquilo, me senti estranha e um pouco vazia. Mas se disser que me arrependi, estarei mentindo.

– Ora, você teve motivos, mas, pelos princípios cristãos, não deveria ter sido feito. Você ainda não o perdoou. Tem que o perdoar para que se sinta livre de verdade.

– Eu não consigo. É muito difícil...

– Vou te ensinar uma coisa. Perdão tem mais haver com decisão do que com sentimento. Você decide perdoar, aí a operação do perdão é obra divina. Para umas pessoas demora mais, para outras menos. O importante é você decidir perdoar.

Mia ouvia atenta. O padre citou alguns trechos das cartas de Paulo, mostrando que se tratava de uma decisão. O mal que não quero, isso faço, o bem que quero, isso não faço. Mais ou menos assim, mostrando a contradição e dualidade entre sentimento e decisão. A decisão é consciente e inteligente, os sentimentos de raiva e outros na maioria das vezes não são.

– A senhora está entendendo o meu raciocínio?

– Sim.

– Então, você quer perdoá-lo ou não?

– Eu quero. É muito estranho o que o senhor falou, mas tem lógica, se eu não o perdoar eu é quem fico presa.

– Pois, sim. Mas poucas pessoas conseguem enxergar ou aprender isso.

A conversa continuou ainda por um bom tempo. O padre até gostou do atendimento, era uma confissão espontânea e verdadeira, voltada para o lado espiritual da coisa. Sentiu empatia pela jovem e desejou que tudo fosse bem com ela. Era bonita, inteligente, sincera, espiritualizada. Qualidades não encontradas facilmente em um mesmo ser.

– Você está absolvida, minha filha.

– Não vai ter penitência?

– Não, apenas quero que você faça uma coisa. No caminho daqui para diante, tem uma pequena fonte. Quando chegar lá, agradeça por tudo e todos, reze um Pai-Nosso, uma Ave-Maria e um Creio em Deus Pai e tome a água daquela fonte com sua vieira. Quando tomá-la, imagine que ela estará dissolvendo toda a sua raiva e imagine o perdão de Deus sobre todos os que o cuspiram e o humilharam. É um mistério, não tente entender com os olhos da lógica. Procure sentir, crer e entender com o coração, não com o cérebro. O coração é mais forte que o cérebro.

Ao tocá-la no braço, dando uma bênção, Mia sentiu-se muitíssimo bem e rejuvenescida. Muitas das amarguras e pessimismo queria enterrar, motivo pelo qual persistia firme no caminho.

Despediu-se do cordial e alegre padre. Foi até o cofre das ofertas e depositou um valor lá de coração. Achou que deveria ajudar; afinal de contas, era uma estrutura que estava disponível a ela e a todos os que quisessem.

Kalisson havia ficado na igreja, perto do Santíssimo, ficou em silêncio. Disse que se ficar em silêncio por algumas horas perante o Santíssimo, é possível ouvir a voz de Deus ou dos anjos. Ele ficou, mas como não permaneceu por tempo suficiente e estava ansioso por Mia, não ouviu a voz de seu anjo.

Ao ver Mia, foi ao encontro dela e teve uma surpresa imensa, pois ela veio até ele com um largo sorriso e deu-lhe um abraço muito apertado, alegre e espontâneo.

Kalisson ficou até meio sem jeito, pois quase não tinha contato físico com Mia durante a caminhada.

– Onde ficaremos hoje?

– Tem um albergue logo ali na frente. Vamos ver se tem vaga.

Foram e se alojaram. No outro dia teriam outra caminhada.

Depois do desjejum, saíram e o dia ia clareando com suas luzes e as paisagens se estendendo com muitos vinhedos. Mia não havia falado com Kalisson, fez um sinal a ele de que manteria o silêncio.

Apesar de ele ficar curioso e tentado a perguntar, resolveu conter-se, pois deveria estar acontecendo mais uma obra do caminho na vida de Mia ou de ambos.

Mia pensava em achar a fonte. Kalisson viu que Mia olhava demais para o lado direito da via. Eram onze horas da manhã quando se defrontaram por um fio de água. Mia, sem falar nada, saiu da estrada e foi seguindo o fio de água que se adentrava em um bosque.

Kalisson perguntou debalde aonde ela ia. Sem resposta, resolveu segui-la.

O que estaria acontecendo agora? Se bem que depois do touro, nada poderia ser estranho o bastante.

Adentraram por uns cem metros à frente quando se depararam com um olho de água e um oratório. Havia algumas coisas ali, como coisas de pessoas que tinham alcançado graças.

Em voz alta, Mia fez as orações que o padre pediu. Depois desatou da mochila a vieira e tomou da água do olho d'água. Kalisson a olhava. Ela imaginou tudo como o padre havia dito.

Kalisson aproveitou a fonte para encher uma de suas garrafinhas.

– Pronto. Vamos continuar.

– O que você fez?

– Curioso. Cada pessoa faz o caminho como lhe é apresentado. Estou fazendo o meu.

Kalisson ficou pensando naquelas palavras. Era verdade! Cada um era alcançado pelo caminho de alguma forma e deveria se preocupar com a parte dele.

Almoçaram, tomaram juntos uma garrafa de vinho. O vinho lhes deu sono. Deitaram-se um pouco em uma sombra. Meia hora depois seguiram por uma paisagem não muito empolgante e chegaram à famosa Mérida.

No dia seguinte, caminharam até Alcuéscar, sem acontecimentos sobrenaturais, e no nono dia de caminhada fizeram o trajeto até Cáceres.

Décimo dia de caminhada. Levantaram-se antes do sol, tomaram os seus cafés. Naquele dia, decidiram sair um pouco antes do crepúsculo. O dia prometia, estava uma temperatura agradável, o lusco-fusco da manhã rebatia na paisagem, dando uma sensação de alegria e de que o universo estava funcionando a pleno vapor.

A jornada para aquele dia seria de aproximadamente 45 quilômetros. Pretendiam chegar em Cañaveral. Atravessariam um trecho longo sem nenhuma povoação ou estabelecimentos para comprar víveres, portanto tinham que tomar cuidado para que não faltasse água.

Em suas mochilas carregavam um litro e meio de água cada um. Kalisson comprou algumas castanhas para, se fosse o caso, comerem.

Andaram bastante, e como o desjejum foi muito reforçado, decidiram não almoçar aquele dia, comendo apenas algo leve. No entanto, isso foi um problema mais à frente, pois deu-lhes uma fome muito grande no trecho desértico e não tinham nada para se abastecer.

– Ficar sem almoço hoje, definitivamente, não foi uma boa ideia, Mia.

– É verdade. Mas é bom sentir um pouco de fome para darmos valor ao que temos na nossa volta.

– Tem razão.

Os últimos quinze quilômetros foram muito cansativos. Um trecho pedregoso judiava dos pés dos caminhantes. Foram em ritmo mais lento. Durante aquele dia não viram nenhuma pessoa no caminho. Assim puderam entender por que A Via de la Plata tinha o codinome de Caminho da Solidão.

– Você está com um aspecto de tristeza hoje, Kalisson. O que foi?

– Durante todo o dia me lembrei de minha família, estou com saudades. Sinto-me culpado de ter ficado ausente durante o tempo que fui policial e por estar aqui sem eles saberem ao certo de meu destino.

– Tenha fé. – Mia apertou a Mão de Kalisson e lhe sorriu. – A gente pensa em alguma coisa depois do caminho.

Kalisson sentiu-se um pouco mais animado com o sorriso e o aperto de mão de Mia. Ela estava agora mais leve, mais brilhante, mais transparente, mais suave. Definitivamente, havia acontecido alguma transformação interior nela. Kalisson, apesar de ter tido a iniciativa de recorrerem à espiritualidade, ainda não tinha sido transformado em nada. O espírito obstinado dele, a ausência da família e a ansiedade impediam de ele estar vivendo apenas aquele momento e nada mais, como Mia estava fazendo.

Finalmente, após nove horas de caminhada, chegaram ao destino. Alojaram-se em um albergue de boa estrutura.

Mia, ao contrário dos dias normais, apressou Kalisson para tomar banho logo e jantarem. Kalisson, sem questionar, fez logo o que tinha que fazer, obedecendo às ordens. Também estava com fome e queria comer logo.

– Vou lavar minhas coisas.

– Depois a gente faz isso.

Geralmente, quando chegavam aos albergues, faziam alongamento, tomavam banho, lavavam as camisetas e as roupas íntimas, deixando-as estendias para secar. Caso não secassem, as dependuravam nas mochilas e as carregavam estendidas até secarem.

Depois de jantarem, Mia olhou o relógio e disse:

– Vamos dar uma volta pela cidade.

Não era normal aquela atitude de Mia.

– Vamos aonde?

– Dar uma pequena voltinha. Hoje o tempo está agradável.

– E nossas roupas? Temos que lavá-las para amanhã.

– Depois nos preocupamos com isso. Se sairmos um pouco mais tarde amanhã, não tem problema.

Andaram um pouco e sentaram-se em um banco de uma pracinha.

– Você está estranha hoje.

Quando Kalisson disse isso, um telefone público começou a tocar.

– Você não vai atender? – disse Mia.

– Atender pra quê? Pra mim é que não é.

– Tem certeza? Se fosse você, eu atenderia.

– O que você está aprontando?

– Atenda logo senão vai parar de chamar.

Kalisson atendeu o telefone.

– Alô.

– Meu filho, que saudades, como é bom ouvir a sua voz.

Kalisson caiu aos prantos soluçando, nunca havia se emocionado daquela forma. Era sua mãe. Estava tão emotivo que pediu perdão a ela, ao pai e à irmã. Coisa que nunca faria se estivesse normal. Devia ser também um dos efeitos do caminho.

Mia, vendo que ele estava muito emocionado, foi até o ouvido dele e disse:

– Controle-se, senão sua mãe vai ficar preocupada em vez de contente.

Aquela frase de Mia o transportou para a realidade, e observou o quanto tinha sido fraco. Em nenhum momento desde que Mia havia sumido teve ou se deu ao luxo de sentir-se ou parecer fraco; agora estava parecendo um fraco. E por incrível que parecesse, isso não o estava incomodando. Era bom tirar a armadura e admitir que precisava sentir-se amado. Percebeu que durante todos aqueles anos havia construído uma armadura ao seu redor, que, naquele momento, se desfez.

Conversou só com a mãe. Falaram por cerca de uma hora. Conversaram sobre muitas coisas. Falou para a mãe que estava rezando todo os dias e tinha se confessado, alegrando-a muito.

– Sua namorada está com você? Diga a ela que gosto muito dela.

Depois do telefonema, Kalisson, feliz e com os olhos emotivos, olhou para Mia.

– Você não vai me perguntar nada? – disse Mia.

– Não. Se quiser dizer alguma coisa, diga por conta própria.

Kalisson não queria saber de nada, apenas agradecia em seu íntimo pela oportunidade de falar com a mãe e livrar-se do sentimento de culpa que o acompanhava.

Sem ele perguntar, Mia esclareceu que havia combinado já no Brasil quando tinha pagado alguém para dar um recado à mãe dele para ela ligar para um número de telefone na data e neste horário de hoje.

– Poderia não ter dado certo.

– Você planeja tudo. É impressionante, e o que faremos depois de terminarmos o caminho?

– Não sei ainda. Não planejei nada. Sério.

– Gostei muito da surpresa de hoje, obrigado. Mas vamos combinar uma coisa, daqui por diante nada de surpresas. Se tiver algo mais em mente que eu não saiba, por favor, me avise.

– Desculpe, Kalisson. Essa foi a última. Não queria falar antes porque poderia não dar certo, e se não desse, você poderia ficar nervoso, frustrado.

– Não precisa se desculpar. Não estou me referindo a hoje. Estou me referindo a depois do caminho. O fato de ter uma vida totalmente planejada por você me assusta e me incomoda um pouco.

– Já disse, não planejei nada depois do caminho, eu juro.

– Não precisa jurar. Vamos para o albergue. Obrigado.

Kalisson deu um abraço forte em Mia, mas se afastou logo. Não queria atiçar seus instintos. Todos aqueles dias andando juntos, se o contato ficasse muito próximo, poderia complicar a situação.

No décimo primeiro dia pretendiam ir até Carcaloso. Saíram às 6h30 da manhã. Passaram por uma estação Ferroviária de Renfe. Avistaram a Igrejinha de San Cristóbal. Andaram também por um lindo bosque de pinheiros. Após um trecho de pouca sinalização, foram guiados pelos mojóns e as tradicionais setas amarelas.

No décimo segundo dia, o caminho seguia por um trecho ladeado por um fio de água. Cruzava por uma fazenda de gado, por vezes tinham que passar perto de reses, mas nada aconteceu parecido com o episódio do touro miura. Puderam observar também construções arquitetônicas antigas do tempo do Império Romano, havia um grande e peculiar arco. Também avistaram igrejas edificadas no século XV, caminharam por nove horas e chegaram a Aldeanueva Del Caminho, se instalando por lá.

Àquela altura, o corpo já havia se acostumado com a rotina do caminho. Mia o absorvia dia a dia. Kalisson era um tanto mais ansioso, tinha dias que ele queria andar mais, mas Mia o advertia.

– Controlar a ansiedade também faz parte dos ensinamentos do caminho.

– Gostaria de conseguir pensar só no agora.

– Pense só no caminho, esqueça o resto.

– Prometo que me esforçarei. – Deu uma piscada charmosa para ela.

No dia seguinte, em vez de tomarem o café no albergue, foram andando, torcendo para encontrar um bar ou coisa parecida para comerem o desjejum. Felizmente, sempre havia estabelecimento pelo caminho. Naquele dia, as extensas planícies começaram a dar lugar a montanhas. Havia trechos da via que coincidia com a antiga rota romana, depois se unia à *carretera*, andaram pois, naquela dia, grande parte do trajeto pelo asfalto.

Caminharam 43 quilômetros, chegando lá pelas 16h30 em Fuenterroble de Salvatierra, lugar muito inspirador que puderam conhecer as igrejas e assistir a uma missa. Chamou atenção de Mia a inscrição em uma parede "Dei ordens ao meu anjo para que protejam o teu caminho". Apontou o dedo e mostrou a Kalisson, que bem recebeu aqueles dizeres.

Durante os dias, estavam seguindo toda a rotina dos terços e das missas, e cada vez mais estavam imergindo na espiritualidade do caminho. Por causa dessa imersão na espiritualidade, cada vez mais sensíveis ficavam as impressões do caminho.

No décimo quarto dia, a jornada foi um pouco mais curta, trinta quilômetros até San Pedro de Rozados. Durante o dia, paisagens interessantes e peculiares e um morro que lhes forçou as panturrilhas na descida, sendo que o amigo cajado lhes ajudara.

À noite, abrigaram-se no albergue onde havia mais cinco peregrinos, dois franceses, um alemão e um casal belga.

Convidaram Mia e Kalisson para dividirem as despesas e preparar algo.

Tentaram puxar assunto com Kalisson, mas este não respondia, fez sinais discretos com os olhos para Mia.

– O que há com ele? – perguntou um dos peregrinos.

– Desculpem, ele fez promessa de silêncio.

– Nossa, é preciso ter muita força de vontade para ficar sem conversar durante todo o caminho... – disse um francês.

– Ele está certo, fica mais mística a viagem, mais espiritualizada – disse o outro francês.

Kalisson olhou de longe e ficou surpreso ao ver Mia conversando com os peregrinos em francês. Ensaiou até umas palavras em alemão. Mas parece que todos eles falavam e entendiam francês.

Kalisson sentiu-se novamente inferior. Mia estava muito à frente dele. Cada surpresa que tinha com ela! Uma das melhores *hackers* do mundo e agora descobria que, além do espanhol ela falava francês. Com certeza deveria falar inglês também e até outros idiomas.

Resignou-se e olhou com admiração para Mia.

– Pois bem, o que vamos fazer para comer?

– Precisamos comprar alguma coisa – disse o alemão.

– Deixe que eu cozinho – sugeriu o belga.

– Meu marido faz uns pratos maravilhosos – disse a esposa, com um riso leve, olhando para Mia.

– Eu ajudo a cozinhar – falou o francês mais velho.

– Vamos fazer uma lista do que precisamos – sugeriu o alemão com um caderninho e uma caneta na mão.

– Eu posso fazer uma compra na mercearia.

– Então está tudo certo.

Mia estava tão bem, nem parecia a garota introvertida dos velhos tempos. Fizeram a lista e entregaram à Mia, advertindo-a de que depois dividiriam os valores, visto que não a deixariam com os custos sozinha.

Kalisson a acompanhou até o mercado.

– Por que você não quis falar com eles?

– Não estou dominando o espanhol ainda, qualquer um poderia desconfiar da gente.

– Como todos estão em peregrinação, acredito que não se importariam tanto com isso. Mas, pensando bem, é melhor não causar qualquer tipo de suspeita.

Kalisson assentiu com a cabeça.

– Você está bem? Hoje está um tanto quieto e triste.

– De repente, me toquei que nunca mais serei o Kalisson e que viver mentindo ou fingindo aos outros me incomoda um pouco.

– Tudo vai melhorar. Tenha calma. Lembre-se de que há pouco tempo você era um foragido, agora estamos passando por essa peregrinação.

– Tem razão em partes, porque ainda sou um foragido.

– Kalisson, sei que está pensando em sua família, prometo que tudo vai se resolver.

– Está me preparando mais alguma surpresa. Chega de surpresas, você prometeu.

– Sim, prometi. Vamos pensar em algo depois que chegarmos a Santiago de Compostela.

Kalisson assentiu. Compraram o que tinham que comprar. Mia voltou para o albergue e entregou os ingredientes ao cozinheiro. Eles cozinhavam e conversavam. Mas Mia preferia ficar perto de Kalisson, entretanto, deu um pouco de atenção a eles.

Perguntaram sobre a peregrinação. Mia contou a história do touro, mas se arrependeu depois, pois parecia que não deram muita atenção ou não acreditaram na história.

– Sei que o caminho está te fazendo muito bem, mas existem coisas que não podemos repartir com qualquer um.

– Você tem razão.

– Eles não estão na mesma busca que a gente. Parece que nem estão em busca do espiritual, deve ser só um desafio ou curiosidade...

– Também senti isso... Acho que foi um erro aceitar o convite de dividir o jantar. Estava tão alegre aquela hora que nem pensei para responder.

– Tudo bem, daqui a pouco a gente come, e amanhã saímos bem cedo. Logo ficaremos tranquilos.

Eles estavam andando pela praça da pequena cidade olhando para as estrelas, quando a mulher belga os chamou.

– Estamos esperando por vocês. A refeição está pronta.

Foram e comeram, realmente estava uma delícia a sopa que o belga fez, tão boa a ponto de Kalisson querer repetir pela terceira vez, mas não o fez porque ficou com vergonha e porque havia pouca sopa – alguns europeus cozinham de forma contada, ao contrário dos brasileiros, que sempre cozinham para sobrar.

Abriram uma garrafa de vinho. Tomaram um cálice cada um e conversaram mais um pouco. Uma hora mais tarde foram dormir.

No outro dia, Mia e Kalisson saíram às 5h30.

Na hora que os outros acordaram, nem sinal de Mia e Kalisson. Um deles falou:

– São jovens, estão com pique.

Andaram bastante.

Da décima quinta até a vigésima jornada foram cada vez mais se introspectando. Vinham lembranças de toda a vida e coisas que estavam mal resolvidas para Kalisson, que nem mesmo ele tinha noção.

Por milagre, Mia não era mais incomodada pelas lembranças dos abusos. Ao que tudo indicava, tinha sido libertada daquele fardo.

Era impressionante como o caminho os fazia repensar sobre os conceitos da vida, o que realmente era importante, o que não era, o que era excesso e o que era necessário. Não necessitava de extravagâncias para se viver bem, isso era uma lição.

Os músculos já tinham se acostumado com a caminhada, Kalisson tinha vencido a ansiedade do início, agora saboreava cada dia como se fosse único, como na verdade é. Aproveitavam o nascer e o pôr do sol, as paisagens, as cores das terras, os verdes, os escuros, as estrelas, as camas, as mochilas, os cajados, as obras de arte, as igrejas, as pessoas das cidades que labutavam a sua vida diária, os peregrinos que encontravam, os que iam de bicicleta, os animais, as suas orações diárias, os sonhos e as sensações profundas. Tinham tido diversos sonhos com significado, mas não sabiam o que eram.

Por vezes, por esses dias se pegaram chorando sem saber motivo. No entanto, era um choro de lavar a alma, não de lamúria. Algo no caminho estava mexendo com eles e os transformando.

Durante esses dias pernoitaram em diversas cidades interessantes, inclusive Salamanca.

No outro dia era domingo. Acordaram um pouco mais tarde e saíram andando devagar. Aquele dia não pretendiam andar por muito tempo.

Almoçaram ao meio-dia e continuaram. Desta vez, não quiseram beber vinho, não queriam fazer a sesta, era difícil o restaurante substituir o vinho por outra coisa, era uma tradição enraizada, mas, naquele dia, falaram gentilmente que só queriam a água.

Durante a tarde foram passando por várias paisagens e por um trecho ladeado por árvores. De repente, o céu começou a enegrecer, dando prenúncios de que uma chuva cairia em breve. Logo iniciou a precipitação, mas como era muito forte a chuva, resolveram ir até o que parecia uma cobertura há uns trezentos metros dali.

– Vamos esperar passar a chuva?

– Não, é que está muito forte. Se ficar mais fraca e pararem os trovões, nós iremos.

E a chuva demorou duas horas para começar a ficar mais fraca. Depois que só havia chuviscos leves, tiraram as capas de chuva da mochila e continuaram a caminhada. Aquela chuva os tinha atrasado durante a rota, caminhavam, mas não estavam encontrando mais a sinalização, as flechas amarelas tinham sumido. Uma hora depois se deram conta de que estavam completamente perdidos.

– E agora, Kalisson, o que vamos fazer?

– Vamos manter a calma e nos alimentar.

Tomaram água e comeram algumas coisas que tinham nas mochilas, barras de cereais, duas bananas e algumas castanhas.

– Isso nos dará um pouco mais de energia para continuarmos.

Continuaram por um lugar onde pareceu com aquele onde estavam, mas nada encontraram.

Um pouco mais à frente encontraram uma seta amarela. Graças a Deus. Andaram muito por aquela direção, porém não saía em lugar nenhum. Quando se deram conta, estava tudo escuro, continuaram caminhando até as nove da noite. Estavam no limite, quase exaustos. Kalisson decidiu:

– Não adianta andarmos mais que isso. Vamos posar na estrada mesmo, quando amanhecer a gente continua.

Mia concordou, mas logo se ouviu um trovão. Será que a chuva ia começar de novo? Não conseguiriam dormir molhados. E se a temperatura caísse?

– Vamos mais um pouco, Kalisson. Teremos que pedir ajuda ou poso em alguma casa.

– Não estou vendo nenhuma casa por perto.

Continuaram andando, apreensivos e com medo. Até que Mia parou e fez uma prece pedindo a um anjo que os guiasse.

Ao longe escutaram o latir de um cachorro. Se existia cachorro, deveria haver um dono. Resolveram seguir o barulho. Deram de frente para uma casa que não puderam distinguir ao certo o tamanho. Sorte que era um cachorro pequeno, não tiveram medo de se aproximar.

Kalisson bateu à porta, no momento esqueceu-se até que tinha que falar em espanhol. Uma mulher abriu. Aparentava ter cerca de 35 anos.

– Estamos perdidos. Precisamos de ajuda, de abrigo, vai chover forte.

Mia entrou na conversa, falando em espanhol. A mulher foi perguntar ao marido; este disse que, se quisessem, poderiam dormir na cocheira um pouco mais adiante.

Aceitaram de imediato sem questionar ou pedir nada mais que aquilo. A chuva ia começar. A mulher apareceu com um grande pão, uma garrafa com água e outra de vinho. Também lhes deu algumas velas e uma caixa de fósforo.

O celeiro era fechado, tinha um pouco de feno pelo chão, havia alguns animais mais para dentro que eles nem mesmo notaram direito. Foi a mulher virar as costas e a chuva desabou. Colocaram as velas longe das palhas e fizeram um amontoado de palha para colocarem os sacos de dormir.

Já haviam tirado os sapatos ensopados e colocado roupa seca.

– Essa mulher nos salvou.

– Que bom ela ter aparecido, e esse pão e esse vinho serão bem-vindos. Estou com fome. Vamos comer?

Mia assentiu com a cabeça.

O pão estava muito cheiroso, com cara de que tinha sido assado há pouco tempo. O vinho continha um sabor delicioso, foi o jantar mais saboroso que tiveram em toda a sua vida.

Depois do jantar e do vinho, os dois ficaram aquecidos e suas faces meio rubras com a luz da vela.

Kalisson sentou-se bem ao lado de Mia. Sentiu o cheiro dela e a abraçou. Mia não se esquivou como antes, ficaram abraçados. Até que Mia teve a iniciativa e o beijou. Kalisson correspondeu e ficaram por muito tempo com longos beijos enquanto a chuva caía.

Kalisson estava querendo muito Mia. Mas não sabia até que ponto poderia ir. Mas Mia o foi envolvendo, o beijando e o abraçando. Ela o estava desejando. Nunca tinha sentido isso por um homem, e agora queria ser dele, somente dele. Ela deixou que o desejo a guiasse, até que Kalisson não resistiu mais e começou a despi-la lentamente. Depois disse com educação:

– Posso tirar minhas roupas também?

– Pode. Estou esperando por isso.

Desta vez, ela não se assustou ou chorou ao ver Kalisson nu. Ele até ficou paralisado por um momento, mas ela o abraçou novamente e o envolveu. Kalisson a deitou na palha e, para testar, colocou a mão dela sobre si. Vendo que ela não resistia e tinha no olhar um desejo sereno e sincero, foi lentamente até onde as partes são mais sensíveis.

Quando se deu conta, estava fazendo amor com Mia e ela correspondia de uma maneira que ele jamais havia sonhado. A sensação era incrível, Kalisson emanava lágrimas enquanto a amava de tanta emoção. Mia sorria leve, de satisfação. Ela sentia-se totalmente amada e se deu a Kalisson sem ressentimento ou pudor.

Quando se deram conta, a vela estava apagando, acenderam outra e continuaram se amando. Novamente, viram que a vela se findava. Saciados, mas ainda abraçados e se admirando mutuamente, dormiram.

No outro dia de manhã, parecia como se tivessem entrado em um paraíso. Queriam se amar novamente, mas e se a mulher aparecesse? Tinham que se levantar e partir.

Mia estava radiante, e Kalisson abobado, mal podia acreditar que enfim tinha consumado o seu amor por Mia.

O dia amanheceu bom e foram até a casa agradecer a mulher. No entanto, tiveram uma surpresa. Não havia ninguém na casa, estava completamente vazia e empoeirada.

Tiveram um choque e suas cabeças giravam, até que Mia disse:

– Só pode ter sido um anjo.

– Só vejo essa explicação.

Quando viravam as costas, apareceu um homem montado. Disse que trabalhava naquela gleba e que havia vindo para ver os animais. Eles disseram que posaram no estábulo. O homem disse:

– Por que não usaram a casa? Está vazia faz muito tempo.

Zonzos com aquilo tudo, sem saber muito o que dizer, por fim, Kalisson recobrou a razão e perguntou onde estava a via. O cavaleiro os ensinou. Ficaram surpresos de que apenas um quilômetro à frente já encontraram a via, e mais quinhentos metros um estabelecimento onde puderam se alimentar e depois seguir viagem.

Estavam se sentindo outras pessoas e pensavam agora no caminho. Primeiro, foram maltratados no corpo, depois o corpo acostumou, depois a mente foi sendo afetada, os velhos pensamentos e os velhos traumas, agora estavam se sublimando, chegando perto do espiritual.

Como já tinham andado bem mais da metade do caminho, sentiam uma alegria misturada à euforia com a sensação de que poderiam realmente percorrer todo o caminho a pé. Estavam vivendo cada minuto com alegria e entusiasmo.

Abraçavam-se nas caminhadas, às vezes seguravam as mãos uns dos outros, não persistindo isso por muito tempo em razão de que atrapalharia na caminhada. Pareciam outras pessoas, alegres, sorridentes, gratas à vida, a Deus. Sorrindo com coisas simples e almejando coisas simples.

Estavam totalmente transformados, entretanto, completar o restante da viagem era necessário para que aquilo tudo fosse coroado com êxito – o maior êxito da vida deles.

Mia havia finalmente superado o trauma dos terríveis abusos sexuais da infância e da adolescência. Kalisson havia perdido toda a ansiedade e a cobrança excessiva de si mesmo. Aliás, pensava que era mais durão, mas, na verdade, se descobriu uma pessoa totalmente amável e crédula.

As coisas que fizeram no passado era como se tivessem ficado realmente para trás, em lugar muito, muito longe, há anos luz da sua realidade atual. Como era bom viver, como era bom viver livre de traumas, como era bom viver sem preocupações excessivas.

Nunca imaginaram que um dia poderiam sentir o que sentiam por si mesmos. Kalisson estava se amando mais e amando Mia; ela também do mesmo modo. Descobriram o quanto era leve caminhar um ao lado do outro.

Num final de caminhada, Mia, depois do banho, sentou-se olhando o horizonte e as estrelas que apareciam, e deixou escorrer algumas lágrimas.

– Está tudo bem?

– Sim, é que parece que estou tão feliz que, às vezes, tenho impressão de que sou culpada, que não tenho direito de ser tão feliz assim.

– Como, por exemplo, se as pessoas que passam dificuldades ou enfrentam calamidades ou guerras...

– Como sabe o que eu estava pensando?

– Também estava pensando na mesma coisa. Mas acho que não devemos nos preocupar tanto assim. O fardo das outras pessoas deve ser carregado por elas, devemos somente ajudar o quanto podemos, alguém me disse isso certa vez. E acho que ele tem razão.

– Você está certo, precisamos entender que existem coisas que não podemos resolver, principalmente a vida dos outros.

– Isso, vamos agradecer e viver com responsabilidade, sem prejudicar ninguém que já estaremos contribuindo com muito...

– Quem não atrapalha já está ajudando.

– Como sabia o que eu estava pensando?

– Lembrei-me de um velho professor...

Passaram ainda por bosques de carvalho e por diversas paisagens. Tomaram algo no bar das conchas. O simpático dono do estabelecimento entregou uma vieira para Kalisson e Mia para autografarem, depois as pendurou junto com as milhares de outras que existiam dependuradas e presas nas paredes e teto do místico bar.

– Será que não foi imprudência colocarmos nossos nomes lá? – perguntou Mia.

– Não se preocupe, as investigações não estão tão detalhadas assim, tenho certeza.

Passaram também por uma paisagem de montanhas onde, naquele dia, podiam ver o vale com névoas.

Depois de 29 dias de jornada, estavam a apenas um dia de Santiago de Compostela. Saíram bem cedo, na ânsia de chegar na hora da missa, mas seria impossível. A missa começava ao meio-dia.

Quando ao longe avistaram a cidade de Santiago, a emoção foi imensa, e ao ver a catedral de São Tiago, as lágrimas queriam sair. Foram andando mais rápido ainda e subindo as escadarias da catedral. Ajoelharam-se lá, dentro um perto do outro, e choravam de alegria e contentamento. Abraçaram-se.

– Eu te amo mais que tudo – disse Kalisson.

– E eu te amo para sempre – respondeu Mia.

Continuaram muito tempo abraçados. Rezaram juntos o Pai-Nosso. Depois, durante o resto da tarde, foram a alguns lugares da cidade e no local específico para pegarem a merecida Compostela.

No dia seguinte, ao meio-dia, assistiram à missa dos peregrinos e foram impregnados pelo incenso queimado e se alegraram pelas homenagens aos peregrinos.

O caminho fechou com chave de outro. No outro dia, foram até Finesterra, lugar onde, segundo a tradição, a pessoa teria que ir depois de chegar a Santiago para completar a caminhada.

A emoção de Mia foi tanta na capela de Santiago, que, por vezes, sentiu uma boa presença, que julgava ser do santo apóstolo.

# Enfim vida nova

Passados seis meses, estavam alojados em algum lugar do Mediterrâneo. Após algumas reflexões de ambas as partes, chegaram ao consenso de que uma propriedade rural, em algum lugar de baixa densidade demográfica, seria ideal. Os dois gostavam da vida bucólica.

A propriedade tinha um pequeno vinhedo, e Kalisson, como queria fazer algo, ocupava-se em fazer vinhos com a ajuda de uma pessoa.

Mia cuidava dos jardins e agora havia resolvido aprender a desenhar e a pintar. Aquele lugar era ótimo para aquilo.

A propriedade ficava perto da costa do Mediterrâneo e de uma vila de pescadores.

Kalisson amava Mia de todo o coração, e Mia o amava profundamente. Os dois se completavam e agora estavam vivendo muito contentes e felizes com a rotina de casal.

Passados mais seis meses, Mia acordou cedo, deu um beijo no rosto e outro na boca de Kalisson e lhe disse:

– Hoje é um dia muito especial. Vamos buscá-los?

Kalisson abraçou-a e beijou-a, puxou-a para a cama e fez amor com ela. Depois tomaram café e foram até a cidade mais próxima com seu veículo.

Kalisson agora falava espanhol muito bem e estava aprendendo a língua do lugar.

No local que combinaram. Ao vê-los, Kalisson foi direto a sua mãe e a abraçou com lágrimas nos olhos de felicidade. Ela o beijou. Depois seu pai o abraçou. Por último, Kátia.

– Que saudades, pirralha.

E a abraçou, depois os quatro se abraçaram e ficaram por uns vinte minutos entretidos, até que Kalisson lembrou de apresentar-lhes Mia, que agora se chamava Lourdes Mercedes.

Foram para a casa deles, se alojaram em confortáveis instalações. Conversaram muito, mas conversaram mais quando chegaram em casa, a mãe quis saber tudo.

Perguntou também a Mia sobre muitas coisas e a agradeceu por ter cuidado de seu filho.

Ao olhar o lugar perto do mar e da vila, o pai de Kalisson exclamou:

– Posso me acostumar fácil com este lugar.

Kátia observava a paisagem. Ela já estava moça.

Conversaram sobre muitas coisas. O Brasil nada tinha mudado, após as denúncias e todo aquele circo, os políticos velhos contornaram a situação e venceram novamente as eleições, alguns apenas saíram fora.

– O senhor acha que o que fizemos foi tudo em vão? – perguntou Kalisson.

– Não, surgiram algumas coisas positivas, mas são incipientes ainda.

– A grande ferramenta seria o conhecimento de qualidade e o pensamento crítico de qualidade e muitas outras coisas.

– Filho, esquece. É muito problema, você já fez sua parte. Como diz a sua mãe, coloque na mão de Deus.

– Verdade, já tenho feito isso. Nem tenho assistido noticiários e outras coisas, estou completamente isolado. Pareço um eremita.

Ficaram um bom tempo no lugar conhecendo tudo, e foram bem hospedados. Mia havia providenciado todos os documentos, eles estavam em uma viagem turística. Mas disse que, se quisessem, ela arranjaria tudo o que precisassem para viver ali naquele local com outros nomes ou em qualquer outro local que quisessem.

A mãe de Kalisson ficou meio reticente com as informações.

– Viver com outro nome é estranho.

– Se a senhora pensar bem, não; na Bíblia, há muitas mudanças de nomes.

Aureliana refletiu e calou-se.

Raul e Kátia estavam muito inclinados a ficar de vez, mas Aureliana gostava da igreja, da vida na comunidade dela, mas sabia que o filho jamais voltaria a residir em Londrina, aquela fase tinha passado.

– Me acostumaria viver aqui se tivesse uma igreja e uma comunidade por perto.

– Mas existe. Mais tarde levo a senhora para conhecer.

Depois, Mia foi levá-la ao local. Conheceu um padre que falava português. A mulher já começou se inteirar das atividades da paróquia.

Estavam Kalisson, Mia e dona Aureliana perto da encosta, olhando o mar.

A mãe de Kalisson disse:

– Vocês não podem ficar assim.

– Assim como?

– Viver juntos sem um casamento.

Mia e Kalisson olharam um para o outro e sorriram. Depois Kalisson respondeu:

– Calma mãe, tudo a seu tempo. Nós nos amamos, e isso é o que importa.

A mãe o olhou meio desenfiada, mas não tocou mais no assunto.

Depois tudo se acertou naturalmente, Kalisson e Mia todos os dias, renovavam suas juras de amor, era cada dia uma nova vida.

Agora estava tudo certo. A família voltaria ao Brasil, mas, na verdade, contrariados, queriam ficar morando ali naquele belo lugar. Mas voltaram à terrinha só por um tempo. Depois voltaram definitivamente para lá. Kátia iria estudar na Itália e fazer um curso que tinha vontade. Mia comprou uma casa perto da casa deles para o pai e a mãe de Kalisson.

O velho fez amizade com pescadores e outros aposentados e ficavam andando por ali. A mãe começou a se ocupar com coisas da comunidade e se uniu a mais quatro senhoras, fazendo muitas atividades. Mia e Kalisson se amavam e tinham a satisfação de ter conseguido fazer tudo o que fizeram, e dar tudo certo.

Ficaram por uns quatro anos sem viajar. Depois disso, resolveram ir a outros lugares. E Mia estava pensando em fazer novamente o Caminho de Santiago por outra rota. Gostavam sempre de ir a Portugal, para ouvir o bom e velho português.

A partir daí, o narrador não tem mais conhecimento de detalhes da vida deles, somente sabe que o amor deles nunca se acabou ou se esfriou.

FONTE: Stone Serif
# Talentos da Literatura Brasileira nas redes